图/夏溪

真爱满满

夏　溪◎著

陕西新华出版传媒集团
太 白 文 艺 出 版 社

图书在版编目（CIP）数据

真爱满满 / 夏溪著. — 2版. — 西安：太白文艺出版社，2017.9（2022.3重印）
ISBN 978-7-5513-1206-6

Ⅰ.①真… Ⅱ.①夏… Ⅲ.①长篇小说-中国-当代
Ⅳ.①I247.5

中国版本图书馆CIP数据核字(2017)第177005号

真爱满满
ZHEN'AI MANMAN

作　　者　夏　溪
责任编辑　王大伟　荆红娟　李　丹
整体设计　前　程
出版发行　陕西新华出版传媒集团
　　　　　太白文艺出版社
经　　销　新华书店
印　　刷　三河市腾飞印务有限公司
开　　本　787mm×1092mm　1/16
字　　数　310千字
印　　张　21.75
版　　次　2016年12月第1版
　　　　　2017年9月第2版
印　　次　2022年3月第2次印刷
书　　号　ISBN 978-7-5513-1206-6
定　　价　65.00元

联系电话：029-81206800
出版社地址：西安市曲江新区登高路1388号（邮编：710061）
营销中心电话：029-87277748

写作与生活

由于自身原因,活动受限,我接触最多的就算电影了。电影很直接,有画面有声音,电影可以使我足不出户地体验多种生活。我看的最多的还是美国电影和欧洲电影。美国文化和欧洲文化的差别也很有趣,虽说美国文化带有快餐式味道,但它很实际,就像发生在身边的事,这也是它受全球年轻人崇拜的原因之一。欧洲文化虽有点老腔老调,但近些年也在做调整,力图让他们的文化充满活力。我不时会从电影中汲取素材,探究怎样表现人文故事和文化的差异。有时我会特意背诵一些电影里的台词,乐和乐和。时间久了就有一种自己创作电影剧本的想法,零零散散记录下自己天马行空的想象,写得久了,时间长了,就努力地想表现得完整一些。写作给我带来了一个多角度地、逻辑地看问题的方法。虽然我不写日记,但我会记录下生活的片段,尤其是从周围人的身上看到对生活充满希望的样子,感到很有意思。十几年前,一次偶然的机会在电视里看到奥斯卡颁奖典礼,获得最佳女主角奖的格温妮斯·帕特洛,她的获奖感言留给我的印象颇深。她对让自己获奖的影片《莎翁情史》只有寥寥数语,表达了平常看似不起眼的生活,总是在不知不觉中影响着我们的行为、思想、判断和对待外边世界的态度。这一点我深有体会。写作给我带来最大的益处就是理性地、平静地面对生活。

阅读书籍也是从另一方面了解外面的世界的途径。因为父母是教师的原因,家里书很多,看的书很杂。古代的,现代的,中国的,外国的,我都有幸涉猎。我比较偏好外国文学、哲学方面的书籍。我读了尼采的《人性的,太人性的》一书,我感到这真的是一本好书,无与伦比,美妙极了。尼采对人的尊重的态度令我深深赞叹。这也使我喜欢上了哲学,对深层次探究这个世界产生了兴趣。我不再是从前的那种对任何事物都是无所谓、无聊、无趣,慢慢地开始有了个人的想法和判断,比较理性且成熟一些。

生活中酸甜苦辣都有,而看体育比赛是我的幸福时刻。我喜欢为了目标而拼搏、努力发挥个性的比赛过程。在众多的体育项目里,足球是我的最爱，尤其是西班牙男子足球队。在他们还没有举起世界杯和欧洲杯时，我就很喜欢他们的打法，层层递进，不断地传球，和他们的西班牙斗牛一样，寻找机会，耐心等待。足球使我懂得了战术的重要，我更欣赏的还是对体育精神的执着。体育比赛带给我的是做什么事都要认真，因为结果体现的是在过程中付出了多少。输赢固然重要，但没有辛劳的付出，哪里来我们想要的结果？2002年世界杯上西班牙队输给了韩国队，止步八强，媒体口诛笔伐认为"韩国因素"最大，要是细细分析，西班牙队自身的问题也不少。他们的主教练卡马乔排兵布阵缺乏有效的组织中场核心，一味靠两个边路下底传中，这并非西班牙的传统打法，他们的优势是高效的传球配合，但这场比赛没有发挥出来。我欣赏作为运动员的他们无论是场上还是场下的态度——勇敢面对。

在我的小说中，经常会有体育比赛的情节，我书中的人物往往都有体育方面的一技之长。我的朋友或身边的人都羡慕我能记住外国那么多运动员的名字和各种比赛的规则、打法，我甚至能比较出他们的前任教练和现任教练的不同。我对体育的爱好，主要是因为欣赏体育比赛过程中所展现的比赛精神和人性之美。这些活生生的普通人创造了自己的和人类的辉煌。我为他们感到骄傲。平凡生活虽然没有体育比赛中那样激烈，可同样处处展现人性。人性的善恶美丑，说不完道不尽，至今人们都还在探索这一复杂问题。我也一样，写作让我有机会去慢慢观察，无论生活当中遇到好的事还是不好的事，我都在试着接受，慢慢体会。

有相当长一段时间，我喜欢阅读建筑方面的书，特别喜欢高迪的建筑风格。他是一名来自西班牙的建筑大师，设计大多是在不规则中找平衡，看似奇形怪状的扭曲建筑，若仔细观察，若隐若现中安排合理。高迪带给我的是两极化地欣赏美与丑，他的建筑很直观地将其展现了出来。

电影带给我的是欣赏生活的美好，体育比赛精神使我在不断学习中完善自我，哲学让我学会了理性客观地做出判断与选择，建筑让我感受到了美。生活中的一切都在教我学习，写作也一样。漫漫长路，我要学习的东西还很多，没有什么能比表现生活的多姿多彩更让我觉得有趣了，因此创作小说就成了我的生活。

Chapter 1

“我要做一件好事，一件非常好的事情！”奎普厄休拉的一只手放在胸前，另一只手紧贴在身体的一侧，小心地四下张望。她一个人站在伸出去的一块崖壁上，眼睛不敢向下看。

“来吧！厄休拉，跳吧！”安奈林笑着从萨克里湖中冒出水面，尽情享受跳水的乐趣。

奎普厄休拉一步步走到崖壁的尽头，深吸一口气，向下眺望。

“厄休拉，跳吧！你想要我们等多久？”沃西伊冯与其他几个姑娘嬉水的小小身影在萨克里湖荡漾。

“来吧！跳下来吧！”

奎普厄休拉捏紧鼻子，手放在胸前，向后退了一步：“我来了！姑娘们！”说着便向前大步冲了下去。

安奈林抬头之际，奎普厄休拉已经跃进湖中，溅起水花打在其他人身上。

随着几个气泡冒上来，奎普厄休拉从水里钻了出来，头发贴在脸上。“咔呜！”她拨弄着凌乱的头发，“我做到了！”

夏芝奈游到厄休拉面前，拉高声音，压过其他人的：“欢迎加入我们！”

奎普厄休拉与其他人同时笑了，游回船上。

“我们都疯了，岸上的人都朝我们这里看，好冷啊！”

天气晴朗，阳光灿烂，山谷里的气温适宜。

奎普厄休拉抓起大毛巾披在身上，打着寒战：“我再也不会跳第二次了！”

“你会的，我第一次跳时也和你一样，想象自己决不会跳第二次，可结果呢？我爱上它了，我离不开它。跳下去那一瞬间的感觉，甚至比男人还要吸引我，这是唯一可以帮你脱困的方法！”夏芝奈向在岸上观望穿着比基尼泳装的姑娘的渔夫们招手。

渔夫们附和着阵阵掌声作为回报。

“你在做什么？快坐下！”奎普厄休拉大声说。

奎普厄休拉冻得嘴唇发紫，手里提着的衣服也不小心落到了地上。

从船上下来，回到岸边穿上衣服后，奎普厄休拉注视着安奈林，她是她们中的活跃分子。安奈林以聪明、果断和欢笑应付来自工作和生活的挑战。

安奈林的同胞哥哥从车里走过来。“你们好！姑娘们！”安奈休向每一位安奈林的朋友打招呼，径直走到奎普厄休拉的面前，坐在了一块大石头上面，抬头望着天空。

奎普厄休拉将视线从安奈林的身上转移到她的行李包上。

“你猜这几个月谁在遭受批评？”安奈林是跳水选手，长得很美。

“蒙滋和仲！”奎普厄休拉平静地回答道。

“对了！”

“下个星期我就要为他工作了！”奎普厄休拉望着安奈林说道。

安奈休从大石头上跳起来：“厄休拉，你的政治信仰改变了吗？”

“为蒙滋和仲工作比在这里挣的多！”厄休拉拎起背包和其他三位姑娘起身回去。

“你觉得怎么样？”安奈休双手插在兜里。

“什么？”奎普厄休拉顺着安奈休的视线望去，看见对岸一个年轻人正在望着自己。

“很浪漫，厄休拉，他想让你注意到他。他非常聪明，就住在附近。厄休拉，停下，放松！”安奈休卸下背在奎普厄休拉肩上的背包，扔在一边，两个人面对着对岸的年轻人。

“休，我觉得我来这里不只是跳水？”奎普厄休拉耸耸肩膀。

“她们要我和你谈谈！”安奈休如实道。

“见不得人的谈话开始了，你们也一起加入吧！姑娘们！”奎普厄休拉对偷听的其他三位姑娘发出了邀请。

姑娘们站成一排,同时望着对岸的年轻人。

“你知道我们彻夜长谈的那些事,你为何追求我?”

“什么?”奎普厄休拉吃惊地看着安奈休。

“难道你不觉得我英俊有魅力?知道吗?你是学校里唯一对我不动心的女生!”安奈休看了一眼其他三位姑娘。

“休,如果你注意过,我对其他人也一样!”奎普厄休拉努力解释。

“厄休拉,你有问题,你是同性恋,你疯狂地爱着安奈林,我知道,没关系!”安奈休强忍住笑。

夏芝奈更是不敢去看奎普厄休拉,咬住下嘴唇。

“我们都爱林,她是甜心。但她不是同性恋,她很正常!”安奈休刚说完,安奈林就忍不住靠在沃西伊冯的肩上。

奎普厄休拉红着脸说:“休,疯狂是有界限的,我陷入了深渊!”

“厄休拉,同性恋很正常,这里很流行!”

厄休拉从地上捡起背包,大声怒斥道:“不,我不感到丢人,我不是同性恋!”

没有人说话,大家只是互相看着对方,彼此间默契地忍不住笑了。

奎普厄休拉也在笑她刚才的行为就像是个孩子。

“回家吧!姑娘们!”安奈林转动着手里的车钥匙,从奎普厄休拉身边经过时塞给她一张卡片。

“这是什么?”

过了一会儿,安奈林才转过身说:“祝贺你找到工作的礼物!”

奎普厄休拉认真地看着卡片上的一行字迹:亚吉本心理辅导工作室。

“这又是什么?”

“忘了告诉你,我们已经为你付过费了。一定要去哦!听说这个人是那里最有名的心理医生!”

夏芝奈微笑着向奎普厄休拉点点头。

奎普厄休拉一边从包里取出止头痛药,一边说:“为什么?”

安奈林上前一把从奎普厄休拉手中抢过药瓶，走到湖边。不等奎普厄休拉阻止，就将一整瓶的药片倒进湖中。“我想你即使为了这些处方药片也会去的，对吗？”安奈林微笑着从奎普厄休拉面前上车。

奎普厄休拉气得一个字也说不出，一旁的沃西伊冯拍拍她的肩膀，安慰道：“你需要看看这里！”沃西伊冯指着她的心脏笑笑。

“我上周才做的检查！”

“他们只能治疗你的身体，治愈不了这里！”沃西伊冯指着奎普厄休拉的心脏说。

“你们在开玩笑？”奎普厄休拉不敢相信地望着其他人。

“上车吧，这里有人在开玩笑吗？”

“嘿嘿！”

车里笑声一片，安奈林使劲按着喇叭，掉转车头，一路呼啸而过。

傍晚，奎普厄休拉回到家中，准备好前往约纳坦实习期间所需要的物品之后，睁大眼睛盯着天花板思考着该如何向外公解释她要去另一座城市的原因，这比什么都要困难。

翌日清晨，奎普厄休拉决定不解释，一个人偷偷溜出在萨克里的家，只身前往约纳坦。没有送别，没有伤感，什么也没有。

厄休拉看着一张夹在钱夹里的照片出奇地安静，以至于没有听清广播里的声音。“现在飞机正在以每秒二十米的速度下降，请乘客系好安全带！注意安全！”乘务人员走到厄休拉身边提醒她系好安全带。

她将照片贴在胸前，双眼紧闭。

这是一张和父母还有祖父母在祖父母家中的一张合影，再简单不过了。只是当时只有五岁的厄休拉紧紧地贴在母亲怀里不愿照相，因此，也只照到了她的一个侧脸，父母和祖父母的视线都落在了厄休拉身上。

厄休拉谢过出租车司机帮她搬行李，目送出租车离开，捋过挡在额前的一绺头发，深吸了一口气。

她站在一幢漂亮的房子面前，久久不能平静，因为这是她小时候记忆的一部分。

忽然，一扇木门从房子里打开了，走出来一位面带微笑、精神抖擞的老人。他向厄休拉靠近，掩饰不住内心的喜悦，张开双臂给了厄休拉一个大大的家庭式的拥抱："欢迎回家！孩子！"

厄休拉有些愕然，一动不动地站着，只是稍稍抬了下手臂："你好，尤里！"

沃丁尤里听到孙女直呼他的名字，先是吃惊地看着，片刻之后又恢复了笑容，包容地哼了一声，他的胳膊搭在厄休拉的肩膀上，两个人面朝眼前这幢漂亮的房子，沃丁尤里说："你的房间已经准备好了，我们一起去看看，好吗？"

厄休拉拎着一只大件行李，安静地走进去。

"你父亲的房间还和以前一样。我知道，总有一天你会回来住的！"沃丁尤里提着一只大箱子，跟在厄休拉的身后。

两个人一起走上楼梯，沃丁尤里打开靠走廊尽头的一个房间。"进来吧！孩子，你离开时什么样子，现在还是什么样子。当然，窗帘我叫人换了一种颜色！"沃丁尤里把身体凑到厄休拉的身旁小声说，"这是祖母的意思，你喜欢吗？"

厄休拉放下行李，环视四周。"她还是不能原谅我？"她双手插兜，站在落地窗前，昂起头，"她在哪儿？"

沃丁尤里抿起嘴唇，走到厄休拉身后。"你知道，我们不总是做正确的事情，更何况当时你只是一个孩子。厄休拉，我们就让这件事情过去吧。没有人会责怪你，我和莫德爱你，非常爱你！"

厄休拉从地板上捡起一个棒球问道："莫德在哪儿？"她语气坚定，望着沃丁尤里，在等待他的回答。

"我想，也许在餐厅！"沃丁尤里犹豫地说着，眼睛望向了别处。

厄休拉把手里的棒球交到沃丁尤里的手里,踮着脚尖上前亲吻沃丁尤里的面颊:“回家的感觉真好！我爱你,尤里!”

沃丁尤里诧异地看着她,开玩笑地摸着脸说:“去掉尤里,我会更爱你的!”

厄休拉只是笑笑,走出房间,穿过走廊,有节奏地从楼梯上走下来。

她小心翼翼地经过客厅,来到餐厅。

以白色为主色调的餐厅在阳光的直射下显得格外简约干净。在餐厅里忙碌着的服务生都在听从莫德的支使,时而听到水晶玻璃杯碰撞的叮当声。莫德背对着厄休拉,她正在为餐厅的布垫是选择白色,还是应该选择粉红色而犯难。

“选白色,这样才是一个整体!”厄休拉站在莫德身后。

莫德双眼紧闭了一会儿,两只手分别拿着两种颜色的布垫,一动不动地站着。最后她把手里的粉红色布垫还给了一位工作人员,手里拿着白色布垫看了好一会儿。

“你好！莫德,我回来了!”厄休拉停顿片刻之后,转身离开。

莫德在厄休拉离开后,转身望着厄休拉的背影,陷入回忆中。

厄休拉一个人回到房间,整理衣物时,不经意地抬头发现对面的一个房间和她的房间一模一样,只是房内的摆设不尽相同。房间的方向相反,看不出那是一间有人住的房间。

她在捡掉在地板上的一本书时,忽感头痛,一阵阵地有痛感。她想到在来约纳坦之前,安奈林曾给了她亚吉本心理辅导工作室的预约卡。

厄休拉慌忙中找了出来,往兜里放进一个空了的治疗头痛的药瓶。她向沃丁尤里借了车子,按照名片上写的地址驾车而去。

厄休拉在开车时也会时不时头痛,她本能地使劲摇摇头。为了转移注意力,她将音乐音量调至最大,有时也会跟着唱几句,唱到兴奋处会高声按喇叭,拍打方向盘。好不容易找了一个停车位,她关掉音乐,走下车。

奎普厄休拉将手里的材料交到亚吉本心理辅导工作室的一位工作人员

手里。

工作人员告诉她坐在椅子上，等里面的人出来，她就可以进去了。因为来这里的人必须提前预约，因此没有其他人，只有厄休拉一个人在等候区等待治疗。

厄休拉靠在椅背上，眼珠乱打转。

工作人员在接到一通电话后离开，不忘提醒一直在等的厄休拉："有人出来后，你就进去！"

她点点头说："好的，谢谢！"

五分钟后，终于有人从工作室里走了出来。那人看起来像是赶时间，厄休拉没有看清那个人的容貌，他就消失得无影无踪了。

厄休拉清了清嗓子，脱掉风衣，搭在胳膊上，敲了两下门后，推开工作室的门走了进去。

与此同时，她摘下戴在头上的宽边羊绒帽拿在手里，穿着一件粉色印着"切・格瓦拉"头像的T恤衫，一条滑板裤搭配着一双球鞋。

厄休拉面带微笑地往里走。

她愣了一会儿，眼前的心理医生很年轻，和自己年纪相仿。

她还是面带微笑地坐到了心理医生对面的空椅上。

厄休拉从没有见过像眼前这位眼神犀利的心理医生，他眉毛粗犷，面无表情，头发和厄休拉一样长。戴在他双耳上的一副钻石耳钉尤为惹人注意。

"你好！医生！"厄休拉打破沉默，医生没有说话。

她起身，将手里的风衣和羊绒帽放在椅背上，走到沙发前坐下："医生，有时我觉得自己病得很严重，不知道怎么做好。有时我会想到自杀，可又怕会下地狱！"

厄休拉捋过额前一小撮头发至脑后，看了眼医生。

医生面无表情地站起来，脖子上的链子挂有一只壁虎吊坠，黑色的T恤衫上印有"怀疑就是革命"的字样。

厄休拉指着医生胸前T恤衫上的字样，摇摇头道："我反对'革命'或者破坏一类的行为，我提倡合作！”说完自己都感觉好笑，她站了起来，和医生面对面地站着，“但切·格瓦拉例外！”

她对面的医生纹丝不动，什么也不说。

“我是世纪末的优秀青年，我听大众音乐，练习长寿保健操和瑜伽，视一切不好的东西为万恶之源！我不知道为什么要来约纳坦，这里没有朋友，没有问候。也许我是疯了，也许我是为了去上法学院，我搞不清楚。”

厄休拉坐在桌子上，目光呆滞，两手摊放在桌面上。

医生的眼光敏锐，一直盯着厄休拉看。

厄休拉扬了扬下巴，嘴角微微翘起。“外公说，我总是在拿自己的生活冒险，在他看来我是彻头彻尾地疯了。我参加了动物保护组织前沿，现在却要为蒙滋和仲工作，我最好的朋友认为我是同性恋，祖母在为我小时候做出的选择至今不肯原谅我。也许我该吃点药，医生请给我开这种牌子的头痛药。”她从兜里掏出一个小药瓶放在医生面前，“生活如此复杂，我已满足，只要知道我还活着！”

厄休拉回到沙发上坐下：“我小时候在约纳坦住过一段日子，但没有什么印象了……医生？”

厄休拉盯着医生，医生也盯着她看，两个人相互盯着对方。

医生的目光像是要杀人，厄休拉斜眼望向桌子上的文件。

“医生。”她怀疑地从沙发上站起身，双手交叉抱在胸前，在等待医生的回答，医生双手插兜直直地站在原地，目不转睛地望着厄休拉。

两个人僵持了几分钟后，厄休拉忍不住问了句：“你多大？”

忽然，门从外边推开，进来的是刚才在前台的工作人员，厄休拉惊诧地望着她说：“亚医生，不在吗？他去哪里了？”

厄休拉目光犀利地转移到眼前的年轻人身上。

那个前台工作人员解释说：“你可能还要等等，医生有急事离开一会儿！”

她生气地从椅背上取下风衣拿起帽子，走到年轻人面前，握紧拳头，侧身拿回放在桌子上的小药瓶,绷紧下巴,侧过脸狠狠地瞪了眼年轻人。

“我真希望现在给你一颗子弹!”她语气生硬,握紧手里的风衣。

厄休拉看上去像是一头发怒的小母牛。

年轻人面无表情地看着厄休拉离开。

工作人员不知道厄休拉为什么会生气地离开,她追了出去,在她身后大喊,可她头也不回地匆匆离开。

快要到取车位置的厄休拉手里攥着的小药瓶不小心掉在了地上。

她停下看着小药瓶,深深地吐了口气:“这是什么嘛!”上前狠狠地踩碎了小药瓶,扬长而去。

厄休拉将车子开得飞快,越想越生气,双手用力拍打方向盘,嘴里时不时大喊大叫:“混蛋!见鬼!”

即使平时一直小心驾驶的厄休拉,这时已经什么也不顾了。前方有减速提示牌,她依然脚踩在油门上,直至快到跟前才放缓减速。

厄休拉一个急刹车,气不打一处来地从车里下来,狠狠地摔上车门,好似有发不完的怒气。

整个下午,还有晚上,厄休拉都一个人待在房间里,晚餐也是一个人在房间里用。

沃丁尤里和莫德无从了解他们的孙女为什么第一天回来就不愿和他们一起用餐,他们一点办法也没有。

莫德切开一小块牛排,送进嘴里自嘲道:“这个家里还有人会去爱吗?”

沃丁尤里无奈地饮下一口红酒,笑了。

厄休拉躺在床上,房间里黑漆漆的,安静极了,只有她的呼吸声清晰可辨。

住在约纳坦有很多因素使厄休拉早起。

比如:鸟叫声;住在附近的邻居为赶走树上的鸟,使用特制的枪打鸟的声音;运动员的晨练声;各种各样的推销人员会在人们上班之前按响你家的门铃声。

住在约纳坦超出了厄休拉的想象，在这里即使是在早晨这样的私人空间，也不会得到片刻安宁。

七时一刻，莫德和沃丁尤里终于见到了他们的孙女，餐桌上的三个人什么也没有说。厄休拉在外祖父母家里，餐桌交谈是她一天生活的重要组成部分，在这里却什么也没有。

“我吃好了，祝你们用餐愉快，今天我可能会晚些时候才能回来，不用等我！”厄休拉起身，将餐巾放回到了餐桌上。

“今天是你第一天实习？”沃丁尤里微笑着看着厄休拉。

“是的，我有点紧张！”厄休拉吐了口气。

“我相信你会做好的，要有自信，孩子！”沃丁尤里帮她打气。

莫德一言不发，专注于盘子里的食物。

厄休拉的心乱跳，她已经忘记了昨天的不愉快，把桑顿教授的推荐信又读了一遍才放回上衣口袋里。

一扇木门旁立着一块牌子写有“蒙滋和仲议员竞选总部”。

厄休拉推开雕有动物图案的门，一股诱人的兰花香水味充满整个办公室。

“早上好！有什么我可以帮你的吗？”一位上了年纪的女士和厄休拉友善地打招呼。

厄休拉从衣兜里取出推荐信交到她手里。

“早上好！我是奎普厄休拉，新来的实习生，这是我的推荐信！”厄休拉观察四周，全都是书还有报纸，找不到其他装饰品，墙壁上贴有当天的报纸，桌子上找不到空着的地方，全都被文件占满了。

“请跟我来！”上了年纪的女士从椅子上站起来，打开另一扇门。

厄休拉跟在她身后，进了一间屋子。

屋内声音嘈杂：应接不暇的电话声，打印机发出的嗡嗡声，相呼应的是传真机声，还有人在大声读着报纸的声音。

厄休拉被带进靠里边的一间办公室。

“这位是奎普厄休拉，新来的实习生，这是她的推荐信!”那位女士将手里的信递给了一位先生，在他的面前有一个标志牌——西蒙英格竞选经理。

西蒙英格拥有犹太血统，思想独立，生机勃勃，精力充沛，他接过桑顿教授的推荐信：“桑顿也曾是我的论文指导老师，他还好吗?”

厄休拉紧张道：“是的，先生！他很好!”

“他派你来实习，我很惊讶，为什么不是男生？无论如何你来了，我希望这里能帮助你认清方向。有些人甚至在离开时还搞不清自己的观点!”西蒙英格身材健硕，总在不断地看时间，“在这里抗议无效，只有竞争，你在学校曾参加过什么团体吗?”

“没有，先生!”

“没有，现在就加入一个组织，对你在这里长久待下去会有很大帮助，因为你总会想到一些问题，比如……为政治承受这么多痛苦和斗争是否值得？……桑顿说你打算实习结束以后去上法学院？如果需要帮助，我可以介绍几个不错的法学院给你!”

“谢谢，先生!”厄休拉默默地看着西蒙英格。

“你什么时候可以开始工作?”

“随时!”

“你的工作是……看情况而定吧！这里没有具体的分工！好了，开始吧，把手机给我!”西蒙英格伸出手。

她摇摇头说：“没有!”

“为什么?”西蒙英格好奇地问了问。

“手机是新世纪奴隶的标志，取代了脚镣!”厄休拉耸耸肩膀，看着西蒙英格和那位女士。

“桑顿教授找到了我们想要的。别担心，我们会给你配一部手机，以便随时联系。奎普厄休拉，欢迎加入我们的团队!”西蒙英格伸出一只手，微笑着和她握手。

厄休拉在刚才那位女士的带领下找到了属于她的位置，并将她介绍给了正在工作中的其他同事。

厄休拉想亲眼看看政府如何运作,现在终于有机会身临其境了。

尽管只有两个实习生。

另一位实习生迈耶要比厄休拉早来两周,他就坐在厄休拉对面,他正在核对支持率是否和昨日有较大偏差。

厄休拉并不想打扰他,只是报以微笑轻轻地点点头。

迈耶也假装客气地招呼厄休拉。

午餐时,厄休拉在电梯里碰到了迈耶,不过他显然心情不佳,一路都在抱怨罗马餐厅的食物糟糕透了。

竞选总部办公室的最显眼位置上是超清晰画质的荧幕,上面不断滚动播出蒙滋和仲议员所到之处的演讲以及和各界人士的广泛交流。使厄休拉驻足的原因还有插播对手的活动情况,另一个党派支持医疗改革的普西石男议员,他更善于辩论,批判嬉皮士是阿司匹林吃多了的产物。

在办公室的一侧墙板上挂有普西石男议员头像的箭靶。

每一位经过的工作人员都会试试今天的运气是否尚佳,即使没有投中,那也是因为普西石男的缘故,这在厄休拉看来很有意思。

厄休拉被安排整理对手每天的新闻以及最新政见,对此提出有利于蒙滋和仲的新措施。加入其中使她第一次从内部切身观察和服务于她的理想。

厄休拉觉得这一周时间既不真实也不安定。

每天早晨要做的第一件事就是阅读当天的报纸,了解普西石男的新动向是什么,汇报给西蒙英格,这已经成了厄休拉公式生活的一部分。

有很多的新经验和新方法在等待她去发现,去尝试。

“这里是属于聪明人的地盘!”体格健壮、嗓音低沉、满头银发的欧奎因是团队里最重要的几个大人物之一。

他有强烈的政治观点,当然也是蒙滋和仲的观点。

厄休拉在这里找到了对人的敬意,她很欣赏欧奎因愿意向年轻人解释和维护他们立场的作风，尽管他时常会说一些尖刻的幽默。

厄休拉始终没有改善与莫德之间的关系，她们不怎么说话，眼神之间的交流也只有偶尔几次。

“这比我要扮演一个实习生的角色难得多！”厄休拉叹了口气。

沃丁尤里摸着右手上的戒指。

“有一点我敢肯定，你的善良遗传自宅心仁厚的莫德！”

厄休拉笑了，和沃丁尤里一起笑了。

“我有一件东西想让你看看！跟我来！”沃丁尤里和厄休拉走出房子，一起来到后花园。

“莫德亲自料理这里吗？”厄休拉探下身子闻一朵花。

“是的，她喜欢这里。来吧，孩子！”沃丁尤里和厄休拉站在了一块油布盖住的大家伙面前。

“这是什么？”

“打开不就知道了！”

厄休拉半信半疑地伸出一只手抓住油布的一角，掀开它。

“哇！”厄休拉惊叹道。

原来大家伙是一辆大众牌甲壳虫车，经典的黄色单开门。

“是莫德工作时的用车，虽然已上了年纪，但我换了新引擎，轮胎也是新的！怎么样？”沃丁尤里扬了扬下巴。

厄休拉围着小汽车转了一圈。

“想和我去兜兜风吗？”她眨了眨眼。

“现在它是你的了！小心驾驶！”沃丁尤里将手里的钥匙放在厄休拉的掌心。

“真的吗？”她跳了起来，“谢谢你！尤里！”

她迫不及待地打开车门，坐在驾驶的座椅上，说：“上车！我载你去兜一圈！”

沃丁尤里系好安全带，说：“我们要赶晚餐之前回来。你在哪里上的驾驶课?”

“我只去了一次,是郎达教我的开车技术!”厄休拉倒车时说道。

“那个老家伙一定很高兴这样做吧?”沃丁尤里嘟起嘴道。

厄休拉故意看着沃丁尤里,瞪着他一言不发。

沃丁尤里主动承认道:“好吧! 我也是老家伙!”

厄休拉开车上了快行道。

沃丁尤里把住方向盘:“你这样做是不对的,手排挡的车子应该先踩离合器,然后才是挂挡!”

她不解地看着他:“我是这样做的!”

沃丁尤里坚持他的做法才是正确的,厄休拉无奈地笑了,她发现祖父也有可爱的一面。

“晚餐之前我们是回不去了!”厄休拉和沃丁尤里一起把住方向盘,两个人在车里争执不下。

周末厄休拉第一次亲手寄蒙滋和仲的宣传单,她加入了拉选票的队伍中。也是几次为数不多与蒙滋和仲本人一起工作的机会,由于团队人数有限,共计七名工作人员,因此很多事情蒙滋和仲不得不亲力亲为。

厄休拉最大的发现是蒙滋和仲的发言人塞米切纳。她精力充沛,善于交流,直言不讳地抨击对手的观点,也正是她使厄休拉在这个团队有了些许自信。她们是这个团队里为数不多的两名女生。

傍晚,蒙滋和仲走到一群人中间,他们已聚集在路边有很长时间了,蒙滋和仲主动和他们交谈。

“民主,努力,团结,打倒不法行为。像她这么没有政治意识的姑娘,怎么能做宣传活动?”一位刚从厄休拉手里接过宣传单的中年男士和身边的人议论起了厄休拉。

“是因为给钱才肯做吗?”

“不然的话会做吗?”

厄休拉硬着头皮发完手中的宣传单,大气都不敢喘一下,一个人躲进了宣传车里。

她托着下巴，朝车窗外望去，平静地看着围观的人群，在她的眼里他们都是陌生人。

蒙滋和仲不费力就和人群打成了一片，爽朗的笑声让坐在车里的厄休拉听得一清二楚。

“你会习惯的，他们不总是那么友善！”塞米切纳坐在了厄休拉对面，从包里取出粉盒，“你比我要幸运得多，我记得我第一次出来发宣传单时，因为和一位大婶的意见相左，大打出手也是有过。有时你会发现他们不完全针对你，只是大家都比较激动而已，没什么！你觉得怎么样？”塞米切纳补完妆让厄休拉帮她看看。

“不错！”厄休拉仔细盯着塞米切纳的脸说。

“在议员找我们之前，我们还是坚守岗位吧！你会习惯这里的工作的！”塞米切纳擦完口红装进包里。

“我有一个问题！”厄休拉跟在塞米切纳身后，“谁赢了？”

“我放弃了！”塞米切纳看了眼手表。

“什么？”厄休拉将身子靠了过去。

“因为我首先要保住我的工作，才是最重要的！”塞米切纳向厄休拉眨了眨眼瞬间消失。

“是啊！这是我的工作！”厄休拉抱起一沓厚厚的材料分发给过往的路人，即使他们把它当垃圾一样丢掉，她也会平静地将它们从地上捡起，整理好以后继续分发给下一个人。

回到家已是午夜。厄休拉蹑手蹑脚地穿过走廊，好不容易打开房门，倒在床上呼呼大睡。

Chapter 2

约纳坦的鸟叫声与众不同，厄休拉从床上爬起来，准备新一天的战斗。

搭乘巴士竞选旅行，对厄休拉来说还是头一次。路人的恶言恶语她是第一次听到，想到这些她坐在餐桌旁不想去工作了，在家里还能有些许的宁静。

“早上好！”莫德站在冰箱前面，向厄休拉打招呼。

她惊讶地看着莫德慢慢地拉开椅子。

“早上好！”沃丁尤里和厄休拉互相看了眼对方。

厄休拉终于听到了莫德在她来约纳坦之后的主动问候，她满足地笑着。

“你回来得很晚哦！下周五蒙滋直播辩论，是吗？”沃丁尤里喝着牛奶，眼睛偷偷地瞄莫德。

厄休拉小心地吃着盘子里的麦片粥说道：“我从来不知道有人会直言不讳地告诉你，他不喜欢蒙滋议员，甚至讨厌见到他。”她转移视线时发现了些什么，停了一下，继续吃着麦片粥。

在她的视线里出现了上次在心理工作室假扮心理医生的年轻人，他就坐在厄休拉的对面。

他也看见了厄休拉，他们俩不约而同地有意无意地装作没有看见对方。

厄休拉向莫德投以微笑，握紧手里的勺子，她靠着椅背。

对面的年轻人对此一点也不在乎，吃着盘子里的食物。

莫德坐下来，说：“你们还不认识？”

厄休拉和对面的年轻人都没有反应。

“他是图索，我们的养子，她是……”莫德被厄休拉的起身打断了。

“对不起，我吃完了！”说完厄休拉拎起外套走出餐厅。

莫德不解地望着沃丁尤里，两个人用眼神交流。

厄休拉担心那个叫什么图索的会说些什么，只好干脆走人。

她生气地将外套丢进车里，扎起头发，在车里大喊了声："混蛋怎么可能明白我现在的心情呢？"

她一路呼啸着向竞选总部驶去。

厄休拉决定和那个叫图索的对抗下去，因为她深知在顽固面前没有壮士。

今天是厄休拉来蒙滋团队服务的第十天了，她感叹对这里的兴趣和热忱依然不减，也许就是她的"完美冒险"。

刚踏进办公室的大门，面前经过的是欧奎因，厄休拉不敢相信自己的眼睛。

她仔细定睛一瞧，的确是欧奎因。只不过他身穿十七世纪法国骑士的装束，右手佩剑，礼帽上有一根长羽毛，嘴里时不时在念叨着台词："人人为我，我为人人！"

厄休拉坐在她的位置上，看见西蒙英格也是一样装扮，忍不住想笑。

"万圣节还没有到啊！"她看着穿着一身红色衣服的昆廷问。

"我在表演节目，竞选者的游戏！"

"必须吗？"厄休拉揪起一角昆廷的红衣。

"当然，死对头普西好像也一样。要是真是这样我们就惨了！你觉得怎么样？"昆廷仰了仰头。

厄休拉没有说话，只是咯咯地笑着。

此时，厄休拉更惊异于蒙滋和仲的装扮更为夸张，细长的白色羽毛从脑后搭到了额前，帽子看起来有些大了，一件华丽的披风披在肩上，佩剑也要比昆廷他们的稍好些，一枚硕大的钻石戒指格外显眼，法国国王路易十三在当时也不过如此。

她快要忍不住了，原来政治人物也有疯狂的一面，她踢了桌子腿一脚，低下头咬着牙说："不要笑！"

当蒙滋和仲开口讲话更是让她受不了，厄休拉以为竞选团队陷入了疯狂。

西蒙英格走到厄休拉面前，一把将厄休拉从椅子上拽起。

她有些惊慌，以为西蒙英格在为她的傻笑教训她。

她向后躲了躲，可又被西蒙英格抓到了蒙滋和仲的面前。

厄休拉为自己刚才的行为感到羞愧，低下头一动不动。

西蒙英格抬起她的下巴笑笑对蒙滋和仲说道："一直以来我们都在苦于寻找一位英俊少年，而她就在我们面前！"

"英俊少年？"厄休拉不敢相信地重复道，睁大眼睛。

"少年勇士——达达尼昂！"蒙滋和仲拍了拍厄休拉的肩膀。

这时迈耶丢给厄休拉一套服装，交给她一把佩剑。

"你来扮演达达尼昂，六个礼拜以后在玛丽剧院演出。这是你的台词，我记得简历上写着你是学校佩剑队队长，这对你来说非常简单！"西蒙英格交给厄休拉台词本。

"可那是一年级的事情了，我已经有一年多没有练它了。我会搞砸的！迈耶不是还没有什么安排吗？"厄休拉看着眼前的服装显得困惑。

"迈耶还有他的工作，他对戏剧有恐惧症，你是最合适的人。厄休拉，记住'我为人人，人人为我！'输给普西石男我们的日子都不会好过，下去好好练习，你是个好姑娘，我们继续工作吧！"西蒙英格拿起厄休拉的佩剑看了看，又还给她，"想象你就是达达尼昂，没人能超越你，记住你的台词，非常重要！"

她看着西蒙英格的背影，不知如何是好。

厄休拉看了一个钟头的服装，就是无法下定决心要不要接下这份计划之外的工作，它看起来并不那么容易。

"我现在是达达尼昂了！"厄休拉自言自语时被塞米切纳听到了。

"是啊！你就是达达尼昂，有谁认识奎普厄休拉？"塞米切纳看了看四周，微笑着走开。她的乐观与自信来自哪里？厄休拉想要从塞米切纳身上找到答案。

此后的日子里，厄休拉都会随身佩剑，以便练习。

蒙滋和仲想要把约纳坦城走透，不想落下任何地方，他们的团队从城里到乡村，从河谷到乡下，从桥的这头到桥的那头。搭乘巴士旅行竞选让厄休拉有机会更好地了解选民，懂得她究竟应该如何为他们服务。

厄休拉意识到她的梦想变成了小小剧本，她淡淡地笑道："这就是我的生活！"

有人标出了达达尼昂所有的台词部分，厄休拉问塞米切纳："你扮演什么角色？"

"我自己！"塞米切纳从文件里取出一页纸，把它放在昆廷的办公桌上，"他们不需要半老徐娘，我对戏剧的热情早已消失。美人，你的双眸明亮而又清澈！"她凝望着，抬起一只胳膊放在厄休拉的肩上。

厄休拉笑了："我觉得不舒服，难道我在台上就要说这个吗？我倒希望不要有人坐在台下，他们进错地方了！"

"肉麻的句子只有在戏剧中才有，它们存在不是一两天的事了。你不走吗？"塞米切纳收拾桌上的东西。

"在学校我们目中无人，愤世嫉俗，自以为是，在这里我觉得我就像败类。我发现站在队伍的末尾，甚至搞不清楚他们在说些什么！"厄休拉抱起一堆文件，叹了口气。

塞米切纳点点头："就把这里当成是学校，你会习惯的！"

"你来这里多久了？"

"我记不清了，也许五六年，也许更久！"

"太不可思议了！"

"我也这么认为，也许以后的某天我会出一本自传，谁知道呢！"

"我会买来读读！"

"谢谢！有一个读者我已心满意足，总比没有好，我会认真考虑此事的！"

厄休拉在家里时也会随身佩剑。她目视前方，左手持剑，找准目标进行攻击。她不断调整进攻时的节奏，以求达到完美。

在走廊,厄休拉更是将房门当成了目标,一次又一次攻击。

她左手持剑下楼去后花园练习,捡起掉在地板上的发带,抬起头看见图索迎面走来。

厄休拉迎了上去,两个人站在楼梯口,面对面,谁也不打算让开。

她抬起左手直指图索的心脏位置,瞪着眼,图索看了一眼厄休拉用剑指着他的心脏,什么也没有说。

厄休拉终于开口道:“你最好不要对任何人讲,否则我会一剑刺穿这里!”

图索表情没有任何变化。

厄休拉听到楼下有人说话,立刻收起剑,侧身从图索身边穿过下楼。

图索看了眼刚才厄休拉剑指的位置,随即进房间,靠在门上,紧闭双眼。

厄休拉一边扎起头发,一边下楼梯,看见一位穿着整齐的先生从莫德房间出来,小声和沃丁尤里说话后匆忙离开。

看到厄休拉,沃丁尤里投以热情的微笑。

她经过餐厅来到后花园,舒展身体,拿起剑直指一朵白色的花瓣,小心地从中又将剑抽了出来,一个人练习剑法。

她忽地停了下来,抬头望着图索的房间,心里念道:既然你知道太多关于我的秘密,我就得想办法阻止你说出去!厄休拉狠狠地将剑扎进松软的泥土,回到餐厅喝果汁。

西蒙英格对厄休拉的扮演情况关心备至。这让厄休拉紧张不已,因为在厄休拉看来她扮演达达尼昂的能力比她为竞选帮忙还要重要,她不知道什么才是她加入蒙滋团队最重要的事了。

她只得向西蒙英格展示近几日练习剑术的情况,好在她有练习佩剑的基础,摆弄起来有模有样。只是作为三剑客的朋友身体略显单薄,在西蒙英格眼里厄休拉的练习超出了他的想象,他鼓励她应该表现得潇洒些,试图说服塞米切纳答应扮演路易十三的妻子。

塞米切纳听到提议后大笑不止,好一阵子在蒙滋和仲竞选总部听到的只有她狂放的笑声。

迈耶在普西石男那里打听到对手也有可能表演此剧，西蒙英格是反应最大的一位，作为竞选经理他不能眼睁睁地看着这样的事情发生，他将昆廷叫到了办公室，两个人谈论了很长时间。

厄休拉在练习佩剑的日子里，桌子上的报表和工作日志堆成一座小山似的，她快要忘记工作重心是什么了。她毫无头绪，不知道做什么才能恰当地反映她在工作上努力且实干，并能够得体地找到工作的重点。

西蒙英格不打算放弃现有的成果，他决定和普西石男抗衡到底，并且希望得到团队成员的支持。

所有人一致表示支持。

迈耶从一份平面媒体得知蒙滋和仲的支持率领先普西石男零点五个百分点，使西蒙英格兴奋得差点就跳了起来。

办公室外的工作人员也都看得出来他太兴奋了。

厄休拉和迈耶为工作人员买来了聚餐的食物，大家准备小小地庆祝这一阶段的胜利。

有人唱着跳着笑着，庆祝有一个完整的休息日了。

厄休拉终于搞清选举胜利为何总是这么重要了。

晚上十二时回到家，她小心地脱掉鞋子，拎在手里。

也许是苹果酒的作用，厄休拉有些微醉，小脸蛋红通通的。

她摇摇晃晃上了楼梯，打开卫生间，小心地扶着走了进去，看着镜子里的自己傻笑。她看到剪刀，不知什么原因笑得更大声了，她捂住嘴巴，扬了扬眉毛，说道："我是奎普厄休拉，我们要赢得选举，我们是不可战胜的……"

厄休拉诡秘地一笑，拿着剪刀走出卫生间，蹑手蹑脚地踩着走廊的地板，探头探脑地贴着木板墙，轻轻地推开图索的房间门，屏住呼吸走到他身边，战战兢兢地拿着他的一撮头发咬着牙剪了下去。剪下去第一刀，第二刀就显得容易得多，接着是第三刀。她怕图索发现证据，因此每剪一刀都将他的头发收进盒子里。

厄休拉暗暗窃喜，原路返回直接将盒子和剪刀一同扔进垃圾筒，抖了抖衣服回房间休息。

第二天清晨，厄休拉从梦中惊醒，以为听到了尖叫声。

一会儿，厄休拉觉得头好痛，一会儿又觉得肚子也痛，从床上跳到了地板上，冲向卫生间。恰巧卫生间的门开着，她吓了一跳，想要躲又发现没处躲，只好硬生生地和图索面对面站着。

她主动移过身子，看见图索将剩余的头发剃得很短，毛茸茸的。他狠狠地瞪着从身边经过的厄休拉，头侧向一边，表情严肃。

厄休拉进到卫生间就立刻关上门，上了锁，害怕地摸着自己的心脏说："该死的混蛋!"她仔细地看着镜子里她的头发，长舒一口气。

厄休拉下决心成为一名保守主义者还是在她十三岁上中学时看到了一篇题为《保守主义者未来的群体》的文章后，发现这是她唯一可以做好且能坚持下去的事情，她就这样做了。

她假装没有听莫德在抱怨做早餐的辛劳，而是在一颗颗数盘子里的玉米粒，她偷偷瞄了眼坐在对面的图索看他是否生气。

她的余光扫到有一双眼睛紧盯着她，她担心地向后移去，把注意力又放回了盘子里的食物上。

沃丁尤里在看到图索的短发后按捺不住问道："你的头发是怎么回事?"

厄休拉把身子转过去，她害怕地眨动双眼。

图索一句话也没有说，表情冷峻，眉毛紧锁。

"简直是疯了!"沃丁尤里道，"你没有为未来做任何准备?"从激动的语气和措辞听得出来，他对图索抱有希望，甚至想到了图索的未来。

借着沃丁尤里把注意力全都放在了图索的头发上，厄休拉巧妙地第一个溜掉，她知道这一切都是谁引起的，她看了眼手表，做了一个挥剑的姿势就去工作了。

竞选日志的安排每天都在变化中度过，厄休拉早已习惯。

对她这个初学者来说一切都是新鲜的，她努力工作，知道她会为这个团队带来小小的变化，她已经很满足了。

西蒙英格为团队定制了高级服装，要求每一个人在工作期间必须穿着它，以应对记者的突然来访，这样更容易上镜。这在厄休拉看来要求有些苛刻了，她为此妥协了多次，她不知道自己究竟要为这份工作改变多少才能更适应它。

为了符合高级女装的搭配，厄休拉将发型也做了改变，由原来的鬈发改换成了发髻。用塞米切纳一句开玩笑的话来说就是："厄休拉在不遗余力地支持竞选。"

迈耶空闲时会打电玩，厄休拉的选择就不多了，因为她的滑板被西蒙英格藏了起来，她只好全副武装练习佩剑。

"厄休拉，你的电话，三号线！"迈耶拿着电话大声喊着。

"谢谢！"厄休拉提起电话，"你好！我是奎普厄休拉！"

"你目光呆滞，代表你前程堪忧！"

"穆祖，你打电话来做什么！"厄休拉看了看办公室的人小声说道。

"我在报纸上看到了一个很像你的姑娘，她就站在蒙滋和仲的身后，想想吧，我把这张照片拿给教父看，他会有什么反应！"

"你打电话就为了这个？"

"也不完全为了它，当然我也可以保密，把送往教父家的报纸弄丢！你怎么想？"

"嗯！说吧你要什么条件？"

"你房间的钥匙！"

"这不可能！"

"那么也许在喝咖啡时教父就会看见你就是照片上的姑娘，我不敢保证我会放在正确的地方。"

"你在威胁我，我为什么要答应你！"

“我只是需要你的房间开一个小型派对，当然是私人的，只有少数几个会员参加！”

“把房间打扫干净，钥匙在第五个花盆下面！记住你答应了我什么！”

“当然，我还会些特异功能使电视的信号受到干扰，我的赠品！”

“谢谢！”

“不客气，表外甥女！”

厄休拉吐了吐舌头，放下电话，摇摇头。

莫德发现厄休拉换了全新的发型。

厄休拉坐在餐桌旁，眼睛连眨都没有眨一下。

她没有抱怨做早餐的辛苦。

厄休拉看着沃丁尤里手中的报纸说：“可以把报纸拿给我看看吗？”

沃丁尤里放下手中的报纸笑了：“娱乐版？”

“不，我要体育版！”

“嗯，我也喜欢体育版，看来我们以后要订两份相同的报纸了！”

此后的几天里，每次厄休拉坐在餐桌旁享用早餐时，就会发现餐桌上放着叠好的体育版早报。

沃丁尤里改读经济版，这让厄休拉受宠若惊。她开始动摇当初的选择是否正确，即使作为祖父母和外祖父母把厄休拉的选择看成是一个孩子的纯真选择无伤大雅，可伤害严重，厄休拉看到痛苦的远不止她一个人，而是两个家庭。

“你有一个包裹，我替你签收了，放在你的房间。”莫德说完离开客厅。

厄休拉和沃丁尤里相互看了眼对方，厄休拉就上了楼。

她看到一个木质长方形箱子放在房间中央的地板上，厄休拉用螺丝刀好不容易打开它，从里面掉出了一张卡片，打开木质箱子，看到里面是一株植物。

她认真分辨，不敢肯定这是不是一株大麻。

她赶忙打开卡片，上面写着：“转告厄休拉，她是对的，是我们搞错了。

安奈休。”

“这是什么？休，你是不是疯了？你知不知道这样会害死我的！”厄休拉抓起电话，差点叫出声。

“我知道你不是同性恋，我为你感到骄傲！”

厄休拉躲到墙角。“你胡说什么，这东西怎么能寄给我呢？听着，我不是同性恋，更不会吸毒，你在给我制造麻烦，你现在跟混蛋没什么区别，谁才是败类？”厄休拉故意问道。

“我！”

听到安奈休的回答后，厄休拉毫不犹豫地挂断电话。

她为怎么处理掉这株大麻头痛起来。

厄休拉穿上风衣，把花盆尽量掩藏在风衣下，她左右张望了一会儿，才敢走出房间。

走廊的光线昏暗，厄休拉的喘息声急促，她踮着脚尖，弯下腰，发梢从耳后滑落下来。

厄休拉的脸红了。原来弥补错误也很困难，她轻轻地咳了一声，两只手护在胸前，脑袋缩在了一起。

霎时，就在她经过图索的房间时，门开了。

图索和她撞在了一起，她的手发抖，心怦怦跳，终于坚持不住，怀里抱着的花盆砰的一声，掉在地板上。

厄休拉惊诧地向后退了一步，一株大麻就这样光明正大地躺在沃丁尤里的家里。

她一只手在挠头，另一只手正想指图索，可又犹豫地在空中画来画去。

她和图索四目相对，不知说些什么，只好仰着头看向天花板。

图索一副事不关己的样子，盯着厄休拉。

沃丁尤里听到响声后，上了二楼，他气喘吁吁地看到地板上倒着的一株大麻后，他就不只气喘吁吁了。

厄休拉吓得抱住头，沃丁尤里的眼睛瞪得超大，想要吃人的一副夸张表情。

她靠在墙上，图索双手插兜要离开。

她小心地俯下身捡掉在地板上的花盆碎片。

“站住！”沃丁尤里咬着牙，眼睛里冒火。

图索停下来，转过身。

厄休拉跪在地板上，没有抬头。

沃丁尤里的双手握紧，上去就是一记重重的右勾拳，打在图索的下颚上。

图索应声倒在地板上。

厄休拉吓得抱住头，全身缩在一起，手里的碎片割到了她的手指，血从指缝间流了下来。

图索倒在地板上，嘴角的血迹清晰可见，他摸了一下嘴角。

沃丁尤里走到他身边，压低声音道：“你清醒的时候，我们再谈？”

图索看着沃丁尤里，又看了一眼被吓坏了的厄休拉，慢慢地从地板上坐了起来。

厄休拉看着从指缝间流出的血迹，泪水在眼眶里打转，她深深地吸了口气，站起来。

“哇啊！”她大叫着推开挡在前边的图索，跑向楼梯，冲下楼，飞奔上了小汽车，拭去脸上的泪水，踩下油门，狂奔至竞选总部，她满脑子都是只要离开那里就好。

沃丁尤里在厄休拉逃走后，他也离开了，只有图索一个人坐在地板上，看着眼前的大麻，一动不动地发呆。

“你的手怎么了？”塞米切纳坐在厄休拉旁边的椅子上问。

“没什么！不小心弄伤了！”厄休拉用纸巾擦掉手上的血迹，“蒙滋先生很少来这里哦?”

“他来这里反正也不会做什么,有我们就好啊! 这里已经有一个老板了,老板多了未必是件好事。本周的支持率,我们依然领先!”塞米切纳给每一张桌子分发了支持率的走势图,然后坐到自己的位置上,“只要赢下选举,蒙滋有你想要的一切,这句话是这个王国的真理,蒙滋为你敞开大门,你要为他奉献一切!”

“和我在学校的学习都不一样,我被搞晕了!”

“在这里你会学得更快,宝贝,这里机会多得足以让你抓住河里的每一条鱼!”

厄休拉想了想,也对,这里看起来只剩下机会了。

“天哪! 有谁能告诉我普西石男为什么在‘金蛋牧场’? 为什么没有人告诉我呢?”西蒙英格站在大屏幕前,看着普西石男在牧场里挤牛奶,他发疯似的大叫着,快要掀掉房顶似的扯着嗓子大喊。

他无奈地望着办公室里的工作人员,在狭小的走廊里来来回回地踱步思考。

片刻之后,他制订下一步计划。

“迈耶,停止你手上的工作,去盯着普西石男,看他究竟要做什么,不要再被他骗了。厄休拉你来接替迈耶的工作,行动起来吧! 诸位,如果让普西石男超越了我们,就意味着你们全都得失业,没有薪金,没有保险,没有贷款,什么都将没有了,想想吧! 而这一切都是因为一个人——普西石男,加油吧! 伙计们! 帮帮你们自己吧!”

西蒙英格准备要和普西石男拼了。

厄休拉从迈耶手里接过厚厚的一沓资料,放在桌子上。

她看着它,不知道该怎么办。作为新手,厄休拉略显稚嫩,她熬夜赶工分析报表,计算出竞选等一系列工作,她已经没有理由退出。

晚上回家的路上,厄休拉的心还在不安,只要一想到早晨发生的一幕,她不得不想该如何解释。

回到房间，厄休拉扑倒在床上，一大包的资料被丢在角落，她均匀地呼吸着，抬头看见了几张 CD，她盯着它们发呆。

原来这几张 CD 是厄休拉刚来家里的第一天从图索的房间里拿来听的，一直没有机会还给他。

厄休拉爬了起来，清了清嗓子，用力摇晃脑袋。

“我是达达尼昂！”厄休拉说完，自己也觉得好笑，拿着 CD 站在图索的房间门口时，她轻轻地咳了一声。她没有敲门是因为房间门是半开着的，她小心地推开门，看见图索站在面前。

厄休拉没有说话，只是将 CD 搁在桌上，转身走开了。

她习惯性地点头，从图索房间里走了出来。

厄休拉在走廊里拍着胸膛，说：“好一个我啊！”

来自南方的蒙滋和仲有着超高的人气，他比来自中部的普西石男的优势在于风趣幽默，他常常为了迎合大众要做一些夸张的动作，以显示他的亲和力。

选举要历时七个月之久，而现在才进行了三周，还有漫长的时间。

厄休拉在看完资料后，越发觉得她有幸亲身经历选举无比荣幸。

她向第一个人生目标努力工作着，她和一支很棒的团队合作，这一切看起来那么不可思议。

厄休拉逐渐形成自主性，她越来越感到这件事并非易事，但也很有意思。

“咚！咚！”有人在敲厄休拉的房门。

厄休拉应了声：“请进！”

敲门的是沃丁尤里，他脸上的微笑和早晨的表情判若两人。

厄休拉赶忙从椅子上站了起来，心里忐忑不安，也许沃丁尤里是来追究她的责任。

他走到厄休拉面前，声音低沉不失温和：“我以为你睡了，看见你房间的灯还亮着就上来了。你很忙？”

厄休拉背过手。“有一些吧!”她停顿了一会儿,“今天早晨,那是我在……”

“我想向你解释!”沃丁尤里打断厄休拉,“早晨我吓到你了,我知道,你是第一次见到。我和图索之间有些小问题,你知道,孩子和父母的关系,不是总那么愉快。就像你和莫德之间,我和图索之间,我们都需要了解对方。”

厄休拉勉强地附和着点点头。

“哦! 这个周末你有时间吗?”沃丁尤里转换了严肃。

厄休拉微笑着点点头:“有的,有什么事吗?”

沃丁尤里将手里的盒子放在了厄休拉的桌子上,说:“周末亚里中家有个派对,他是我们家的好朋友,我希望你能和我一起参加,做我的女伴,怎么样?”

“莫德和我们一起去吗?”厄休拉看了眼盒子问。

“你知道她并不喜欢这种场合,那天她正好去参加一个艺术展。你穿这件衣服去,我想把你介绍给朋友们!”沃丁尤里说。

厄休拉将额前的头发拨向脑后,说:“好的,我和你一起去!”她看着微笑着的沃丁尤里心里难免有些紧张。

“晚安!”在沃丁尤里得到满意的答复离开后,厄休拉坐在椅子上,长长地舒了口气。

Chapter 3

厄休拉慢慢打开盒子,里面平整地放着一件蓝色高腰迷你裙,和一根相匹配的粉色腰带,还有发带。

她像个小女孩一样开心地笑了,满心欢喜地试穿新衣,她觉得即使还没到喝酒的年龄,但有机会参加高级派对也还不错。

她站在镜子前,久久不愿离开,吸引她的远不止身上漂亮的礼服。

刚接受迈耶的工作,还要抽空练习达达尼昂的台词,繁重的工作压得厄休拉都快喘不过气了。

“我觉得自己像个小丑!”她看着桌子上的照片自言自语道。

“你说什么?”塞米切纳看了眼厄休拉问。

“如果我们这些人努力工作还是赢不了,搞不好我会自杀!”厄休拉开玩笑说。

“失业比自杀更可怕,我的信贷快要到期了,可我的房屋贷款还有一半没有还。这年头没有贷款我可怎么活啊!想想办法吧!搞政治的都很穷,现在我宁愿相信站在我面前的人也许有一个是上帝!”塞米切纳摆出做祈祷的姿势。

“在你面前只有一个上帝,那就是我!要么成功,要么失业!”西蒙英格严厉地说道。

厄休拉拿起手中的分析数据分发给每一个人,她找了一个不错的借口逃走了。

普西石男就像个电影明星,曝光率直逼当红歌星,他生活在显微镜下,一举一动都有人在拍摄。

厄休拉咂舌于这样的生活也许只有普西石男受得了。

每次拍摄关于蒙滋和仲竞选团队,她都会躲得远远的,因为她再也不想听到穆祖为了阻止消息传到奎普朗达的耳朵里,因而辛苦地干扰收视和丢掉报纸发出的抱怨声了。她对相机和摄像机产生了条件反射,看到它们就会溜掉。

“你要回家?”塞米切纳问。

“是啊!今天是周末,我必须早点回家!祝你周末愉快!”厄休拉收拾资料放进包里,把没有完成的工作带回家继续完成。

“我讨厌穿成这样工作。要是我把它忘记在洗衣店就好了,或者是洗衣店老板将它和其他的衣物机洗染了色也就好了。更可气的是他们都会准时送衣物到我家,我该怎么办?”塞米切纳的抱怨越来越多。

厄休拉拎起大包,耸了耸肩,说:“不开门就好了!”

两个人默契地看着对方笑了。

厄休拉好不容易有一个闲暇的周末,却也被沃丁尤里硬拽到了亚里中的私人派对上。

她一个人走过彩虹厅,没有一个认识的人,粉红的发带搭在她一头鬈发中格外显眼。

厄休拉并不属于漂亮女孩的那一类,她没有高挑的鼻梁,性感的嘴唇,她展现给所有人的是她害羞的一面。婴儿般的小嘴咀嚼着她偷偷得手的点心,略带稚气的眼睛在盯着盘子里食物的同时还在偷瞄有没有更好吃的小点心。

看见厄休拉的人会觉得她就是这么简单,她只要站在任何人面前,就代表了一切。

沃丁儿里在月亮厅里找到了独自享受美食的厄休拉。

“厄休拉,跟我来。我想介绍给你一些人认识,来吧!孩子!”沃丁尤里示意厄休拉放下盘子。

“好的,先生!”她跟在沃丁尤里身后。

沃丁尤里带着她和亚里中他们在彩虹厅会面。

墙上挂着一幅贵妇的肖像画，它在彩虹厅的正中央，角落伴有兰花点缀，和它的名字一样，设计小巧而不失温馨。

沃丁尤里在肖像面前停了下来，厄休拉看见图索和一个年轻人交谈，气氛还算不错，每一个人都在有说有笑。

沃丁尤里礼貌地将厄休拉介绍给了他的朋友们。

“这位漂亮姑娘是我今晚的女伴，厄休拉！”沃丁尤里骄傲地向朋友亚里中说道。

厄休拉主动上前伸出手，说：“你好！先生，我是奎普厄休拉，很高兴受邀参加聚会，谢谢！”

亚里中望了一眼沃丁尤里，和厄休拉握手道：“你好！尤里总在谈论你，我终于有机会见到你了，我是亚里中，认识你我也很高兴！”亚里中久久打量着厄休拉全身，“这位是我儿子，亚吉本！”

厄休拉先是一愣，她动了动嘴角，微笑着又一次伸出手说道：“你好！我是奎普厄休拉！”

站在厄休拉面前的年轻人有张严肃的脸，穿着考究，看起来就像是刚从学院学习结束的学者，他待人的方式和他旁边站着的图索大不相同。

亚吉本从上衣口袋里取出一副眼镜，友好地打招呼：“你好！我是亚吉本！欢迎参加我们的派对！”

厄休拉看着图索故意说道：“你是心理医生？”

“是的，你怎么知道？”亚吉本觉得不可思议。

图索看着厄休拉，又转投向亚吉本。

“在我的朋友当中你非常有人缘！”厄休拉扬了扬下巴。

“我受宠若惊，谢谢，听说你还在实习？”亚吉本回过头看了眼图索。

“尤里，我们过去打个招呼吧！老朋友还在等着呢！”亚里中对沃丁尤里说道。

“他们到了？”沃丁尤里小声在厄休拉耳边说道，“祝你玩得愉快！我们一会儿见！”

她点点头，微笑着送走沃丁尤里和亚里中。

厄休拉和亚吉本的谈话并非都那么严肃，他们也聊一些共同的兴趣和时尚话题。

她总是在有意无意挤兑一旁一言不发的图索，她认为图索这个样子是在扮酷，还有就是对图索假扮心理医生的事愤愤不平，小小地报复他一下，觉得也不错。

“你和沃丁先生是什么时候认识的？”亚吉本显然还不知道厄休拉和沃丁尤里是什么关系，他想从厄休拉口中打听到些什么。

厄休拉挠了挠头，认真地想了会儿，说：“有段日子了！我们正在适应彼此的生活方式，不太容易！”

亚吉本难以置信地看着图索说：“我们？生活方式？”

厄休拉的余光看到厨师正在上另一道甜品，她迫切希望早点品尝到。“对不起，失陪！我要离开一会儿！”她从亚吉本和图索中间穿过，向甜品奔去。

“你怎么什么都没有对我讲？”亚吉本质问和他一起看着厄休拉离开的背影的图索，显得有点生气。

图索一言不发，走开了。

也许对厄休拉来说，派对上使她回味无穷的只有甜品了。她对它们简直可以说是着迷，在流连了两个小时之后，厄休拉觉得该是离开的时候了，她四处寻找沃丁尤里的身影。

从厄休拉身后传来了轻轻的一声：“厄休拉，是吗？”她愉快地转身，看见的不是沃丁尤里。

“是的，我是奎普厄休拉！”她收起笑容，依然彬彬有礼地回应道。

“你好！我是姜皓仲医生，我们曾在沃丁先生家见过几次面！”姜皓仲靠近厄休拉，“我想和你单独谈谈。”

她四处张望，没有发现沃丁尤里才说道：“好的，没问题，医生，现在吗？”

“是的！”

姜皓仲和厄休拉两个人走到一处偏僻的地方。

姜皓仲显得有些犹豫，他几次张口都失败了，他踱了几步之后，终于清了清嗓子："我想说的是，尽管你的祖母曾要求我不要对你讲任何有关她病情的事情——"

厄休拉瞪大眼睛听姜皓仲说。

"我作为主治医生，还是说服不了自己，应该让你知道究竟发生了什么。你的祖母肺部有一片阴影，现代医学称之为癌。"姜皓仲如实相告。

厄休拉打断了他："什么？你是说她病了？快要死了吗？"她捂住嘴巴，眨着眼睛。

"目前来看，还不会，她会一天天加重，变得难受。我想让你知道这件事。"姜皓仲看到厄休拉的眼眶里眼泪打转。

"祖父，他也知道？"她摸着额头，身体颤抖，泪水落在了手心上。

"是的，对不起，我不得不告诉你这个坏消息……"

厄休拉已经听不清姜皓仲说什么了，她抬了抬手："对不起，医生，我想我要先离开了，谢谢你告诉我！"她转身刹那，眼泪从指缝间流下，没走几步，正好与迎面来的图索撞上。

两个人相互漠视，厄休拉擦肩而过，抽泣着一路前行。

图索回过头望着厄休拉的背影。

厄休拉从亚里中的家没走远，看见一棵树，上去就踹几脚，愤怒地呼吸着。她感觉脚有些麻木，才停了下来，眼睛里满是无法宣泄的怒火。

姜皓仲看见图索，上前小心地问道："图索，看见你父亲了吗？"

图索摇了摇头，耸耸肩。

姜皓仲犹豫地说："我想我犯了一个错误，有可能你父亲杀了我也说不定！看见他，告诉他我找他有要紧的事，我要完蛋了……"姜皓仲四周环顾了一圈就离开了。

图索从侍者的托盘里端起一个酒杯，驻足了一会儿。

"你父亲的新女友比我想象得要年轻得多，她多大？二十岁，二十二岁，还是二十五岁?”亚吉本环视四周,“她去哪里了?”

图索一饮而尽说:“你下注的能力还和以前一样差劲!我走了!”他放下酒杯。

“告诉我你再走,她究竟多大?”亚吉本在图索身后大声问。

图索头也不回,只是摆了摆手。

厄休拉一个人漫无目的地走在道路一旁的林荫小道上,走走停停,不知如何是好。她抽泣着,看到有路人经过,她会把脸侧过去,眼泪一刻不停地向眼眶外涌了出来。

她想象着要是一直这样走下去,也许会好受很多。不知不觉走进了约纳坦公园,她一幕一幕地回忆着莫德所承受的痛苦。

小时候,厄休拉失去父母那一刻起,奎普家和沃丁家为了争夺她的抚养权打起了长达十三个月的官司。

最终法官决定由厄休拉自己做出选择。

作为一个只有五岁的小姑娘,厄休拉将手指向了和她来往比较密切的奎普朗达。就因为厄休拉这样的选择,阻断了她和莫德说话的机会。

厄休拉至今一直也没有弄明白父亲为什么和祖父母的关系糟糕,没有人告诉她原因。

莫德的心从那次厄休拉做出选择后,就向她关闭。

厄休拉无法走近莫德的心,莫德对她总是很冷淡。

她想到这里,无法抑制住激动的情绪,冲向湖边,使出全力大喊道:“莫德,我在这里,请你看看我!求你了!”

厄休拉跪在草地上微弱地呼吸:“祖母!”她抱着头,眼泪肆意地流着,一动不动。

皎洁的月光在湖面上泛着层层涟漪。

湖边安静极了,静得让人害怕。

厄休拉一个人坐在距离湖水很近的长椅上,双手放在椅背上,眼睛一直在注视着湖面,她看起来平静多了,可还是一副伤心得要死的模样。

她是知道的，莫德现在不在家，她得在莫德在家时谈这件事。

厄休拉五岁时的选择为奎普和沃丁两家加深了矛盾，她不知如何才能弥补祖父母的心灵伤痛，她挺了挺身子。

约纳坦的夜晚要比萨克里冷得多，更何况她只穿了一件高腰迷你裙。

天空黑压压的，漫天乌云像是要下雨的样子。

远处传来沉重的脚步声，厄休拉回头望去，原来是三个慢跑的人。她站起来，浑身冻得僵硬，搓了搓手，抬头看见有人正在看她，她脸红了。

走在回家的路上，她想了很久。

厄休拉来到约纳坦，就是为了让祖父母得到些许的安慰，她后来才发现错误早在十几年前已经存在，已经没有弥补它的机会了。

她加快步伐，行至四十九人街才稍稍放慢速度。

她仰望天空，在胸前画着十字，没有放弃改善和莫德之间关系的努力。

既然到家门口了，就得尽可能找到究竟是什么让莫德如此冷眼相处的原因。

厄休拉鼓足勇气，推开门，脱掉鞋子，向莫德的房间走去。

推门进去，房间里并没有莫德的身影，她焦急地在家里找寻着莫德。从一个房间冲向另一个房间，最终她在书房找到了正在和沃丁尤里愉快交谈的莫德。

厄休拉的头发被淋湿了，她慢慢走进书房。

“外边下雨了吗？孩子！”沃丁尤里站起来，关切地问，“昨天晚上你去哪里了？”

厄休拉目光坚定，看着莫德，说：“我想单独和你谈谈！”

莫德一言不发，沃丁尤里看厄休拉很坚持，只好留下莫德和厄休拉两人在书房。

她难以置信地看着莫德，想象出千百个理由也无法解释为什么莫德会如此平静地坐在她的面前。

“你病了，为什么不告诉我？”厄休拉睁大眼睛看着莫德，“你是在惩罚我吗？莫德，看着我，我就站在你的面前。请你告诉我，我该怎么做，才能让你真正看到我。你一直都在生我的气，现在好了，你打也好，骂也好，我都在这里，我哪里都不去，让这一切都见鬼去吧！求你看看我，好不好?"

厄休拉激动得双手用力按在桌子上，身体前倾，眉毛紧锁，说："我以为我回来你会高兴，看来只是我的一厢情愿，你什么也不对我讲。在我小的时候，你就从不来家里。现在你依然不想见到我，为什么？你讨厌我吗？莫德，我更愿意听到你直接告诉我，而不是像现在这样，我们就像两个陌生人在谈论外边的天气，嗯?"她的眼泪顺着脸颊打在桌子上，身体在发抖，她看起来一副受伤的样子。

莫德只是看着厄休拉，什么也不说。

屋里安静得只能听到厄休拉一个人的呼吸声。

"我想你说得对!"莫德终于站了起来，"我一直都在生你的气。你知道，我和你父亲的关系本来就不好，我们从来就不像一家人，看起来你还是和你的外祖父母要亲切!"莫德双手放在身后交叉起来，"他们总是充满无尽的爱，我做不到，我是病了，可我不希望只有在我病了的时候才能见到你，我不知道你会来。厄休拉，我和你都没有准备好接受我们之间这种关系，它很微妙，不是吗？我知道，现在我还应付不了，你是这个家的一分子，我们需要彼此适应，我需要准备!"

"准备?"厄休拉一屁股坐在椅子上，"你一直都在准备，你花了一生时间都在准备，你不知道，我和爸爸都爱你，我们会用尽我们所有的爱去爱你，你却说自己还没有准备好!"她浑身颤抖，拍了拍脑袋，"没有一个人需要准备才去爱他的家人，你知道，我从没有背叛过你，还有尤里，我不知道你们为什么不来看我，一通电话也没打过。为什么？告诉我这是为什么？又是你没有准备好吗？呵呵!"她泪流满面，强颜欢笑着，"是啊！你需要准备，我想对你说，莫德，无论如何我都爱你，一直都爱，不管你怎么生我的气，我爱你！莫德，我就想告诉你这个!"

厄休拉站了起来，莫德背转身。

她最后看了眼莫德的背影，用力拉开房门，砰的一声，她走时从外边带上门，莫德的眼睛湿润了。

厄休拉看见沃丁尤里就站在门外，他喊道："厄休拉！"沃丁尤里递给她一个"你还好吗"的眼神。

她匆忙拭去脸上的泪水，手忙脚乱地整理她的头发和礼服。

"你早就知道，为什么没有告诉我？嗯？"她眨了眨眼睛。

"厄休拉等你平静了，我再告诉你，你有点激动！"沃丁尤里关切地看着她。

"激动？我感觉从没有像现在这样清醒了，我有什么好激动的，又不是在选择，我什么也没有喝！"厄休拉把额前的头发向脑后拨，"这个家的人究竟怎么了？"她好奇地看了眼沃丁尤里，从他身边走开。

"你去哪里？"沃丁尤里抬头看见图索，"你又是从哪里才回来的？"

"你是在关心我吗？"图索站在台阶上回过头，"她为什么在家里？你的新女友是不是年轻了点！"

沃丁尤里瞪大眼睛道："你在胡说些什么？你是不是又吸毒了！我警告你，不要给这个家丢脸。你每天都这么晚才回家，记住不要忘记回家的路怎么走！小子！"

"我会减少我们见面的次数，避免我们总是见了面就吵！"图索迅速地说，"我早该换个环境了！"

这时，莫德从书房的窗口看见被雨淋湿的厄休拉晕倒在了草地上，一动不动地躺着。莫德大叫着跑出书房门。

"厄休拉！"莫德抓住沃丁尤里的胳膊，"厄休拉晕倒了！快啊！"

沃丁尤里和莫德立刻跑了出去，他们担心她会发生更严重的事情。

莫德拿起一把伞，跟在沃丁尤里身后，一起跑向厄休拉晕倒的地方。

厄休拉仰面朝天，雨水打湿了她那件单薄的礼服，头发被雨水浸湿，面色凝重，两只手一前一后按在绿草地里，看上去一副可怜样，嘴唇的青色和她身上的礼服是一个颜色，怪吓人的。

住在附近的邻居听到有人大叫着，也都走出来看发生了什么。

沃丁尤里一把推开邻居，大嚷道："到一边去！"他看着倒在草坪上的厄休拉，不知所措地看了眼周围。

厄休拉单薄的身体快要被积在草丛里的雨水淹没了。她的一只脚泡在雨水里有一段时间了，小腿上有瘀青，她这个样子吓到了沃丁尤里。

莫德随之赶来。她大叫着："你在做什么？快救人！"

莫德惊慌地拽着沃丁尤里一起蹲下来。"厄休拉，厄休拉！"她用力拍着厄休拉的小脸蛋叫着她的名字。

沃丁尤里做了一个深呼吸，一只手从厄休拉的脖子下伸了过去，另一只手扶住她的腿，用尽全身力气要将他的孙女从冰冷的草地上抱起。

对于年近七十的沃丁尤里来说要抱起厄休拉并非易事，虽然她看起来瘦弱，但好像要把她抱回家并不容易。

"我来吧！"图索伸手拦下沃丁尤里的手。

莫德在一旁撑起伞挡在厄休拉身上。

图索探下身听到她还在呼吸着，他抱起她回到家里。

"厄休拉，醒醒！厄休拉！"莫德焦急地呼唤着她。

莫德用手巾擦干了厄休拉身上的雨水，帮她换上了干净的睡衣，测量体温发现她在发高烧。

莫德寸步不离地守候在她身旁。她意识到她有多么爱这个孩子，一刻也不想让这个孩子再从身边溜走第二次。

莫德流着眼泪笑了，她小心地捂住嘴，觉得厄休拉说对了，她早就已经喜欢上了厄休拉，苦于寻找不到恰当的方式表达心中的那份爱。

厄休拉就在她的面前，静静地躺在那里，莫德心里满是自责和痛苦，原来莫德是想告诉厄休拉她也爱她，可莫德什么也没有说。

莫德想到这里，再也无法抑制住激动的情绪，她轻轻地探下身，亲吻厄休拉的面颊，眼泪滴在了她的面颊上。

"我也爱你，厄休拉！"莫德愉快地对厄休拉笑笑，"我一直都在这里！"莫德握紧厄休拉的手,微微一笑,“原来你长这么大了!”

房门被推开了,进来的是姜皓仲医生,他不好意思地向莫德打招呼,迅速投入到了为厄休拉的治疗上,他觉得要为厄休拉的晕倒负一部分责任,甚至都不敢抬眼看莫德。

沃丁尤里在走廊来来回回地踱步,图索不知去了哪里。

莫德在一旁焦急地守候,厄休拉也许是因为发高烧的原因,脸上泛着红晕,她时不时地咳几声,没有睁眼,她一直都在睡。

莫德走到厄休拉的书桌前,看见摆满了的相框。有厄休拉和父母出游时的照片,有厄休拉和父亲钓鱼的照片,有厄休拉和外祖父参加的亲子游泳时的照片,还有厄休拉至今都还保留的一张莫德年轻时驾驶飞机的照片,让莫德感动不已。她无法再这样对厄休拉无动于衷。

莫德恨不得赶快将睡着的厄休拉从床上摇醒大声对她说:“厄休拉,我爱你!”她看着厄休拉眼泪不由自主地流下,发现姜皓仲医生看着她时又急忙把脸擦干。

十几分钟过去了,沃丁尤里等得焦虑不安,他推开门,轻轻地走进厄休拉的房间。

姜皓仲医生看了看表。

“对不起,让你们久等了!”他边看厄休拉边说,“厄休拉只是轻微发烧,还有些咳嗽,被雨淋到都会有这些病症,加之她这几日没有休息好,病情会较一般病患严重点,我开一点药让助手送来。她需要打点滴,一旁还要有人照顾。请不用担心,她会好起来的,要不了几日她会健健康康地站在你们面前。你们放心好了!”姜皓仲医生收起听诊器。

“莫德,你怎么样?”姜皓仲医生试探性地问。

“我很好,一直都在按时吃药!”莫德温和地说,脸上露出理解的微笑。

显然,只要厄休拉能好起来,比什么都重要。

待送走了姜皓仲医生,莫德都在守候厄休拉,她发觉她错过了和厄休拉相处的时光,她不想再一次错过。

莫德很长的时间在盯着熟睡中的厄休拉,她总也看不够。厄休拉的咳嗽声像惊醒梦中人一样吓到莫德,她会一下子从椅子上跳起来。

“我是个大白痴,你为什么没有早点来这个家呢?”莫德轻声叹道。

沃丁尤里在莫德进入梦乡之后偷偷地为她盖上毯子,看着熟睡中的祖孙二人他也笑了。莫德的固执,厄休拉的坚持,有意思的两个女人就这样睡在了一起,沃丁尤里走时轻轻关上了房门。

午夜时分,厄休拉惊醒了,她睁开双眼,发现一头灰白色的头发,仔细一瞧,原来是莫德倒下睡着了。

厄休拉小心翼翼地抚摸着莫德的头发,怕她会醒过来。她浅浅地笑着,原来莫德也很亲切。

她看到莫德眼角的皱纹,也就不难理解莫德责怪她当初的选择的原因了,它已经全都在这一道道皱纹里了。

厄休拉哽咽着,眼泪顺着眼角打湿了枕头的一角。

经过数日的恢复,厄休拉的脸色变得没有倒在草地里时那样可怕了。

她慢慢地睁开眼睛,环视四周,房间里一个人也没有。

过了好一会儿,她觉得口渴,缓缓地从床上爬了起来,站在地板上的瞬间感到头好晕,扶住墙,一步步地向房间外艰难地移动步伐。

她始终没有看见莫德或是沃丁尤里,她有些焦急了。

扶着墙壁靠了一会儿,看见图索从他的房间里出来,厄休拉将头侧了过去,站直继续向楼梯走去。

虽然走得艰难,可厄休拉不想在图索面前丢脸。

图索走了过去,上前扶住厄休拉的一只胳膊,说:“他们都出去了,有什么我……”

她停了下来,瞪了眼图索,语气强硬地打断他:“我什么也不需要,请走开!”

她的神情很不自在,图索看得出来厄休拉在让他难堪。

厄休拉用力甩开图索的手,狠狠地瞪了眼他,坚持一个人走到楼梯口,她抬起左手扶在栏杆上,扬起下巴。

图索双手插兜看了眼厄休拉,径直进了卫生间。

厄休拉感到头晕,比刚才还要晕,她坚持不住了。忽然无意识地抬起左手,从台阶上滚了下去,身体重重地摔在了地板上,一动不动地趴着,紧闭双眼。

她失去了知觉,连拒绝别人的力气都没有了。

图索从卫生间出来,下楼梯时发现趴在地板上的厄休拉。

他赶忙跳下台阶,抱起厄休拉回她的房间,一脚踢开房门,把她放在床上。

厄休拉是个固执的姑娘,她遗传了莫德的性格。

图索仔细地看着安静睡着的厄休拉,坐在一旁的椅子里。

他发现厄休拉此时并不像她表现出来的那样坚强,奶油色的皮肤和快乐无邪的眼睛使她变得可爱,厄休拉宁愿将它掩饰起来。

莫德和沃丁尤里出门办事去了,家里只有厄休拉和图索两个人。

从一开始两个人就看不顺眼对方,厄休拉更是对图索假扮心理医生有一肚子的火,他知道太多关于她的秘密了。

两个钟头后,厄休拉醒了,呼吸用力,鼻子酸痛,她抬手一摸,方才知道从台阶跌落摔得并不轻,鼻子肿了。

厄休拉咧嘴笑笑,换了个姿势,轻轻地碰了碰鼻子看是不是伤到了骨头。

图索试探性地打开厄休拉的房门。

他看见厄休拉醒了,走到她的床前。

他面无表情地递给厄休拉电话,说:“有你的电话!”

厄休拉清了清嗓子,待图索离开,强装笑容拿起电话,说:“你好,我是奎普厄休拉!”

“你好！宝贝!”

厄休拉叫了一声:“外婆！是你吗?”她从床上跳到了地板上。

"你还好吗？宝贝？"

"我很好！你好吗？"厄休拉看了眼门口，"外公还在生我的气？"

"他总是拿你一点办法也没有。你的实习怎么样了？"

厄休拉站在窗口，向远方眺望，说道："对他们来说我是个新手，穆祖住在家里吗？"

"他现在住你的房间，我在报纸上看到了你的照片！那是你吗？宝贝！"

"我想是的！外公看到了，我可以想象出他会是一副什么表情！太可怕了，我现在要扮演《三个火枪手》中的角色，达达尼昂！"

"太好了！宝贝！你会演好的，我为你感到骄傲。别担心外公，我们一起努力，记住，我和你永远在一起！莫德和尤里待你好吗？"

"嗯！他们对我很好，我们都在学习如何和对方相处。"

有电话打进来。

"对不起，外婆，我还要接一个电话。我们下次再聊，保重，外婆，我爱你！"

"我也爱你，宝贝，照顾好自己！拜！"

厄休拉将电话换到了耳朵的另一边。

"你好！是奎普厄休拉吗？"

"你好！我是奎普厄休拉！"

"终于找到你了，厄休拉，听说你生病了？我是西蒙英格！"

"是的，先生，我会尽早回去工作！"

"那样最好，我快要失去耐心了！办公室现在忙作一团了，你必须要和所有人一起努力工作，你休息得太久了！"

"好的，先生！明天一早，我会和大家一起工作的！"厄休拉身体绷紧，直到西蒙英格挂断电话才放松下来。

普西石男抢先在各大媒体上播放竞选广告，这对蒙滋和仲阵营来说是个不小的打击。办公室里沸沸扬扬的广告创意不绝于耳。

厄休拉感到矛盾,这里对她来说既熟悉又陌生。数十日的停止工作,一下子让她无法适应,她害怕听到嘈杂的电话铃声。

“厄休拉,我终于见到你了!”西蒙英格放在厄休拉面前一沓数据报表。“从现在起你将连生病的机会都没有了!努力工作,这就是你要做的,午餐时间取消了,竞选广告你也要加入进来!”西蒙英格仔细端详着厄休拉的面孔,“你的鼻子怎么了?和人打架了?”

厄休拉想要澄清,摇摇头说:“不,不是的先生,是我自己不小心摔的!”

西蒙英格半信半疑地看着厄休拉说:“让化妆师好好做一番修饰,你看起来像是病得很严重的样子,还有你长着一张大众脸,你的眼睛看来还不错……哇呜!你这糟糕的头发也需要我们精心处理才能上镜!”

西蒙英格若有所思地离开办公室。

厄休拉不解地问一旁的塞米切纳:“他总是这样直接吗?我感觉好丢脸哦!”

“也不是啦!他被普西石男搞晕了,我们现在处于落后的位置,他紧张,而且有些神经质!”

塞米切纳正在说话的同时看到西蒙英格又回到了办公室。他从桌子上拿了一份文件,经过塞米切纳面前时不忘用手指着她说:“我听到有人在背后讲我的坏话!我敢肯定我听到了!”

塞米切纳不紧不慢地冲西蒙英格微笑,在他快要走出办公室的大门时,她咬着牙小声说着:“我敢肯定他没有听见!”

厄休拉看着关上的办公室大门笑道:“我现在知道他是如何当上了竞选经理!”

塞米切纳和厄休拉互相看了眼对方,相视一笑。

在西蒙英格和造型师的强烈建议下,厄休拉将头发稍稍剪短了,和原来的发型相比较,后者更轻松。

午餐时间全都被拍竞选广告占用了。厄休拉一边啃面包,一边小声抱怨道:“什么时候,我们都改行做模特了?”

“我们早就做模特了!”昆廷附和道,“让我节食,拍这样华丽的照片,只有模特才做,英格说让我还要瘦身!”

“你是该做做运动了。瞧,你这一身肥肉,整个房间都变窄了。昆廷,你的午餐是一个苹果,你又在偷吃什么?”塞米切纳瞟了一眼昆廷手上的香肠笑笑说,“小心英格看见,又要挨骂了,他一会儿就会回来的!”

厄休拉不敢相信平日里一向温和的塞米切纳,也有会开别人玩笑的一面,说话辛辣,行为果断。

塞米切纳本来就是个很有经验的发言人,负责蒙滋和仲本人的一切对外事物,她聪明果断,微笑应付来自政治、媒体和记者的挑战。

西蒙英格从不对她的着装品位有异议,塞米切纳一向以“照顾好自己”为原则,这在厄休拉看来,她也同样受用。

厄休拉在竞选广告里以喜剧的方式扮演一位足球运动员,花去了她的午餐时间和工作的两个钟头。

她生病期间,工作停滞不前,她多了计算和分析的工作。

西蒙英格为她准备了一套合身的达达尼昂戏装,自然还有一把新锻造的宝剑,为随身携带方便。她冲塞米切纳吐了吐舌头,走在他们面前拔出宝剑,说:“在这英勇时刻,我们齐心协力……”厄休拉讲完台词,忍不住笑了。

“我希望西蒙英格知道,他都做了些什么!”塞米切纳一语道破,“收起宝剑,美人,你的智慧和你的美貌无与伦比!”

莫德的心对厄休拉敞开了大门。

她不再坚持对厄休拉冷淡的态度,为了缓和晚餐的沉闷气氛,莫德主动开起沃丁尤里的玩笑。

她告诉厄休拉,一次她出门参加朋友的聚会,并没有事先对尤里讲。尤里看到厨房里保姆的背影和莫德非常像,就把保姆当成了莫德,大谈特谈保姆在周末做的烤鸡有多难吃和多难以下咽。保姆当时一个字也没有说,只是把沃丁尤里的话全部听完以后才发火。

莫德此时见到了这一生也难以看到的沃丁尤里的无辜表情,莫德模仿沃丁尤里当时的表情,滑稽可笑,搞得厄休拉最后笑痛了肚子。事后,沃丁尤里再也不敢吃烤鸡了,他总觉得是被那个保姆施了魔法一样,他连鸡皮碰也不碰了。

直至用完餐,厄休拉的肚子还在痛,她第一次在家里看见了莫德久违了的微笑。

厄休拉从房间里拿来了相机,记录下了美妙的时刻。

沃丁尤里语重心长地对莫德和厄休拉说:“烤鸡距离我的生活和恐龙消失在这个地球上的时间同样长,它们都太遥远了!”

厄休拉和莫德看着彼此,咯咯地笑着。

她拍了拍沃丁尤里的肩膀,安慰他不要太在意。

晚上厄休拉独自在后花园练剑。她认真做每一个动作,一边进攻的同时还要注意防守的动作,出剑——收剑——出剑——收剑。

厄休拉将剑收起来,坐在台阶上休息。

当她再一次拔剑,下意识地抬了下头,从房间的窗户里看见了图索。

厄休拉和图索对视了好一会儿,图索才从窗户边走开。

她在后花园练习完剑已经很晚了,她轻轻地穿过大厅,伴着昏暗的光线上楼回房间。

她听到脚步声是从餐厅传来的。

厄休拉好奇地走了过去,看到一个人影站在窗口,厄休拉向前走了几步问:“莫德,是你吗?”

厄休拉正要开灯,却被莫德制止。

“不要开灯!”

厄休拉摸黑靠近餐桌,一只手触摸到了酒瓶,她抬头借着从窗口照进来的一点点月光发现莫德手里拿着一个酒杯。“你喝酒了?”厄休拉问。

莫德回过头看了眼厄休拉，在餐桌的一边坐下来，厄休拉就坐在她的正对面。

莫德盯着酒杯，哽咽地托住下巴。

“你知道，我从没有对……产生胆怯……咳……我现在非常害怕我就这样死去……”莫德盯着厄休拉抽泣道，“我害怕我不能面对死亡。厄休拉，我们从来没有像现在这样亲近过。我爱你，孩子，我生病了，病得很严重，我想看着你毕业，工作，看着你和男朋友一起去约会，我还想要做好多事……”莫德的眼泪涌了出来，吓坏了厄休拉。

一向在厄休拉面前，不解释，不诉苦，总是表现出莫德式的坚强。现在害怕了的莫德，似乎对生活也失去了信心。

厄休拉敬佩莫德能够从善如流，尽管她们亲近没几日。她慢慢地走到她面前，俯下身，脸贴近莫德的脸。刚才在餐桌上还有说有笑的莫德，现在怎么像是换了个人似的。

厄休拉安慰她的同时单膝跪地：“我不想再一次错过和你在一起，我爱你，永远爱你！”

莫德放下酒杯，伸手触摸到了厄休拉的头发，她激动得热泪盈眶：“我错过了送你去舞蹈班上课，错过了和你一起玩棒球，错过了整个夏天都要和你一起去钓鱼，还错过了和你要绕着家门前的那棵榆树跑……我好像错过好多美好时光，转眼间你已经长大了。你长得像你妈妈，尽管我们见面的次数有限，我不得不承认她很漂亮，你和她一样也都那么善解人意！”

“没想到你都记得！”厄休拉的眼睛里泪光闪闪。

她拥入莫德的怀中，给了莫德大大的拥抱，莫德满心欢喜，她不想再一次失去了。

厄休拉正式穿上了达达尼昂的服装。

她不断尝试摆脱服装对她的束缚，她总觉得哪里有不对劲。

厄休拉乘西蒙英格和记者打交道的间隙脱去了上装,她抱怨道:“我还要在公共场合穿它,帮我取消所有公开露面的活动!”

“没有人能打破西蒙英格制定的计划!”昆廷一边偷吃汉堡,一边向四周张望。

“大人物来了!”欧奎因在昆廷身后提醒他。

昆廷迅速将汉堡藏在了一堆文件下边,厄休拉快速从椅背拽下上装,从头上套了下去,昆廷用手擦了擦沾在嘴角的面包渣,厄休拉利落地整理上装。

厄休拉和昆廷在西蒙英格进办公室之前都装作平静地工作的样子,他们尽量不去看别人,沉浸在工作中,难免有瑕疵。

“我闻到了洋葱和奶酪,有谁在吃汉堡?”西蒙英格放眼整个办公室,一一排查。他无意间从厄休拉身上略过,目光落在了昆廷身上,“你吃了,而且我还闻到了芥末味对吗?”

昆廷拼命地摇摇头,不敢看西蒙英格,装作很忙的样子。

“你的扣子系错了!”西蒙英格提醒厄休拉,欧奎因和塞米切纳都忍不住笑了。

厄休拉尴尬地低下头重新扣好。

西蒙英格从抱着的盒子里取出多个手机分发给工作人员:“请把你们以前的手机上缴。这个有跟踪功能,当然也少不了反侦察,如果有人想和对手秘密联系,我自然会知道,我奉劝大家不要以身试法,昆廷如果你要私下叫外卖,我也会知道的,明白了吗?”

“嘿嘿!”办公室的人都笑了。

昆廷没好气地说:“知道了!”

“下午四时我们排练第五场,所有人二十四小时开着手机,我会随时联系你们。来吧!伙计们!”

西蒙英格的权威在办公室里没有人敢去质疑,因为他们别无选择。

厄休拉很不习惯在帽子上还要插一根长长的红色羽毛,她总也甩不对方向,控制羽毛的方向成了困扰她的一大难题。

她练习步伐的同时,也在竭尽全力练习戴帽子的同时摆对羽毛的方向。

昆廷还在惦记着他剩下的半个汉堡,他总也提不起劲。

厄休拉拔出剑向空中挥去,她的余光看见塞米切纳正在偷偷为昆廷私藏了一块三明治,拿给他吃。

当然西蒙英格正在换装,厄休拉看了眼他们就转过身向另一个方向挥去。

厄休拉觉得有意思的是塞米切纳一边对昆廷说着狠话,一边又为他私藏食物,看起来倒也有趣。

西蒙英格穿着阿托斯的服装从办公室走出来,他让厄休拉围着他转了好几圈也说不出来哪里不合适。

"厄休拉,有你的电话,四号线!好像是你的祖母!"塞米切纳在办公室大喊道。

厄休拉收起剑,对西蒙英格说了句:"马马虎虎吧!"就跑去接电话了。

西蒙英格迟疑地将视线落在昆廷身上问:"她说的是什么意思?"

昆廷摇摇头,看着西蒙英格耸耸肩。

厄休拉按下四键,拿起电话关切地问:"莫德,身体有不舒服吗?"

"不,我没有不舒服,只是出了点事情……"莫德在电话另一头犹豫地说道。

厄休拉耐心地听完,放下电话,往办公室门口跑。

西蒙英格大声叫着:"厄休拉,你去哪里?"

厄休拉没有回答。

西蒙英格又大叫着:"晚上排练,记着,不要迟到!"

厄休拉早已不知去向,西蒙英格无可奈何地看着昆廷说了句:"年轻人!"

昆廷没有理睬他。

警察局里，图索和一个和他差不多大的年轻人并排坐着。

那个年轻人，满脸青一块紫一块，胳膊上缠着绷带，旁边还站着他的律师。

图索看上去伤得不重，脸上有瘀青，他一句话不说地坐着。

他旁边的年轻人和律师却一直在和警察交涉。

听完一方陈述之后，一个大块头警察抓住图索的衬衫领口大声怒斥道：“喂，小子，是你打了人！问什么也不说，你有什么好拽的？快说话呀！”

图索看了他一眼，把头一侧。

大块头警察像是被激怒了，他揪住图索的领口，用力拽掉了衬衫的扣子。

旁边的年轻人煽风点火般地说道：“你看吧，我也不知道什么原因，我在寝室里看书，这个家伙就闯了进来，抓起我就是一顿拳打脚踢，他疯了！快把他抓起来，警察是伸张正义的！”

大块头警察松开手，坐下来，拿出笔和纸，说道：“名字？年纪？”

图索一言不发，大块头警察看了眼坐在图索旁边的年轻人和他的律师，被气得忍无可忍地揪住图索的衣领说：“你说还是不说？”

图索狠狠地瞪了他一眼，大块头警察怒气冲冲地挥起拳头朝图索的脸砸去。

图索和椅子一起被打翻在地，他摸了摸眼角，大块头警察从桌子背后走了过来，指着图索生气地说：“你最好还是说了吧！”

厄休拉就站在图索身后用手机对准大块头警察按下键，照着大块头警察闪个不停，大块头警察用手遮住脸。

她停止照相，仔细研究起了西蒙英格刚刚为她配置的手机。

大块头警察对厄休拉穿着达达尼昂的服装产生好奇道：“小姐，你是谁？如果你要找剧院，你走错地方了！”

图索仰起头看了眼厄休拉。

厄休拉拿起手机向大块头警察展示道:“这是他们为我配置的最新手机,我把刚才发生的录制成了一段视频。它看起来还不错,画面清晰,音质超棒,我只要轻轻地一按键,报社和杂志社都会对这段视频有兴趣。请问你在做什么?我是奎普厄休拉,这位先生的私人律师!”

大块头警察思考了片刻,慢慢地半蹲下伸出手,将倒地的图索拉起。

厄休拉拔出剑,直指大块头警察的肩部,认真地说道:“先生,请你离他远点!”

她看了眼图索,继续说道:“图索,起来吧,我们走吧!”

图索慢慢站起来,厄休拉收起剑。

胳膊上缠着绷带的年轻人大叫着站起来:“警察先生,你不能让这小子就这样走掉,是他打了我。喂,你瞧!律师,你快说啊!现在我要告他,故意且严重伤害我的身体!”

一旁的律师正要开口,厄休拉抢在他面前自信满满地笑了笑,从穿着的上衣口袋里掏出几张纸。她瞅见坐在一旁的女生,她也受伤了,脸被打肿了,她一直都在朝这边望。厄休拉一进警察局就第一个注意到坐着的女生。

厄休拉站在受伤的年轻人面前,看了眼他身后的律师,手里的文件在他面前晃了一下,说:“你告他什么?”

她看着图索,一只手放在剑柄上,说:“这是一份多名女生联署签名起诉你随意殴打她们的诉状,怎么样?你还要告他吗?这些女生随时准备出庭指证你!”

“你在威胁我?”受伤的年轻人向后退了一步,跟他的律师小声说道,“你看到了!我们一起将他们告上法庭!”

“奎普小姐,我们想私下里商议,这样对我们双方都好!自我介绍一下,我是范布勒,来自黑丁巴律师事务所!”范布勒身材高大,态度和蔼,他的翩翩风度和他的当事人正好形成鲜明的对比。

厄休拉和他一起走到角落,他和她相对站着。“我会说服他撤销指控,你觉得怎么样?”

厄休拉向图索望去,想了一会儿:“我没有什么可以保证的,但我可以给你点建议,我要是你我会准备好应付刑事诉讼!”

范布勒望着厄休拉笑了,从西装内侧上衣兜里掏出一张名片递给厄休拉道:“这是我的名片,有兴趣来我们律师事务所的话,我会给你最优厚的待遇,怎么样?”

厄休拉微笑着回答道:“可我还没有毕业!”说完将名片送还给了范布勒,看着他一脸茫然的表情,她将目光转向了别处。

“你在和我开玩笑,对吗?”范布勒苦笑道。

“不,我没有开玩笑!”她一脸严肃地望着范布勒。

范布勒无奈地耸耸肩。

厄休拉走到图索面前说:“我们走吧!”

范布勒的当事人大叫道:“你还是我的律师吗?”

Chapter 4

“你来晚了，年轻人！”西蒙英格嗓音低沉，一边看着他的台词，一边安排其他人的站位。

厄休拉急急忙忙站在了三剑客的一边，她吐着舌头小心地抬头看了眼西蒙英格。她并没有解释来晚的原因，有一点可以肯定，如果西蒙英格知道厄休拉是从警察局赶来，他也许会杀了厄休拉也说不定。

她只好硬着头皮听完西蒙英格对她的种种不良行为进行的指责。

塞米切纳在一旁听西蒙英格说话的同时做夸张的动作和搞笑的脸部表情，加之昆廷也偏偏终日喜欢搞怪，两个人逗得厄休拉忍不住笑出声。

她掐住腿，提醒自己道：“不要笑！不要笑！”

厄休拉咬住舌头，憋足一口气终于在塞米切纳学西蒙英格招牌性的指某人的动作时，忍不住倒地大笑。

“呵呵！”

看到西蒙英格气冲冲走过来，她迅速地从地板上站起来，咬住舌头，板着脸。

“厄休拉，你怎么了？有什么问题吗？”

厄休拉咬着下嘴唇说：“没什么！”

她目视前方，西蒙英格把脸凑了上去，说：“你看上去可不好！你目光呆滞，代表着你前程堪忧！”

她看见塞米切纳做了提醒她不要说话的手势，在这里只有西蒙英格说了算。

排练结束时，西蒙英格不忘提醒厄休拉永远都要将纪律放在第一位。

“厄休拉！”沃丁尤里轻轻地拍了拍熟睡中的厄休拉，“厄休拉，醒醒！太阳照到屁股上了!”

她换了个姿势继续睡,沃丁尤里忍不住推了她一下:“厄休拉,快醒醒!”

厄休拉一动不动,沃丁尤里有些怒了,他走到落地窗前手一甩拉开窗帘,温暖的阳光直射进屋子。

她将脑袋埋在毯子下边说:“今天蒙滋和仲要上下午的辩论节目,所以我不用那么早去!尤里我还要睡会儿!”

“不可以,谁叫你总是很晚才回家,快起床,我在车库前等你。不起床就没有早餐喽!”沃丁尤里掀掉厄休拉身上的毯子,笑着走了出去。

“哎哟!我的肚子痛!”厄休拉捂住肚子痛苦地叫着。

沃丁尤里笑了:“早餐通通倒掉,唉!我的火腿煎蛋!”说完吹着口哨摇摇晃晃走了出去。

厄休拉抬头看了看灼眼的阳光,慢慢地爬下床对沃丁尤里喊:“我来了!”

她大步追在了沃丁尤里身后。

两个人来到车库前一块空地,沃丁尤里从角落捡起早就准备好的篮球,一边运球,一边向厄休拉下战书:“我已经好久没玩了,我们来一场怎么样?”

厄休拉还处在迷糊状,她连眼皮睁开都很费劲,她不是向左倒,就是向右倾。

沃丁尤里在厄休拉的脑袋上拍了一下。

“哎!好痛啊!”厄休拉一声惨叫。

“醒醒吧!我要进攻了!”沃丁尤里像个年轻人一样灵活,他在厄休拉眼前做着各种假动作。

厄休拉拍了拍脑袋,张开双臂,向下弯腰。

沃丁尤里先向左突,然后紧接着一个转身,他带球从厄休拉的右边强行突破。

厄休拉早有预料,伸手挡下沃丁尤里手中的球,抢下,换位,厄休拉有节奏地运球。

“现在轮到我进攻了！嘿嘿！你要小心喽！”

“来吧！只要你不是直接……”沃丁尤里紧盯厄休拉的步伐。

厄休拉向后退了三步，带球从他右侧强行攻了去，她运球至篮下，脸上的表情总是乐呵呵的。

“你是说上篮吗？”她带球上篮，球进了。

沃丁尤里举手道：“我很高兴这样的事不经常发生！”

厄休拉轻松地耸了耸肩道：“我选择保持沉默！”

两个人脸上露出理解的微笑。

沃丁尤里抬手，像厄休拉小时候一样，输掉的那一方要背起赢的一方。

厄休拉小心地询问：“你真的可以吗？”

“来吧！要相信你的祖父！”沃丁尤里俯下身。

厄休拉咯咯笑个不停，沃丁尤里背起厄休拉绕着莫德种的花走圈，他们有说有笑，尽情地享受着也许这一生中错过了很多机会都不曾有过的祖孙快乐时光，他们乐在其中。

图索在餐厅吃早餐时，从窗户里无意间发现了两个人的亲密举动，面无表情地走到冰箱前，又抬眼看着他们好一会儿，方才打开冰箱取出牛奶。

厄休拉挽着沃丁尤里的胳膊，一起走进餐厅。

她爽朗的笑声足以吸引其他人的注意，她从桌子上拿起报纸认真地阅读。

“厄休拉，你还要煎蛋吗？”莫德拿着平底锅走到她身旁。

她先是愣了会儿，又摇了摇头说：“不，谢谢！今天的早餐非常可口！”

沃丁尤里侧着头靠近图索，问：“你的眼睛是怎么了？和别人打架了？”

图索用手遮了起来：“没什么！”

他对沃丁尤里来说，可不是一句“没什么”就能了事的。

“什么是没什么！你究竟每天都在做些什么？怎么找也找不见你的人，要么就是看到你时总是不是这儿伤到了，就是那儿瘀青了，什么时候你才能正常呢？”沃丁尤里两只手扶在餐桌上，他说话的语气就像是在和一个陌生人在讲话，“你还在种大麻？我可不希望在警察局里见到你！那样的话我是不会交保释金的！你究竟整天在想什么？”

厄休拉吓了一跳，沃丁尤里还记得那件事，她胆怯地靠回到椅背上，感觉胃都抽了起来。

“你为什么总是看我不顺眼呢？”图索站起来，将餐巾摔在了餐桌上，“有人可以讨你欢心，你和她在一起就好！”

厄休拉一听瞪大眼睛，图索瞟了她一眼，转身背起书包甩门而去。

“他是在说我吗？”她看着沃丁尤里，莫德在认真地吃早餐。

她像被针刺了一样地跳了起来，夺门而出，追上了要上车的图索。

厄休拉睁大眼睛，用力推了一把走在前边的图索。

图索向前冲着跑了几步，回过头瞪着厄休拉。

厄休拉不甘示弱地把手叉在腰间，大声怒斥着：“喂，你在说什么？”

图索挺了挺身子，滑落的书包带又拉回到肩上，他说：“怎么，不喜欢有人说吗？”

“事情不是你以为的那样！我是说得有人解释清楚！”厄休拉向前走了一步。

“解释什么？你和谁做什么要向我解释？”

图索和厄休拉两个人相互较劲，谁也不肯让步。

“做什么？你给我听清楚了，我是奎普厄休拉，姓奎普你明白吗？”厄休拉用手指着图索的胸前。

“那又怎样？哇哦！你手里的剑呢？去哪里了？”图索故意向前挺身子。

“你是个白痴、傻瓜，我说了这么多，你难道还不明白吗？”厄休拉生气地大叫着，“我真想刺穿你的心。你为什么总是在惹全家人不高兴呢？莫德和尤里他们都很关心你，你却……你真的就不为他们想想吗？他们，你……”

“怎样？是你在种大麻，不是我！”图索故作轻松地笑了笑，“他在生谁的气？你肯定在吸毒吧？”

厄休拉被气到了，她将图索狠狠地推了一把。

“我没有种大麻!”她深深地呼了口气,“好吧! 我们先不说这个,我想对你说的是……你听清楚了,我母亲是奎普奈香,父亲是沃丁派伊,你明白吗?如果你还不明白你去看一看户籍簿,比我告诉你的清楚得多! 混蛋! 简直就是个疯子! 见鬼!”

厄休拉狠狠地踢了一脚在图索的腿上,对等在他身后的车上同学笑笑说:“你可以带他离开这里了!”她说完头也不回地向房子走去。

图索纳闷地跳上了车,一旁的好友好奇地问:“她是谁啊! 这么大胆!”

“开你的车吧! 要迟到了!”图索看了眼手表,靠在车椅背上。

当厄休拉气冲冲地坐在餐桌旁,她已经失去了食欲。

“解释清楚了?”莫德喝了一口牛奶。

厄休拉不置可否地扬了扬眉毛,她意识到解释也没有用,在沃丁尤里心里,种大麻这件事他是不会忘的。

好久不见的迈耶终于出现在了竞选总部办公室,他将搜集到的具体内容都印在了一本小册子里,上面清楚地注明“秘密手册”的字样,每张办公桌上都有一本。

和西蒙英格在办公室密谈之后,迈耶又消失了。

厄休拉看着手里的小册子,感叹道:“我们这样做好吗?”

“我相信这里面的内容肯定不会错。”昆廷还是不着调的样子,好像所有人都和他一样有闲暇时间。

厄休拉无力地对他一笑:“我也希望如此!”

她集中全部精力读小册子的内容,越往下读她越觉得竞选原来远不像她当初对政治的兴趣那样简单,结构复杂,条条框框烦琐。没有人会向你解释不懂的地方,原来早就有了样板,照做就是了。此后她很少问别人问题了,她把小册子通读了一遍,和其他想要助蒙滋和仲一臂之力的人一样,他们掌握了普西石男的资讯。

厄休拉搓着手指,决定她会为此承受来自外界更多的痛苦。

蒙滋和仲现任约纳坦的大法官,在届满时他选择了另一条政治生涯的道路:约纳坦的议员。更多时候他都是在行使大法官的职责,只有在不开庭时,他才会在他的竞选总部办公室待一阵子。

厄休拉来这里之前曾经好长一段时间都在犹豫,要不要来这里实习,后来是外祖母在电话里对厄休拉讲:“你非亲自去看看不可!”她买了来约纳坦的汽车票。

对于厄休拉的外祖父奎普朗达来说,他的感情复杂。

厄休拉几次想要给外祖父去电话,反反复复,迟疑往往又被胆怯战胜。

午后的阳光照在厄休拉身上暖洋洋的,她躺在后花园的长椅上,悠然自得地伸着胳膊,眼睛被太阳刺得总也睁不开。

她慵懒地舒展着四肢,睁开眼睛就看到了图索正盯着自己。她从椅子上坐了起来,清了清嗓子,图索坐在旁边的空椅上,她困惑地瞪着他。

“你是对的,是我错了!”图索挤出一丝微笑,态度也比早晨温和多了,“我的意思是我看了户籍簿,发现我们是叔侄关系!”

厄休拉瞪着图索,做了“暂停”的手势。

“嗨!我说停一下,你这是做什么?你是来占我便宜的,还是来向我道歉的?”厄休拉表达着对图索的不满。

“我也不知道我来这里做什么。”图索尴尬地耸耸肩,对厄休拉说,“我不知道你是父亲的孙女!”

厄休拉坚持问道:“道歉?”

“道歉!我对今天早晨对你说的那些话,我向你道歉!”图索深深地吐了口气。

厄休拉盯着他,问:“当叔叔的感觉一定很好吧?”

图索不置可否地笑了笑。

“别做梦了,我是不会承认有你这个叔叔的,该死的,疯子!”厄休拉想了想,犹豫地说,“你不会对任何人讲在心理室听到的,对吗?”

“我不知道！有你这么大的侄女，我也很不习惯！”

图索吐了口气，转过身微笑地看着厄休拉。

“你要迟到了！”他伸手看了眼手表。

“真不应该把你从警察局里救出来，这样就没有人知道我的秘密了！”厄休拉拉起长衫一边向屋子走，一边抱怨道。

图索悠然自得地晒着太阳。

莫德坚持在家治疗，决不去医院让自己去当白老鼠。她总能保持乐观的心态善待周围的人，厄休拉报以微笑支持她。

Chapter 5

两时差五分的时候，除了厄休拉和一只围着传真机嗡嗡叫的苍蝇之外，所有人都去了蒙滋和仲参加电视辩论的现场。

厄休拉闷闷不乐地站在屏幕前，调大音量，看着蒙滋和仲在电视辩论上的表现。

现场辩论的好处就是不做掩饰地和选民之间互动，对辩论者来说难度可不小。

普西石男在对蒙滋和仲逼近，他要求蒙滋和仲向选民直接告之他对同性恋的不以为然的态度和他真实的想法。这对蒙滋和仲来说无疑是在冒险，因为支持他的那些同僚们来自保守派，他们是不会放弃偏见的。

他在主持人的提醒下，最终保持了沉默，可在同时他也失去了部分选民。

蒙滋和仲刚表达完了立场。

办公室的电话铃响了。

它们一刻也不停，厄休拉有些忙不过来。

“让蒙滋和仲见鬼去吧！”

“我们不需要他，他是个老顽固！”

“他对艾尔顿又怎么看？”

“没有人会为跟在其他人后面转的候选人投票的！”

厄休拉放下电话，心里有点不安。她知道，蒙滋和仲亲手将原来支持他的选民推到了对手那一边。

电话铃一直在响，她坐在椅子上，看着它们，她知道电话的那头都会向她抱怨。

她放下电话，从新咖啡机里倒了一杯咖啡。走回办公室看了看满是电话铃声的空间，她全身缩在座椅里，等着电话铃声全都消失。

厄休拉没有见到其他人就回家去了，电视里正在回放蒙滋和仲电视辩论的精彩片段，沃丁尤里坐在电视机前和莫德一起观看。

他们看到厄休拉回来。“你为什么不说呢？”沃丁尤里问。

“我不知道！”厄休拉倒了一杯果汁回房间，“也许他太想赢了吧！”

普西石男在电视辩论里出尽了风头，现场调查的支持率也在不断上升，大大超出了蒙滋和仲的百分之三十的支持率。

“唉，我要失业了！”厄休拉无心吃早餐，她托着下巴呆呆地望着咖啡机。

“厄休拉，晚上早点回家！”莫德将盘子放进水池，和尤里一起出门。

电视辩论结束后的第二天早上，厄休拉不得不想以后的前途问题。

她趴在餐桌上，食物一口未动，她只是轻轻地眨了几下眼睛。

“喂，你怎么了？”图索冲厄休拉大叫着，“花生酱！”

她慢慢地起身，伸手摸到花生酱拿给图索，她一时不能从蒙滋和仲的失利中走出，显得有些心不在焉。

图索接过花生酱，他看了眼无精打采的厄休拉，无意中看到她胳膊内侧的针孔。

图索愣了一下，又对她说：“草莓酱？”

厄休拉看着图索提醒道：“很甜啊！”

图索仔细地看清楚她的胳膊上的确是针孔，他肯定自己没有搞错。

厄休拉托着下巴，眼睛里目空一切，她在为将来犯愁。

图索往嘴里送了一口香肠：“你应该收敛一些。”

厄休拉从椅子上坐起来：“什么？”

图索手里拿着叉子：“我是说你胳膊上的那些……”

厄休拉看了眼胳膊上的针孔，意识到图索是在说什么了。她望着图索，他不会真的以为她在吸毒吧？

“这些针孔……”

“我可以理解！”图索用责备的目光看了她一眼，“你在种大麻，同样在使用它。我当然理解你这种行为，我们同样是年轻人，我要提醒你的是不要让他们看见你在做什么。”

“什么？你认为我在吸毒？”厄休拉说。

“难道不是吗？我了解你们这些人，大麻吸个不止，性解放，舞会跳个不停，这些我都理解！”图索说着点点头。

“你什么都不知道！”厄休拉扬起下巴，一副尊严受到侵犯的表情，“算了吧！懒得理你！我可不想一大早起来就跟你吵！”

厄休拉拿起外套出门。

图索放下叉子，追了出去。

“我以为我们之间至少能对彼此坦诚一点！”图索追上了厄休拉。

“我不想和你说，如果这样认为使你好受，情况就是你看到的！”厄休拉穿上外套。

“是吗？你为什么吸毒？”图索一把抓住厄休拉的胳膊，两个人面对面地站着。

“你想怎么说就怎么说吧，我为什么要向你解释？你放开我，我要迟到了！”厄休拉试图甩掉图索的手。

“你在给自己找麻烦！”图索睁大眼睛看着她，“你不可能一直隐瞒下去，迟早他们会知道的！”

“你什么时候变得这么富有正义感了？我自己的事情，我会处理，不用你操心。你现在抓着一个吸毒者的胳膊，难道你想让我面授技艺教你怎么种植大麻吗？”厄休拉用力地甩掉图索的手。

“什么？”图索惊讶地看着厄休拉，“你……”

“我可以走了吗？”厄休拉打开车门，从图索身边驾车而过。

在车上厄休拉看着被图索抓红了的胳膊，她心疼地斥责道：“这个混蛋，什么也没有搞清楚就乱下结论！”

厄休拉工作时，一整天都带着被图索搞糟的心情，时不时会有点小失误。

西蒙英格瞪着她，他看起来还真叫她害怕。“快去工作！”厄休拉听到这样的话手都会颤抖。

还有十个星期就要投票，屏幕里不断滚动着的支持率没有像前几日差距那么明显，这多少给了蒙滋和仲竞选团队信心。

西蒙英格第一个鼓掌，接着是塞米切纳，后来就有欧奎因，还有昆廷和厄休拉。

厄休拉一回到家，就尽量和莫德在一起，她非常珍惜与莫德独处的时间。

她和莫德一起在后花园种花，一待就是一下午。她欣赏莫德积极乐观面对生活的态度。小时候莫德留给她的印象截然相反。她感觉到莫德对她终于敞开了大门，她们都在享受其中，谁也不愿去破坏。

旁边的录音机里放着她们共同挚爱的歌手艾尔顿的歌曲，莫德会时不时拉着厄休拉随音乐的节奏跳舞。

“我太不在行了！”厄休拉对莫德说。

“不，你跳得很棒！来吧！我们继续！”莫德微笑着拉起厄休拉的一只手道，“只要不让蒙滋和仲知道你心目中的偶像是艾尔顿就好，他太保守了！我支持同性恋结婚！”

“哇！啊！那么我的政治生涯结束了！”厄休拉和莫德相视大笑着。

“你想喝点什么？”厄休拉摘下塑胶手套问。

“果汁！”莫德欣然地看着她们的杰作。

厄休拉哼着艾尔顿的一首歌曲，走进餐厅。

她倒了一杯果汁，站在水池附近，眺望自得其乐的莫德，她忍不住感动。

早在厄休拉走进餐厅，图索就已经站在了她身后，当她在喝果汁时，他站在她的身旁。

厄休拉一边喝果汁，一边看着莫德，当她看到图索时吓了一跳，差点就被呛到。

“咳！咳！你走路都没有声音吗！”厄休拉趴在水池边咳着。

“怎么，害怕了？”图索看着厄休拉说。

“怕什么？”厄休拉用纸巾擦拭着嘴角上的水。

“当她知道了，搞不好自杀的就不止你一个了！”图索将目光放在满是笑容的莫德身上提醒厄休拉道。

“不用操心！管好你自己吧！”厄休拉端起果汁，还未走远就被图索挡了下来。

“你什么意思？”图索站在厄休拉面前。

“字面上的意思！”

“我不想和你吵，怎么会是这个样子！”

“我也不想和你吵，和我这个瘾君子说话，小心你也被传染了！”厄休拉的声音听起来越来越愤怒，她一把推开挡在面前的图索，“走开啦！我还忙着呢！”

厄休拉转身离开餐厅。

“你在毁掉你的生活，你却还没有意识到！”图索在厄休拉身后大叫着。

厄休拉转过身。

“图索，这件事……非常复杂，你明白吗？”厄休拉感觉脑袋一阵眩晕，她向前走了几步，把果汁放在餐桌上，两手扶在餐桌的一角。

“你说啊！有什么复杂的？”图索靠近厄休拉。

厄休拉滑到椅子里，她的另一只手抖个不停，她瞟了一眼图索说：“我现在认真地对你再说一遍，离我远点！还有我没有吸毒！”她大口喘气呼吸，看上去有些困难。

“你怎么了？”图索上前扶着厄休拉，他关切地问道，“你究竟怎么了？”

厄休拉双手端起果汁，手还在抖，她将所有的果汁一饮而尽，痛苦地看着图索，“我已经没有力气再和你吵下去了，总之我敢肯定地告诉你的是我没有吸食大麻！”她冲图索苦笑着离开。

图索呆坐了一会儿。

厄休拉从抽屉取出一个纸盒子,从里面抽出一根针管,从另一个抽屉里取出一小瓶针剂,上面清楚地注明“胰岛素”字样。

当她挽起衬衣袖口,看见从房间经过的图索停了下来,厄休拉毫不犹豫地走到门口,关上房门。

她给自己熟练地从左胳膊上注射胰岛素,待稍稍平静,她慢慢地舒了口气。

厄休拉的糖尿病已有好多年,她在没有其他人的帮助下自己为自己注射胰岛素。

她舒展身体,回到餐厅,重新准备了一杯果汁送到了莫德的面前,微笑着望着莫德。

“你准备了好久。”莫德愉快地说。

厄休拉接过空杯子,说:“对不起,我有些入迷了!”

她做出愉快的表情,俯下身,脸贴在了一朵小花上,说:“它们看起来好美呀!”

莫德开心地笑了。

厄休拉穿着睡衣,走到报箱前打着哈欠,从报箱里取出报纸和信件。

有一封给图索的邮件上写着“赫托图索”,她绷紧下巴,走进餐厅,把手里的邮件递到图索面前。

“有你的邮件!”厄休拉拉开椅子坐下,看着图索问,“你怎么叫赫托呢?”

图索仔细地看着邮件,一只手从水果篮里取出水果刀拆信。

“那是什么态度?”厄休拉瞪着他,“一副死人脸!”

她看着眼前的空盘子,在等待莫德的出现。她趴在餐桌上,等了大约五分钟后,终于迎来了莫德。

沃丁尤里在厄休拉为他准备好了当天的报纸后出现了。

莫德并没有为他们三人煮早餐,而是给他们每个人面前放了一杯水。

莫德双手交叉抱在胸前。"从今天起，你们自己煮早餐，我不干了！"莫德向三个人挥挥手，"我要去做我想做的事情了！"

厄休拉、沃丁尤里和图索莫明其妙地望着莫德，不知为何他们同时也向莫德挥手，莫德叫了辆出租车。

"我实在不敢相信！"厄休拉看着莫德上车消失在一片灿烂的阳光后，她转过身看着沃丁尤里，一字一顿地说，"她是在罢工吗？"

"是的！"沃丁尤里说，"就由我为我们煮早餐吧！"沃丁尤里打开冰箱门，"让我来看看我能做些什么。"

厄休拉疑惑地看了一眼图索，喊道："喂！"她对他眨了眨眼睛，"你？"她狠狠地踢了一脚图索，瞪了他一眼。

"喂！你踢我做什么？"图索低下身去摸他的小腿，他往后挪了挪椅子。

厄休拉睁大眼睛说："你不认为现在最应该去煮饭的人是你才对，你坐在这里干吗！"

"我？为什么是我？怎么你就不可以吗？"图索惊讶地说。

"应该是你！"厄休拉耸了耸肩，"无论怎么讲你都是最佳人选，你瞧，尤里年纪大了，他不能为我们这些小的做早餐，只有你最合适！"

"那你呢？"图索问。

"我嘛！我是家里辈分最低的，老的不能做，小的当然也不能做了！只有你了！"厄休拉坏坏地咧嘴一笑，"你煮什么我都不会介意的！"

"是啊！"图索站起来，"你当然不会介意了，你最轻松！"他走到沃丁尤里身边，"我来吧！"说着便推开沃丁尤里，从冰箱里取出三个鸡蛋，开始他一个人的表演。

终于吃到了图索煮的早餐。

沃丁尤里和厄休拉互相看了对方一眼，他们心里明白这样的早餐究竟能打多少分。两人都忍不住咯咯地笑了。

厄休拉举手道："我绝对没有在笑你煮的食物，我只是在笑一些好笑的事情！"

“对，好笑的事情！”沃丁尤里附和道。

“什么好笑的事情，说出来听听嘛！”图索一脸无辜地说，“我们三个人一起分享啊！”

“没什么！”厄休拉尴尬地回答。

三个人没有说话。

突然，沃丁尤里想到一个好主意，他试探地问厄休拉和图索：“今天你们有事吗？”

厄休拉第一个摇摇头，说：“今天休息，我有假期了！”

图索放下叉子说：“我最近一直在写报告，不用去学校！”

“那么我带你们去打猎怎么样？我们好久没有一家人出去过了！”沃丁尤里兴奋地说道，“孩子们去准备吧！”

“你是认真的哦？”厄休拉站起来问。

“快去准备吧！”沃丁尤里兴奋地说道。

厄休拉看着图索说：“他怎么了？”

图索收起盘子，摇了摇头说：“不知道！”

沃丁尤里尽量装作自然地像平常一样出远门，他的一举一动还是给人一种兴奋过头的感觉。

厄休拉和图索假装没有看见，在做别的事情。

她和他穿着灰色油布防水风衣，沃丁尤里也穿着同样的风衣，三个人看起来就像是超大版的童子军。

上车之前沃丁尤里叮嘱他们检查装备，他看起来就像个老手。

厄休拉还特意将副驾驶的位置让给了图索，以便他和沃丁尤里拉近彼此已经疏远的关系。

“我们要去的地方很远吗？”厄休拉将身体向前倾。

“两个钟头就到了！我有导航系统。”沃丁尤里向厄休拉解释，“中午我们就能吃到美味的大餐了！”

“喂，你打过猎吗？”厄休拉轻轻地碰了碰坐在前方的图索。

“喂！我说我有名字，别总是喂喂地好不好，如果你叫我叔叔，我会很开心的！”图索生硬地说。

厄休拉拍了一下图索的脑袋，说：“喂，赫托图索，别做梦了，我们差不多大，你只比我大几个月而已。别自以为是了，你现在是不是晕头了！”

图索回过头瞪了眼厄休拉，什么也没说，目视前方。

厄休拉靠在椅背上，就闭上了双眼。

这样的天气很容易使厄休拉在后排座上睡着，她全身缩在一起，脸上还有婴儿肥。

沃丁尤里拔下车钥匙，走下车。

图索深深地呼吸着山林里的新鲜空气。

沃丁尤里从后备厢里拿装备，图索打开后排车门，推了推厄休拉的身体说：“喂，醒醒！”

厄休拉没有反应。

图索用力推了她几下，说：“喂，我们到了，下车了！”

厄休拉揉着眼睛，坐起来问：“我们到了？”

图索解着风衣的扣子说：“已经有好一会儿了，快下车吧！”

厄休拉从车上跳下来，她大声叫住图索：“嗨！我说你也别总对我喂喂地叫着，我是奎普厄休拉，叫我奎普小姐我是不会介意的！”

图索转过身笑了，他不知道该对厄休拉说什么。

“图索，厄休拉，你们到我这边来一下！”沃丁尤里大声叫住二人。

厄休拉和图索走到后备厢，从沃丁尤里的手中接过他们要用的猎枪。

厄休拉显得尤为兴奋，她双手捧着长杆猎枪，眼珠子睁得大大的。“现在是我的了？”她把猎枪向高处抬起来，“它的射程有多远？”

沃丁尤里从上衣口袋里取出子弹。

“试一试不就知道了！”他拿过厄休拉手中的猎枪，将两颗子弹装进去，“它只能两颗弹连发，如果没有把握用两颗子弹打死猎物，最好不要开枪。来吧！往那边打，那边！”沃丁尤里向正北方指去，他告诉厄休拉不使用猎枪时，应把它搭在胳臂上，以免手拎着它会走火。

厄休拉接过沃丁尤里手中的猎枪，双手一前一后地端起来，眼睛眯着，冲着沃丁尤里指的方向连发两枪。

“砰！砰！”林子里的鸟一时之间全都被吓跑了，到处乱飞。

“哦，不错，厄休拉！”沃丁尤里又为图索的猎枪装上子弹，递给他，“你也试一试！”

图索犹豫地看着沃丁尤里，从他手里接过猎枪，有模有样地朝厄休拉所打的方向射去。

沃丁尤里扬了扬下巴，说：“不错嘛！看来你还没有忘记，给你们子弹，我们出发吧！”他走在最前方，图索和厄休拉跟在他的身后，每个人的肩上都扛着一把猎枪。

山林中的树木长得茂盛。

每个来此打猎的猎手都会在风衣上穿着一件橙色背心，以告知他人自己不是猎物。

“我们来打什么？”厄休拉小声问一旁的图索，她环视四周，并没有发现有猎物在活动。

图索脚下的树枝在吱吱作响，他说：“你看到什么就打什么啊！”

“我看先解决掉你再说喽！”厄休拉没好气地对图索说。

树上的鸟叫声，听起来像是乌鸦在叫，难听极了。

沃丁尤里回过头提醒厄休拉和图索：“记住没有把握打死猎物就不要随意开枪！注意你们的安全！”他向四周看了看，一个人快步向更远的树林尽头走去。

图索随意说了句：“保重！”他也消失在了一片林子里。

厄休拉扛着枪，学着图索说话的样子。“保重！”她换了口气，“你才更应该保重，一副死人脸，猎物见了都害怕！嘿嘿！”

她四处打量，转身观察。

林子里表面湿滑，幸好厄休拉穿的是短款风衣，行动起来不是那么不方便，她低头探寻。

树林里角角落落都会发现新长出的苔藓。仔细瞧，还会看见有蜗牛在缓缓移动。

厄休拉自得其乐，她扛在肩上的猎枪有时会成为她探秘树林的累赘。

树林里难免会听见几声枪响，人们往往都会大喊大叫庆祝他们打中了猎物。

厄休拉从包里拿出定位系统，看到上面的标注，意识到她走得太慢了，落在他们身后好远。

她换胳膊扛着猎枪，加快步伐。

厄休拉不想给图索留下不满的理由。

“哇呜！”她咽下唾沫，“猎物都到哪里去了？”

她踩着脚印前行，尽量不发出声，以免吓到猎物。

她从一棵大树后边看见一只鹿，它昂着头在树林里漫步。

她停在原地，屏住呼吸，嘴角微微翘起，她小心地探出身子，脚没有离开地面。

厄休拉平生以来第一次近距离地观察鹿，她屏住呼吸，一步一步地靠近鹿。

鹿警觉性很高，它迅速跑开，又停下来，她慢慢靠近它，鹿全身都被包裹在了褐色斑点花纹下。

它一副昂首阔步的样子，厄休拉快要追上它。她又停了下来，害怕会吓跑鹿。

厄休拉冲鹿挥了挥手，鹿仿佛并不在意她的出现，一度她和鹿四目相对。鹿一点也不害怕，一人一鹿盯着对方。

厄休拉又靠近了它一步，看见鹿的眼睛非常漂亮，它的一只脚总是半悬在空中，做好随时要跑的准备。

厄休拉冲它噘嘴，喊道：“快走，快走啊！”

她用手赶鹿，因为她听见了几声枪响从不远处传来，她在试图赶走鹿：

“快离开!”

鹿不为所动,过了好一会儿,它才放下那只悬空的脚慢悠悠地进入树林深处。

厄休拉笑了,说:“你真幸运!”

她冲鹿的背影挥了挥手,说:“再见了! 美丽的鹿小姐,你要保重喽!”

也许没有人会相信刚才发生的一切,厄休拉自得其乐地继续追赶图索和沃丁尤里的脚步,她也像鹿一样,昂着头走着。

越往树林深处走,视线被雾气渐渐遮住,潮湿的雨气带着层层薄雾。

厄休拉从兜里取出两颗子弹,以随时应付突发情况的发生。

咯吱,树叶声在响,厄休拉没有在意,她向四周望着。

咯吱的树叶声越来越近,她误以为是刚才的鹿没有走远,微笑着弯下腰,向四周转了个圈。

“你好,鹿小姐!”

厄休拉探出身子。

咯吱声愈来愈近,夹杂着呼啸的风声,听起来并不像鹿。

厄休拉给枪里装上子弹,她小心地抬头望四周,装第二颗子弹时,她有些害怕,手里的子弹掉进了厚厚的树叶中。

她想俯下身去找,可听见巨大的喘息声,她不得不抬头,是什么声音?厄休拉惊呆了,她不敢相信地眨眨眼。

向厄休拉迎面跑来的是一头全身黑毛、眼睛闪闪发亮、体形巨大的野猪,它向厄休拉靠近,不到三十米远。

厄休拉屏住呼吸,它看起来并不友善。

她知道野猪可没有鹿那么好的脾气,它和厄休拉对视。

她将猎枪上膛,一时无法瞄准正在运动的野猪,她自言自语道:“还是跑吧!”

厄休拉扛起猎枪转身就跑,她要和野猪拼了。

野猪跑起来的速度吓人,厄休拉忘记她是一个猎人,被一头野猪追得满树林里跑。

她扛着猎枪，拼命地跑着，她大叫着，“救命啊！尤里，图索，快来救救我啊！”

野猪追赶她的速度越来越快，厄休拉气喘如牛，她减慢速度，野猪也放慢了下来。

沃丁尤里和图索隐约听见厄休拉的叫喊声，他们一起向回跑。

厄休拉手扶一棵树，大口大口喘气，她回过头对停下来的野猪打趣道：“我不跑了，你瞧，我知道，你比我快！我投降，这个给你！”她将肩上的猎枪丢到了野猪面前，一个大转身大步向远处跑，“不跑才怪咧！”

厄休拉一边跑着，一边还要时不时回头看野猪是否追上。

她大喊道：“尤里！快来救救我啊！”她回头看的同时听到了一声枪响，她继续奔跑，一头撞在了一棵大树上，倒地时仰面朝天。

她倒地的刹那，感觉要完了，她要成野猪的晚餐了，紧接着是连续的三声枪响，厄休拉两腿被树干分开，她摸着酸痛的鼻子呻吟着，她的鼻子被撞断了。

图索和沃丁尤里两人先后射击。

他们把猎枪扛在肩上，慢慢地向那头倒地的野猪走去。

“我去看它死了没有，你去看看厄休拉怎么样了。”沃丁尤里张开一只手臂慢慢向野猪走去。

图索踩着的树叶咯吱响个不停，他从一堆树叶里捡起厄休拉的猎枪，向她走去。她的手上沾有血迹，图索慢慢弯下身去看着痛苦的厄休拉。

“你还好吧？”他伸手拉厄休拉起来。

她痛苦地呼吸着，被图索一把从地上拉了起来，摸着鼻子，“我想我的鼻子断了！真糟糕！”

厄休拉仰起头，手轻轻地碰了下鼻子，叫道：“哇呜！好痛啊！”

沃丁尤里确认野猪没有被打死，他又连续开了两枪，野猪终于一动不动地倒在地上。

"给你,你怎么能丢下它一个人跑呢?"图索将猎枪放在厄休拉的肩上,"你瞧,到处都是血,真恶心!"他递给厄休拉纸巾,让她擦擦脸上的血迹。

图索转过身,忍不住笑了,立刻又板着一副面孔。

"喂!我说你真刻薄,怎么会有你这种人啊!"厄休拉仰头擦血,跟在图索身后。

"我从没见过像你一样丢掉猎枪,和野猪拼速度的人!"图索回过头用挑衅的眼神望着厄休拉,"你应该感到庆幸才对啊!别说我没提醒你,这里随处都能见到野狼在散步哦!"他故意装出一副担心的样子,继续走着。

厄休拉只是哼了一声。

"你还真逊啊!枪里只装一颗子弹就敢和野猪玩,你还真妙啊!"图索嘲笑道,"这感觉一定很不一般吧?"

"喂,我说你怎么了?"厄休拉停了下来,"我看你不是脑袋秀逗了,就是兴奋过头了,废话好多啊!"她用手将挡在额前的头发向耳后拨。

"当然了,有谁想被一只野猪追着跑,而且还撞断了鼻子,真应该到处广播一下!"图索兴奋地对厄休拉一笑。

"你,你这么毒啊!"她瞪着图索。

"怎样?"图索扬了下眉毛。

"喂,你们两个,过来帮忙!"沃丁尤里叫着他们。

厄休拉一个人扛着三个人的猎枪,沃丁尤里和图索俩人费了好大力气将野猪运到了车上,将它牢牢固定。

回程的路上换图索开车,沃丁尤里因为猎杀野猪消耗体力,他早在图索驾驶之时就在副驾驶的位置上熟睡了,看起来很疲惫。

图索从后视镜里看到厄休拉的鼻子变成紫色的了,还有些浮肿。"喂!"他看了一会儿镜子里的厄休拉,忍不住大笑道,"你是和我们一起去打猎的吗?"

厄休拉没有理睬图索,只是她稍稍不注意碰到鼻子就会很痛,她叫道:"好痛啊!"

一路上都很沉闷,厄休拉没有说一句话。

车刚停在沃丁家门前,莫德从房子里走出来,“厄休拉!”

厄休拉赶忙从车里跳下来。

“两个钟头前你的手机就响个不停,他们最后打电话到家里找你有急事!”莫德看见厄休拉的鼻子吓了一跳,“你的鼻子怎么了?”

厄休拉脱下风衣,说:“不小心撞到了!”

蒙滋和仲竞选总部一直都在找厄休拉,她将手机忘在了房间。

她进房间,抓起正在响个不停的电话,还没等她应答,就被电话里的西蒙英格一顿痛批。

“他的心情可不怎么好!”当厄休拉挂断电话,安慰地对莫德说。

莫德为厄休拉简单地处理她鼻子的瘀青。

Chapter 6

厄休拉一刻不停地赶往蒙滋和仲竞选总部办公室。

她气喘吁吁地冲进办公室时，看到西蒙英格正在指导所有人应该怎样面对大人物的到来。

“谁要来？”厄休拉小声问塞米切纳。

“普西石男二十分钟后就到！”

“什么？他来这里做什么？”厄休拉吃惊地转过身。

“不清楚，听说还有一大帮记者也要来！”塞米切纳擦着口红道，“你的鼻子怎么了？”

“我要完了，我还没有准备好呢！”厄休拉拿起放在塞米切纳面前的镜子，“不小心将鼻子撞断了，我看我是要彻底完了！”

“厄休拉，我终于见到你了！”西蒙英格看了一眼手表。

厄休拉拿下镜子，着实让西蒙英格吓了一跳，他说：“你撞断鼻子了！”

她不好意思地点了点头，答道：“对不起，我来晚了！”

西蒙英格看着一脸悲惨样的厄休拉也不好说什么了。“切纳帮帮她吧！想想有没有什么补救的方法。厄休拉把我们的秘密资料都保管起来，等普西石南来了，别让他看到任何我们关于竞选用到的文件，清楚吗？”

“是的，先生！”厄休拉从西蒙英格手里拿过钥匙，一刻不停地将桌子上的文件收拢放在一起，拿进柜子里锁了起来。

即使用厚厚的粉底，塞米切纳也无法遮掩厄休拉被撞成青紫色的鼻子。

西蒙英格和欧奎因去门口迎接普西石男去了。

塞米切纳、昆廷和厄休拉则留在了各自的位置上。

迈耶始终没有出现，令人惊奇的是蒙滋和仲也在普西石男到来之前提前赶到，他疲惫地倒在椅子里，紧急召见塞米切纳为他化妆，看来他要迎接挑战了。

厄休拉就像她第一次去投票站核对选民册一样兴奋。

西蒙英格走在普西石男前边，带他进入办公室。他身后的一大帮摄影师和摄像记者也都蜂拥而至，闪光灯一直闪个不停。

昆廷为普西石男介绍办公室的情况，厄休拉为他们送上咖啡，塞米切纳和普西石男的发言人一起出现在了镜头前，西蒙英格安排普西石男和蒙滋和仲一起照相，欧奎因在和记者搞好关系。

这样的场景令厄休拉称奇。

“对不起，打扰了，请给我换一杯咖啡，不加奶，加两块糖！”普西石男友好地说。

“抱歉！”厄休拉赶快接过杯子，微笑着点点头，“是的，先生！”

站在一旁的蒙滋和仲不甘示弱道：“给我再来一杯咖啡，不加糖，加半杯奶！”

厄休拉点点头，接过蒙滋和仲的空咖啡杯说：“好的，先生！”

她转身离开，嘴角动了动，来到咖啡机前，她看向普西石男的方向，质疑两个人的行为。

塞米切纳来到厄休拉身旁，说：“他怎么找了一个根本就不懂游戏规则的人呢？”

这是厄休拉第一次听到塞米切纳的抱怨，她睁大眼睛看着塞米切纳。

“请不要这样看着我，我会不好意思的！”塞米切纳换了个话题，“怎么，他们都不满意各自的咖啡吗？”

“是啊！一个说要加糖不加奶，另一个说加奶不加糖，蒙滋先生不是一直都喝加奶的咖啡吗？”厄休拉不解地问。

“一个拼了，另一个也跟着拼了，你会经常看到这种事发生。”塞米切纳扬了扬下巴。

厄休拉用勺子搅拌完咖啡，给他们送去。

“你现在就给他们送去？”塞米切纳制止厄休拉道。

“是啊！”

“其实他们的心思根本不在喝不喝咖啡上，你现在送去也没用。相信我，让他们等着吧！他们一定都会非常乐意等候的！”塞米切纳向厄休拉眨了下眼。

厄休拉半信半疑地看着塞米切纳。

“等到快结束，你为他们送去咖啡！”塞米切纳贴在厄休拉耳边小声说道。

“我好像在拿前途开玩笑？”厄休拉睁大眼睛看着她。

“别担心，你马上会交到好运了！”塞米切纳加了一句，“无论如何，你都不会失去这份工作的，我保证！”

厄休拉靠在桌子上休息。

塞米切纳走到她的身后，双手放在厄休拉的肩膀上，靠近她低语道：“现在轮到你登场了，宝贝！”

厄休拉茫然地看了她一眼，说：“你看起来就像个赌博使诈专家！我要完了！”

塞米切纳拍着厄休拉的肩膀笑笑说：“去吧！普西石男不会吃掉你的，他是个素食主义者！”

厄休拉一点也笑不出来，她看着两杯快要冷掉的咖啡，硬着头皮送到普西石男和蒙滋和仲面前。

他们两个人的表情就和肥皂剧里的人物一样可笑。

“对不起！”厄休拉打断他们。

普西石男和蒙滋和仲同时转向厄休拉。她紧张地对他们微笑，说：“希望你们不要介意，这是你们的咖啡！”

普西石男抬起一只手，他是第一个做出反应的人：“加两块糖，不加奶，嗯？”

厄休拉点点头：“是的，先生！”

普西石男端起咖啡，蒙滋和仲反应却很自然，他没有问，只是端起咖啡送到了嘴边。

厄休拉看着二人即使是在喝咖啡,谁也不肯让步也要争个输赢。

他们一口气喝掉了一杯冷咖啡。

厄休拉将两个空咖啡杯放进水池才敢大喘气,一旁的塞米切纳意味深长地看了她一眼:“我还从没尝过冷咖啡会是一种什么滋味?”

“你会雇我吗?”厄休拉喝了口水,问道。

“保持你现在的这个样子!”

“为什么?”厄休拉又问。

塞米切纳转了转眼珠:“你的好运来了!”

厄休拉看见西蒙英格朝她走来。

他清了清嗓子,向塞米切纳点头,靠近厄休拉:“蒙滋先生找你!”

厄休拉拨了拨头发。

“你真幸运!”塞米切纳羡慕地说。

她不敢相信地停顿了一下,整理衬衣,跟在西蒙英格身后,回过头看着塞米切纳,觉得她真的是未卜先知。

厄休拉深吸一口气,站在蒙滋和仲面前。

他们在西蒙英格的办公室谈了许久,厄休拉从里面一个人出来。

她坐在椅子里,趴在桌子上,眼睛一眨一眨地盯着大屏幕。

“你怎么了?”塞米切纳关心地问,“他要解雇你了?”

“不,相反他给了我这个!”厄休拉从兜里掏出一个信封,放在桌子上。

“是什么?”塞米切纳拿着信封,拆开看。

“我不知道!”

“哇!啊!是推荐信啊!你怎么不高兴啊!”

厄休拉托着下巴:“我不知道,究竟怎么了,我来这里工作就是为了去上法学院,可它就在我的面前我却高兴不起来!”

“是他们说什么了吗?”塞米切纳问。

“他们都很客气!”厄休拉叹了一口气,“他问我跟运动鞋大亨沃丁尤里是什么关系。”她靠在椅背上,“我说他是我的祖父,他什么也没说,就给了我这个信封,要我继续努力工作!”

塞米切纳看着厄休拉含糊地耸了耸肩:“你的感受我理解,怎么你就为这个不高兴?”

“有时我被搞糊涂了,不知道他们是因为我的能力才雇用我还是因为我的家庭关系,我终于了解我在学校的抱负同实际遭遇之间的落差了!”厄休拉苦笑着,看了眼大屏幕。

“你深受西蒙英格的思想影响,厄休拉!”塞米切纳叉着腰,瞪着她。

“不,我是我!”厄休拉背起书包,将信封装进兜里。

此后的一个星期厄休拉总是高兴不起来,她原本找到的方向也模糊不清。

西蒙英格因为有犹太血统的关系,使他在有些问题上无法表述自己的立场,他有时会发泄在办公室里,打翻文件是常有的事,他时常提醒自己要保持冷静。

厄休拉穿着达达尼昂的服装,和其他人一起合练,距离公演没剩几日。

厄休拉将车开到了图索上的大学校园里,站在广告牌前,引来了不少人的注意,她是穿着戏服来学校的。

嘈杂的议论声,厄休拉尽量装作听不见。

午餐时间,学生越来越多,经过广告牌前都会望一眼厄休拉,她的打扮惹人注意。

厄休拉一眼就看到独自一人走来的图索,她快步跑上去说:“喂!”

“你怎么在这里?”图索惊讶地看着厄休拉,又看了看过往的同学。

“我来看看你啊!”厄休拉飞快地说道,“就你一个人哦?”

“你来做什么?”图索将厄休拉拖到了一边。

“你有好些天没有回家住了,见不到你,所以我就亲自跑一趟,来给你送这个!”厄休拉低头去找东西时,她戴的帽子上的羽毛正好碰到了图索,挠痒了他的鼻子。

“给你,找到了!”厄休拉给了图索一张《三个火枪手》的门票。

“这个周末应该没什么事吧?”

“图索!”一个声音传来,接着出现了一个运动男孩,他头系白色头巾,一身运动装,脸上一副热情洋溢的表情。他轻轻碰了下图索,“喂,你朋友喽?”

厄休拉冲他笑笑,摆摆手。

“不是啦!”图索不耐烦地说,“你不是有事先走了吗?”

“哦!我忘了拿东西!”他不时地瞅厄休拉。

“你忘了,我们曾经见过的,在图索家门口!”他提醒厄休拉说。

厄休拉想了想,冲他笑笑,点点头。

“你是我们学校戏剧社的吗?”他挠了挠头,“我好像没有见过你啊!”

厄休拉摘下帽子,拿在手里:“我不在这个学校读书。你好!我是奎普厄休拉!是图……”

“我知道了,你是图索的女朋友,对不对?”他看着图索说。

厄休拉微笑着摇摇头,图索瞪了眼他:“他是我父亲的孙女!”

“哦!你就是图索的小侄女!”他和厄休拉打招呼道,“你好!我是图索的同学兼死党,我叫简埃迪,叫我埃迪就行了!”

简埃迪和厄休拉热情地握手。

厄休拉又给了简埃迪一张演出门票:“如果周末有空的话,希望你能和图索一起来看我的演出!谢谢!”

简埃迪从厄休拉手里接过门票,认真地看着:“你是演员?”

“不,我只是个实习生而已!”厄休拉笑着回答。

简埃迪看了眼手表:“我请你吃午餐?”

“对不起,我下午还有排演!”厄休拉看着图索和简埃迪说。

“什么?你不是还有急事吗?”图索故意拆穿简埃迪说。

“我可以往后排啊!”简埃迪从厄休拉手上抢过她的帽子,“这个我来拿,我带你参观我们学校,要不了多久,来吧!”

厄休拉解下达达尼昂的披风，被简埃迪抢下来拿在他的手里，他们肩并肩走着。

图索跟在他们的身后，摇摇头大吐苦水道："这俩人看起来比我还熟啊！"

简埃迪回过头冲图索大声说："快走啊！我们的时间不多了！"

他们像是老朋友见面一样，有说不完的话。

餐厅里，许多学生都往厄休拉的桌子瞧，搞得她都不好意思了，缩着身子，用手挡在额头上。

"对不起哦，我不知道还会有这样的麻烦！"厄休拉不好意思地说。

"没什么！以前我和图索在同一桌时，就会有不少女生看他，现在有男生和女生会注意到你，我的心里也就没那么不高兴，我很高兴和你是同一张桌吃午餐！"简埃迪和厄休拉面对面坐着，他的嘴一直没有停下。

坐在简埃迪身边的图索一个人无聊地吃着午餐。

"厄休拉，你读几年级？"

"三年级！"

"我们是四年级的，你如果在家觉得无聊，可否来学校看我打球？"简埃迪咧嘴笑笑。

"对不起！打扰一下二位！"图索皱了皱眉头，"我是不是打扰到二位了？"

厄休拉看着简埃迪忍不住笑了，简埃迪也忍不住大笑起来，最后图索自个也乐了，三个人同时笑了。

简埃迪和图索送厄休拉到她停车的地方。

"周末我会和图索一起去的，还会带一帮朋友去捧场的。"简埃迪探出身子小声地说。

"谢谢！"厄休拉感激地说，"午餐我吃得很好，谢谢你的午餐！"

"不客气！下次再见！厄休拉！"简埃迪将手里的帽子和披风还给厄休拉，目送她上车离开校园。

简埃迪搂着图索的肩感叹道:“有这么可爱的小侄女真好！周末你会去吗?”

图索拿掉简埃迪的手:“不知道,我还有报告没写完!”

他们沿着草坪走着,简埃迪双手交叉抱在胸前:“反正我会去的,还会叫篮球社那帮人一起去!”

“无聊!”图索小声说。

简埃迪一会儿又摇摇头:“不行,不行,这样会很容易让那帮臭小子们发现,我看不行,我还是叫那帮啦啦队员比较安全。对,就这么定了!”

图索一个人走在前边,他回过头:“快走啦,要迟到了!”

“我来啦!”简埃迪在图索身后追赶着。

厄休拉一刻不停地拼命练习。工作室中,走路,吃饭,上卫生间她也会佩戴剑,烦冗的台词着实让她备感绕口,她疯狂地练习口腔肌,想要做到最佳。

厄休拉请莫德帮忙,让她帮着看台词。

有时从厄休拉嘴里说出的台词会非常搞笑,不仅逗笑了莫德,在一旁偷听的沃丁尤里也忍不住笑出声。用莫德的一句话总结厄休拉在表演方面的造诣:“你实在是太可爱了,我不得不喜欢你!”

厄休拉拿着剑:“还是杀了我吧！我做不来!”

莫德认真地看着台词:“怎么我没有找到这句台词呢?”

厄休拉哭笑不得,一屁股坐在地板上,看着莫德,和她一同笑着看着对方。

“还是继续吧！要不然,又要晚了!”厄休拉拾起剑,她目视前方……

“今天我们有外出活动吗?”厄休拉刚进办公室就看见有人在整理文件。

昆廷解释道:“我们要和一帮运动员一起去跑步,还要拍摄照片!”

“又在搞什么啊!”厄休拉不解地小声说,“还有一大堆工作没完成呢!”

“展现蒙滋和仲的亲和力非常重要啊!”

“是啊！我们都快赶上电影明星的曝光率了!”厄休拉心烦意乱地四处张望。

“我们就是演员啊!”昆廷脱掉西装,换上了一件运动装。

厄休拉看了眼换了装束的塞米切纳,叹了口气道:“哎,是噢,原来我们已经做演员很久了!”她拿着运动装进了更衣室。

厄休拉不喜欢做运动,一直对每天早晨经过沃丁家门前的街道跑步的人都抱有怀疑,不知道他们只是为了运动而运动,还是真的为了健康跑步?

厄休拉被队伍甩在了后头。

领头的蒙滋和仲和一大帮运动员跑得太快,都快赶上了马拉松赛。

摄影记者扛着摄影机跑了好长一段,他们的身体渐渐冒热气。

跑在队伍后头的昆廷加进厄休拉和塞米切纳中间,他的手分别搭在两人肩上。“我跑不动了,西蒙这小子还真能跑哎!”昆廷提高声音,语气里充满了怀疑,“是谁想出的这个鬼主意?”

“你需要运动,瞧你这一身肥肉!”塞米切纳跑在昆廷的前边,她停下来拽着昆廷的胳膊大叫道,“快跑吧！有人要生气了!”

厄休拉停下来,双手叉在腰间:“我快不行了,跑不动了!”

西蒙英格从队伍里跑出来,向后方跑:“昆廷你们快些,跟上,加快速度,还有厄休拉,你怎么了?”

厄休拉低着头,跑了起来。

昆廷不停地抖动着肥硕的身体,样子十分可爱。

“不是只拍蒙滋先生吗,怎么我们还要卖力地跑呢?”厄休拉跑在昆廷的前边。

“谁知道呢？一会儿还要在终点合影留念呢!”塞米切纳停下来,搀扶起昆廷。

“距离终点还有多远?”

“差不多三十千米吧!”

厄休拉吐了吐舌头："天哪！作秀也不用那么卖力吧？"她摇了摇脑袋，眼睛转了转，"我不行了，我要去弄些喝的，要我帮你带些什么？"

昆廷感激地靠在厄休拉的肩上："我要火腿三明治和优酪乳！"

"你不是吃过早餐了吗？"塞米切纳飞快地说，"我要水！"

"这样跑下去会死人的！厄休拉，记住，抄近道！"昆廷向厄休拉眨了眨眼，"千万别让西蒙看见了！"

"喂！你们三个，怎么跑得那么慢！"西蒙英格在队伍前头大声训斥着。

昆廷跑在了厄休拉的前边。

拐弯处，厄休拉偷偷放慢速度，和其他人拉开了一段距离后，她向快餐店的方向转移。

工作人员用纸袋为厄休拉装进火腿三明治和优酪乳，还有一瓶水。

厄休拉来到自动贩卖机前，感觉亲切。她一只手拿着纸带，另一只手抱住自动贩卖机，脸贴了上去。

"你好！可乐机！"她闭紧双眼，嘴角微微向上翘起，"我终于见到你了！"

厄休拉从身上好不容易找到零钱投了进去，她放松下来。

等了好一会儿，自动贩卖机都没有动静。

她向后退了一步，拍拍自动贩卖机，问："你怎么了？伙计，来吧！"

她靠近它，轻轻地摇摇它。

还是什么反应也没有，厄休拉不耐烦了，她用身体轻轻地撞了一下它，又问："来吧！伙计，为什么你只吃不吐啊？"

等周围的人都走开，她使劲地拍了拍自动贩卖机。还是和刚才一样，什么反应也没有。

她恼火地向后退了几步："你会害死我的！"

她看到周围没有人，就狠狠地用身体撞了上去。

"哇！好痛啊！"厄休拉的肩膀被撞疼了，她痛苦得一边揉着肩膀，一边狠狠地踹了一脚在自动贩卖机上，"该死的，你也跟我开玩笑？"

她握紧拳头，怒气冲冲地盯着自动贩卖机里的可乐。

就在她的身后，一个甜美的声音向餐厅的工作人员点餐："你好，我要两杯咖啡，一个橄榄口味的比萨！谢谢！"

厄休拉已经顾不上那么多了，她才不管身后是不是有人，用力地将拳头砸向自动贩卖机，结果她什么感觉都没有了，她双手扶在自动贩卖机上，靠上去："为什么连你也要和我作对啊！"

"你在做什么？"图索从厄休拉的身后冒了出来。

厄休拉立刻站了起来："没什么，我在等我的可乐！"

她感觉到手被撞得麻木。

图索抬头瞥了她一眼。

"它在里面出不来！"厄休拉不好意思地微笑着。

"你投币了吗？"图索小声说。

厄休拉赶忙点点头："当然，你把我看成什么人了！"她激动地提高嗓门，"我把仅有的零钱都投了进去！"

图索看了眼周围，从兜里掏出零钱投进自动贩卖机。

等了一会儿，他也失败了，他看了眼厄休拉，表情平静。

厄休拉忍住没有笑出声，图索站在自动贩卖机前好一会儿，他解开衬衣纽扣。

她走到跟前，探出身子，小声询问："需要我帮你拿书包吗？"

图索冲她笑笑，把书包递到她手上。他向后退了几步，看到周围没有人就撞了上去，显然他要比厄休拉有力气得多，只听咚咚两声，连续出来两罐可乐。

"哇！啊！真不敢相信，你居然成功了！"厄休拉开心地看着图索，她扬了扬眉毛。

图索弯下身，取出两罐可乐，咧着嘴说："给你！"

厄休拉把书包交还给图索，接过可乐。

简埃迪不知从哪里蹿了出来，他一把抢过图索手里的可乐，看到一旁的厄休拉来了兴致："厄休拉！你在这里做什么？"

厄休拉扬了扬手中的可乐。

“是明晚演出?”简埃迪咧了咧嘴,“我们还要去看电影,一起去吧?”

一个女生站在了他们身后,冲厄休拉微笑。

“厄休拉!”一个声音从远处传来,厄休拉本能地回头望。

是欧奎因和昆廷,厄休拉知道要完了,简直就是一场灾难,她做出一副痛苦的表情。

昆廷大步走到厄休拉的面前:“终于被我逮到了,你又在偷懒了!”

厄休拉百口莫辩,摇摇头否定道:“不是,不是这样的!”

昆廷瞪着一双大眼睛,他像变了一个人似的,一本正经地说:“厄休拉,有很多人在等你呢。”说完他愤怒地将厄休拉的脖子夹在他的胳膊下,拨弄着她的头发,“快走吧!”

厄休拉被他夹得快喘不上气了,她面红耳赤,用力掰着昆廷的手:“太紧了,我快……喘不上气了! 呜呜!”

简埃迪看了眼图索试图帮忙,很快昆廷就夹着厄休拉出了快餐店,他挠着头不知怎么办好。

欧奎因跟着他们出了餐厅。

站在图索身后的女生问:“她是谁?”

简埃迪叹了口气:“她是图索的小侄女,想不到吧?”

女生看着图索好奇地问:“怎么从没听你提起过?”

简埃迪拍了拍她的肩,笑着跟在图索身后:“咖啡要凉了!”他提醒身后的女生说。

昆廷夹着厄休拉出了快餐店走了好远,她吐着舌头咳了两声:“你快要夹死我了! 我……真的喘不上气了!”

欧奎因一个人走在他们身后。

昆廷回过头偷偷看了一眼被甩了一大截的欧奎因,才敢松手,他低头小声问:“你买了我那份吗?”

厄休拉抬起手:“哎,在袋子里!”

昆廷一把抢过纸袋，转了转眼珠："快点吧！"他扯了扯厄休拉的外套，"跟我来，要是让欧奎因看见了，我们两个都完蛋了！我知道一条近道，我们现在抄过去……"他的声音听起来温柔多了。

厄休拉拨弄被弄乱的头发："你怎么了？"

"别问那么多，快跟上。"

昆廷和厄休拉一溜烟抄近道跑了去，欧奎因看不到两人的背影。

被整得筋疲力尽的厄休拉倒头睡着了。

办公室里一片寂静，其他人也都休息了。

西蒙英格还是不放过他们，准备连夜进行最后一次排演，他太想要赢了。

厄休拉感觉头晕晕的，摇摇晃晃，幸好她的台词不是很多。她属于次要演员，她身旁的阿拉米斯扮演者昆廷可就没那么幸运，他的许多台词都非常拗口。

西蒙英格每每对阿拉米斯的出场都不是很满意，他试图使自己不要那么激动。当有人出现错误时，他都会用"当河流分汊，河水也不会如此干枯了"这种句子来安慰自己。

每一个穿着戏装表演的人，都拿出百分之百的诚意，想要把这件事情做好，他们在上台之前都互相鼓励对方。

"加油！"

厄休拉坐在椅子上，双腿抖个不停。她从没有见过这么大的场面，刚才她偷偷从舞台探出脑袋，观众席今天来了不少人。

她紧张地搓手，时不时地看表。

塞米切纳扶在厄休拉的肩上："你在发抖，很紧张吗？"

"是啊！我在学校也没见过这么大的场面！"她靠在椅背上。

"全是西蒙英格那家伙的功劳！"昆廷偷偷地咬了一口三明治，他插嘴道,“我也以为会是几个熟人来看的表演,谁曾想到像他这样乱搞一通,还真把自己当演员了!”他忍不住笑了,“也许在西蒙英格看来他们不是观众,而是选票。”

塞米切纳仰了仰头,她示意昆廷身后。

“昆廷,我听见了,你又在鬼扯了!”西蒙英格站在昆廷面前,指责道,“你又在偷吃了! 一会儿上台之前先把你的嘴巴擦一擦吧! 还有你的鞋带开了!”

昆廷没想到西蒙英格只是和他开了一个小玩笑,逗乐了厄休拉和塞米切纳。

剧场工作人员出现在后台,他拍着手大声说:“大家准备了,我们要上场了! 阿托斯你先登场,知道吗? 站在那个白格子后边,音乐响起,你再登场! 记住了!”

厄休拉手放在胸前平复了一会儿,深深地吸了口气,她做好了准备。

昆廷作为三个火枪手之一,刚开始他还算能撑住,可在最长的一段台词中,他出现了三处明显的错误。他额头上布满了豆大的汗珠,看得出来他是在咬牙坚持。

厄休拉饰演的达达尼昂站在波托斯的身边,她略显生涩地背诵她的第一段台词,她不敢去看台下的观众。

台下一片寂静,昆廷把他的台词统统改成了唱的形式。

西蒙英格看着昆廷,他毫无反应,这并不是他所建议的平和安静的演出。

“嘿! 你瞧!”塞米切纳在舞台的一角轻声对西蒙英格说,“他们都在听昆廷美妙的声音!”

“我真不知道该哭还是该笑!”西蒙英格希望观众能保持公正的判断力和耐心,正如他努力平静地接受这一切。

简埃迪礼貌地向他邀请来的啦啦队员做着告别:“谢谢! 姑娘们,再见了,我们学校见!”

啦啦队员们离开后，他迫不及待地冲进后台。

厄休拉摘下帽子，坐在椅子上深深地吸了口气。

她看见范布勒迎面走来。

“我们又见面了！”范布勒整理他的服装，“我刚才在台下看了你们的表演，有一个问题，你们的阿拉米斯没有嗑药吧？”

厄休拉注视着他：“你走错地方了！”

范布勒耸耸肩膀，他摇摇头：“我不是来挑战的。虽然我们是对手，你应该好好考虑一下，有没有打算在结束选举之后来我们的律师事务所，我非常期待！”

厄休拉站起来，她看了眼周围，向范布勒凑上去：“你可真大胆，敢在竞争对手的地盘挖墙脚！”她挠了挠头发，侧着脸继续说道，“我现在就给你一个官方的正式回答，‘不’，这是不可能的！”

“为什么？”范布勒激动的声音引来了欧奎因的注意。

厄休拉看到欧奎因不怀好意地向她望着。

她一把推过范布勒，转过身，紧张得双手放在胸前。

“你怎么了？”范布勒追上去问。

简埃迪兴冲冲来到后台，一眼就看到了厄休拉的背影，他轻轻地上前拍了拍她的肩膀，蹿到了她的面前：“你好！小侄女！”他给了厄休拉一个大大的拥抱，“演出好精彩啊！超赞的，祝贺你，厄休拉！”

厄休拉满脸惊诧：“谢谢！”

“你好！”范布勒打断简埃迪的兴奋，“我们又见面了！我的当事人已经撤销了对你的指控！”他看着厄休拉身后的图索，“你有一个超棒的律师！”

范布勒用羡慕的眼光回应着厄休拉：“我可以和你单独谈谈吗？”

“当然！”厄休拉耸耸肩，和范布勒走到了一边，他们背对着简埃迪他们。

“作为交换条件，你能将那份控诉状给我吗？当然你也可以提一些要求之类的，这样才公平嘛！”范布勒向前探了探身。

厄休拉抬头瞥了眼范布勒，他正全神贯注地瞪着前方。

“我没有条件！”厄休拉说道，“我也不可能给你控诉书！”

“为什么？”范布勒转了转眼珠，“什么条件我都答应！”

厄休拉和范布勒的眼光撞到了一起，她忍不住扑哧笑出了声。

“厄休拉，不要笑！”范布勒一本正经地说，“我们只想要那个东西，我是认真的，你现在提什么条件我都答应。”

她回头看了眼图索：“不是我不想给你，是它确实不在我身上！”

“没关系，我们约个时间，你给我就好。”范布勒狡猾地说，“你什么时间方便？”

“我什么时间都可以！”厄休拉咧嘴笑道，“我还是没有办法给你！”

“事实上，”范布勒沉默了一会儿，又说，“你还是打算要起诉对吗？”

“你能猜到他们俩在说什么吗？”简埃迪撞了一下图索，“你们认识？”

“不认识！”图索和简埃迪肩并肩地站着。

“那么！”厄休拉随意地说，“我来想办法吧！”

“那就太好了！”范布勒也随意地说了句。

“也许会花很长时间，我的意思是，也许我找不到它了！”厄休拉一副漫不经心的样子，“一切情况都有可能！”

“你是在和我开玩笑？”范布勒警惕地看了眼周围。

“嗨！我马上就要成为一名律师了！”厄休拉瞪着范布勒说道，她咯咯地笑了起来，“别担心，其实什么也没有！”

“什么也没有是什么意思？”范布勒问。

“字面意思！”

“你真的没有和我开玩笑？”范布勒清了清嗓子。

厄休拉点点头。

范布勒终于松了口气：“天哪，我今年的得胜率是九成五，我居然……我该怎么说呢！厄休拉！你真了不起！……你那天，我明明看到你手里有一张纸……那是什么？”

“那只是我的台词复印本啊！”厄休拉轻快地说。

“上帝啊！我现在的感觉比输了官司还要糟，我觉得是彻头彻尾地输给你了，厄休拉，我真不知道说什么了。”范布勒的目光仔细打量着厄休拉，“你真可怕，了不起！”

“再见！”厄休拉对他咧嘴一笑，“很高兴和你聊天，范布勒律师！”

两个人说说笑笑地并肩走着。

“厄休拉，我希望你还是好好考虑我的建议，我们对你一直敞开大门！”范布勒看了眼手表。

“拜拜喽！”厄休拉向他挥了挥手，“我会考虑的！”

“厄休拉，我送你回去！”简埃迪说。

她慢慢转过身：“不，不用了，我自己回家！”

“你表演得棒极了！厄休拉——达达尼昂！”简埃迪兴奋得险些跳了起来。

“你知道莫德和尤里他们为什么没来？”厄休拉解下佩剑，看着图索。

“不知道！”图索看了眼埃迪。

“厄休拉，快逃吧！”昆廷的胳膊搭在厄休拉的肩上，咯咯地笑，“小心西蒙！”

一旁的塞米切纳担心地提醒他道：“昆廷你会卡死厄休拉的，快点逃吧！”

昆廷收起胳膊和厄休拉相视而笑。

“下周见，切纳！”厄休拉点点头微笑着目送他们离开。

她的余光看到西蒙英格正在找什么人似的疯狂地看着周围。

厄休拉抱起椅子上的佩剑和披风，她大声对图索和简埃迪说：“你们还不走吗？”

她踉踉跄跄地穿过走廊，和图索、简埃迪一起坐上简埃迪的车逃之夭夭。

Chapter 7

“家门口为什么停着这么多车呢?”厄休拉解开安全带下车,望着图索问。

“我也不清楚!”图索尴尬地说。

“也许伯父在聚会什么的!”简埃迪欢快地说。

三个人穿过草坪,上了台阶,打开门。

“哇!好热闹啊!”厄休拉探了探身子,屋里有人拿着酒杯庆贺,看起来每个人都好高兴。

莫德看见厄休拉,拥抱她,抱歉地对她说:“对不起,厄休拉!非常抱歉,演出顺利吗?”

她兴冲冲地点点头:“还不错,真希望你和尤里能来看我的演出!”

“不好意思,厄休拉,公司的同事们临时决定开一个小型派对庆贺公司春季运动鞋大卖!我也希望去现场看你的演出!抱歉喽!”莫德双手搭在厄休拉的肩上,她困惑地看着她,又看看图索。

“没关系啦!他们为我拷贝了录影带,你和尤里一定要看喽!”厄休拉打了个哈欠,“我困了,回房间了!晚安!”

“晚安!”莫德亲吻着厄休拉的面庞。

莫德刚亲完,厄休拉的脸就红了。

“晚安!埃迪!”厄休拉低下头,她一直都是半睁着眼睛,咯咯地傻笑。

在客厅,厄休拉一头撞在了一个人的身上,那个人手上的酒洒了他自己一身。

这个人不是别人,正是沃丁尤里公司的股东之一——申诺特。

他用力地想要甩去手上洒的酒,厄休拉不好意思地用手挡在额头上:“对不起!先生!我没有看见你,非常抱歉!”

“你那双眼睛是干什么用的?没有看到人吗?以为撞见鬼了?”申诺特

不知哪里来的脾气。

“抱歉！先生！我来付干洗费！”厄休拉吓得向后退着小声说。

“这可是高级服装，你能负担得起吗？”申诺特停下，他盯着厄休拉的衣服，“等等，你穿的是西部牛仔吗？”他的手摁在她的肩上，让她转了一圈，“有意思，也许我是撞见幽灵了！嘿嘿！”申诺特大笑着向周围的人取笑厄休拉。

“我说先生，请把你的手拿开。这不是西部牛仔，而是‘三个火枪手’的服装。我想你应该没有读过这本书吧？”厄休拉努力想挣脱申诺特的手，找不到办法，围观的人也笑了。

申诺特更是一脸生气的样子。图索送走简埃迪之后，晃晃悠悠地来到客厅。

“请你放开我！”厄休拉想要掰开申诺特的手。

他身上散发出的奇怪的香水味更是让厄休拉想摆脱他的主要原因。

“你放开她！”图索大声对申诺特说道，“把你的手从她的身上拿开！”

“图索，我以为你搬走了！”申诺特的声音显得很不自然，“没想到你还住在这里！”

围观看热闹的人多了起来，他们都是公司里的员工。整天都在做着相同的事或重复着相同的工作，对他们来说很无聊。

旁边甚至有人小声议论。

“猜猜谁能赢，我说董事长的儿子！”

“不！应该是申经理更有能力！”

“不！是……”

申诺特的胆子越来越大。

“这个不知道从哪里跑出来的小家伙，也许是来偷吃糖果的！”申诺特双手摁在厄休拉的肩上。

莫德和沃丁尤里也赶了过来，见到申诺特快要掐住他们孙女的脖子，都有些着急。

申诺特指着他的上衣：“她撞了我一身的酒！”

图索上前冷冷地说:“你快点放开她!”

厄休拉挣扎着:“我不是来偷糖果的,我也不是什么小家伙,放开我!”

图索狠狠地瞪着申诺特。

“她是谁啊？你那么紧张!”申诺特揪住厄休拉的衣领问图索。

她使出全力想要挣脱申诺特的手。

图索握紧拳头。

莫德悄然走近申诺特身边,她板着面孔:“她是我的宝贝,我的孙女！你可以放了她吗?”

申诺特怀疑地打量着厄休拉,神情很不自在,他看着她的脸。

厄休拉长着一双快乐无邪的眼睛,奶油色的皮肤。

“她长得不像派伊!”申诺特低声说道,若有所思地打量着她,“让我看看——啊,她长得像奎普奈香吗?”

莫德微笑着点点头:“她长得像她母亲!”

申诺特终于松开手,厄休拉大喘气。

申诺特诡秘地点点头:“有人的继承权要被动摇了!”他看着图索,又看看沃丁尤里走开了。

厄休拉一边咳嗽,一边上楼梯。

经过一夜的休眠,厄休拉起了个大早。

她早早为沃丁尤里和图索做早餐,自然也少不了莫德的份。

“为什么你在做早餐?”沃丁尤里怀疑地看着厄休拉,又看了一眼莫德,“你真打算以后都这样吗?”

莫德从厄休拉手里接过盘子,她闻了闻,感兴趣地拿起叉子:“不错哦!厄休拉你的手艺是朗达教的?”

沃丁尤里轻轻地哼了一声。

厄休拉看着他,抬起手道:“来吧,我不能让你花一生时间猜测吐司里究竟放了什么!”

莫德对厄休拉扬了扬她的果汁:“祝你健康!”

图索揉着眼睛坐在莫德旁边的空位上。

“来一份同样的怎么样?”厄休拉扬了扬下巴。

图索看了一眼莫德盘子里的食物:“好吧!”他观察了一会儿总结道。

厄休拉最后一个坐下来吃早餐,她满心欢喜。

莫德对沃丁尤里笑了笑:“从今天起我也不再为做晚餐占用我享受艺术的时间了!”

沃丁尤里假装微笑着拿餐巾:“我吃完了,请你慢用,祝你今天过得愉快!”

“尤里,等等我!”厄休拉喝了一口果汁急匆匆地站了起来,她放下餐巾追沃丁尤里出了房子,“等等,尤里,捎我一程吧?”

“你的车呢?”沃丁尤里打好领带时说道。

“你知道微软股票跌了三个百分点,可我还得生活啊!我无力负担高昂的油价!求求你,帮帮我好吗?”厄休拉做出一副可怜样,她的额头紧紧地贴在沃丁尤里的肩上,“你知道,我的财务状况不是很好,可油一天一个价,我也没有办法,你就做回天使好吗?”厄休拉偷偷地瞄了一眼沃丁尤里。

“那一定也是有钱的天使吧?”沃丁尤里说。

厄休拉慢慢抬起头。

“我送你去办公室?”沃丁尤里打开车门,看了眼手表。

“你送我到花园街就好!”厄休拉系上安全带,她对沃丁尤里笑了笑。

他们前边的图索上了简埃迪的车子。

厄休拉有些不适应沃丁尤里的驾驶风格,速度超慢,车里却放着巴尔扎克式的音乐。

她只好望着窗外,不停地看手表。

厄休拉到花园街四十五号,她惊讶地发现已经是早上九时十五分了,他们开了差不多一个小时,晃晃悠悠在路上。

她整了整衬衣,刚进办公室,就一屁股坐在椅子上,对塞米切纳吐了吐舌头:“西蒙来了吗?”

“你迟到了，他是第一个来办公室的，待在里面好久了，你最好还是别让他发现了，免得他又要发飙了。已经有一个在里面了！”塞米切纳指了指昆廷的位子，“你知道我们今天要去游泳馆教小朋友们游泳吗？”

“又要外出？”厄休拉低下身子，“这种生活什么时候结束啊？”

“一定会很有意思的……反正要不了多久就要投票了！”

西蒙英格并没有因为昨晚的演出抱怨什么，他带领着蒙滋和仲团队所有工作人员一起来到游泳馆。

“玩得开心！”西蒙英格对众人说完，就走进了更衣室。

厄休拉走到泳池边，探下身子试了试水温：“好凉啊！”

“发明公司家庭日的人真应该被枪毙！”昆廷一点也不幽默地说，“你们都给我撒手！”他拍了拍其中一个孩子，其他几个都开心地大笑。

小朋友多数围在昆廷的周围。

“你的人气好高啊！”欧奎因咕哝着说，他拉着一个小朋友下了水。

这些平日里一派干练作风的办公室里的工作人员在孩子们面前也都少了些许自信。

有两个小朋友抱着昆廷的腿不撒手，当所有人都在水里游，只有昆廷还在泳池边和小朋友做着交易。

“做一个鬼脸吧！”

“不做！”

“叔叔做一个吧！”

“我做不了！”

“嗨，昆廷！”西蒙英格大叫道，“你玩得开心啊？”

昆廷没有理睬西蒙英格，他只好一小步一小步往泳池边挪。

其他人在认真地教小朋友各种各样的泳姿，小朋友一时无法接受。

他们学一会儿就嬉闹，不一会儿就忘了，又得重新教他们，反反复复来回要教好几次。

厄休拉忍不住抱头发愁道：“天哪！小朋友们实在太可爱了，他们为什么不停下来安静一会儿呢?”

“厄休拉,别中断你高尚的工作!”西蒙英格模仿小朋友的腔调说,“午餐我们吃比萨!”

小朋友们听到后更是调皮胡闹了。

一个小朋友游了不到三米远,一把抓住了厄休拉的肩,“我害怕!”小朋友的声音颤抖,“你抱抱我。”

她慢慢地转过身,双手放在小朋友的腰上:“我刚开始练习也会害怕,我来保护你,就没那么怕了! 来吧!”

厄休拉慢慢潜下水,当水漫过小朋友的肩部,她轻轻地探出身子,松开一只手……

“厄休拉!”一个声音由远及近,“奎普厄休拉!”

厄休拉抱住小朋友转过身。

一个年轻人出现在了厄休拉面前,她一言不发地盯着他。

“我是道森,我们曾一起加入轮滑社的,那个花道森!”年轻人向厄休拉提醒道,“你不记得了?”

“上帝啊!”厄休拉皱起眉头,缓缓地说道,“道森,当然我对你还是有印象的,你怎么在这儿呢?”

“我在这里打工,锻炼身体。你知道,你看起来不错!”花道森看了眼周围,“你和他们一起的吗?”

“谢谢! 是的,我还在实习!”厄休拉微笑着说。

“最近我在参加社交活动!”花道森和小朋友玩了起来,“你的祖父还好吗?”

“什么?”厄休拉吃惊地说,“谁?”

“你的祖父啊!”花道森一边向小朋友拍水,一边说道,“我还记得是他在学校门口对我说叫我要离你远点,否则他就会向学校告发是我砸坏了实验室的玻璃。他可是超厉害地警告我。我想要是现在见了,也一定会怕啊!”

“我无法相信!”厄休拉的声音颤抖,“他不会这么做的!”

“他是你的祖父没错啊！沃丁尤里！”花道森抬起头，“你怎么了？”

“没什么……”厄休拉清了清嗓子，“那么……嗯……你肯定是他吗？”

花道森点点头：“当然！”

“给你，帮我照顾小朋友！”厄休拉一把将小朋友送进花道森的怀里，她飞快地向泳池边游去。

“你要去哪里？”西蒙英格正好向厄休拉迎面走来。

厄休拉好像没有听见似的从他身边擦身而过。

她穿着橙色的比基尼上了向同事借的车子。她想问个究竟，这到底是怎么回事。

厄休拉想到原来在学校认识的男生为什么总是主动和她不玩了，原来沃丁尤里有可能知道是为什么。

她已经顾不了那么多了，一脚油门踩下去，她想早点知道原因。

厄休拉在一座写字楼前终于一脚刹车踩下，她下车直奔电梯上了十二层，她穿着比基尼，引起周围人的注意。

“厄休拉，等等，你的祖父在开会！”沃丁尤里办公室的秘书吴允英正好送完文件回来和厄休拉撞面，她极力阻止她，可厄休拉早已是怒气冲冲，她用力将会议室的门推开。

“你好！尤里！”

十几双眼睛都把目光放在厄休拉的身上。

他们胡思乱想：厄休拉为什么穿着橙色的比基尼站在了会议室的门口？诸如此类问题。

沃丁尤里从椅子里站了起来：“先生们，请给我们一点私人时间，稍后我们继续，谢谢！”

吴允英为他们打开会议室的门。

申诺特经过厄休拉身边时停下来，他冲她笑了笑，他的嘴动了动：“我想你在为我们展示你是个女人吧！”他笑道，“你的确是女人！”说完他最后一个走出会议室。

待所有人走后,吴允英从外边将会议室的大门紧闭。

“你的衣服呢?”沃丁尤里走到厄休拉面前。

“你觉得呢?”厄休拉一只手叉腰。

“我感觉你是来挑战我的耐心!”沃丁尤里表情严肃地靠在会议桌上。

“你为什么要对他们那样做?”厄休拉激动地说。

“谁?”沃丁尤里问道。

“你知道的,花道森,伊恩,辽孝贵,尚彦柏……还要我继续把他们的名字念出来吗?”厄休拉睁大眼睛望着祖父,期待他的回答。

“够了,我没什么好说的!”沃丁尤里坐回到椅子里。

“这就是你的解释,花道森和伊恩有什么错?”厄休拉走到沃丁尤里面前,把手放在他正要打开的文件上。

“你知道,他们自身都有问题,伊恩臭,花道森太胖还吃得多。”沃丁尤里看着厄休拉。

“辽孝贵呢?”

“辽孝贵,他是花花公子! 女朋友太多了!”沃丁尤里不以为然地说道。

厄休拉确定是在清醒状态下听祖父的解释,把手放在额头上,“就是说,你肯定对他们说了些什么或者做了些什么? 他们为什么有的转学,有的不来上课,有的不知为什么见了我就跑;伊恩说他的姑妈要搬家,所以不能和我说话,孝贵自从和我跳了第一支舞就消失了,花道森更是和我说话总要有另一个男生加入进来。伊恩六岁、孝贵九岁就知道人权这个词,花道森十三岁……”

“他们都很年轻!”沃丁尤里笑了,“我知道我有些过分。你知道,我爱你,不想你受到伤害!”沃丁尤里知道这样说话厄休拉会心软。

“可我们那时还只是孩子,孝贵说要请律师为自己辩护!”厄休拉坐在沃丁尤里旁边的椅子上。

“他很有发展前途!”沃丁尤里微笑着说。

“尤里,尚彦柏的脸是怎么回事? 我想不会是他骑自行车摔的吧?”

“的确是摔的，只不过是我从他的自行车上取下了一根轴——我发现他同时和五个女生约会！”沃丁尤里解释道。

“我想杜尤丹鼻子上的鼻环不是他自己卸下来的吧？”

“我承认那孩子的鼻环是我帮他卸下来的，我在帮他减轻痛苦！”沃丁尤里脱下上衣交到厄休拉手里，“你需要这个！”

“莫德知道你这样做吗？”厄休拉穿上沃丁尤里脱下的上衣。

“不知道，但她一定支持我这样做！下次请别穿着泳衣到处走，会有很多人注意的！”沃丁尤里终于打开了会议室的门，原来有很多人在偷听他们的谈话内容，其中一个工作人员甚至拿反了当天的报纸。

厄休拉和沃丁尤里两个人相视而笑，她亲吻沃丁尤里的脸颊，向吴允英做了一个不好意思打扰了的手势，乘电梯离开。

厄休拉到了一层大厅，已是午餐时间，来来往往的人也多了起来。

她不好意思地将手挡在眼睛上，轻快地走着，碰巧和图索还有简埃迪迎面相撞。

厄休拉撞在了图索身上，更是觉得难为情。

“嗨！埃迪！”厄休拉惨兮兮地向埃迪打招呼。

“你好！”简埃迪茫然地看着厄休拉，“你怎么了？”

一股凉气袭上全身，她的腿抖个不停：“抱歉，我先走了！”

她将沃丁尤里的上衣裹紧在身上，向图索微笑着从他身旁经过。

“你要去哪里？我载你！”简埃迪和厄休拉并排走着，他脱下运动衫遮挡住厄休拉的下半身。

“你干什么？”厄休拉加快步伐。

“保护你的端庄形象！”简埃迪转身挡在厄休拉的一侧，他盯着那些色眯眯盯着她的人。

他们飞快地走出大厅，厄休拉向简埃迪摆了摆手中的车钥匙：“谢谢，埃迪，我一个人回去！”

“不，我送你，我坚持这样做！”简埃迪拽着厄休拉走了几步，打开车门，

“请吧！女士！”

厄休拉欣然接受。

“谢谢！如此盛情怎能拒绝！”厄休拉上了简埃迪的车子。

简埃迪轻快地关上车门，回头看见图索也跟出来，他迅速跳进后排座里：“开车吧！”

“怎么？你不是有要紧事要找伯父吗？”简埃迪重新调整后视镜，“厄休拉，坐好啦，要出发喽！”他将播放的音乐音量调大。

“嗨！这是哪门子的音乐？”厄休拉靠在椅背上，双手交叉抱在胸前。

“普西尼的歌剧！”简埃迪为了讨好厄休拉，自豪地向她介绍。

“有点太安静了！”厄休拉的头发被风吹乱。

“好吧！这个呢？”

“找点鼻音没那么重的！”

简埃迪换了张CD，音量调大。

“这个嘛，好一点！”厄休拉回过头。

“你觉得呢？”简埃迪嘿嘿笑，图索无聊地看着车外，“你要回家？”

厄休拉将挡在眼睛上的头发向后捋着，用一根丝带扎起来，“是啊！”

“明晚你有空吗？”简埃迪试探性地小心问道，又看了眼后排座的图索。

“还没有安排……嗯！我想没什么事吧！”厄休拉挠着下巴，想了想。

“我想请你吃比萨！”简埃迪激动地说，“晚上七时，我去接你！”

厄休拉好不容易安静了，她摆了摆手：“喂，等一下，埃迪，我还没有答应你呢，不是吗？”

三个人沉默了一会儿。

“嗯！”厄休拉温和地说，“反正一个人待在家里也没什么事做，约纳坦城是什么样子，我也该感受一下喽！好吧！有橄榄味的比萨吗？”

“橄榄？”简埃迪扑哧一声笑出声来，“草莓的也有！”

“我还是喜欢橄榄！”厄休拉强调道。

图索一个人摇着头小声自言自语道：“两个人在约会，关我什么事嘛！

我干吗凑热闹?”

简埃迪道:“你说什么?”

图索调整坐姿,摇摇头微笑着向前看:“没什么!”

Chapter 8

西蒙英格等不及,要厄休拉做一个合理的解释,说明擅自离开的理由,她只好硬编了一个理由,她不知道能否闯关成功。

“你什么时候出来的?”塞米切纳接了一通电话后,坐在椅子上松了一口气。

“好一会儿了,你刚出去,我就回来了!”厄休拉胜利地说道,“在顽固坚持面前没有壮士!”

“你说谎了?”

“我不知道！西蒙没有给我掏心挖肺的说话机会,那也不能算是谎言!”

“你说什么了?”

厄休拉噘起了嘴:“嗯！我说我看到的每一个人都是一张选票!”

塞米切纳看起来目瞪口呆的样子:“天哪,宝贝,你入戏太深了。你看起来就像是个老手,佩服,我简直服极了,你真可怕!”

“我也这么认为!”厄休拉点点头,“我都不认识我自己了!”

她趴在广告单上,随意地拿起一份丢进垃圾筒。

“你在找工作?”塞米切纳鼓起腮帮子,她斜眼偷瞄了一下。

“是啊！最近我的财务状况出现赤字了,我快要负担不起了!”她托着下巴。

“你的祖父不帮你吗?”塞米切纳拿起一份广告认真地看。

“我什么也没有对他讲!”厄休拉转了转眼珠补充道,“如果让外祖父知道我求助过祖父,搞不好他们会打起来的!”

塞米切纳奇怪地看了她一眼,笑笑说:“我从没见过老头子打架是什么样,嗯?”

厄休拉想了一会儿,笑了:“我小时候见过他俩抱在一起,一个卡住一个的脖子,另一个抱住头摇晃,当时没有一个人能劝住他们!”她的眼睛闪闪发亮,“我可不想他们为我再打了!”

“我有一个方法!”塞米切纳从她的抽屉里取出一张名片,放在她的桌上,“我哥哥开了一家餐厅,现在餐厅只有他一个人,你去试试看嘛!”

厄休拉拿过名片:“塞米玛杨餐厅!”

“虽然只是一家小餐厅,去那里吃饭的人还蛮多的。我哥哥忙不过来,他总是说要找人,要么就是抽不出时间,要么就是去的人都不合适,你去帮帮他的忙,他人很好!”塞米切纳说着叉起腰。

“这个主意不错,下班我就去试试看!”厄休拉转向塞米切纳,最后说道,“谢谢,你帮了我一个大忙呀!”

“是哟!好可惜哎!”塞米切纳不情愿地说,“我是看不到两个老家伙是怎样打架了!”

厄休拉和塞米切纳彼此看着对方,相视大笑。

因为有塞米切纳的关系,厄休拉很快就得到了塞米玛杨餐厅当服务生的工作。

这是一家小型快餐店,只有老板没伙计,面积有五百平方米,看起来还不错。干净又舒适,可爱的饮料杯,调皮的小标饰物,充满愉快的气氛,工作量也是相当惊人。

厄休拉一晚上要负责二十桌的客人点餐,送餐,结账,打包。这些都得她一个人来做,老板负责厨房的所有工作。

来餐厅的客人大多是年轻人,厄休拉还要为他们单做三明治,老板只做主餐。

一个晚上下来,厄休拉一头倒在床上,外套也顾不得脱掉,像个死人一样倒下。比起白天的实习生工作还要累人得多,但至少是厄休拉亲手在创造着她自己的生活。

她面带微笑进入了甜美的梦乡,旁边还放着一份当天的体育版报纸,她还没有读过。

看着餐桌上的食物残渣，厄休拉深深地叹了口气，认真地打扫完之后才回家。

她站在房子外的草坪上，摸了摸上衣口袋："钥匙呢？"

她找了好半天，终于在书包里找到了它。

厄休拉打开门，看了眼手表已是晚上十一时了，她轻轻地踮起脚尖，换了双拖鞋，回房间。

图索端了一杯咖啡从餐厅出来："你去哪儿了？这么晚回来？"

"没什么，最近有些忙！"厄休拉手扶在楼梯扶手上，她一脸的倦容。

"你没有去和埃迪约会吗？他来找你了，等了你很长时间！"图索喝了一口咖啡。

厄休拉恍然大悟地把书包放在台阶上："是哦，我好像忘记喽！"她凑近图索，小声问道，"埃迪生气了？"

"看不出来。"图索小声地在厄休拉耳边回应道，"你看起来不像会是放别人鸽子的人哦，怎么忘记了？"

她向后退了一步，挤出一丝微笑："是又怎么样？有那么多事要做，我怎么能记得起每一件事呢？"

"是哦，是谁讲的要对我们承诺的事情负责任呢？是不是？"图索靠近厄休拉故意说道。

"我会处理好自己的事情！"厄休拉扭着鼻子，深吸了一口气，抓起书包，"我想我该回房间了！"

"你难道不去道歉吗？"图索说。

她握紧拳头，又松开了，转过身，俯视着图索："这是我私人的事情，我会处理！"

"既然你这样说，那就没什么了！"图索走上台阶，"原本我想帮忙的！"

厄休拉睁大眼睛，她向空中挥挥手道："我想我该去睡觉了，已经出现幻觉了！"

图索和厄休拉并排站着，他凑到厄休拉身上闻了闻："好像是洋葱的味道！"

厄休拉强装出一副不知道的样子，闻了闻胳膊："哦，是吗？我怎么没闻到！"

"明明就有啊！你在做什么？"图索抬起她的胳膊问道。

她抬起头，随意地将头发拨到脑后："哦！也许是我饿了！我去弄些吃的，好饿啊！"

厄休拉转身，向餐厅跑去。

她的手放在肚子上，瘫坐在餐桌旁的椅子里，小心地看图索有没有跟过来。

她脱下外套，用力地闻了闻："什么味也没有啊！"

赚钱是一方面，厄休拉还要完成实习生的工作。首要就是计算出每周流失多少支持率，和增加的支持率是否是新鲜人群或者不同职业。

厄休拉时常大吐苦水，为了保证获胜的概率更大，西蒙英格要求计算出的结果不能有误，她只好拿回家做。

她啃笔又打瞌睡，烧了水也忘记关……

"在这肉欲横流人心不古的年代，我为什么还要做这样的工作？"

"你说什么？"图索放下咖啡杯，坐在厄休拉对面的椅子上。

她从嘴里拿出笔，眼前一亮，激动得从椅子上跳了起来，说："哦！上帝啊！"

"你撑着了？"图索不解地问。

"我还没吃呢。"厄休拉停下来，认真地观察着图索，感叹道，"你长得真帅啊！"

"什么？"图索瞪大眼睛道，"你还好吗？"

厄休拉走到图索身边蹲下来，清了清嗓子，她把手放在图索座椅的椅背上:“帮帮我吧！今晚我有一大堆的工作要完成,只有你了,请帮帮我好吗?”

“哦!”图索吃惊道,“那么,你……”

“你就做这个!”厄休拉急忙将计算支持率的报表拿到了图索面前,“我知道你可以的,拜托了,只是一些数字而已!”

“什么?”图索想要站起身走人,被厄休拉强拽回到椅子上,“可以用计算器完成!”

“我还没有答应呢!”图索争辩道,“我做了,你做什么?”

厄休拉耸耸肩:“你知道,搞政治的都没时间,我要弄些吃的,拜托了!”

图索不说话,脸上显出困惑的表情,他拿起笔,很自然地啃着,“这是什么?”

“嗯！是我们的旅行支出,要求核对账目!”厄休拉皱了皱眉。

“没想到他们连这个也要求实习生做。”图索说,“他们会不会觉得你知道得太多了!”

厄休拉给自己倒了一杯水:“我们人手不够！况且他们付我丰厚的薪金!”

“你找了份美差,可我还得帮你的忙!”图索参考另一组文件的数据。

她搓着手,口水要流出来了:“好棒啊！我的低脂拉面出来了!”

她慢慢地将一大碗拉面端上餐桌,打算美美地享用一顿夜宵。

“感谢上帝!”她在胸前画着十字。

“喂！为什么只有你在吃拉面,而我却要计算这无聊的数字?”图索拿起一个文件,清了清嗓子,“你觉得怎样?”

“我没什么感觉啊！不是很好吗?”厄休拉咧嘴笑笑说,“怎么？你不愿意做了?”

“喂！厄休拉!”图索敲了敲桌子,“你是故意的吗?”

“什么?”厄休拉好奇地望着图索。

“这关我什么事?”图索指了指厄休拉,“我也饿了！我要两根香肠!”

“哦!”厄休拉看了他一眼,“你要吃?”

她忍不住笑出声，慢慢地转过身：“我很高兴听到你这么说！”

“嗨！我在帮你呀！”图索沉默了一会儿，也忍不住笑了出来，他不相信这样简单的理由。

“好吧！既然你这么说！”厄休拉抬眼看着图索，对他扬了扬眉毛。

“嘿嘿！”图索自个儿也乐了。

“图索，你能帮我向简埃迪解释吗？”厄休拉搅动锅里的拉面说道，脸上露出一种似乎高人一等的笑容，“你会向他解释？”

“我才不要咧！”图索嘲弄地说。

她转了转眼珠，向图索咧嘴一笑，“商学院和法学院好像不在一层呢！是吗？”

“你怎么知道？”图索放下手中的笔，他看着厄休拉一动不动。

“埃迪告诉我的！”厄休拉用一种干涩的嘲弄人的声音说道，“我想大概弄明白了！”

“明白什么了？”图索说，“该死的埃迪！”

“你知道了我那么多的秘密，也该让我知道你一个啦！很公平啊！”厄休拉向前探了探身。

“我听不懂你在说什么。”图索拿起笔转了起来。

“看来你不再是尤里认为的未来客户最具战略能力的候选人！”厄休拉坐在原来的位置上。

“对不起！”图索举起一只手，“什么？”

厄休拉得意地跷起一条腿。

“我听不明白你在讲什么。”图索认真地说。

两个人都没有继续说，只是厄休拉禁不住扑哧一笑。

“你知道，我离开商学院已经有一段时间了！”他微笑道，“你可不可以把你刚才说的话转换成口语？”

“什么？”厄休拉站起身，“你在开玩笑？”

“不，我是认真的！”图索温和地说，“我也不喜欢开玩笑！”

厄休拉关掉火:“你的拉面好了,看来你的确是饿了!”

她为图索盛了一碗,放在他的面前,指着拉面道:“简单地说就是你不帮我,我就会去向某人告发某人的秘密!”厄休拉绷紧下巴。

图索忍不住地咧嘴笑:“好了,我明白!在法律上讲你是在威胁我!”

厄休拉坐下来:“他不是你最好的朋友吗?我想对你来说不会麻烦。你说呢?”

“难道这些都是你做实习生几个月来学到的吗?”图索盯着厄休拉的眼睛。

“不,他们没有教我这个,但他们教会了比它还要有用的东西。我只是在最关键的时候才用!”厄休拉大口吃着拉面。

“哦!是吗?”图索双手捧大碗道,“看得出来!”

餐厅里传来的全是吸拉面的声音。

西蒙英格看着厄休拉打瞌睡有好长时间了。

厄休拉是彻底地睡了过去。

西蒙英格示意塞米切纳不要叫醒她,他小心地贴近厄休拉,仔细听她的呼吸声,看来她由于打工和实习工作已经被拖得疲惫不堪了。

“厄休拉!”西蒙英格拍了拍她,“醒醒!厄休拉!”

过了一会儿。

“什么?”她慢慢睁开眼睛。

“我做了一个梦,就像真的一样!”她又闭上了眼睛,微笑着说。

西蒙英格故意凑上前:“什么梦?”

“猫王亲口对我说,‘嗨!宝贝,只有国王才能睡床!’”

厄休拉全身缩在一起靠在椅背上。

“你见到猫王了?”西蒙英格微笑着问道。

“我见到他了!”厄休拉舒展胳膊,睁开眼睛,立刻从椅子上跳了起来,

“对不起！先生！我刚才……”

看到西蒙英格的表情，厄休拉的声音越来越小。

“我知道你做了一个梦，见到猫王了！”西蒙英格嘲弄地说。

她绷紧身体，觉得自己傻极了。

“对不起！先生！”厄休拉低下头。

“把你计算的数据拿给我！”西蒙英格看了眼办公室的其他人。

“在这里，先生！”厄休拉从一堆文件中找到做完的文件交给他看。

西蒙英格一边翻看着文件，一边抬起手：“下次梦见了甲壳虫，请告诉我一声！”说着便走进了他单独的办公室。

厄休拉先是一愣，倒在椅子里：“我要完了！”

“从职业发展的角度来说，你发展的机会不大！”塞米切纳安慰地拍了拍她的肩，“不过作为服务生你有很大的发展空间，怎么样，还能应付吗？”

“还行吧，我已经没有了退路。卡被停用，我的抽屉里全是账单。要是让外祖父知道了，我的活路更渺茫了！”厄休拉摊开两只手，眼睛盯着天花板，一动不动地坐着。

“实习生的薪水不低啊，怎么你全都花光了？”塞米切纳和厄休拉对看了一眼。

“我没有想到滑板会这么贵，我摔坏了六个，一个就要好几千块呢！”

“那你的技术一定有提高喽！”塞米切纳咯咯地笑了，“我现在知道，你第一次来工作时为什么会穿着滑板裤了！”

“我要去餐厅了！”厄休拉看了眼手表，抖动身体。

“祝你好运！滑板少年！”塞米切纳收拾桌上的文件，“有我在，他不会发现的！”

她偷偷地溜出办公室。

厄休拉有时会穿成厨师的样子，也会帮老板做几道主菜。

晚上七时是高峰期。

厄休拉忙完了点餐,就要帮着煮菜,上菜也要她一个人来完成。

生意总是在时断时续中度过,她在没有客人时,收拾点餐单放进柜子里,以保持桌面干净整洁。

晚上十一时,同时拥入十几位客人一同就餐,老板乐坏了。

厄休拉自如地应付客人们。

"你好! 女士、先生,请问现在点餐吗?"厄休拉礼貌地递上菜单。

几小时前厄休拉还在犯困,现在看起来精力好像多得用不完似的。

回到厨房,厄休拉做着一名厨师最基本的工作——切洋葱,码洋葱。

她娴熟的用刀技术,连她自己也备感骄傲。

客人们正多时,厄休拉的手机响了。

"你好! 我是奎普厄休拉!"她继续切洋葱。

"我是西蒙,四十分钟后,我们要开一个特别说明会,现在以你最快的速度赶到总部。记住,从后门进来,前边有大批记者,对记者什么也不要讲!"

"是的,先生!"还没等厄休拉说完,西蒙英格就挂断了电话。

厄休拉摘掉厨师帽往外冲,并向老板喊道:"老板,对不起,我有急事,先走了!"

她看了看表,用跑步代替车子。

厄休拉挺起身子,昂着头向蒙滋和仲总部跑去。

坚持了十几分钟后她跑到了总部附近的停车场,穿过露天广场。她推开后门,两腿发软,好不容易扶在了一根柱子上,背靠着它,双手扶在腿上,听到的全是自己的呼吸声。

昆廷也累得够呛,他坐在地板上一句话不说,死死地盯着他的椅子,一动不动地靠在柱子上。

门外聚集了大批记者,他们不断找寻着空隙,窥探办公室内部的人员活动。

嘈杂声一片,西蒙英格甚至在办公室放起了甲壳虫的音乐以盖过门外记者的声音。

厄休拉走到饮水机前,深深地吸了一口气,倒了一杯水,一饮而尽。

“我活过来了!”她走回到桌子前。

西蒙英格也从办公室走了出来。

“请大家注意了! 现在有记者在门外,他们要对丹的事情进行报道,我对你们只有一个要求,什么也不要对他们讲!”西蒙英格接过塞米切纳手中的领带,看了看颜色,系在脖子上,继续说道,“蒙滋先生会自己说明情况的,如果有人要发表评论也仅代表你个人,和这个团队没有任何关系。请你们记住如果有难回答的问题,你们就说‘无可奉告!’记住了吗?”

“是的!”众人一同回答道。

厄休拉解开衬衫扣子,被西蒙英格发现,他马上就发火了。

“你穿的是什么?”他拽着厄休拉的一个袖口生气地叫道,“切纳,快给她找一件合适的套装,她看起来就像个厨师!”

厄休拉忍不住笑了。

“是什么味道?”西蒙英格凑上前闻了闻,“好像是洋葱!”

厄休拉退后了几步:“是的,先生!”

西蒙英格呼了口气,他抱住厄休拉的头,认真地咬牙对她说道:“厄休拉,你为什么总有一些惊人的举动,我们是在选举,你没有在学校,一会儿收拾起你的……”西蒙英格无法找到一个准确的词说明厄休拉的行为属于哪一类,他卡壳了。

“疯狂!”欧奎因一旁提醒道。

“对,是疯狂,你不是在学校,这里也不需要你的叛逆。这里只有一个老大,那就是我,我就是权威,你听明白了吗? 厄休拉!”

厄休拉吓得浑身僵硬,她点点头:“是的,先生!”

西蒙英格放心地松手,他又深深地吸了口气,转身和欧奎因讨论其他的事。

厄休拉紧张地摸着她的脖子,看着昆廷相视而笑。

特别说明会在晚上十一时五十分召开。

大批记者和摄影师的拥入,使原来就不大的办公室显得更狭小了。

记者们为了抢占一个有利位置甚至大打出手。

摄影师抓起摄像机竞相连拍记者们是如何打架的。

厄休拉和塞米切纳躲到了一边,靠墙站着。

两人窃窃私语,没有理会西蒙英格在说明会前的叮嘱。

十几分钟之后,蒙滋和仲匆忙赶到竞选总部,还没等他喘口气,面前摆满了麦克风,他的脸被遮住。

记者们争相将蒙滋和仲拍下,其中一名记者直接将麦克风对准了他的鼻子。

"法官先生,请问你为什么没有允许丹的假释,还有你是否对他的行为会给予同情,甚至他会有可能获释?"

记者之间推推搡搡。

蒙滋和仲向后望了一眼西蒙英格,清了清嗓子,重新调整面前的麦克风,方才开口道:"作为法官,丹是杀了人的嫌疑犯,本城的法律是不允许杀人犯保释的。作为丹个人来讲,他爱子心切,我是有所了解的,但也不能因此作为杀人的动机,我们也要考虑受害者家属的感受。在这里我向在场的女士们、先生们说明,丹没有获释的可能,等待他的只有法律的制裁。谢谢诸位!"

记者哪里满足官方式的回答,他们还是不依不饶地将麦克风递向蒙滋和仲,求得一个非正式的回答,全被西蒙英格挡了下来。

"什么时候毒贩也成了受害者!"塞米切纳不屑一顾地看着蒙滋和仲,"这就是法律?肯定早在他办公室之外就定好了的!"

"也许他太想要赢了!普西那边已为丹请了高级律师打这场官司!"昆廷偷偷地吃着巧克力躲在厄休拉的身后,"你说他心里是怎么想的?"

厄休拉双手抱在胸前:"困惑!"她看着记者们说道。

"有人会为此付出三十年的牢狱生活,他比谁心里都清楚!"塞米切纳以一种不满的口气说。

“昆廷,你们几个,我们需要合影!”西蒙英格招手叫昆廷他们三个过去照相。

昆廷和塞米切纳互相整理服饰,同时看了眼厄休拉,共同说了句:“这里只有友情引以为傲了!”

厄休拉站在昆廷和塞米切纳中间,第一排站着蒙滋和仲和西蒙英格,还有欧奎因。厄休拉对照相也日趋专业,她随时都能摆出摄影师想要拍到的灿烂微笑。

“我们可以拍摄免费的个人写真集,这也不错啊!”塞米切纳目视前方,不忘调侃一番。

采访进行了一个钟头之后,厄休拉有些犯困。

塞米切纳看到后建议:“走吧,我们回家吧!”

“采访还没有结束啊?”厄休拉揉着眼睛。

“他们不会注意到我们的!”塞米切纳摇着手中的车钥匙站起身,向远处的昆廷挥了挥手。

坐在塞米切纳的车上,厄休拉很快就睡着了。

由于昆廷的身体巨大,他占了两个人的座位。

厄休拉一路上都靠着他睡觉。

快到厄休拉家时,昆廷忍受不了了,打开车门,就将已经睡着的厄休拉推下车,她倒在草坪上。

“再见!厄休拉,祝你晚安!”昆廷说完摇上车窗。

驾驶汽车的塞米切纳大叫着:“天哪!你怎么能那样做?你非常粗线条呀!”

“她也够肥的!”昆廷一个人靠在椅背上,他双手摊开放着。

“哈哈!”塞米切纳看了眼后视镜忍不住笑了起来。

厄休拉慢慢从草坪上爬了起来。

“谢谢了,伙计们!终于到家了!”她感觉脚下在晃动,摇摇摆摆上了门前的台阶。

钥匙孔很难对准，她拍了拍脑袋，用手摸准，好不容易打开门。

她换了鞋，走着走着听到从客厅传来的几声熟悉的笑声，她停下脚步，侧身向客厅望。

图索从楼梯上下来："你回来了？"

厄休拉脱去外套，拿在手里，向他走去。

她缩着脑袋，一脸倦容地说道："也许我在自杀前会被他们累死的！"

她一边说着，一边向前走，脑袋靠在图索的肩膀上："我好累啊！"

图索吓了一跳，他担心地低下头看了一眼厄休拉："你怎么了？"

亚吉本在图索的身旁故意咳嗽了一声，他吓得赶快将厄休拉扶了起来。

厄休拉慢慢地睁开眼睛，看着图索问："家里来客人了？"

图索不置可否地扬了扬下巴，头转向一边。

厄休拉看见亚吉本，她一点也不在乎地拿着外套上楼。

"你好！我们又见面了！"亚吉本叫住厄休拉，向图索使了个眼色。

"你好！"厄休拉停下来。

"吉本，你在这里啊！"一个穿着灰色条纹短衫的年轻女人从厄休拉眼前经过，身上散发着玫瑰的香味，一副高贵的样了挽起亚吉本的胳膊。

厄休拉探出脑袋，小声问图索："她是谁啊？"

亚吉本抢先答道："对不起，打扰了。请允许我介绍一下，这位是我的未婚妻——劳拉，这位是奎普厄休拉！"

"你就是厄休拉，我们刚才还在电视上看到你了，你本人比电视上漂亮多了！"劳拉两腿交叉地站着。

厄休拉茫然地看着她，说道："你好，我是奎普厄休拉，叫我厄休拉就好，认识你很高兴！"

劳拉和厄休拉握手。

"你好，我也是！你是尤里的孙女？"

厄休拉微笑着点点头。

劳拉瞟了一眼图索,她兴奋地说道:“喂!图索,有这么可爱的小侄女,感觉一定不错吧?”

图索的脑袋晃动了一下,他双手插在裤兜里:“不知道!”

“我知道喽!”劳拉轻轻地碰了碰图索,“哇呜!”

莫德叫四个人一起到客厅,她站在客厅中央迎接四个年轻人。

她的穿着无可挑剔。

莫德一点也看不出病了,她穿了一条丝质灰褐色长裤,搭配一件桃红色条纹衫。她已六十七岁,仍和年轻人一样充满活力。

她扬起一只手,指着厄休拉,眼睛里充满了自豪和骄傲:“这位就是我和尤里的小宝贝,也是我们的骄傲,厄休拉!”

厄休拉不好意思地向众人点头示意,有礼貌地尽可能向每一位客人打招呼。她定睛一瞧,原来全都是亚吉本的家人。

厄休拉见到了亚吉本的母亲,当她看到厄休拉时,无法集中精神。

“晚上好!夫人,我是厄休拉!”厄休拉伸出手,很长时间她都感觉到了尴尬。

亚里中走过来提醒他的夫人,她才伸出手:“对不起!我刚才走神了,你长得非常像你的母亲。虽然我们不曾见过几面,但是她留给我很深的印象。对不起,我好像扯远了!”

亚吉本的母亲好像在对一个小孩解释事情:“你的祖父母一定为你感到骄傲!”

“没关系,谢谢夫人!”厄休拉微笑着说道。

“你来约纳坦多久了?”

“七个月!”厄休拉斜眼看了看图索。

“你们看起来关系还不错?我是说你和图索!”亚吉本的母亲看了眼图索,露出洞悉一切的表情,“养子一般会和亲子女的关系很糟糕,你们看起来相处得还不错!”

“哦!”厄休拉看来是被问住了,“嗯!马马虎虎吧!刚开始并不那么容易，时间久了，我们好多了！”

看到亚吉本和劳拉不知为了什么争执起来，亚吉本的母亲不得不出面平复一下。

“对不起！失陪了！”

厄休拉微笑着点点头说：“请便！”

她拿起桌上的小点心开心地享用。

厄休拉发现莫德自如地和亚里中交谈着，有时还会风趣地拿尤里调侃。

最近这段时间，厄休拉很难看到她笑。

图索退出讨论圈，他和厄休拉交换眼神。

“我觉得她不喜欢我。”厄休拉说。

“你是指吉本的母亲？”图索犹豫地说，“我第一次见到她时，也有这种感觉。时间久了，就习惯了！”他和厄休拉一起坐到沙发上。

厄休拉一只胳膊搭在沙发沿上，托起下巴环视四周。

“我觉得劳拉人很好，她看起来也不喜欢她！”

“我从没见她笑过！”图索久久地看着亚吉本的母亲。

厄休拉灵机一动，转过头，她的眼睛忽闪忽闪地说：“和我说说你的母亲吧，我从没听你提起过她！”

“什么？”图索紧张地看着厄休拉。

厄休拉头靠在沙发上，期待地看着图索，等他开口。

“没有什么好说的！”图索板着脸。

“不！”厄休拉推了推图索，“求你了！告诉我吧，我们是一家人，有什么难的？”

厄休拉坦诚地说：“你瞧，就像我在心理室对你说的那样，我真的希望你也能对我倾诉！”

图索看着前方，犹豫了片刻。

“好吧！”他将胳膊交叉放在胸前，“我记得她在鞋厂工作。每天准时上班，准时下班！”他停了一会儿又说道，“她是一位好母亲，每天都给我做好吃的，唯一的要求就是不准我问父亲的事。有几次我看到其他小朋友都是由父亲送他们上学和下学的，我就好想问她，谁是我父亲，可话到嘴边，看到她微笑着接我下学，我又咽了回去，她总是双手叉腰向我微笑。这时候我会觉得幸福，也许只有我们两个人生活也是一件蛮幸福的事！”

厄休拉呆呆地看着图索。

“直至她因为一场交通事故去世，我再也没有机会问她了！”图索哽咽着说完最后一句，仰起头，看着屋顶。

“我明白那是一种什么感受！”厄休拉咽了口唾沫，“现在我们是一家人了，你有爸爸妈妈，还有我，别死撑着！”

“谁死撑了？”图索慌乱地站起来，捡起沙发上的外套，走出客厅的时候差点被地毯绊倒。

厄休拉盯着他的背影笑了。

背对着厄休拉，听着她爽朗的笑声，图索自个儿也乐了，他回过头向她做了个鬼脸就回房间去了。

Chapter 9

厄休拉迟到的次数开始增多,她每天去办公室都会祈祷。

推开办公室的门,都像是赌徒在下注。

“你在做什么?”昆廷站在厄休拉身后问。

“没什么!”厄休拉推开办公室的门,里面一个人也没有,“人都去哪儿了?”

昆廷脱下外套,看了一眼当天的日志。

“今天是最后一次上街拉选票。你负责哪里?”

厄休拉呆坐在椅子上,说:“亚特兰大街和学校!”

她苦笑着走到影印机前,抱起影印好的宣传单,向昆廷挥手,一个人走向街道。

当她站在十字路口,书包挎在胸前,手里拿着蒙滋和仲的宣传单。她挠着头,看着周围来来往往的陌生人,思考该选择走哪条路时,生活却一路呼啸而过。

厄休拉在约纳坦生活了七个月时间。

由于西蒙英格坚持厄休拉将竞选实习到底,所以她延长了实习期。

选举的结果将在四周后产生,一切都在紧张进行中。

竞争无处不在,普西石男的竞选团队也在亚特兰大街向行人分发宣传单,使厄休拉倍感压抑的是他们大有围攻之意。

厄休拉一张一张地分发给路人时还要注意观察普西石男竞选团队工作人员的位置。

“请你回去转告蒙滋和仲先生,如果他不考虑放了丹,那么我们是不会投他一票的!”一位中年妇女牵着她的孩子对厄休拉生气地大声说道,说完她领了一份普西石男的宣传单进了超市。

厄休拉站在十字路口,手里的宣传单还有一多半没有分发出去,过往的行人也很少有人对蒙滋和仲的政策问津,他们更关心丹的命运。

光线渐渐暗下来,厄休拉拿着没有发完的宣传单回到竞选总部办公室,她无力地倒在椅子里。

所有回来的人也都和她一样疲惫不堪。

“你还有多少?”欧奎因笑着和厄休拉打招呼。

“很多没有发下去!”厄休拉老老实实地回答,手忙脚乱地整理余下的宣传单。

“你今天可不怎么走运!”欧奎因同情地看了眼厄休拉,伸手接过宣传单,“让我来想想办法吧!”

厄休拉看了看其他同事手里的宣传单,发现她的成绩是最差的。

她有了这次经验,充分了解到了竞选尊重选民力量的重要性。

厄休拉一个人站在大屏幕前,看着画面中的丹,他被记者们团团围住,追问他:“杀害了两个毒贩,是否后悔?”

“不。”丹低声回答,“应该有人站出来惩治这些毒贩,告诉他们教唆他人吸毒是一件非常错误的事情!”

厄休拉看了一眼手中的宣传单,她一把将它揉成小团扔进了垃圾桶,一个人出了办公室。

接下来的一周,厄休拉分发宣传单没有大的改观。

民众将蒙滋和仲慢慢地边缘化。

厄休拉早早地收拾好书包回家。一路上都是踩着滑板回家,为她节省了不少汽油钱。脑后的鬈发从头盔里冒了出来,她向后捋了捋。

回家的路既平坦又干净,厄休拉舒展着双臂,侧身站在滑板上。

结束了一天冗长的工作难得有惬意的时间。

到家门口时,厄休拉得意地吹了声口哨。一个身穿灰色风衣的年轻人站在家门口的草坪上向房子里眺望,他盘旋有一阵子了。

厄休拉从滑板上跳下来,抱起滑板走向门廊。

“对不起,打扰了,请问奎普小姐住在这里吗?”年轻人追在厄休拉身后大叫着。

厄休拉停了下来，飞快地瞥了他一眼，黑眼睛，留着小胡子，前额上有一道深深的刀疤。

“我就是！”厄休拉摘下头盔应声道。

“你好，我住在附近小区，听邻居们说你在为蒙滋和仲先生工作，一定很有意思吧？”

“还好吧！”厄休拉礼貌地回答道。

“我做着和法律相关的工作，在电视上看到了有关丹的报道，他真的杀了两个毒贩吗？”年轻人和厄休拉面对面站着。

“我不清楚！”厄休拉放下滑板，一只手从书包里取了一张印有“蒙滋和仲”的宣传单给他，“欢迎你投一票！”

“哦！谢谢！”

“不客气！”厄休拉笑了笑，转身离开。

“我有几个问题想请教，可以吗？”年轻人挡在厄休拉面前。

厄休拉将头发拨向脑后说：“请说，我有什么可以效劳的？”

“外界对丹的事情非常关注，普西先生甚至为他请了律师，蒙滋先生不打算为他做些什么吗？”年轻人意有所指地问道。

“嗯！”厄休拉停了一会儿，“这个问题有些困难！”她微笑着从年轻人身边擦身而过。

她加快脚步，还是被年轻人挡下来。

“丹为自己的儿子做了一件好事，每一个人都知道他触犯了法律，蒙滋先生难道不同情他吗？”

厄休拉深深地呼了口气，她无法独自面对这样的事情，摆手道：“对不起，同情是什么意思？”

“有没有可能放了丹！应该去惩罚该死的毒贩！”他漫不经心地看了看手里的宣传单，继续说道，“丹只是做了一个父亲该做的！”

“很有可能！”厄休拉飞快地说，“对不起，失陪了！”

“你是如何看待的?”他的脸上还带着微笑。

“厄休拉!”图索背着书包一边走着,一边望着厄休拉大声叫道。

厄休拉抱紧头盔,感觉轻松多了。

图索和厄休拉肩并肩站着问道:“你朋友吗?”

厄休拉抬起一只手说:“他是……”

年轻人迅速将宣传单塞进兜里说:“我想起了一些事,下次再聊!”

“喂!”厄休拉想要叫住年轻人,他早已不见踪影。

“他是谁啊?”图索帮厄休拉拿着滑板问。

“我们的邻居,他说自己是搞法律的。”厄休拉掏出钥匙开门。

“邻居？我不记得有邻居是搞法律的?”图索将滑板放在门口,他挠着头想了一会儿说,“住在我们附近的邻居大部分是经商的。”

“我不知道。他是这样对我说的。”厄休拉背着书包上楼。

厄休拉回到房间。

“你好啊！我的床。”她扑倒在床上,眼睛一眨一眨地盯着窗外。

Chapter 10

次日一早，厄休拉起了个大早，她愉快地坐在餐桌旁看着当天的体育版。

“你的麦片粥。”沃丁尤里递上盘子，摆在厄休拉面前。

“谢谢，看起来还不错！”她抬头看了一眼沃丁尤里问，“我们的邻居都是有钱人吗？”

沃丁尤里低着头说：“我想差不多是这样吧。有一天，他们甚至问我蒙滋和仲是谁？我在想他们怎么可能关心政治人物呢？宝贝，快吃，你要迟到了！”

厄休拉苦笑道：“那个人会是谁呢？”

图索听到简埃迪在房子外按响车喇叭，他急忙收拾书本。

莫德一脸茫然地冲进餐厅，手里捏着一份报纸，她的脸色难看极了。

“莫德，你怎么了？身体不舒服？”厄休拉关心地问。

莫德把手里的报纸拿给厄休拉。

“什么？”厄休拉脸上露出灿烂的笑容，“还有体育版吗？”她双手捧起报纸，上面写着：来自蒙滋和仲竞选团队内部不同的声音——释放丹来自选民的选择。

文章深刻地披露蒙滋和仲内部矛盾激化，还提到了厄休拉的看法。

厄休拉简直不敢相信写文章的这个人是如何了解到这些的，她轻轻地摇晃脑袋，感觉从没有这么糟糕过。

她扔掉手中的报纸，双手抱住头说：“天哪！我是不是完了？西蒙要是知道了，他会杀了我的！”

“宝贝，事情不是你想象得那么糟糕，别担心！”莫德上前亲吻厄休拉的额头，她安慰道，“我们每一个人都会犯错的！”

厄休拉仰天叹了口气说：“我走了！”她冲沃丁尤里和莫德笑笑，跟在图索身后一前一后出了门。

“请载我一程。你知道，我有些害怕。”厄休拉咬了咬嘴唇。

“上车吧！”图索坐在副驾驶的位置上。

厄休拉一个跃身跳进后排座。

“谢谢！埃迪！”她担心道。

简埃迪的话多了起来，厄休拉一个字也没听进去，她全身都瘫了下来。

“什么？”

图索把手放在简埃迪的脖子上，鼓励他往下说。

“我们可以……”简埃迪越发兴奋。

厄休拉下车后，在胸前画着十字。

“保佑我吧！”她冲图索笑了笑，转身进了写字楼。

她站在竞选总部走廊，把手放在胸前希望自己平静下来，心想：怎样我都接受！

她推开办公室的大门，鼓起勇气向里面走去。

她先是小心地看了眼西蒙英格是否在办公室，才敢走到她的地盘。

“你看今天的报纸了吗？”塞米切纳拿着报纸凑近厄休拉。

“看了。”她脱去外套。

“你知道他是记者吗？”塞米切纳问道。

“我想他是设计好的。”

“是啊！我知道。”

厄休拉清了清嗓子：“我根本就没有说过要释放丹，他完全误解了我的话。”

“你做好准备了吗？”塞米切纳看着厄休拉，“祝你好运！”

“我也不清楚！”她机械地笑了笑，“只要西蒙别吃了我就好！”

西蒙英格打开办公室的门，站在门口向厄休拉抬手叫她过去。

“快要死的人向你致敬！”厄休拉快速说完，向西蒙英格的办公室走。

她挺了挺身子，小心地看着西蒙英格。

“你差点就毁了我们大家的前程！厄休拉！”西蒙英格靠在办公桌上呵斥道，“你都对那名记者说了些什么？”

“我记得他只问了我丹的事情！”厄休拉认真地说，“可我没有明确说明我个人的看法，他是杜撰！”

“你知道他是记者吗？”

厄休拉使劲摇摇头说：“我只是听他说他是住在附近的邻居！”

“现在我们又失去了支持我们的选民！”西蒙英格拿出一张纸，皱起眉头说，“你现在停止发放宣传单，休息几日，我会给你打电话的！”

厄休拉早已做好了辞职的准备，她平静地接受了西蒙英格的安排。

“现在我只专心为你哥哥一个人工作了！”厄休拉边开玩笑边整理桌上的文件，她有条理地摆放着它们。

“我会想你的！”昆廷举起一只手，“你以后还帮我买三明治吗？”

厄休拉看着塞米切纳忍不住笑了。

“空间又变狭小了，胖子！”塞米切纳指着昆廷腰上的一圈肥肉，好笑地说道，“死胖子，我刚算出来你应该多交一个人食量的餐费，还有水费！”

厄休拉和塞米切纳默契地击掌，她们一同笑着。

“幸运的是我还有一份餐馆的工作，你们有空常来看看我。我请你们吃火腿三明治。”她微笑着对他们说。

“好啊！”昆廷来了兴趣，“我还要大份的沙司面！”

塞米切纳忍不住笑了起来，说：“你会吃垮我哥哥的餐馆的！”

西蒙英格目送厄休拉走出竞选总部的办公室后，他沮丧地关上了办公室的门。

厄休拉抱着一个纸箱，一个人走回家。等待她的是莫德一个大大的拥抱，她感觉没有那么糟糕了。

“欢迎回家，宝贝！”莫德亲吻厄休拉的脸颊，她随意拨弄了几下厄休拉的头发。

她从厄休拉的纸箱里取出一张仅有的蒙滋和仲宣传单说：“你以后不需

要这个了!”说完便将它揉成团,丢进垃圾桶里。

厄休拉终于舒了口气:“我的感觉还好!”

她脱下套装,换上运动装,向快餐店滑去。

即使老板不在,厄休拉一个人也能独当一面,她已经习惯了。

“这里要一份优酪乳!”顾客向厄休拉大声叫道。

“是的,女士!”她立刻做了一份优酪乳,满怀欣喜地为顾客送上。

虽算不上高级餐厅,但不乏老顾客们的支持,厄休拉奔忙于餐厅与厨房之间。

顾客对厄休拉的随喊随到甚是满意。

“这是你的比萨!”厄休拉拿着热乎乎的盒子走到一位顾客面前,电视机里正在播放蒙滋和仲的竞选广告。

厄休拉一只手叉在腰间,她笑了起来,不置可否地耸了耸肩。

她抬起手放在额前,终于能平静地对待这件事了。

周末,厄休拉一个人坐在门廊的台阶上,她忘记带钥匙。家里一个人也没有,她只好坐在门廊上等。

二十分钟后,一辆黄色小汽车从厄休拉眼前驶过,停在沃丁家门前。从车上走下来图索和一位漂亮的女生。

厄休拉觉得好像见过这位女生,不免有些好奇地站起来,她慢慢地走下台阶。

图索从肩上卸下书包,走了几步停下说:“谢谢你送我回来!”

“不客气!”漂亮女生犹豫地看了一会儿草坪,抬头道,“如果有机会,我希望你邀请我去家里喝杯茶好吗?”

“我……我不知道!”图索说。

“我们马上要毕业了!”漂亮女生微笑着看着图索,“我真的希望有这样的机会。”她笑着看了图索一眼,驾车离开。

图索拎着书包,从裤兜里掏出钥匙,抬头正好和厄休拉的目光相撞,他变得紧张,故意清了清嗓子。

“你怎么会在这里?”

“我看见了!”厄休拉双手交叉抱在胸前,“她是你的女友吗?”

“哦! 这个……”图索耸了耸肩,“事实上,你猜错了!”

“我可不这样认为!”她跟在图索身后,伸手捅了捅他,“这是我听到的最可笑的笑话,花花公子的蠢主意,真丢人!”

图索张了几次嘴,想要解释清楚,一阵难堪的沉默使他觉得呼吸困难,当他转身关上门时,又撞上了厄休拉的目光,立刻又躲开。

“我想我的意思是……我把她当作我的一个朋友!”图索放下书包和厄休拉来到餐厅,“剩下我没什么好说的了!”

“是这样?”厄休拉揉了揉鼻子说,“你真可怜! 我为你感到遗憾,她找错人了!”她笑得前仰后合,“为什么还有你这样的人?”

“随你怎么说!”图索用一种完全不同的声音说,“可有人甚至都不敢去赴约,不是吗?”

厄休拉的笑容消失了,坐在椅子上,她看了图索一会儿,什么也没说。

她给自己倒了一杯水。

“你说得对!”她喝了一口水,“你的私生活不关我的事,我越界了,我道歉!”

厄休拉走到图索面前。

图索慌了,他回避着她的目光,说道:“我……我不是这个意思……”

她放下杯子,转身离开。

晚上剩下的时间,厄休拉一直闷闷不乐。

“早上好,宝贝!”臭德咬了一口松子干面包,斜眼看了看厄休拉,“昨天有一位范布勒先生打电话找你。”

“哦!”厄休拉头也不抬地说,“知道了!”

“他是谁?”莫德看了一眼沃丁尤里问,“你们认识吗?”

“哦!”厄休拉看来是被问住了,“他是黑丁巴律师事务所的一位律师。”她喝了一大口水,不敢看莫德的眼睛。

过了一会儿,厄休拉换了个话题:“早上去医院吗?”

“是啊!”莫德看了眼手表,“晚餐我要和尤里去参加一个老朋友的生日聚会,只有你和图索了。”

厄休拉看了一眼图索,微笑着点点头说:“应该没什么问题,玩得愉快!”她收起笑容,低头啃着松子干面包,用报纸挡在面前。

图索故意碰响杯子,试图影响厄休拉看报纸,想要引起她的注意。

厄休拉不为所动,将看完的报纸和尤里手中的报纸做交换,根本就没有抬头,只专心在报纸上面。

“厄休拉! 四号桌三人份的番茄沙司面和贡丸汤!”老板在厨房大声叮嘱准备上餐的厄休拉,他看了眼餐单说,“今天的客人好像比往常多了一倍哟!”

厄休拉一只手端着一个大盘子,另一只手端着一个托盘,她兴奋地点了点头:“生意不错! 老板,客人越来越多了。超赞的!”

厄休拉将脸上的微笑同时传达给了所有就餐的客人,他们每个人都在享受一段愉快的就餐时光。

有一位客人,厄休拉就没有好心情迎接了,他就是那个自称住在沃丁家附近的假邻居。

“假扮邻居的感觉一定很好玩吧?”厄休拉板起脸说道。

“哦! 原来是奎普小姐啊!”假扮邻居的那个人一本正经地说,“怎么不做政府工作了,改做餐厅服务生了?”

厄休拉掏出笔和小本问道:“想要点什么?”

“让我想想。”他怀疑地看了一眼餐厅,“我有约朋友哦! 我要双份干拌面和汤,还要一份青菜!”说着他向进入餐厅的一位男生招手道,“这里。”

厄休拉瞅了一眼，在一旁记录：“好吧。祝你用餐愉快！”她狠狠地瞪了一眼假扮邻居的男生，恨得牙痒痒的。

不一会儿，她从厨房端上了那个人点的餐。

“双份干拌面，还有汤，请慢用！”

厄休拉摆好食物就要离开，却被人挡住。

“你知道奎普小姐以前是干什么工作的吗？”假扮邻居的男生向他的朋友介绍厄休拉的背景情况，看得出来他是故意这样做的。

“不知道。”他的朋友摇了摇头。

厄休拉双手抓紧托盘，忍着。

“为蒙滋和仲工作！”假扮邻居的男生大叫着。

“就是那位不肯释放丹的大法官吗？”他的朋友惊讶地看着厄休拉。

“就是他，他现在没有多少支持者了！”

厄休拉看着眼前这个不屑一顾的男生愤怒地握紧拳头，深深地吸了口气。

“奎普小姐，对不起，我没有告诉你我真实的身份就是记者，实在抱歉！害你丢了那么好的工作！”假扮邻居的男生一边说，一边笑出声，“嘿嘿！”

厄休拉更是生气地瞟了他一眼。

“据说蒙滋为了这次选举还整了容呢？”另一位男生喝了一口汤后得意地说了句。

他们假装知道的比厄休拉要多得多，两个人你一言我一语地聊得甚欢。

“你认为我需要整一下我的鼻子吗？”假扮邻居的男生小声问他的朋友。

“呵呵！”另一位男生摇头道，“我看没这个必要！”

她转身离开，没走几步又被那个假扮邻居的男生叫住。

她不耐烦地回过头：“还需要什么吗？”

“请为我们加点水！”

“好的，先生！”厄休拉端起两个玻璃杯，他们二人又谈起蒙滋和仲。

“他整容后确实比以前好看多了！”

“哦，是吗？”假扮邻居的男生盯着厄休拉瞧了好一阵子。

她不得不放下手中的玻璃杯，站直身体。

“有什么问题吗，先生？”厄休拉将头发拨向脑后。

“你的眼睛很好看！”那个男生转了转眼珠。

“是吗？”她吃惊地抬头道。

“应该再把鼻子垫高就完美了！”那个男生扬了扬眉毛。

“是这样！”厄休拉深吸了一口气，把头发甩到脑后。她考虑从什么地方下手，握紧拳头，又张开，微笑道，“你的鼻子需要做一下！”

厄休拉上前双手摁在假扮邻居的男生肩膀上说：“它长得有些碍眼！”

那个男生还没来得及反应，只是说了句：“什么？”

厄休拉用额头砸向了那个男生的脑袋。

那个男生的朋友被吓到了，嘴里的饭全都喷了出来，靠墙站着说：“你在做什么？”他下意识地捂着自己的鼻子，痛苦地指着厄休拉大叫道。

厄休拉摇摇晃晃地站着，刚想要抬起一只胳膊，便倒地晕了过去……

餐厅里的其他客人也都吓到了，四散逃走。老板看着倒地晕过去的厄休拉，苦笑着摇摇头说：“哎，你这家伙还是没有忍住啊！”

一旁的假扮邻居的男生鼻子在流血，他痛苦地指责道：“快报警，你的服务生打了我！”

结束当天的营业后，老板和厄休拉以及那个男生一同被带到了警察局。

厄休拉感觉晕乎乎的，躺在警察局的长椅上，手摁在冰袋上，她盯着天花板，眼睛一眨一眨的。

假扮邻居的男生的嘴从进警察局开始就没有停歇过，他指责厄休拉是随意动手打人，要求验伤。

老板被叫去做笔录。

塞米切纳赶到警察局，一眼就认出了厄休拉。她走过去，伸手帮助厄休拉将冰袋敷在她的鼻子上：“你应该用头去撞对方鼻子的软骨，而不是相反！”

厄休拉坐起来，对塞米切纳笑了笑，说："好痛啊！"

塞米切纳在厄休拉身边坐下来。

"你还好吗？"她撞了一下厄休拉的身体，微笑着将她的头发捋了捋，"除了鼻子，你看起来还不错！"

厄休拉仰着头笑笑，说："哎，好痛啊！"

"只要别上明天的报纸就好了！"塞米切纳语重心长地对她扬了扬下巴。

沃丁尤里走了进来，穿着大衣，他看了厄休拉一眼，转身和他身后的律师商议。

"来吧！"他说着走到厄休拉面前，显然他对此轻车熟路，和警察们打起交道也是游刃有余。

沃丁尤里带来的律师先是给了受害人一张名片，在他耳边小声嘀咕了几句后，拍了拍他的肩膀，说："我们会负责你的全部医药费，账单寄给我们就好。"

"好的，先生！"那男生像变了个人似的，态度也温和多了，频频点头，一点也没有先前的那种傲慢。

律师交了厄休拉的保释金，和沃丁尤里做了简单的话别就离开了。

"我们走吧，孩子！"沃丁尤里径直走出警察局。

厄休拉的鼻子变成了青紫色，她挠着头不好意思地笑笑，走近老板说："对不起，老板，你扣我的薪金以弥补晚上的生意。我非常抱歉，给你惹了麻烦！"

她低着头，缩着身子。

老板看了看塞米切纳笑了笑，说："你要继续为我干活，要不然谁来赔偿我的损失呢？"

塞米切纳在厄休拉头上挠了挠。

"是的，老板！"她咬了咬嘴唇，"谢谢你们！"

她抱着塞米切纳，有些激动地晃了晃脑袋。

回家的路上，沃丁尤里驾车一言不语，他总是板着一副脸孔。

厄休拉担心地向后靠着，她一直望着窗外。

到家后，沃丁尤里走上门廊台阶停下来回过头道："你最近一直都在做服务生吗？"他生气地看着她，转过身，双手放在大衣兜里。

他们面对面站着。

"是的！"厄休拉小声嘟囔着，她双手背后搓手。

沃丁尤里环视四周道："厄休拉，我以为你回来了，我们就会亲近些。"他看着她，"看来是我的一厢情愿，你为什么没对我讲你的经济状况？"他激动地瞪着她。

"我不知道！"她慌乱地说。

沃丁尤里双手扶在厄休拉的胳膊上，用力摆着她："是朗达让你这么做的吗？"

"不，不是的！"厄休拉大声道，"不是这样的！是我自己的问题！"

"什么？"沃丁尤里瞪着厄休拉，"你看起来是被撞昏头了吧？"

厄休拉努力想要对她的祖父说些什么："尤里！你听我说好吗？这不关任何人的事情，是我自己将经济状况搞得一团糟！我已经尽力了，可它还是没有改变，也许搞政治的都很穷！"她逗沃丁尤里笑了笑。

"也是哦！"沃丁尤里放下手说，"好吧！你知道我总是对你什么办法也没有。既然这样，我倒有个不错的方法。"

厄休拉来了兴趣，迫切想了解沃丁尤里究竟有什么好方法可以改变她现有的财务状况。

"现在吗？"她双手叉在腰间问。

"是的！就现在！"沃丁尤里故作轻松地笑了笑，眼睛却飞快地在草坪上扫了一遍，他背着手走进房子里。

"你在干什么？"图索背着书包站在一排矮栅栏后问道。

"我在刷漆。"厄休拉蹲下身，手在木质栅栏上来回刷着，"你现在才回家？"她疑惑地仰起头，看了一眼手表。

"我在写论文！"图索一步跨了进去，"为什么要现在刷呢？"

她坐在草坪上，说："好累啊！"

她看了看图索，嘴巴动了一下，说："明天我没时间刷，只有晚上了。"

图索看到厄休拉的鼻子，俯下身子仔细瞧。

"你的鼻子怎么了？"图索茫然地皱着眉头瞪着她。

"哦！好痛啊！"厄休拉把手放在鼻子上，俯下身去继续刷漆道，"还有好多。"

图索笑了。

"哎！"他兴奋得眼睛闪闪发光，"我知道了！你又打架了？"

厄休拉没好气地坐在草坪上说："是他先找我麻烦的好不好！那个假扮邻居的男生害我丢了工作不说，还和他的朋友谈论我的鼻子是不是该垫高的问题，我气不过就撞了他的鼻子。我也受伤了，好痛啊！"她小心地摸鼻子。

图索将书包丢在了一边，说："哎！"他被逗笑了。

"你的鼻子……是应该垫一下！"他犹豫了一下，"至于垫高吗？就要看医生了！"他随意地拨弄厄休拉的头发，坐在她的身边，"你的确需要整容！尤其是你的胸部，看起来就像飞机跑道一样！"

厄休拉站了起来，说："喂！图索！"她努力让声音听起来自然一些，"你在胡说什么啊？"

"我也不知道！"图索跟着站起来说，"你的身上看起来也没有什么地方可以炫耀的。我不知道埃迪哪里来的兴趣，喜欢上了你。"

他的目光落在厄休拉身上，全身上下打量着她说："啧！啧！"

厄休拉故意和图索拉远距离，她生气得双手交叉抱在胸前："别担心，这是我的私人事情，告诉你，你越界了。"她咽了口唾沫，"全是胡说八道！"

"你的鼻子！"图索看了厄休拉一会儿，大笑道，"你该不会真的是同性恋吧？"

她紧张地向后退了一步，不甘示弱道："你嗑药了吗？"

"当然没有！"图索靠近厄休拉，在她耳边耳语了几句。"你的胸还真的有些平。我建议在埃迪提出来之前去改善比较好!”

厄休拉被气到眼珠子都快掉出来,双手卡在图索脖子上说:“你在陷害我,我会让你妈妈也不认识你的!”

图索想要挣脱,却不容易。他越是挣扎,厄休拉越是卡紧。“你在谋杀!”

“我在帮助某些人减少痛苦!”

“我快喘不上气了!”

“那你应该对你的嘴做一次修复,它还不够大!”

“我收回我刚才说的话,全部收回!”

“你在和我开玩笑?花花公子的蠢主意!”

两个人的打闹引来不少邻居的侧目。

他们全然不在意,执着于解决两人现有的问题。

Chapter 11

第二天吃完晚餐，厄休拉提起小桶又干起了刷漆的工作。

沃丁尤里打了一通电话之后和莫德一起驾车离开。

不等厄休拉问“你们去哪儿”，他们的车子消失在了街对面的尽头。

厄休拉认真刷漆的同时发现邻居下午给草坪浇了水，在两家交界处有好几摊水，有些草飘在上面，中间的几棵松树根部也都被灌了水。

她想到沃丁尤里建议她筑几个小栅栏的原因，她用手去摸水有多深，碰巧触及到了松树的根部，有腐烂的迹象。

由于担心这几棵松树会泡死，她开始了除水的工作。

花了近一个钟头，厄休拉除去了多余的水之后，欣慰地瘫坐在草坪上说：“我会照顾好你们的！”

她拎着小桶为栅栏刷漆，今天的任务好像才刚刚开始。

一会儿弯下身去，一会儿半蹲着，一会儿俯下身探出脑袋。她认真地刷漆，额头上冒着热气，她依然保有做事情的热情。

厄休拉拎着一桶新油漆从车库里走出来，沃丁尤里的车恰巧停在草坪边上。

先下来的是沃丁尤里，接着是莫德，最后是图索。

沃丁尤里狠狠地摔上车门，愤然离去，莫德跟在他身后，一起进屋。

图索踩在草坪上的脚步，伴着草吱吱作响。

厄休拉继续给栅栏刷漆，她没感觉到图索站在她身后，依然饶有兴趣地重复做一件事情。

“我来帮你吧？”图索弯下身从小桶里取出一把刷子，“怎么做？”他温柔地抚摸着厄休拉的头发。

“你可以吗？”厄休拉盯着图索手里的刷子问，“你的论文完成了？”

“还没有。你的动作可真慢！”图索轻轻地说着。

“我知道!”她换了个姿势,正好与图索撞在了一起,“对不起!”她扶着图索站了起来。

“你的脸怎么了?”厄休拉瞪着他,“你该不会是打架了吧?”

图索闪到了另一边。

“哦!忘了告诉你。”图索指着手上的刷子,“我也很擅长刷漆。”

厄休拉看着图索被打伤的脸笑了。

“嘿嘿!”她跪在草地上,仰着头,向空中打了一个响指。“呵呵!”她不得不抱住肚子,“我都笑痛肚子了。呵呵!好痛啊!”

图索看到厄休拉笑痛肚子,他也笑了。

“有人不得不去整容了!好丑哦!”

厄休拉指着图索的脸笑着倒在草地上。

“不奇怪!”图索扬了扬眉毛,“快起来吧!还有好多要刷呢!”

厄休拉一时说不出话,她慢慢地从草坪上坐起来,大笑着站起来说:“汤姆刷漆时也有我们这样开心吧?”

“是哦!”图索神秘地对厄休拉一笑,“我的脸好痛哦!”

她侧着脑袋看了看图索刷漆的地方,指着一个已经刷完的栅栏:“你认真点好吗?我是在受罚呀!”

“我知道,我也是!”图索兴致勃勃地说,“我是不会出卖你的。”

他们相视一笑,不约而同地推搡着对方。

“哇呜!”厄休拉最后说道,“我们是两个被他们宠坏了的孩子!”

“是这样!”图索来了兴趣,“也许一直都是!”

厄休拉撞了一下图索,说:“那是你吧!”

“也包括你!”图索皱起眉头,“呵呵!”他轻轻地撞了一下厄休拉,还没等她反击,他举手道,“快点干活吧!要不然就得熬夜了!”

厄休拉调皮地从他身后撞了上去,说:“我是不会认输的!”

图索弯下身,仔细地刷着,趁机和她打闹,互相推推搡搡……

“厄休拉,有你一通电话!”莫德站在门廊的台阶上,手里拿着电话,大声冲着他们喊道。

厄休拉乘图索捡掉在草坪上的刷子的机会，从他的背后推了下去，图索立刻就倒在草丛里。

“有些骗人的小把戏还等着我去处理。”厄休拉双手叉在腰间，扬了扬下巴。

“我来了！”她大笑着跑开了。

“你好，我是厄休拉！”她拿过电话，坐在门廊上，微笑着向莫德摆摆手。

“厄休拉，我是西蒙英格。你现在即刻来总部办公室一趟！”

厄休拉条件反射地站了起来，伸手看表说道：“可是现在是晚上十时！”

“厄休拉，除非你真的想失去这份工作，我们所有人都在等你，希望你快点！”

她放下电话，冲它吐着舌头，咧着嘴模仿西蒙英格的声音：“希望你快点！”

她舒展胳膊，回房间换了身打扮，兴冲冲地跑到图索面前，说：“猜猜谁接受惩罚的时间最长？”

图索一边继续给栅栏刷漆，一边沮丧着脸说：“是我。”

“猜猜谁刷得最糟糕？”厄休拉弯下腰盯着栅栏故意问。

“是我。”图索瞅着她，“你要去哪儿？”

“我又有工作了！”厄休拉笑着轻轻地在图索肩上拍拍，“希望你和汤姆刷得一样出色！祝你好运！”

她上了从沃丁尤里处借来的车，呼啸而过。

图索看着已经驶远的汽车，叹了口气：“什么嘛！到底是谁在接受惩罚？”

四十分钟后，厄休拉赶到总部办公室。

当她推开办公室大门时，里面的场景令她非常惊讶。

打印机、传真机、复印机和电话，响个不停。在办公室的一角，碎纸机也在一刻不停地运转，所有工作人员不是在接电话，就是在注视着大屏幕上滚动着的支持率。

昆廷手里拿着两部电话在讲，他的额头一直在冒汗，他讲话时已经在看天花板了。

厄休拉原本不认为那篇报道对选举会有影响。

数日之后，它的作用被慢慢放大，来自蒙滋和仲竞选内部也出现了不同的声音，选民纷纷打电话到总部要求向公众解释不释放丹的理由。

厄休拉来到西蒙英格的办公室门口，她敲了门。

“请进！”西蒙英格也在讲电话，他抬手让厄休拉进来。

“厄休拉！”西蒙英格将电话捂住放在肩上，“我得跟你讲一件非常丑陋的事……”

厄休拉脱下外套坐下来听。

西蒙英格挂断电话，讲述关于一些竞选都会用到的最卑陋的手段，他概述了自己作为有着犹太血统的竞选经理一直在饱受攻击，但仍相信这次选举一定会赢。

现在又出现了一篇报道，内容是支持蒙滋和仲的选择，巧合的是出自同一名记者所写。西蒙英格向厄休拉说明，这篇报道的出现会令选民相信是蒙滋和仲竞选团队收买了该名记者，他才会这样写。

西蒙英格说：“你必须做好应付来自各方面的准备，记者们的力量有多强大，你会切身了解。”

“我该怎么做？”厄休拉问，“我是否应该发表公开声明呢？”

西蒙英格摆手建议她保持冷静，什么都不说。

厄休拉注视着他：“这一切叫我如何承受，我上当了！”

西蒙英格摇摇头道：“我调查过了，那件事不关你的事，是有人故意设计陷害你。我也曾经做过这样的事，作为团队的一分子，不管事情看起来有多糟，你都得忍受！你还要为团队工作，直至我们获胜！”

“我真的可以吗？”厄休拉问。

“我们戏弄对手于手下，我们把这看成是快乐。我希望你感受到快乐。”

西蒙英格拿起已经响了很久的电话。

厄休拉用手指外边，走出他的办公室。

她坐在自己的位置上，重新加入到他们中。

进入冬季，每一个早晨都布满寒霜。

厄休拉坐在椅子旁边，分析前一天的数据，她边翻看报纸边做记录。

迈耶上周就回到学校去了，厄休拉接替了他的工作。

她将一部分工作带回家继续做，距离投票的日子越来越近，报纸的头版都是选举的消息。

“我回来了！”厄休拉无精打采地上楼梯，她的眼睛半睁半闭。

“她是厄休拉？”一位穿着羊绒套头衫的女人愉快地叫道，她看了一眼莫德，咧嘴笑着。

“厄休拉，你和我们聊聊？”莫德叫住厄休拉，向她使眼色去客厅。

那个女人的脸上始终保持着微笑，她和莫德坐到一起。

莫德向厄休拉眨眨眼道：“我来给你介绍一下，她是我妹妹，也就是你的姨婆！”

厄休拉笑笑伸出手说：“你好！我是厄休拉！”

她坐下来，心想为什么自己的辈分好低。

“你好！我们以前见过面……那是十多年前的事了，我是莫菲！”莫菲和厄休拉热情地握手之后，她惊人的一举是她掐住厄休拉的脸，兴奋地叫道，“你真可爱，宝贝！”

厄休拉的脸羞得通红，想躲开莫菲的手，可她找不到躲的地方。

“你好，姨婆！”厄休拉的嗓子发紧，她的脸红到了脖子根。

“我好痛啊！”她对莫德说。

“好了，莫菲，你弄疼她了！”莫德看了一眼莫菲，“她会吓跑的！”

莫菲终于停下手。

“她实在是太可爱了,简直和小时候一模一样!”她激动地看着厄休拉,“虽然我已有了五位伴娘,但是她们都没有你长得可爱!”莫菲又在厄休拉脸上兴奋地拧了一下。

“怎么你又要结婚了?”莫德注视着莫菲。

“就在下个礼拜,我是来邀请你和尤里参加我的婚礼的,我亲自跑一趟!”莫菲开心地说。

厄休拉揉着脸换了个位置坐下,本能地远离莫菲。

莫德双手搭在膝上,说:“真不敢相信!难以置信!”

厄休拉匆匆溜掉。

“你不去打招呼吗?”她站在冰箱前,取出果汁。

“我也刚从那里逃出来。拜托,我的脸也受不了她那样又掐又拧的!”图索揉着脸。

“她们真的是姐妹吗?”厄休拉转过身看见图索把椅子移到她的旁边,他的手里拿着她的杯子。

厄休拉瞪了他一眼,只好又给自己倒了一杯。

“她们长得好像!”她也在揉脸,“她手上蛮有力气的嘛!”

“告诉你,她已经是第四次结婚了!”图索凑到了厄休拉耳旁低声说。

过了一会儿,厄休拉觉得有一只手放在了她的肩上。

“什么时候我们的关系变得亲密了?”厄休拉将图索搭在肩上的手拿下来。

“一直都是,不是吗?”图索侧着身子盯着她的脸说,“他们很快就会动身去参加婚礼的,想想吧?你一个人待在这么大的房子里,就不害怕?”

“哦!天哪!”厄休拉站起身,微微耸了耸肩,露出一副满不在乎的表情,“说你自己吧?不过,我是无所谓啦!我大部分时间在办公室工作,看起来我们之中,你比较悠闲。”她故意凑到图索身边,眼睛看着窗外,“好像有人比较怕打雷啊?尤其是下雨天?”

“你怎么知道?谁说的?”图索转过身,“我不会怕了!”

厄休拉忍不住笑出来，她把杯子转了个方向，背对着图索："也是哦，不掌握你一些秘密，难道等你上门来威胁我吗？呵呵！当然，你是不害怕喽！不过你还是要小心不要把自己吓出病来！"她捂住嘴巴偷笑。

"别替我担心！"图索惊慌地说，"我们走着瞧！"

厄休拉咧嘴笑笑，说："乐意奉陪！"

两个人就像小孩子一样扭打在一起。

图索笨拙地捏在厄休拉的肩上，说："这种事是不会发生的！"

"你害怕了？"厄休拉想甩开他的手，"承认吧！"

"他们两个一直都是这样吗？"莫菲和莫德并肩站在一起，她们眼前的厄休拉和图索打得正欢。

"当孩子小的时候我对他们说不许他们长大，因为他们实在太可爱了！"莫德双手交叉抱在胸前，她微笑着扬了扬下巴。

"现在我付你钱，请把他们带走吧！"

莫菲看了一眼莫德，说："你是在开玩笑吗？"

她们相视碰碰肩。

图索故意顶了一下厄休拉，说："承认什么？"

"对不起，宝贝！"莫德在次日清晨给了厄休拉一个拥抱，她吻着她的面颊，同时捧起她的脸。"我和尤里要错过选举结果了。我非常遗憾，无论结果如何我们都会为你感到骄傲。我爱你，宝贝！"

"我也爱你！照顾好自己！"厄休拉温和地盯着莫德，又看着尤里，"照顾好她，再见！"

图索和沃丁尤里握手告别，他们看起来都很严肃。

"我们一个礼拜之后就会赶回来，照顾好家里。"沃丁尤里叮嘱厄休拉说道。

"是的。我会的。"她微笑着挥挥手。

图索只是用轻轻一句“保重”送走了他的养父母。

他和厄休拉一同站在家门口的草坪上。

厄休拉在汽车驶离后，从包里掏出摄影机，她咧嘴得意地笑着离开。

“你要去哪里?”图索好奇地追在她身后。

“还有一些未了的事，需要有人去处理……”

厄休拉神秘一笑，接着寻找浇草坪的水。

Chapter 12

在得到周围同事的建议后，厄休拉托着下巴思考。

塞米切纳所描述的阴谋盘根错节，每每也都成为小报丑闻。

厄休拉终于搞明白了一件事——选举是彻头彻尾的战争。

“嘿！你瞧！”塞米切纳把一份当天的报纸递给厄休拉，“这里说，谁释放丹谁就赢得了选举，而且还是同一名记者，他改变的速度还真快！”

她拿着报纸仔细读起来：“上面说有六成的选民支持释放丹，你相信吗？”

她靠在椅背上，全神贯注地盯着手中的报纸。

“相信！可是丹的的确确杀了两个毒贩，在法律上是解释不通的，除非普西石男是真的想帮丹，请高级律师最大的好处就是少判几年，否则一切都只是空谈！”

塞米切纳哭笑不得地谈论起关于丹的话题。

“也许他们该好好想想普西石男究竟是不是想要丹获释。”

塞米切纳摇了摇头：“不，不会，我和他打过几次交道，他应该是那种为赢下选举不择手段的人。我想在他的心里不会在乎丹最终有没有可能获释。可怜的丹，最可怜的还是普西石男。喂，你现在应该也和我想同一件事吧？”

塞米切纳歪着脑袋注视着厄休拉，她在期待着。

“跟我一起来吗？”厄休拉放下手中的报纸站起来，她眼睛里闪着光，她的手放在报纸的大标题上，“放还是不？”

厄休拉的眼睛闪闪发光，一脸坏坏的表情：“现在还来得及！”

塞米切纳笑了笑：“好吧！谁叫我们是同谋呢。”她微微耸了耸肩，“希望我没有站错边！”她跟着厄休拉一同进了西蒙英格的办公室，塞米切纳随手关上办公室的门。

“先生,我们有话要对你讲。”厄休拉进到西蒙英格的办公室开口道。

西蒙英格放下电话,站起来。他看着厄休拉和塞米切纳好一会儿,才生硬地说:“好吧!你应该不会告诉我你又对记者讲什么了吧?”

西蒙英格开玩笑地微笑着坐下来,他摆手示意厄休拉和塞米切纳一同坐下来谈。

“我准备好了,说吧!”西蒙英格双手交叉放在桌子上。

“我们都非常清楚普西先生的计划。”厄休拉紧张地往后挪了挪椅子,“如果我们不做些什么,他会一直利用丹的事情继续下去。”

“我们要做些什么?”西蒙英格惊讶地说。

“要么做一些对丹有利的事,要么让他从公众视线中消失!显然后者是不可能的,那我们只有采取行动了,要赶在普西先生之前。”厄休拉紧张地舒了口气,“释放丹,无疑对我们来说是矛盾的,我们必须要向公众说明在法律面前人人平等,没有特殊。我们可以采取温和的手段,帮助丹摆脱对他孩子心理上的负担,告诉他和公众,法律不会放过任何一个毒贩,不会帮他减刑,这样丹对普西先生来说就没有利用价值,而且让公众也了解到事情的进展。我们也得到了大家的理解,不是吗?”厄休拉说完,大大地松了口气。她看着西蒙英格脸上的表情,一点也不明白他是怎么想的。

塞米切纳咧嘴笑笑说:“我站在厄休拉一边!”

“我很高兴你在这里!”西蒙英格从椅子上站起来尽量装作随意的样子,只表现出有一点点兴趣而已,“我很庆幸你没有在我们对手的阵营里。那样可就太糟了!厄休拉,准备好了吗?是该我们行动起来了!”

“是的,先生!”厄休拉和塞米切纳同时站起来。

“我要召开一个记者招待会,我们行动吧。”西蒙英格拍手兴奋地说。

“是的,先生。”厄休拉微笑着离开西蒙英格的办公室。

“我越来越喜欢这个姑娘了。”西蒙英格微笑着点点头。

“我也是。”塞米切纳最后说道,“我去打电话!”

办公室里又热闹起来,厄休拉跑向影印机。

简埃迪约厄休拉在一家叫“狼女”的餐厅见面。

当厄休拉抵达的时候，餐厅里挤满了穿着昂贵西服打着手机的律师：

“……当事人不愿意接受协商……”

“……注意条款四，逗号，虽然……”

顾客都是站着围在一张张小桌旁。

它的特别之处就是没有提供椅子供客人坐下。

厄休拉从小桌中间穿了过去，她一眼就认出图索和简埃迪。

她走过去说：“嗨！你们等久了吗？”她站在图索和简埃迪中间，踮起脚环视四周。

“哦！哇呜！厄休拉！”简埃迪高兴道，“你看起来好漂亮！”

“什么？”厄休拉睁大眼睛看着他，“我现在累坏了。我看到的每一个人都是一张……选票！”

她转向图索，靠在图索的肩头说：“帮帮我吧？请投蒙滋一票吧。”

简埃迪一副惊讶的表情，图索摆出无所谓的表情，他俨然已经习惯厄休拉的举动。

她拽着图索的胳膊，热烈地看着他说：“你会投我们一票吧？”

图索看着她，好像厄休拉是疯子。

“是啊！但是那种事很容易。”图索飞快地说，喝了一口啤酒。

“我会投你们一票的。给你！”简埃迪插嘴说道，他放在厄休拉面前一杯红色的液体，自豪地向她微笑。

“是什么？”厄休拉拿起杯子晃了晃。

“苹果酒。酒精度很低的那种。”简埃迪扬了扬眉毛，拍拍厄休拉的肩，“你不想尝尝吗？味道还不错！”

厄休拉没有说话，眼睛一直盯着那杯红色液体。

简埃迪看出她正在进行激烈的思想斗争。

图索在一旁自顾自地喝着啤酒,简埃迪看着厄休拉好像期待她给一个答案。

“你说得对!”她终于开口道,解开外套上的扣子,“好吧! 我亲自尝尝它的味道! 我在冒险哦?”

“你真的要喝?”简埃迪不敢相信地说。

“我想是吧!”厄休拉的脸立即变了表情,她停下来,看着图索手里的啤酒瓶问道,“这两种,哪一种口感更好?”

“随便!”图索心不在焉地答了句。

厄休拉清了清嗓子,抓起杯子饮下一大口,她眨眨眼睛咽下:“哇! 还不错! 有点甜甜的,酸酸的。”她扬了扬手中的杯子问图索,“你不喝吗?”

图索拿起啤酒,轻轻地碰了一下她手中的杯子:“祝你有一个愉快的夜晚!”

厄休拉震惊地看着他,表面上则尽量装作若无其事的样子:“为什么你还没喝,却给我感觉像是醉了!”她喝了一口,撞了一下图索的胳膊,“喂,你们常来这里吗?”

“不是,我不喜欢这种地方。”图索严肃地说,“这里有点吵。”

“呵! 你还真妙! 不喜欢,你在这里做什么?”厄休拉带有一点遗憾地说,“真搞不懂!”

“他在等人。”简埃迪扬起下巴,指着一位穿着白色衬衣踩着高跟鞋昂首挺胸地朝他们走来的漂亮女生说,“她来了!”

“她可真美啊!”厄休拉擦着眼睛说。

“什么?”图索惊讶道。

“不,不是,我是说她的确长得超赞!”她瞪了一眼目瞪口呆的简埃迪,“她真的好漂亮!”

“哦! 是这样吗?”图索犹疑地说。

漂亮女生离他们还有五米远的时候,她愉快地和他们三人打招呼。

图索根本就没有听到她的声音,他茫然地看了厄休拉一眼,又呆呆地靠在小桌上。

“埃迪!”她向厄休拉走过来停在她面前,脸上露出灿烂的微笑,“没想到在这里遇见你们!”

“是哦!”简埃迪微微耸了耸肩。

“是谁?”漂亮女生问。

“厄休拉! 图索的小侄女!”简埃迪骄傲地介绍道,“这位是我和图索的同学申凯佩!”

“你好!”厄休拉伸出手,咧嘴朝简埃迪笑笑。

“认识你很高兴! 埃迪总是在我面前提起你。”申凯佩礼貌地和厄休拉握手时说道,“你本人和你的名字一样可爱!”

厄休拉想起了些什么,尤其是申凯佩的声音从脑后响起。原来她就是厄休拉那晚因为忘带钥匙,坐在家门口等图索时,送他回家的女生。

厄休拉轻轻地碰了一下图索的胳膊,探出脑袋问:“是她,对吗?”

她对他咧嘴笑了笑。

“我不知道你在讲什么?”图索强硬地说,“你喝得太多了!”

厄休拉恶狠狠地看了他一眼,晃动着手中的杯子,反唇相讥道:“我们究竟是谁在害怕?”

她手中的杯里还有多半杯苹果酒在晃。

简埃迪捕了捕厄休拉,小声询问道:“和我一起出去走走好吗? 这里人好多。”

“好啊! 我也这么认为。”她爽快地答应道。

简埃迪爽快地拿起她的外套说:“我们走了,祝你们用餐愉快!”他向图索使了个眼色,低声对他说:“别担心,我会送厄休拉回家!”

“祝你们玩得愉快!”申凯佩挥挥手道。

简埃迪和厄休拉肩并肩地走出“狼女”餐厅。

“你的小侄女非常可爱,埃迪怎么了? 他看起来好开心哦!”申凯佩站到了图索的身旁,她微笑着拿起菜单。

“也许吧。”图索盯着手中的啤酒瓶瞧了好一会儿。

“你想吃点什么?”申凯佩拿着菜单翻来覆去。

图索看着申凯佩站直身体,他抬了一下胳膊,拿掉她手中的菜单,说:“走吧!我们去找他们!”他拉着申凯佩朝出口走。

申凯佩转过脑袋说:“我还没有吃晚餐呢?”

图索大力拽着她说:“会有机会的!”

两个人走出“狼女”餐厅,不知往哪个方向追。

走出餐厅的简埃迪和厄休拉在街道边闲晃,两个人看到卖热狗的小摊贩都乐了,他们互相注视着对方一眼,笑着来到摊主面前各要了一个热狗。

“我们去游泳馆吧!”简埃迪的嘴里塞满了热狗,他还在讲话。

“什么?”厄休拉咬了一口热狗问。

“我说我们去游泳馆吧!现在回家还早呢?”简埃迪一边走着,一边嚼着嘴里的食物,咽了一大口下去,厄休拉方才听清他在讲什么。

“当然。”她高兴地应声,“我还以为你会说一起去夜店吧?”

“什么?”简埃迪皱眉道,”我看起来像个花花公子吗?”

厄休拉咬了一口热狗。

“现在吗?”她看着他问。

“是哦!”简埃迪发出咯咯的笑声,满眼放光地看了厄休拉一眼。

两个人坐着简埃迪的车到游泳馆。

厄休拉站在游泳馆门口,双手插到外套兜里。

“来吧,厄休拉!”简埃迪推开游泳馆的门,“请吧!”

厄休拉走了进去。

简埃迪跟在她的身后。

换上泳装的厄休拉站在泳池边上胆怯地向后退,不曾想正好撞在简埃迪身上,厄休拉赶忙说:“对不起!”

她匆忙躲开。

“我们一起吃顿午餐,或者喝杯饮料,或者喝杯苹果酒?”简埃迪的脸上绽开笑容。

厄休拉并没有对他微笑，她的脑子一片混乱，她还没有想好是否该对他微笑，以及如何应付他的邀请。

一个十几岁的孩子从高台上纵身跃进泳池，刹那间溅了厄休拉和简埃迪全身的水，他们的头发也被淋到了。

厄休拉有股跃进泳池的冲动，她看着简埃迪笑笑。

"叮叮！"简埃迪包里的手机响了，他愤怒地想要甩去头发上的水，一边摇摇头，一边拿起手机："你好！我是埃迪。……图索？……"他想了一会儿讲道："我们在游泳馆。……"他奇怪地看了厄休拉一眼，说："为什么他没讲完就挂断电话？"

简埃迪禁不住大笑起来，说："他还真以为我会带你去夜店？"

厄休拉笑到不得不顾及周围人们的视线。

"来吧！"她做好要下水的姿势。

"是哦！得赶在图索来之前！"简埃迪还不等说完已跳进水中，四散溅起的水花拍得厄休拉满身都是。

她随即下水，追在简埃迪身后。

简埃迪游了没多远，他停下来，呼吸急促。

她也停了下来，一句话都不敢说。

"厄休拉，我想说的是。"简埃迪似笑非笑地看着厄休拉，"我好像不会游泳！"

"什么？"厄休拉吓了一跳，"那你为什么要来游泳馆？"

"我想一定很好玩！"简埃迪的嗓子发紧，"我从没带女生来过这里！"他胡乱抹了抹脸上的水。

厄休拉站起身说："我想他们也都不会游泳吧？"说完她自己也乐了，简埃迪更是笑痛肚子。

"别担心，我不会要求你来救我的！"简埃迪一边咳着，一边说道，"你和我一起上去吗？"他看了一眼跳台，一脸期待地望着厄休拉。

“什么?”她抬起手擦了擦眼睛,仰头望去,“我想你一定有要求其他和你一起来这里的女生陪你一起跳吧?”

“他们大多会看着我一个人跳。”他凑到厄休拉身旁,一只手搭在她的肩上,“我想你不会这样做,对吗? 你应该超勇敢的。”

“喂! 没什么!”她放下简埃迪的手,抬起头道,“如果你想好怎么对图索讲,我们就一起上去吧!”

简埃迪的心脏差点停止跳动,他说:“我们最好赶在他来之前,我认为比较 OK。”

厄休拉游向泳池边,上了岸说:“你先跳,还是我先跳?”

“还是我先来比较妥!”简埃迪激动地看着她,“这台子有多高?”

“差不多三十米!”厄休拉温和的声音在简埃迪耳边响起。

“不!”简埃迪说,“不,停一下,我在开玩笑!”他抓住她的胳膊,“不是这样的,也许我开玩笑,自己也当真了。”

“现在是证明你是男子汉的最佳时间。”厄休拉探出身子,低声在简埃迪耳边耳语道。

“我……我……”简埃迪结巴道,“可我已经是个男子汉了!”他定了定神。

“你这样认为?”厄休拉忍住笑,他侧过脸。

“好吧!”简埃迪走上梯子,挺了挺身子,厄休拉笑着跟在他身后。

“拜托了!”简埃迪站在跳台中央,他探着脑袋向下望,看着下边嬉戏的人们,他摇了摇头,脸上露出微笑。“厄休拉!”简埃迪转过脑袋说,“我在为你跳,请你不要忘了我就好!”

简埃迪看到厄休拉眼中闪过一丝惊讶的神情,他皱了皱眉头,认出站在泳池边上的图索和申凯佩。

厄休拉向下张望,简埃迪默默地祈祷,求上帝别让图索上来。

“我们下边见!”简埃迪愉快地跳下,他双手交叉放在胸前。

咚的一声,他跳进泳池,水花四溅,好一会儿他才从水中冒了出来,张大嘴呼吸着,看到图索双手插兜表情严肃地站在岸边,眼睛狠狠地瞪着他。简埃迪只好摆摆手又钻进了水中,任凭图索怎么叫,他就是潜在水下,不上去。

图索从跳台下走过去,厄休拉展开胳膊。

“嗨!”她勉强地说,“我会下去的,快死的人向你致敬!”她向图索行了个美式军礼,就站了上去。

申凯佩惊讶地用手捂住嘴巴说:“天哪!她真的要跳下来吗?”她抓紧图索的胳膊,“你要不要阻止她?”

图索向后退了一步,仰起头道:“她是奎普厄休拉!”他微笑着抬头仰望,神经质地笑出声,“算了吧!我们在这里等好了!”

厄休拉紧闭双眼,捏紧鼻子,手放在胸前,她纵身一跃。

厄休拉扑通一声跳进泳池,图索注视着水面,他全身绷紧,一直保持着双手插兜的姿势。

“嘿嘿!”伴随着咯咯的笑声,厄休拉钻出水面,简埃迪第一个游到她身边,两个人默契击掌庆祝。

“感觉好极了!”厄休拉点点头。

“你超棒的!”

“我也这么想!”

简埃迪的笑容消失得无影无踪:“你看见图索的表情了吗?”

两个人向岸边望,图索向前走了几步,深吸了一口气,紧盯着厄休拉的眼睛。

厄休拉皱了皱眉,向岸边游,她搞不清楚图索是否生气了。

“我早就告诉过你!”厄休拉禁不住对图索笑了,“埃迪跳得太完美了!”

“我知道。”图索挪开目光,脱去衬衣要一起加入。

“你也一起来吧?”图索看了一眼申凯佩,“应该会很有意思。”

“好吧!”申凯佩张开双臂摇着厄休拉,“你还真敢跳啊!”

厄休拉咧嘴笑笑。

“来吧!”简埃迪不等图索准备,就从图索的身后扑向他,一头扎进泳池。

图索被水呛到，申凯佩和厄休拉笑了，四个人在水中嬉戏，就像孩子般陶醉其中。

简埃迪更是开心到连续跳了五次，有时故意将水花溅向厄休拉，呛了她好几口水。

“我知道你是故意的！”厄休拉一边咳水，一边擦拭脸上的水，向简埃迪抱怨。

他的恶搞不但没减少，反而增加。他时不时会偷袭图索，而且成功的概率很大。

厄休拉怕他，和申凯佩躲到水池的另一头玩。

晚上，简埃迪送厄休拉和图索回家。

“谢谢你送我们回家！”厄休拉弯下身对车里的简埃迪感谢道。

“厄休拉！”简埃迪看了一眼坐在旁边的申凯佩，不好意思地叫了厄休拉一声。

“什么？”厄休拉的头发还在滴水，她向耳后捋。

“你没有忘记我们的约定吧？”简埃迪提醒道。

厄休拉将外套裹紧：“你是说午餐吗？当然！”她颤抖地说，“我记着！”

“我给你打电话！”简埃迪大着胆子说。

“好的！”她站直说。

天气渐冷。

“你们在约会吗？”申凯佩系上安全带。

“呵呵！”简埃迪掉转车头，微笑着说，“也许吧！”

简埃迪的驾车风格和他的性格一样，有章有度，充满热情。

“喂！等等我！”厄休拉跟在图索身后追上去，“你赶时间？”她笑笑吸了吸鼻子。

厄休拉跑向餐厅，她倒了一杯果汁，她的套头衫被头发上的水滴湿了一大片。

“你和埃迪在约会吗？”图索也倒了一杯果汁，他一边喝着，一边靠在冰箱上。

“你知道，我对男人不感兴趣！”厄休拉饮了一口果汁后，抢在图索之前发表她的意见，“我知道，我病得非常严重，也许无药可救！”

“是这样！”图索看起来一头雾水的样子，“你不想得到爱情？”

厄休拉沉默了一会儿，说道：“也不完全是，诺拉和朗达他们就是幸福的一对。他们是我的榜样，当然还有尤里跟莫德，看到他们，我就感觉好幸福，也许我被搞晕了！埃迪很可爱，他总能使我高兴……”厄休拉看着果汁说，“你相信吗？”

“不知道。”图索不确信地说道，“如果我知道自己是谁了，也许我就不会对爱情抱以悲观的态度！”

“你在找爸爸？”厄休拉看着地板，“这可不容易呀！”

“我知道。”图索清了清嗓子，“我想靠我自己找找看……而且我……我想说……现在你回来了……要是你希望我搬出去住的话，我可以搬出去！”

“你要我再做一次选择吗？”厄休拉安慰地对图索笑了笑，“我从五岁开始就在做选择……我不要选择，我恨透了选择！我犯了很多错，不想再犯错。我很高兴尤里和莫德的生活中还有你，他们非常爱你，和其他父母爱孩子一样，我希望你找到父亲，但请你别离开他们，他们会受不了的。祝你好运！”

“哦！”图索没有吱声，“抱歉我一直没有对你讲。”

“讲什么？”厄休拉直直地看着图索。

“对不起，我是说在心理工作室的那件事。”图索懊悔地说，“我应该对你讲的。”

“好吧！我也该向你说抱歉。”她指了指头发承认道，“对不起！”

两个人彼此看着对方，默默地点了点头。

“呵呵！我们是彼此彼此。”图索承认道。

“嘿嘿！”厄休拉沉默地摇摇头，“晚安！”她回房间道，“你会是个非常好的心理医生！”

距离选举剩下来的日子,蒙滋和仲一直忙于演讲。

竞选总部的工作人员仍在积极努力打电话拉选票和举办各种和选举有关的造势活动。同时,厄休拉还忙着布置造势活动现场。

“你会邀请家人参加吗?”厄休拉和塞米切纳两人共同拉起彩带,布置大厅。

“我一直都是一个人,我的父母他们不支持我站在蒙滋这边,他们更多的是关心普西。”塞米切纳站在椅子上向空中挥去。“我在下注时没有考虑到结果。”她小声地低下头对厄休拉讲,“如果输了,我得靠救济金过活了!”

“我和你一样。我现在感觉到有一些恐惧。”厄休拉摊开双手,“幸好祖父母都去参加婚礼了。”

“明天中午一时结果会出来。”塞米切纳神秘地探探身,“别迟到,明天会来许多高层人物。”

“没兴趣!”她看了一眼手表,打了一个哈欠。

厄休拉一直盼望的结果就快要揭晓。

“我可以拜托你一件事吗?”厄休拉在图索刚进门时就迎了上去,她双手背在身后乐呵呵地看着图索。

“有什么好事?”图索放下书包,朝餐厅走。

“是的,请你帮忙?”厄休拉主动为图索打开冰箱,“非常简单!”

“突然,这是怎么了?”图索取出可乐喝了一口。

“你明天中午有课吗?”她哑着嗓子问。

“没有,怎么了?”图索好奇地看着她。

“选举结果明天就要揭晓了!”

图索没有弄明白的样子,说:“那又怎样?”

厄休拉仰着头，一只手叉在腰间，另一只手捋了一下头发说："我需要家人一同前往！"

"是吗？"图索来了兴趣，"你什么意思？"

"我需要你和我一起去。"厄休拉探身向前，用她那双天真无邪的眼睛定定地看着图索。

"为什么是我？"图索不相信地问。

厄休拉叹了口气，看了看周围，她故意上前环视周围的一切，然后说："你瞧，这个家还有其他人吗？尤里和莫德现在不在家，只有你了！"

"好吧，厄休拉！"图索故作愉快地说，"需要我穿正装吗？"

"穿什么都行。"厄休拉用手比画着，"只有一个小小的要求！"

"什么啊！"图索被吸引住了，"我是不会穿裙子去的！"

"我希望你能稍稍谦逊一点。"厄休拉笑着说道，"你会帮忙的，是吗？图索。"

"谦逊？"图索重复道。

"明天中午见。"她咯咯地笑了几声，"如果你想穿裙子？那也没问题！"

"很不错，谢谢。"图索无可奈何地说道。

Chapter 13

厄休拉兴奋地整晚都在关注新闻。

她频繁地在房子里穿梭,看着电视机里正在播报民调数据。

蒙滋和仲和普西石男难分伯仲,厄休拉更是紧张到搓手。

“你不睡吗?”图索从楼梯下来,经过客厅时发现厄休拉紧张得都快要喘不上气了。

“他们的民调接近!”她调整坐姿道,“很难说谁会赢!”

“你饿吗?”图索摸着肚子问。

“有点紧张。”厄休拉同样摸着肚子笑笑。

“我要煮东西吃,你要吗?”图索举起手,“低脂拉面。”

“我要!”她讨好地对图索微笑着,举起一只手,“谢谢!”

“他们请你真是找对人了!”图索说,“你要火腿吗?”

“当然!”她跟着图索进了餐厅,“你想好计划要怎么找父亲吗?”

“还没有计划。”图索下意识地说,“不过我想先试一试贴寻人小广告。”

“很不错,如果有什么需要我帮助的,请尽管开口!”她坐在餐桌旁,全身软下来。

“也许我还没有做好见他的准备。”图索背对着厄休拉,他沉静了好半天,才回过神,“他知不知道有我这个孩子的存在?”他转过身递给她一个“他真的想见我吗”的眼神。

“不去试又怎么知道呢?”厄休拉微笑地托起下巴,“你们见面肯定会非常有趣!”

“你有把握蒙滋会赢吗?”图索转过身望着厄休拉,他有点怀疑的样子,“你准备好了吗?”

“他一定会赢!”厄休拉咧嘴笑笑,“我们将未来的生活全都押在他身上,输了我们就都完了。拜托请投我们一票,我还得生活啊!”

图索笑道:“我不是走江湖碰运气的,祝你好运了!”

不一会儿,他捧着一碗拉面放在厄休拉的面前说:“你要的低脂拉面!”

吃过拉面后,厄休拉和图索两人同时从餐厅望到客厅,墙上挂着一张莫德的油画,是沃丁尤里在莫德年轻的时候请人画的。

莫德端庄地站在一把椅子后边,手指修长扶在椅背上,她是个品位出众且活力充沛的现代女性。她穿着一件她最喜欢的细条纹短衫,她善于搭配色彩,且从未落入过俗套。

西蒙英格的一对儿女在布置好的会场一刻不停地玩耍,他们好像没有玩累的时候。

女孩有些害羞,她躲到西蒙英格身后,从他的身后探出她的小脑袋偷看所有她不认识的人。

男孩一个人钻在桌子下面摆弄他的汽车模型,卖劲地哼着马达嗡鸣声。他玩耍的样子使每一位经过桌子的工作人员都要多看他几眼,因为他独自玩耍的样子让每一个人都回忆起自己小时候也是这样过来的。

“也许站在门口的年轻人是找你的,厄休拉,他看起来超可爱!”塞米切纳瞟着门口,又回过头冲厄休拉做鬼脸。

“什么嘛!”她看见图索立刻迎了上去。她一边走着,一边向图索嫣然一笑。

图索与其说看见了,不如说是感觉到了。

其实,图索故意双手插兜望着别处,假装没有看见。

“呜!瞧你,你穿的是什么?”厄休拉接着说,“你看起来就像是男版的我!还有这老套的发型!”

她向图索做了个鬼脸,他不好意思地躲开。

图索身着棉质衬衫,一条中规中矩的米色长裤,系着一条深色领带,梳着经典的发型,他双手插兜微微耸了耸肩说:“这是棉质衬衫,我在衣柜后面找到的，我是在配合你，好不好？”

厄休拉笑到不得不解开衬衣扣子，大口喘气道：“你以为在约会吗？”

她抬头看着图索，摇摇脑袋吸了口气说：“你的着装品位有这么差吗？以前那个赫托图索到哪里去了？”

“我让他休息去了，这不，我来了吗？”图索简短地说，仔细观察周围的环境。

厄休拉鼻子里哼了一声，说：“你真是够逊的，如果你准备好了，就跟我来吧？嘿嘿！”

她转身捂住嘴巴笑了笑，图索跟上去。

昆廷一个人偷偷地躲到食物摆放区，趁其他人不在偷拿了几块点心放进上衣口袋里。

厄休拉经过时无意看见了，她只是咧嘴冲昆廷笑笑。

“你看见昆廷了吗？”塞米切纳手拿T恤衫给厄休拉。

她扬了扬下巴，向塞米切纳笑笑：“现在就要穿吗？”

“当然！”塞米切纳向厄休拉使了个眼色。

厄休拉看了看图索，介绍道：“这位漂亮女士是我在这里最好的盟友塞米切纳，他是赫托图索！”

“你好！厄休拉从没有告诉过我们她有一位这么帅的叔叔，你一定在任何地方都很受欢迎吧？”塞米切纳向厄休拉扬了扬眉毛，她愉快地对图索说。

图索满脸通红，他绷紧身体不好意思地看着别处。

“我好像来迟了？”他换了个话题。

“给你一件。”塞米切纳从手里分了一件给图索，她就去找昆廷。

图索看着手里的T恤衫，又看看周围的工作人员都穿上了，他问：“我也要穿吗？”

“当然，快穿吧！你随便找个地方。我过一会儿再来找你！”厄休拉迅速穿上T恤衫。

T恤衫的前后分别写着：

“在沙漠里喷泉是跳动的!”

“我们是冠军!”

厄休拉和西蒙英格交谈了几句之后,一个人来到服务台核对宾客名单,她在认真地工作。

图索穿上T恤衫后,他解开领带装进兜,穿过走廊,在大厅里坐下。

十几分钟后蒙滋和仲和夫人一同出现在会场,气氛立刻活跃了起来,他们二人身着正装出席活动。

尽管新闻媒体并不看好蒙滋和仲,但蒙滋和仲团队的工作人员都不曾放弃,结果还未公布的情况下,没有任何人敢下定论。

“诸位,已经进入倒计时,距离揭晓结果还有一分钟的时间了!”西蒙英格建议蒙滋和仲团队所有成员以及亲朋站在大屏幕前手挽手等待结果揭晓。

大家都默契地站在一起手挽手。

厄休拉兴奋地牵着图索的手:“来吧,图索!”

图索紧张地看看其他人也都和他一样。

厄休拉的一边是昆廷,另一边是图索,她睁大眼睛盯着大屏幕,手在发抖。

西蒙英格在下台阶时踩空,差点摔了下来,好在欧奎因及时发现并上前扶住他。

因为是现场直播的关系,来了许多记者和摄影师,他们时不时和在普西石男那边的同事通话,随时了解最新动向。

在媒体口中、笔下,他们将蒙滋和仲视为冷门,赢的可能性微乎其微。

此外,在选举中,媒体首次表明,它们的力量究竟有多强大,将让所有人拭目以待。

厄休拉冲图索转过脑袋笑笑,眨眨眼说:“很高兴你在这里!谢谢!”

图索惊奇地看着她说:“这种感觉还不赖!你真的有把握赢吗?”

厄休拉向图索吐了吐舌头,饶有兴致地咧嘴笑笑说:“是的,对此我坚信不疑!”

她直视前方,不想错过揭晓结果的重要时刻。

大屏幕上滚动着精美的广告,里面究竟是什么内容,也许不会有人记得。

随着右上角的数字显示为零,揭晓选票的关键时刻终于来临。

大屏幕上出现不断变化的数字,每一位工作人员绷紧全身的神经,感觉快要窒息。

此时已是晚间九时五十八分,屏幕上显示蒙滋和仲比普西石男多出两千四百一十票赢得议员选举胜利。

虽然蒙滋和仲团队成员有预感会赢得胜利,但在听到这个消息后还是不敢相信这是真的。

直至普西石男打电话给蒙滋和仲承认失败,西蒙英格振臂高呼:“我们赢了!”

所有人也都随之庆贺,拥抱在了一起。

厄休拉更是泪光闪闪地看着图索。

“哦! 我们真的赢了!”她呜咽着说,“我都不知道该说什么好了。”

图索正准备安慰厄休拉。

昆廷一把将她夹在胳膊下,他挠着她的头发,兴奋地大叫着:“我们赢了! 厄休拉!”他使劲地夹住她的脖子,她无法喘气。

厄休拉使出全力想要挣脱,拍着昆廷的背说:“我快要憋死了,放开!”

图索在一旁看着,他惊呆了。

厄休拉想要扳掉昆廷的胳膊,总也使不上力,她说:“昆……廷,你放开我,我呼吸不上来了。”

昆廷只顾着开心了,他一点也没注意到厄休拉的脸一直红到了脖子根,嘴唇呈现青紫色。

“我要死了!”厄休拉见到塞米切纳费劲地大喊。

塞米切纳咧嘴大笑道:“你快放开厄休拉,她快要被你夹死了!”她上前拍了一下昆廷发热的脑袋笑笑。

昆廷松开胳膊，愉快地摇着厄休拉的身体说：“厄休拉，你好可爱！”他一把将她抱入怀中。

塞米切纳捅了捅睁大眼睛看着的图索笑笑说：“别担心，他不会抢走你的小侄女，一会儿就会还给你的！”

昆廷看到桌子上的食物，眼前一亮走开了。

西蒙英格拨开欧奎因，从人群中看到了厄休拉，他大踏步地迎向她，欧奎因跟了上去。

“厄休拉！”她痛苦地看着图索转过身，迎面来的是西蒙英格，他像个孩子似的蹦着站到了她面前，塞米切纳兴奋地笑着。

“我越来越喜欢这个姑娘了，你在哪里找到她的，我为什么没有早点注意到她呢？”西蒙英格赞许地看了看厄休拉，“有意思的是我们差点就失去她了，看来运气站在我们这边。”

“当然了！”欧奎因高兴地笑着说，“她就在我们眼前！”

“我喜欢你！”西蒙英格张开双臂，紧紧地将她抱在怀中。

厄休拉的双手和身体被紧紧束缚在了一起，她动弹不得。

“看来你的小侄女在这里很受欢迎！”塞米切纳双手交叉抱在胸前，看了眼图索时说，“她好可爱啊！”

“西蒙先生，我呼吸不上来了！”厄休拉表现出一种痛苦的表情，“咳咳！”

过了一会儿，西蒙英格放开了她，说道：“你是正确的！”

“西蒙先生，有人找！”欧奎因在一旁提醒西蒙英格有记者要求采访。

待他离开后，厄休拉才敢大喘息。

“他们是怎么了？”厄休拉微微抬起手，用颤抖的声音问，“我被搞晕了！”

“我们赢了！”塞米切纳兴奋地拥抱着她说，“事实上是这该死的选举结束了！”

转眼间塞米切纳也溜掉了，不知去向。

“结束了！”厄休拉转眼珠的同时吐了吐舌头，“如果不赶快离开这里我会死的!”

厄休拉上前一步靠在图索的肩上,她深深地将脑袋埋了下去。

“你怎么了? 厄休拉!”图索颤抖了一下,“我们回家吗?”

“这里的人都有些疯狂。趁他们还没清醒,我们离开吧!”厄休拉牵起图索的手向门口走。

一会儿图索就跑到了前边,他拽着厄休拉跑。

“等等我! 太快了! 我要喘口气。”厄休拉跑了一会儿,双手撑在膝盖上,弯腰吐着气,额头上满是汗珠。

“你多久没有跑步了?”图索拍着厄休拉的背,“你的身体好差!”

厄休拉刚想开口。

“算了,这就是你每天坚持长寿保健操的成果吗?”图索在厄休拉说话之前飞快地加了一句,“你还练瑜伽吗?”说完他咧嘴笑笑。

“快跑吧!”厄休拉不甘示弱地说,她一边脱下T恤衫,一边跑着,“我快要饿死了。走吧!”

图索跟着脱去T恤衫拿在手里,追了上去。

两个人你捅捅我,我撞撞你,兴奋地跑在回家的路上。

“你邀请什么人来吗?”厄休拉和图索肩并肩站着。

“为什么这么吵?”

“为什么有这么多的年轻人在屋子周围?”

“嗨! 图索! 聚会不错!”一个穿着白色背心的男生向图索热情地打招呼。

展现在厄休拉和图索面前的场景和昨晚完全不一样——草坪周围停着各式各样的汽车,每一个房间的窗户大开,门大敞着。

有的年轻人东倒西歪地躺在门廊的台阶上,音乐声已吵到周边的邻居,他们在抗议。

厄休拉看着图索摆摆手,耸耸肩问:“怎么回事? 你认识他们?”

图索大步上了台阶,她紧随其后。他们从人群中穿过,客厅挤满了人。

“好大的酒味!”厄休拉摆摆手道。

她发现昏睡过去的简埃迪躺在沙发上,向图索指道:“我想他就是你要找的人。”

图索一把拽起简埃迪,大声质问道:“埃迪,醒醒! 你知道你有多过分吗?”

“我们是去吃饭,喝酒,还是跳舞?”简埃迪半睁眼半闭眼,摇晃着脑袋开心地笑笑。

“你清醒一下!”图索使劲地摁在简埃迪肩上,“你最好给我们一个合理的解释!”

“解释什么?”简埃迪拍了拍脑袋。

厄休拉看了看周围,双手交叉抱在胸前。图索无奈地叹了口气,同样双手交叉抱在胸前。

“请你解释清楚,班里的同学为什么会出现在我们家? 嗯?”图索环视四周,想了一下说,“我猜今天晚上你的计划有点过了!”

“不,也不完全是我的关系!”简埃迪温和地说,“如果你不喜欢,我现在就停下。”他从沙发上跃过,关掉了吵人的音乐,他大声向所有人说道,“聚会结束了!”说完他拿起上衣就想往外溜。

图索反应机敏,他拍了厄休拉的胳膊一下:“你去守住后门!”

厄休拉径直冲向餐厅,以最快的速度用钥匙锁上餐厅的门,她取下钥匙放进口袋里,双手插兜靠在门上,等简埃迪出现。

“你要去哪儿?”图索靠在正门对简埃迪笑笑问道。

“不去哪儿。”简埃迪一个大转身溜掉了,他费劲地跑向餐厅。

图索双手插在裤兜里笑笑,他向餐厅走去。

简埃迪看到守门的厄休拉灵机一动,指了指远处说:“尤里回家了。”

当她顺着简埃迪手指的方向望去,简埃迪冲到了门前,怎么转动锁子也打不开。

厄休拉咯咯地笑了。

简埃迪回过头发现厄休拉悠闲地在手中摇着钥匙,他自个儿也乐了。

图索和厄休拉默契击掌,两个人愉快地看了眼对方,又看着所有人渐渐散去,只留下简埃迪一个人在苦苦思索着成功离开这里的办法。

当房子里又恢复到了往日的平静的时候,厄休拉和图索为他们的成功得意。

“埃迪,现在我们是两个人,你是一个人。”图索对厄休拉微微一笑,“你觉得怎么样?”

“好吧!你说什么就是什么。”简埃迪抱着头靠在餐桌上,“也许我敲错了门。”

厄休拉俯下身看着地板上到处乱丢的啤酒瓶,地毯上还粘有口香糖,她犯了难,问:“这种东西该怎么清理?”

图索俯身观察了一会儿,说:“不用担心,简埃迪打算一个星期都住在这里,他会有办法的。对吗,埃迪?”

简埃迪跳了起来,看了一眼手表,大声叫道:“这不公平!有那么多人一起玩,为什么打扫的只有我一个?”

“因为是你把他们叫到这里来的,现在也只有你一个在,你闯的祸你去收拾,这是我家。”图索紧紧地盯着简埃迪的眼睛,拍拍他的肩膀,“还有问题吗?”

“不!”简埃迪像被针刺了一样地跳了起来,“那你们做什么?”

“我们嘛,还没想好。”图索拿了一本丢在餐桌上的杂志朝客厅转移,回头又补充了句,“钥匙在我们手里,别想溜!”他向简埃迪骄傲地展示他手中的钥匙。

“你不能这么做!”简埃迪无奈地趴在餐桌上,脸上不小心粘到了几根薯条,他生气到了极点。

“你会做好的!”厄休拉随意地说,“你不需要帮手,对吗?”

她也得意地对他笑笑后就走开了。

简埃迪拿着扫帚,靠在墙上,他目光呆滞地望着地板。

“我们真应该把他现在的这个样子拍下来，太好笑了！”厄休拉一边吃薯片，一边躺在沙发上轻轻地碰了碰图索说道。

“还是想想我们该如何向他们解释这些吧！天花板上的鸡蛋饼是弄不干净了！”图索看了眼厄休拉，随意地翻着手中的杂志，叹了口气，“还有到处都是的口香糖，卫生间更不用说了！”

“听起来，我们是要完蛋了！”厄休拉坐起来，无意中看见地毯，大叫道，“天哪！地毯已经破烂不堪，我们真的要完了，这是尤里最喜欢的一块地毯。”

“是呀！”图索趴在地毯上瞧，“这种地毯好贵呀！我身上的钱也不够重新买一块的。”

“我身上也只有几百块而已！”厄休拉困惑地抬起一只手放在头上，“尤里不会杀了我们吧？”

“也许祈祷有用。”图索脸上露出无奈的微笑。很显然，他和厄休拉都了解沃丁尤里的性格。

“你们怎么了？”简埃迪苦闷地拖地板，看着图索和厄休拉，不高兴地问。

“我们出去吧！”图索放下杂志，对厄休拉说，“我的意思是，坐下来好好地喝一杯也不错！”

“听起来还不错！”她起身朝图索咧嘴一笑。

简埃迪兴奋地扔下手中的拖把，乐呵呵地笑着。

“没有你的份！”图索用手指了指简埃迪的胸口，“你知道你给我们找了多大一个麻烦吗？”

简埃迪故意摇摇头，装作一副什么也不知道的样子。

“那块地毯需要五千七百块，而我们要一起去想办法，有你什么事？”图索挤出一丝微笑，“你应该好好打扫这里，埃迪，你喝得够多了！”

“我也想尽快弥补我的过错！”简埃迪认真地说，他伸出手，放在图索的肩上，“也许我有一个赚钱的主意！”他耸耸肩笑笑。

厄休拉咧嘴笑笑。图索意识到他拿简埃迪一点办法也没有，只好轻松地笑了笑。

“走吧！用你的车！”简埃迪坐在副驾驶上，却指挥起了开车的图索。

看着简埃迪那副不紧不慢的样子，这让图索弄不明白。

现在，他叫图索在亚特兰大街绕圈，他究竟在搞什么鬼？

厄休拉靠在椅背上休息，简埃迪手指前方路口左转。

“我们到了！”他兴奋地搓手。

“就是这儿？”图索下车时说。

“花了不少时间！”厄休拉揉着眼睛，转圈观察。

原来这是街头篮球场地，远处三五个人还在打球，绿色的铁栅栏上点缀着彩灯，球场的光线极好。

“我们来这里做什么？”图索走上台阶问道。

“别担心，我会负责。”简埃迪脱下外套给厄休拉叫她保管，“等我一会儿。”

冬日里的晚上，冷风习习，他们冻得够呛，尤其是在晚上十一时。

厄休拉将外套裹紧，和图索坐在一起。

“他要做什么？”

“不知道，他是篮球队的，应该约好了人吧！”图索轻轻地捏了一下厄休拉的胳膊，“他在那里！”

简埃迪和刚才打篮球的人一起向厄休拉走来。

图索和厄休拉站起来，他们好奇地看着简埃迪。

“嗨，图索你身上有多少钱？”简埃迪一边做着准备活动，一边对图索大声问道。

厄休拉笑了，图索从裤兜里掏出了五百块，说：“我只有五百块了，你要做什么？”

“好吧！五百块一场，是单对单？还是二对二？”简埃迪双手背过身做着撑拉的动作。

图索瞪着简埃迪，追了上去，问他：“你做什么？”

“交易啊!”

“什么交易?”图索不满简埃迪这种想要以赌博弥补过错的行为,他把手摁在简埃迪的胳膊上,“你有把握?”

“没有。”简埃迪轻轻答了句。

“埃迪,听我说,现在后悔还来得及!”

“后悔,怎么可能,你还是为我好好加油吧!”简埃迪向场边的厄休拉眨了眨眼睛,“厄休拉,我做这一切都是为了你!”

“谢谢!”厄休拉挤出一丝笑容,不敢抬头看简埃迪。

图索坐回到厄休拉身边,双手放在膝上。

天气越来越冷。

简埃迪刚开始是单对单,后来因为他连续进了几个球之后,对方反悔了,他们又要求二对二。

“图索,我这里还需要一个人,你来吗?”简埃迪大声冲场边嚷道。

“我?”图索站了起来,指着自己重复道,“是我吗?”

“就是你!”简埃迪双手指向图索答道。

“你在开玩笑?”图索微笑着说,“我有好久没有打了!”

简埃迪却还在大声呼唤着图索:“来吧! 一起玩!”

“他一个人是赢不回那些钱的。”厄休拉站起来,“埃迪需要有人帮他。”

“好吧!”图索脱下外套,丢给厄休拉时笑笑说,“我们都很穷!”

她屏住呼吸,看着图索简单地做了几个准备动作之后,便和简埃迪两人向半场走去。

厄休拉在场边无数次地抖动着身体,一会儿坐着,一会儿站着,一会儿跳着,尽量使身体暖和些。

刚开始图索还有点放不开,时常会出现配合上的错误,不是丢球就是传球失误。每当这时,简埃迪都会拍手鼓励道:“我们再来一次!”

厄休拉觉得浑身发冷,她站了起来,大喊道:“加油!”

即使图索和简埃迪都没有听见,厄休拉也会乐此不疲地为他们加油,毕竟他们都有同一个目的:买一块相同的地毯换掉客厅已经烂了的那块。

玩了一会儿之后,图索渐入佳境,他与简埃迪的配合也变得增多,越来越有默契。

“这边,埃迪!”图索主动要球,吸引两名球员一起防守,简埃迪身后空了。

厄休拉紧张到绷紧全身,握紧拳头,屏住呼吸。

图索一个穿裆传球到简埃迪手里,后者轻松上篮,球进了。

厄休拉振臂高呼:“我们赢了!”

图索和简埃迪兴奋地跳着,叫着,他们默契击掌。

“谁最棒?”

“我们,呵呵!”

两个人互相用手指着对方大笑道。

厄休拉看表,还有三分钟就到午夜,她有点困了。

简埃迪和对方的交易是谁先打进十个球,算谁赢。

现在图索和简埃迪不过才进了两个球,还要打一阵才结束。

不一会儿,厄休拉全身缩在外套里面,将头深深地埋在膝里,她的嘴里依然在小声地念叨着:“加油!”

场边也只有她一个观众,赛场上比赛正酣。

埃迪递给图索一个“速战速决”的眼神。

图索有节奏地运球,他由慢变快,左晃右突,一个大转身和简埃迪交叉换位,就把防守他的人晃到了身后。面前没有了障碍,他轻松投篮。

球进了。

“厄休拉,醒醒!”图索捡起场边的外套轻轻地摇了摇她,“厄休拉,我们回家了。”

“我,我睡着了,不好意思。”厄休拉含糊地说着,抬头四处找简埃迪。“简埃迪去哪儿了?”

“他去取车了。”图索抓住厄休拉的肩膀好像她要随时溜掉一样,“我们赢了,现在有一千块了!”

“什么?”厄休拉茫然地看着图索,“天哪! 你们真的做到了!”

“我有预感会出现这种情况。”图索脸上显出一副胜利的神情,“我们明天就去买地毯。”他穿上外套,头顶上冒着热气。

一股凉气袭上厄休拉的身体。

“上车吧!”简埃迪按响喇叭在车里大声叫道。

厄休拉搓搓手说:“看来你们玩得很开心嘛!”

三个人回到沃丁尤里的房子,横七竖八地倒在客厅的沙发上和地毯上睡着了。

也许是打篮球玩得太累了,简埃迪的身体刚接触地毯,就睁不开眼睛了,任凭图索怎么叫他,他一动不动地趴在地毯上呼呼大睡。

厄休拉做了个遗憾的鬼脸之后倒在沙发里睡着了,图索靠在沙发上休息。

Chapter 14

翌日早晨,厄休拉一觉醒来,阳光在眼前晃来晃去,整个房子被阳光紧紧地包裹在了金色的世界里。

“哇！迟到了!”她滚到了地板上。

简埃迪翻了个身,把隐隐作痛的胳膊埋在身下,想再睡几分钟。

图索揉了揉未睁开的眼睛:“哇呜！迟到了!”

厄休拉摇摇头,惨兮兮地抱着头。

“快起来吧!”图索凑到简埃迪身边,拽着他的一只胳膊乱摇,“埃迪！上课迟到了!”

电话铃响了,厄休拉去卫生间洗漱。

图索站起时踢了下简埃迪的腿:“埃迪,快起来了!”说完走近电话机旁笑了笑。

“你好！这里是沃丁家！请问找哪一位?”图索礼貌地对电话讲道,他的脸上还挂着微笑。

厄休拉从卫生间出来,急急忙忙丢给简埃迪一件外套,用手指了下简埃迪对图索小声讲:“记着叫他。”

她注意到图索面无表情地拿着电话。

“你好！我是范布勒,请问厄休拉在家吗?”

她向图索指着自己,小声问:“找我的吗?”

图索看着她点点头。

“就说我不在!”厄休拉做着说话的口型,使劲摇头。

“抱歉!”图索低头看着地毯,“她不在家!”

电话那边沉默了一会儿,说:“那好吧！麻烦请你转告她,我是来恭喜她的,她是对的。麻烦你了,谢谢!”

“好的,再见!”图索放下电话。

厄休拉拍着胸脯正常地呼吸着:“哦！天哪！他要干吗?”

“他让我转告你,你是对的!”图索咕哝着说。

她咧嘴笑笑,问:“什么意思吗？真搞不懂!”

“他恭喜你!”图索盯着厄休拉。

“又是什么？真搞不懂他是什么意思!”她穿着外套,踢了一脚倒在身前的简埃迪的腿,“喂,我们都要迟到了!”

“你真的没有对他说什么?”图索怀疑地看着厄休拉,“他已经打过好几通电话找你了!”

“是啊!”她背后绞起双手,“我能对他讲什么？我们可是对手,况且还在选举,要是让西蒙知道了,我肯定会死得很难看,有一次这样的经历就足够了!”她吐着舌头摇晃脑袋,“他只是请我毕业之后加入他的律师事务所,我还在犹豫!”

“为什么?”图索紧接着问。

“我不知道,也许是我不太喜欢打刑事诉讼的官司。有时候它并不能帮到想要得到帮助的人,反倒是民事诉讼更具有挑战性,而且大律师都去参与刑事诉讼的大案子去了,我可以好好发挥一番!”她看着简埃迪笑笑,“如果他再不起床的话,我们真的就要迟到了!”

“还是让我来吧!”图索拼命地拖着简埃迪的腿。

她在一旁拍了拍简埃迪的肚子:“他还真能睡!”

图索硬是将简埃迪扶上了车,替他系上安全带。

“我们下午结束后一起去买吧?”厄休拉在后排座收拾书包时说道,“你知道哪儿有卖吗?”

“知道一家,不是那么确定。”

“我到了,下午四时来接我好了!”她跳下车,整理行装。

“厄休拉!”图索在车上大声叫了一声。

“什么?”厄休拉回头低下身问。

图索指了指她的头发。

“我的头发?”她摸着头发吓了一跳,原来她还没有来得及整理头发,它们乱糟糟地搅在一起。

厄休拉急忙用手去捋,不好意思地冲图索笑笑:“真麻烦!”

图索从简埃迪的头上摘下棒球帽抛给厄休拉:“也许它会帮到你!”

厄休拉接过棒球帽笑了。

“谢谢!”她将棒球帽戴在头上,咧嘴笑笑说:“还不错,下午见!”

“你戴要比埃迪戴漂亮!”图索扬了扬下巴,掉转车头向学校驶去。

厄休拉环视四周看到没有什么人,偷偷地溜进写字楼。

选举结果产生的第二日,蒙滋和仲忙着参加庆祝活动,他的团队乐在其中。

普西石男正式发表了竞选失败感言。

人们对待两人的态度一夜之间大转变,作为实习生的厄休拉一时难以适应。

丹的事情爆发后,人们一度对蒙滋和仲的立场表示不满,经常在电视调查选民时他们会公然发泄不满,以至后来普西石男决定为丹请大律师辩护以后,怨愤的选民更是有增无减。

经过一夜,他们中的大多数人又公开支持蒙滋和仲,厄休拉弄不明白。

办公室里一派节日气氛,每一个人好像忘了工作,他们手拿香槟庆祝。

昆廷已经忘记他是来做什么的了,从一大早就开始吃。什么时候看见他,手里都会拿着一份小点心。

厄休拉走到一堆食物前,拿起一块小点心送进嘴里笑了,她扬了扬下巴,笑着自言自语道:“味道还不错!”

虽然她对这么多选举的新经验一时无法适应,但她知道错过它们将是多么遗憾。

塞米切纳轻轻地拍她的肩,扬了扬手中的酒杯,一饮而尽。她说:“它是独特的竞选经验的一部分，会用在你下次参与的竞选过程中去。你的头发怎么了？”

厄休拉看了看周围，说：“没来得及整理头发，前一晚熬夜的结果！”

午餐结束后，厄休拉看着手中的庆祝活动安排表发呆。有许多活动是她第一次听说，她咬着笔犹豫要不要和团队的其他成员一起参加。

“要知道这样的来宾致辞只会让大家大失所望！”昆廷手里拿着一份欧奎因为蒙滋和仲写的演讲稿，经过厄休拉桌子时表达了他的不满。

好在欧奎因不在，他陪同蒙滋和仲一同出席庆祝活动去了。

厄休拉饶有兴致地读着，过了一会儿，她深吸一口气，眨了眨眼睛，嘴里充满了气，一下子又吐了出来。

“我承认，要表达一个团队所有成员的情感是非常困难的！”她看着在影印机前的塞米切纳问昆廷，“为什么这篇稿子不是塞米写呢？”

“他们觉得她太女性化了！”昆廷靠在椅背上叹了口气。

“他们？”厄休拉咬了下嘴唇，“还有谁？”

“我们内部早就有了派系。厄休拉，别站错队！这是我能提醒你的！”昆廷刚合上嘴巴，迎面看见塞米切纳痛苦地饮下又一杯。

昆廷立即制止她。

“每个人都谈信任，我只能说信任破产了！”昆廷摇着椅子向后倒，他拿起酒杯摇晃着。

厄休拉眯着眼睛环顾办公室，三年大学经历的挑战和她在这里所体会到的不尽相同。她拿着的活动安排表不小心掉在了地板上，她闻到了塞米切纳满身的酒味，和平常的塞米切纳完全不一样。她捡起活动安排表，揉成团丢在了纸篓里。

厄休拉和图索一同去商场。他向简埃迪借了车子。

图索对推销员说的一句话差点让厄休拉一屁股坐在地板上，他问推销员:"可以分期付款吗?"

推销员脸红了,图索却一脸的诧异奇怪推销员为什么不吱声。

厄休拉忍不住弯着腰掩笑。她一边取出钱夹,一边拽了拽图索的衣角:"我们还是凑一凑吧!"

推销员赶忙找了个借口去招呼其他的顾客。

厄休拉放声大笑:"哎,你可是约纳坦城的运动鞋大亨之子呀! 你在讲什么?"她拽着图索的一只胳膊,"你还真够逊的!"

她从钱夹里取出所有的积蓄笑笑摇了摇头。

"是吗? 我虽然不搞政治,但我也很穷。"图索仔细挑选了一块和客厅地板上铺着的相同的地毯微笑地对厄休拉说,"要怪只能怪埃迪给我们找了一个大麻烦。"

他俯下身摸了摸,自个儿也乐了。

"走吧!"厄休拉飞快地指了指地毯,"搬回家吧!"

图索看着这个大家伙,搓着手想办法,最后还是在那个推销员的帮助下一同搬上了车子的后备厢。

厄休拉看着空空的钱夹,叹了口气,摇晃着脑袋看着图索笑道:"埃迪为什么和你是朋友呢?"

图索看了眼前方的红灯,将车子停下来,说:"有什么不可以吗?"

"不,我不是这个意思!"厄休拉用手将额前的头发捋向脑后,"我是说你们非常不同,他性格外向,喜形于色,你在埃迪的脸上就能看到他心情的写照,你就完全相反了。有意思,埃迪是个不错的朋友!"

"也不差呀!"图索抬头看见已是绿灯,发动车子,"你觉得我有这么差吗?"

厄休拉咧嘴笑了笑。

"这人嘛!"她故意皱起眉,缓缓地说道,"你这么一说,好像是这样……待人不是那么热情,但是,你很正直。说实话,图索,你真的有那么多不满吗? 我是指对尤里和莫德。"她的脸阳光起来,"不过,我真的很开心,我们是一家人!”

“我也是!”图索侧过脸望着厄休拉笑了。

“不过你的性格好烂!”她随便地补了一句。

“什么?”图索吃惊地问,“我的性格烂?”

“简直是糟透了!”她故意说道。

图索和厄休拉对视着,谁也没有说话。

“你总是这样直接?”图索问。

厄休拉得意地扬了扬下巴,望着一家咖啡馆的广告招牌,图索将车子停了下来。

“我一向就是这样,怎么样?”厄休拉反驳道。

“我知道!可你以前说过……”

“哦!天哪!”厄休拉瞪大眼睛探了探脑袋,急忙缩回身体,“前面那辆车好像是尤里的!”她拽了一下图索的胳膊,指着前方。

“是哦!”图索一只手放在方向盘上,另一只手挡在额前,他害怕地吐着舌头问,“怎么办?”

“快开车啊!”她全身缩在一起,脑袋快要和椅背平行。

图索将整个身体下降到方向盘以下,绿灯亮起,他脚踩油门冲了过去,从沃丁尤里的车子旁边擦过。

坐在车上的莫德惊讶地感叹道:“现在的年轻人还真够疯的,幸好厄休拉开车比较稳。”

“你给家里打电话了吗?”沃丁尤里专注地开着车。

“打了,没人接!”莫德靠在椅背上看了一眼手表。

厄休拉和图索行驶了一段距离后,又赶忙坐起来。厄休拉说:“我们得在他们到家前换掉地毯!”

她转过身确定沃丁尤里的车子是不是跟上了他们的车子,她紧张地拨弄着头发。

“快啊!”图索看了眼后视镜,“我们抄近路回家!”他转动方向盘,穿过一个废弃的仓库,向另一条公路驶去。

厄休拉不停地回头看,小声地念叨着:“来吧! 让我们更快一些!”她飞快地扫了眼路旁的标志。

“我会搞定的!”图索将车速提高,全神贯注地注视着前方。

她紧绷着下巴,抓紧安全带。

他们沿着约纳坦城二号公路前行,希望赶在沃丁尤里之前到家。

十七分钟后,图索将车子停在家门口,他和厄休拉跳下车,车门都顾不及关,打开后备厢,两人一起搬着地毯进了房子。

“我来吧,你去开门!”图索抱紧地毯等在房子外边。

“钥匙?”厄休拉摸着口袋,“找到了!”她打开门,和图索一起搬地毯。

“铺在这里好了。”厄休拉一边喘气,一边又和图索卷起破掉的旧地毯。

图索抱着旧地毯往房子外面冲,把它丢在家门口的垃圾桶里。

他们还不等喘息就挪动沙发,整理新地毯。

两个人整理了好半天才将它弄好。

厄休拉和图索站在地毯的一边,稍稍换了口气。

“终于弄好了!”图索喘着气,“他不会发现吧?”

厄休拉解开外套上面的纽扣,眼睛一刻不停地眨着,说:“我快要不行了,好累啊!”

她看着担心的图索笑了。

“呵呵,如果被发现了,就把埃迪供出来好了!”她尽量不经意地说,“我们做到了!”

图索挨着她,捅了她一下,他大笑道:“我们做得还不错!”

“你们在乐什么?”莫德放下包,朝客厅走来,“外边停着谁的车子?”

图索看着厄休拉的眼睛,说:“没什么,那是埃迪的车子!”他微笑着和莫德擦肩走了过去,冲厄休拉扬了扬下巴,摆着手中的车钥匙向门口移。

“门口是谁丢了一大包垃圾?”莫德踩在新地毯上问厄休拉。

“不知道,也许是周围的邻居吧!”她抬起一只手,两眼紧紧地盯着莫德的脚,“你们旅途顺利吗?”

“还不错,尤里对莫菲的未婚夫有点失望,他根本听不懂他在讲什么!”莫德坐在沙发上愉快地说。

“对了,我还没有祝贺你。宝贝,恭贺你们赢了!”

厄休拉坐在莫德身边,和她拥抱在一起。

“谢谢!”

“朗达知道了?”莫德关切地问。

她摇摇头,吐着舌头说:“还没,我要去准备了!”

自然也少不了沃丁尤里向她道贺,厄休拉感激地和他拥抱着。

“谢谢你,尤里,我爱你!”

“我也爱你,小宝贝!”

沃丁尤里看着厄休拉的眼睛,脸上带着自豪的表情。

Chapter 15

连续几日的庆祝活动,使厄休拉不得不思考。

她取消了所有公开露面的活动。

看着冷清的办公室,外边正在如火如荼地进行着各式庆祝选举胜利的活动。

厄休拉靠在椅背上,仰头望着天花板,即使打来祝贺的电话铃声响个不停,她都在专注地望着天花板上的一道裂纹。

塞米切纳有了极为不满的抱怨声,她的稿子被蒙滋和仲一次次退回,要求她写出不带有任何个人偏好的答谢辞。

塞米切纳的桌子旁边的纸篓装满了她揉成的小纸团。

厄休拉注意到普西石男根本就无意为丹聘请大律师打这场选举投票前最重要的官司,她有些为丹担心。

普西石男解散了他的团队,他回到一家大公司去当经理。

也许在厄休拉看来,他似乎忘记了什么。

她早早地收拾书包回家。

“我走了,明天见!”

“明天见!”

塞米切纳抱头思考着该如何去写,她的两只手揪住自己的头发。

厄休拉不忍打扰,独自走出办公室。

走在回家的路上,路两旁蒙滋和仲的巨型照片立在马路上,她仰头望着它,好半天都在思考。

她有好多天未见到蒙滋和仲本人,她摇摇头,继续前行。

约纳坦有着类似英格兰的天气,阴沉,寒冷。

厄休拉一个人背着书包走在约纳坦城的小路上,她已经适应了这种气候。

记得初到这里时极为不适应的恐惧，现在她能自由穿梭在城里的每一条街道之间。

“厄休拉！”图索在厄休拉身后叫了一声。

厄休拉转身看了他一眼，图索也刚从学校回来，他卸下书包追上她。

“你今天过得怎么样？”他清了清嗓子。

“不太好！”厄休拉实话实说，“简直可以用糟糕形容！”她叹了口气。

图索知道，厄休拉说的是发自内心深处的痛苦问题，而他并不能完全了解，只得默默地和她走着。

他们沿着亚特兰大街走着，眼下的河水泛着灰蓝色的波光。

远处，玛凯谷似乎正在向北方无休止地绵延。

厄休拉摘掉棒球帽，想了一会儿，终于开口道：“你毕业了准备做什么？”

图索缓了一下神，回应道：“我还没有想好，也许会进入法律行业！”他停了一下，继续说道，“我想还是要先找到父亲再说吧！”

她报以安慰的微笑：“祝你好运！”

他们谁也没有说下去，回到家里两个人各自进了房间，再也没有出来。

厄休拉匆忙跑进办公室，气喘吁吁地打开门，塞米切纳坐在办公桌前，脸上保持着办公室里那种受难者的表情。

“早上好！”塞米切纳说完重重地叹了口气，“我是世界上最差劲的说谎者，不幸的是我花了两天时间才弄明白！”

她不停地转动手中的笔，面前的纸上一字未写。

西蒙英格虽在办公室，但他未做详细计划安排团队成员的工作。

厄休拉着手写实习报告和选修进入大学四年级的课程。

丹最终被判刑十三年，不得假释。

厄休拉呆呆地望着大屏幕,为丹感到遗憾,发觉自己无能为力。

丹的支持者站在蒙滋和仲法官的办公室外,高举释放丹的标语牌子大声呼吁。

电视上面每每出现丹的支持者示威,竞选办公室里的工作人员都会很冷静。

厄休拉希望快点度过这段难熬的日子。

她一回到家,就忘记不高兴,和沃丁尤里拿他们两人喜欢的球队开起玩笑。

莫德积极配合姜皓仲医生的开放式治疗,坚持不懈地努力着。

晚上,厄休拉去餐厅喝水时,在经过客厅时看见亚里中,他神情恍惚。她停下来,礼貌地上前打招呼:“你好!先生!”

“什么?”亚里中跳了起来,像被烫着一样。

“你好!厄休拉!”亚里中慢慢地坐到沙发上,一脸不知所措的样子。

厄休拉飞快地离开客厅,打开冰箱,取了一瓶水。

她并未注意到亚里中来此的目的,也没多想,早早回房间休息。

虽然莫德放弃了做早餐,但她依然坚持每天亲自叫醒厄休拉,从未间断过。

莫德站在后花园,伴着升起的太阳大声叫着:“厄休拉,宝贝!”

自从厄休拉搬来和他们一起住,莫德的生活方式有了变化,她称之为“毫无选择的余地”。

厄休拉舒展胳膊,慢慢地睁开双眼,她愣住了。

“你在这里做什么?”她大声叫着,“出去!”

她的手划来划去。

“早上好!”简埃迪不好意思地挠着头,“对不起!”

“求求你了!埃迪!”厄休拉叫苦道,“出去好吗?”

“我有点急事!”简埃迪直直地看着她的眼睛,“非常重要!”

“什么事?”厄休拉小心地坐起来问,“非得现在说吗?”

“我一直在想这件事!”简埃迪拿起桌上的相框看着,“我想了很久,都不知道和你说什么。”

“那就不要说!”

“可这件事情非常重要!”简埃迪在房间里走来走去。

“我……”他闭上眼睛鼓起勇气道,“我想你是属于我的!”

“什么?”厄休拉瞪着他,“发生什么事了?”

“是的！不!”简埃迪咽了口唾沫,“我一直都有点犹豫,关于我们的事。最近,我的脑袋里全都是你,要是我不说出来我喜欢你,那我就是骗自己,这对你我都不公平。”

图索下床时,无意中看见对面厄休拉房间里出现的简埃迪,好奇道:“埃迪在厄休拉房间做什么?”

他摇了摇头,穿上了一件蓝色套头衫。

“什么?”厄休拉揉着脸说道,“埃迪,你吃的是什么药?”

“阿司匹林。”简埃迪的眼睛紧盯着地毯。

“还好不是毒品。”厄休拉披着毯子,跳下床,光脚站在房间的中央。

“我想你的压力很大,等一切正常了,你就不会这么想了。”她刻意站到了距离简埃迪稍远的地方。

“我没有开玩笑。”简埃迪痛苦地说,“我没有开玩笑,厄休拉,我是认真的!”

沉静了好一会儿,厄休拉靠在椅背上。

简埃迪表情沉重地盯着她。

“我……”

厄休拉皱着眉看着她的脚指甲,上个礼拜莫德和厄休拉互相涂上了黑色的指甲油。

突然,图索进来了,他呆呆地看着他们俩。

“我不明白!”简埃迪停了一会儿说道。

“早餐准备好了。你们下楼吧!”图索插嘴道,他盯着厄休拉说,“你再不快些,就要迟到了!"

"请你带埃迪去餐厅,给他一杯水,多放些冰块,他需要这个。"厄休拉说着,擦了擦鼻子,"埃迪,我会忘记你刚才说的。"

简埃迪跟在图索身后,他走到门口的时候,又折了回来,站在厄休拉面前。

"厄休拉,我是认真的,希望你认真考虑一下!"他的声音有点沙哑,"希望你在毕业舞会之前答复!"他最后说道,关上门跟在图索身后。

"我快要疯了!"厄休拉披着的毯子掉在了地板上,她摸着额头,一脸困惑地坐在椅子上,抱着膝,考虑接下来该怎么办?

七分钟后,厄休拉像平常一样穿着运动衫,拿着报纸,坐在餐桌前,尽量装作若无其事的样子,啃着一块葡萄干面包,她犹豫地看了眼图索和简埃迪。

她连续不断地换了好几种坐姿,感觉今天的早餐时间比以往都要长。以至于她最感兴趣的亚特兰大勇士队的新闻都无法吸引她的眼球。她抖动双腿,眼珠不停地转动,说:"我要出发了!"

沃丁尤里放下餐巾,斜眼看了看厄休拉:"宝贝,报纸拿反了!"

"哦!"她的脸有些红,扔掉手中的报纸,头也不抬地说,"我和你一起,捎我一程吧?"

她慌忙地站起来,喝了一口果汁,转身离去时差点被椅子绊倒。

简埃迪久久地看着厄休拉,直到她离开房子,他撞了一下图索的胳膊,说:"我们也该去学校了。"

上车时,简埃迪将车钥匙丢给图索:"你来开车。"

穿过二号公路时,图索和简埃迪交换了一下眼神。

"也许我吓到厄休拉了?"简埃迪问。

"你说了什么?"图索斜眼看了看他。

简埃迪深吸了口气。

"你一大早跑来,就是为了吓厄休拉吗?"图索补充道,"也许是她吓到你了吧?”

“哦!”简埃迪像是被问住了,“我告诉她,她已经成为我生活的一部分!”

“什么?”图索瞪大眼睛看着简埃迪,“你对她说了!”

“是啊!”

“哇呜!”图索清了清嗓子,“你的确是吓到她了,你应该去看心理医生。”

“图索,我不需要看心理医生。不过也许你是对的,厄休拉也觉得我服用了毒品,可是我觉得我很清醒。”简埃迪激动地说,“我好像把事情搞砸了。你觉得她会答应做我毕业舞会的女伴吗?”

“哦!”图索也像是被问住了,“不知道,这个……好像还早……厄休拉会怎么想,我也不清楚。”他抓紧方向盘,不敢看简埃迪,“我的意思是,你们不过认识几个月时间,你这么快就决定了?”

简埃迪茫然地靠在椅背上说:“我想是这样!”他挠着头,“今天早晨,我推开门,觉得自己就像个大白痴,厄休拉肯定吓坏了!”

“我知道!”图索挤出一丝笑容,“祝你好运!”他目视前方,要好好想想这件事,不料简埃迪的声音打断了他的思路。

“图索?”简埃迪瞪着他。

他抬起头,心猛地向下一沉。

“什么?”图索笑笑说。

“现在是红灯!”简埃迪用手指着指示灯。

“哦! 抱歉!”图索冲简埃迪笑笑。

“我在想论文的事情!”他随便找了个借口,手指轻轻地在方向盘上弹着,等待着指示灯变成绿色。

庆祝活动渐渐进入尾声,厄休拉依然未见到蒙滋和仲出现在办公室,她只能在大屏幕里偶然看到他的身影。

“蒙滋要换发言人了!”昆廷从口袋里掏出一片口香糖,吸了口气,“自从欧奎因上次发言之后,蒙滋越来越多地叫他写发言稿!”

厄休拉望着趴在桌上的塞米切纳,想要关心一下,却又苦于无言而犯难。

昆廷递给塞米切纳一片口香糖:“是啊! 他站在欧奎因那一边。”

塞米切纳剥开她的口香糖:“我被踢出了局,欧奎因后来说了许多安慰我的话,他说他能体会我现在的感受,你们觉得是不是很感人?”

她无奈地耸了耸肩,将桌上的纸和笔全部丢进纸篓里。

“塞米,你没事吧?”昆廷惊慌地说,“我们都很关心你!”

塞米切纳瘫坐在椅子上,胃里一阵阵痉挛。

“好了!”塞米切纳随意地说着,整理桌上的文件夹。

“我会照顾好自己!”她连头也没抬,很快地在计算机里打了一封蒙滋和仲先生寄给××议员的邀请信。

厄休拉和昆廷互相看了眼,默默地摇摇头。

“你在看什么?”图索随手将书包放在沙发上,向厄休拉走去。

“正在看我最近拍摄到的有趣玩意!”厄休拉感兴趣地转了转眼珠,对图索咧嘴笑笑,“我们的邻居在偷偷地给我们的松树灌水,他以为自己很聪明。”

“什么?”图索睁大眼睛看着屏幕里隔壁邻居家的男主人,在躲躲闪闪地给沃丁家里的松树浇水。

时间虽然是在晚上,但还是很清楚地认出是他。

视频里的人穿着睡衣,戴着棉线帽,他高大的身躯隐藏不住他就是住在隔壁的布鲁家。

两分钟后,图索的脑子才转过弯来。

厄休拉取出录影带。

“等等!”图索匆忙抓住她的肩膀,“让我来处理这件事情吧!”

“你,可以吗?”

“是的,我来处理它!”

厄休拉怀疑地看着图索。

“我会让他知道,这种行为有多可耻!”

厄休拉看着图索。

瞬间,他们之间似乎建立起某种心照不宣的默契。

“你该不是要对他动手吧?”厄休拉笑道,“你知道的!”

“来吧!”图索拿过厄休拉手里的录影带耸了耸肩,“他应该知道自己做错了!”

图索严肃地走出房子,全身像被针刺了一样。

他和厄休拉一起来到布鲁家门口,他使劲地按响门铃。

开门的正是布鲁本人。

图索和布鲁,面对面站着,四目相对。

过了好一会儿,布鲁先开口。

“晚上好!”他说。

“你好! 先生!”图索回应道。

一阵短暂的沉默。

厄休拉看到布鲁家的房子很大,房顶镶着木刻雕花。

布鲁看了一眼厄休拉,眼神温和友好。厄休拉松了口气。

“布鲁先生,我们有非常重要的事情需要和你谈谈!”图索板着一张脸严肃地对他说。

“请问,我可以帮上什么忙?”布鲁微笑着,“请进!”

“请你停止为我们家的松树送水!”图索挑战地扬起下巴,“它已经喝得够多了!”

布鲁把手插在兜里,沉默了一会儿,问道:“你们是来找碴的吗?”他绷紧身体,“你有什么证据这么说?”

“布鲁先生,”图索犹豫地说,“这里是你穿着睡衣,晚上十一时还在辛苦地忙碌着!”他摆摆手中的录影带,“你总喜欢干这样的事情,它全都录了下来。画质超清晰的,音质更没得说,我可以留着它吗?”他扬起眉毛,脸上现出不可捉摸的神情,“好辛苦,一定累坏了!”

“录影带?”布鲁吃惊道,他觉得有点愚蠢。

“你挺上相的!”图索喃喃地说,“布鲁先生为自己找一个好的辩护律师吧!”

“不,赫托先生!”布鲁想要解释,“我们商量一下,私下处理这件事会比较好。我为我的行为向你们道歉……”他深深地自责道,“我承认是我的错,不该给你们的松树喝那么多水。”

“是灌的,布鲁先生!”图索大声指责道。

“对,我灌了它很多的水。我一时昏了头,我们不用上法庭,我负责所有赔偿!”布鲁看着图索手里的录影带,缩着脑袋抬起头,注视着他。

“你应该向我们的松树道歉,它喝了你那么多的水,你总该做些什么,不是吗?”图索斜眼看了一眼厄休拉,他的眼睛里微微地闪着光,“你知道的!”

布鲁赶忙上前说:“我会义务为你们的草坪割草,我保证!”他伸出手指,抬起头道,“我说到做到! 请给我一次机会!”

厄休拉和图索站在大理石台阶上磨蹭了一会儿,图索的手紧紧地抓着录影带。

过了一会儿,他们朝沃丁家走。

“你表现得棒极了!”厄休拉鼓励地说道,“尤其是那句‘请你停止为我们家的松树送水,它已经喝得够多了!’我好佩服! 你扮演律师的功夫真是不赖啊!”

“我谢谢陪审员的高度评价!”图索的脸上露出一丝害羞的神情,他摆手道,“谢谢!”

到了沃丁家门口,厄休拉拍拍上衣口袋:“我没带钥匙!”

图索咧嘴笑笑:“我也没带!”

两个人互相看了眼对方摇头。

“你们去哪里?”莫德打开门,不解地看着他们问,“发生什么事情了?”

两个人你推推我,我捅捅你,笑得更大声了。

莫德一头雾水,可她跟着笑了。

Chapter 16

两天后，厄休拉接到穆祖打来的电话。

他慌张地告诉厄休拉，奎普朗达无意中在沙发下发现了一份《萨克里日报》，看见上面一个像厄休拉的女孩站在蒙滋和仲身后，他不知所措，叫厄休拉自己保重。

厄休拉放下电话，犹豫不决，要不要主动向奎普朗达告之实情。

她到办公室后还在犹豫，直到看见塞米切纳和昆廷在计划日后的工作，才打定主意什么也不对奎普朗达讲。

昆廷对塞米切纳决定最后一次为蒙滋和仲写演讲稿关心备至。

这让塞米切纳紧张不已，因为她毫无头绪，不知道写什么才能恰当地反映出这次竞选度过的艰难日子，以及得体地祝愿蒙滋和仲的支持者们在未来的日子里继续支持他。

厄休拉感受到塞米切纳在选举前的抱负和实际遭遇的落差，即使蒙滋和仲赢得了选举，可它带给她的震撼远比选举结果要大得多。

她趴在桌上，手里的笔不停地转动着，始终无法写下选举报告的第一句话。

昆廷在一旁提醒，使厄休拉感同身受。

"承认使我们许多人对未来感到恐惧，因为我们无法表达内心的感受！"

下午晚些时候，厄休拉在竞选总部办公室外边，见到了简埃迪和图索。

厄休拉深深地吐了口气，双手插兜向他们走去。

快到跟前时，她故意瞪着图索，脱去外套，狠狠地丢在图索的身上，盖住他的脑袋。

图索从头上拿下她的外套，平静地看着她。

不管厄休拉怎么向他使眼色，图索都毫无动静地坐在车里。

一脸怨气的厄休拉跳进后排座侧身坐着靠在椅背上。

简埃迪为了使气氛没那么尴尬，装作和图索愉快地聊起来，他时不时瞅一眼后视镜里的厄休拉。

“喂，你在想什么？”简埃迪侧着脑袋瞥了一眼图索，他扬了扬眉毛。

图索没有说话。

“校花妮基对你说了？”

“说什么？”图索飞快地问，“我们之间有什么要说吗？”

“你不知道吗？”简埃迪提高声音，语气里充满了怀疑，“这怎么可能？”

“她要你做她毕业舞会上的男伴！”简埃迪瞪着图索，他在等他的回答。

“我什么也不知道！”图索皱了皱眉，调整后视镜，看着镜子里的自己。

“你要去约会？”厄休拉抱着膝说，“太浪漫了！”

她随意地看着街道上的行人，大叫道：“停一下！”

她伸手拍拍简埃迪的肩：“我要下车！”

不等简埃迪把车停稳，她迫不及待地打开车门，跳下车，飞奔了出去。

“她要去哪儿？”简埃迪撞了撞图索的胳膊问。

“不知道！”图索摇脑袋，望着厄休拉远去的背影，好奇地皱了皱眉。

厄休拉叫着，跑着，张开双臂，咧嘴大笑着。

“嗨！伙计，我最好的朋友！”她自然地给了安奈休一个大大的拥抱。

“你好吗？”她兴奋地问安奈休。

“你好吗？小姑娘！”安奈休把手放在厄休拉的头发上摇晃着她，“祝贺你，你们赢了！”

厄休拉冲着他吐了吐舌头，咧嘴笑道：“我很好，你怎么样？林呢？她怎么没来？”

“哇呜！你看起来棒极了！”安奈休看着厄休拉在他面前转了一个圈，“简直难以形容！林还在忙医院实习。我嘛，还是老样子。”

“上次和林通话时，她说你在为西恩律师工作，怎么样？”

“还好，我想我可能等不到毕业。一个月后，我就要去上法学院了！”

“哇哦！祝贺你！”厄休拉的声音因为惊讶而显得有点尖。

安奈休和厄休拉站在餐馆外，他穿着一件夹克，打着领带。

他对厄休拉笑了笑。

“你的朋友好像还在等你！”安奈休透过厄休拉的肩，看见不远处等她的简埃迪和图索两人不停地看向他们。

“等我一下，我们找个地方好好聊聊！”厄休拉一边向后退，一边冲着安奈休笑笑说道。

她跑向简埃迪的方向。

“嗨！你们等久了吧？”厄休拉笑了笑。

“他是你朋友？”简埃迪不相信地问。

“当然！”她耸耸肩，“你们先走吧！我还要待一会儿才能回去。我们已经很长时间没有联络了。”

“需要我来接你吗？”简埃迪追问道。

“谢谢！埃迪！”厄休拉摇摇头道，“不用！我会照顾好自己的。给我吧！”厄休拉伸手问图索要外套。

“给你！”图索摆出一副一本正经的表情。

厄休拉接过外套，飞奔至安奈休的身边，她从没想到会在约纳坦遇见她最好的朋友。

简埃迪在开车回沃丁家的路上，不痛快地说道：“他们看起来很要好的样子，我是不是应该和厄休拉一起去？”

“什么？哪儿？”图索匆忙往窗外看。

“我是说那小子抱厄休拉那么紧，真不知道他在搞什么！”简埃迪一脸的不高兴，摇摇头，揪了一下头发。

他看了一眼图索，严肃地问：“你怎么想？”

“我怎么想？”图索看得出来，埃迪也和他一样不安。“我能怎么想，回家！”

简埃迪看了眼图索。“不可以！”他猛地踩刹车，“该死！我怎么没想到！”

“哎！你干什么？”图索摸着额头心慌地说，“这样停车很危险！”

简埃迪手在方向盘上到处乱拍，他想到了一个绝妙的方法。

在车里的两人互相看着对方，简埃迪吁吁地呼气。

“我们现在就去找他们！”简埃迪等了很长时间，“就说我们是碰巧遇见他们的！”

“哦！”图索说，“对哦，是有这个可能！相信的只有你一个！”

简埃迪慌忙掉转车头去找厄休拉。

图索看着简埃迪笑着摇摇头：“你都快成厄休拉的代言人了！”

简埃迪把车停在刚才和厄休拉分别的地方。

厄休拉早已消失得无影无踪。

简埃迪拍了拍图索的肩：“我们去附近的餐厅找找看吧？”

图索咧嘴笑笑，说：“去‘狼女’那里看看吧！厄休拉只认识那里！”

简埃迪忍不住笑了，他的嘴动了动。

当安奈休从卫生间踉踉跄跄地走回到餐桌前，厄休拉好奇地看了他一眼。

“你有什么要告诉我的吗？”

“是的！”厄休拉说，“你看起来醉得厉害！”

“我什么也没喝呢！”安奈休抗议道，他喝了一口放在面前的水，解释道，“我可能吃坏了东西！”

“你来约纳坦做什么？”

“最近我在着手处理一桩有关名誉侵权的案子，我的当事人住在这里！”安奈休招手示意服务生过来，“请换一杯水！”

“你什么时候回去？”

“我想可能是感恩节过后，我就回学校。这里比我想象的要复杂得多！”

厄休拉神秘地说：“好了，要吃些什么？”

“十七号套餐！”安奈休对服务生有礼貌地说。

厄休拉喝水的时候，简埃迪和图索两人同时出现在她的面前。

“哇!”她愉快地打招呼,“这么巧啊!”

“是啊!”简埃迪为自己感到得意,“我们居然想到一起去了!”

“是吗?”厄休拉瞪着他,觉得有点奇怪。

“厄休拉,我们是不是应该换一张更大的桌子?”安奈休补充道,“这里很难容下四个人!”

厄休拉笑得差点背过气去。

这是一家小型餐厅,顾客并不多。

经过厄休拉身边的服务生停下来,给她倒了一杯水。

她想对安奈休笑笑,他看起来一副漫不经心的样子,好像简埃迪这种伎俩是最普通不过的事情。

她决定还是不吃比较好,给安奈休使眼色:“学校见!”

“一起去跳山谷!”

“当然!”厄休拉咬着嘴唇,挥手和安奈休告别之后,就和图索上了简埃迪的车。

厄休拉一路上都在时不时窃窃地笑,她觉得有意思。

图索和厄休拉一前一后进了门,她还是会笑出声。

“真不敢相信,你们会一起来找我!”她笑道。

图索放下书包就去餐厅。

厄休拉扬着下巴,大声说:“请为我倒一杯果汁,谢谢!”

“这不关我的事!”图索解释道,“是他自己坚持要这么做!”

厄休拉刚到餐厅,随手拿起图索为她准备好的果汁,一边扬了扬手中的杯子,一边脸上显出理解的神情。

“哦! 我明白,你当然不是埃迪!”她对图索眨眨眼。

沉默了一会儿,图索放下杯子,回房间。

厄休拉随即也放下手中的杯子,她微笑着站在图索面前。

“选我做你的女伴吧!”厄休拉微笑着说。

“什么?”图索疑惑地四处看,怀疑厄休拉是不是在对自己说话。“厄休拉？我吗？”

“是的，我是厄休拉，我说的就是你！”厄休拉双手背在身后，交叉在一起。

也许对厄休拉来说算不了什么，却把图索镇住了。

图索惊慌失措地把手插在裤兜里。

“厄休拉！”图索清了清嗓子说，“你喝醉了！”

“选我做你的女伴吗？我别无选择了！”她无可奈何地说，“埃迪最近一直在向我暗示什么，你大概也从他那里听说了。我想说说我的一点感受，埃迪应该找一个喜欢他的姑娘，一起去参加毕业舞会，而不是我！”她痛苦地一只手放在额头上，“这对埃迪不公平，我没有醉，可我被搞晕了！你应该了解的！”

图索又坐回他的椅子上，厄休拉注视着他的眼睛。

一阵沉默，他抬起头，一脸的紧张神情：“哦，你要是这么说的话……”

“埃迪是你最好的朋友，你也不想伤害他，对吗？”厄休拉探身向前，“我们是一家人。当然，我们可以救救彼此，这样都好看些，他始终都会是你的朋友。”

“彼此？关我什么事？”图索挤出一丝微笑。

“让我来告诉你，你并没有想象中那么聪明，你需要想想，再来找我吧。”她冲图索咧嘴笑笑。

图索双手放在餐桌上，一刻不停地搓手。

“让我好好想想！”他慢慢地说。

他靠在椅背上，眼睛瞪着餐桌上的杯子。

厄休拉抓住椅子扶手起身，她看到图索目光呆滞地靠在椅背上。

就在她抽身离开餐厅的当口，他深深地叹了口气。

当厄休拉脱下帽子和放下书包的时候，莫德走到餐厅，在旁边的一张椅子上坐下，充满兴趣地看着她摆好的餐桌：

上面铺着粉色的桌布，放着三个人的餐具，当中还放有兰花。

“厄休拉，你看上去睡了个好觉！”

厄休拉坐到莫德的身边，探身闻了闻兰花：“天哪，好香啊！”

图索低着脑袋坐在莫德的对面，他看上去好像没有睡好的样子。

“是苹果馅饼吗？”她咧嘴笑了笑，切下一小块送进嘴里。

“我好久没有做了！”莫德看着厄休拉笑道。

“味道好极了！”她赞叹道，“非常好吃，谢谢！”

莫德把头一甩：“不客气，宝贝！”

图索随意地摆弄着手中的叉子，无精打采地喝了一口水。

“图索！”莫德放下手中的叉子，“埃迪刚才来电话说他不过来接你了，他直接去学校了！”

图索愣了一会儿。

“天哪！真香！”厄休拉抬头对图索笑笑。

图索马上低下头看着盘子里的苹果馅饼，她咯咯地笑了，他缩起脑袋。

“哦！”她揉揉鼻子，瞥了图索一眼，转了转眼珠，向他咧嘴一笑。

图索忍不住咧嘴笑了。

早餐结束后，莫德边打电话，边穿上大衣站在门口。

厄休拉沿着桌子收拾盘子，她把盘子横七竖八地摞到水池里。

她拿起沙发上的帽子和书包向门口跑。

“厄休拉！”图索在她身后高声叫道，“我们一起吧！”

厄休拉打开门，哈了口气，尴尬地等在门口。

“好的！”她勉强说道，“我们要用跑的，要不然就迟到了！”

他们并肩沿着草坪往前跑。

图索尽量不去盯着厄休拉看，跑了没多久她就大喘气，双手插在腰间，感觉脸上在发烧。

“我跑不动了，该死的埃迪为什么不来了？”

"没什么!"图索找话说,"快些吧,我来帮你拿书包!"他从厄休拉身上卸下书包背在了自己肩上。"来吧! 厄休拉,加油!"

厄休拉咯咯笑着,兴奋地和图索推推搡搡,两个人跑在去实习和学校的路上。

星期五的清晨,图索打开厄休拉的房间门,径直走到她的床边。

"厄休拉!"

厄休拉睁开双眼,在阳光下茫然地眨眨眼睛,她看到一双似曾相识的眼睛。

"我该怎么做?"图索拉了一把椅子坐在她身边,双手交叉抱在胸前。

"头好痛啊!"她双手摁在额头上,痛苦地叫道,"给我一粒药。"

图索纳闷地看了一会儿她,稍后又看了眼桌上的药瓶,拿起来。给厄休拉送了一粒在手里,又给她飞快地递上了一杯水。

她吃过药后才慢慢地从床上坐起来,不说话,脸上显出困惑的样子。

"你怎么了?"

"哦! ……我想好了!"图索大着胆子说,"我的意思是,接下来我该怎么做?"

"我们来点轻松的!"她愉快地回应,"很简单!"

图索咧嘴点点头,微笑着看着厄休拉。

"我们要装作是情人,要让埃迪相信,就得来个彻头彻尾!"她一边整理头发,一边飞快地说。

"有道理!"图索的两只脚交叉放在厄休拉的床边。

"如果你不想失去埃迪这个朋友,你就要尽量表现得自然些,这样对大家都好!"她纵身一跃,站在地板上,光脚来回走动。

"怎么做?"图索挠着头问她。

"首先,你要保持风度!"厄休拉双手插在腰间认真地说。

“大概是吧！”

“肯定是，还有从头到尾你要收拾干净，尤其是你那糟糕的发型！”她缓缓地说道。

“哎，怎么个改变？”图索不解道。

“告诉你，想要埃迪相信你不是故意这样做，那么你就必须要给他留下深刻印象，就得做一些过火的事！”她盯着图索，拍拍他的肩膀。

图索盯着厄休拉温暖而又认真的脸，觉得自己对此感兴趣。他说：“就这么定了！”

厄休拉咧嘴笑笑，图索睁大眼睛笑着吐了口气。

Chapter 17

厄休拉像往常一样去工作，她在竞选总部办公室外边看到了越来越多丹的支持者在门口示威，他们高举标语牌：

“杀人犯！”

“请滚到一边去！”

“毒贩不应该是受害者！”

她不得不从人群中穿了过去，她努力使自己看上去友好。她对人群说：“对不起，借过！”

当她给守在门口的警察出示证件，正准备进到里边时，被一个上了年纪的夫人抓住胳膊，她瞪大眼睛，咧着嘴恶狠狠地向厄休拉大声叫道：“丹才是受害者，你们在谋杀，你在帮他们一起谋杀！”

厄休拉惊慌地想要摆脱她的纠缠，最终还是在警察的帮助下才成功地分开。

塞米切纳看着气喘吁吁的厄休拉，不以为然地笑了：“你还好吧？”

“我没事！”她挤出一丝微笑，“我好多了！”

“被他们拦住了？”塞米切纳指着门口笑道，“你会习惯的，他们其实并不想伤害你，只是他们的行为有些过激！”

“我看到那个女人就好像要吃了我，吓死我了！”厄休拉全身软下来，她趴在桌子上。

“还有一位示威者向我吐口水。他们并无恶意，只是不知道该如何发泄愤怒！”塞米切纳同情地说，“这是很自然的反应！”

“我不知道我从事了一份多危险的工作！”厄休拉擤了擤鼻子，深吸了一口气，“很高兴我还活着！”

“是这样！”塞米切纳最后说道，“活着真好！”她犹豫地看着厄休拉，整理文件，拿去影印。

厄休拉趴在桌子上，把头埋在双手里，她根本没有想到丹的放或不放会引起外界的兴趣，争议如此之大，使她不得不承认塞米切纳的观点：“反映我们所看到的一些难以表达甚至无法表达的内心感受是一件非常困难的事情。”

带着无数的疑问、怀疑与希望，厄休拉回到家中。

作为沃丁尤里和莫德的孙女，厄休拉无法向他们表达今天白天所发生的事情以及感受。

她在餐厅撞见了沃丁尤里，他一脸的严肃，只是看了一眼她，从她身旁擦肩而过，走向走廊的尽头。

厄休拉停了一下，接着走到平常吃早餐的座椅旁，看着莫德，缓缓地坐下。

莫德打开储物柜，取出一瓶酒，给自己倒了一杯，这是莫德生病以来第一次喝酒，她有些闷闷不乐。

厄休拉想说些什么，想回到以前有说有笑的轻松状态，却不知道该如何开口。

“厄休拉！”莫德扬了扬手中的酒杯，她睁开眼睛，“亚里中来过了。”

“吉本的父亲？”厄休拉瞪大眼睛，“发生什么事了？”

“哦，是的！”莫德喝了一口酒，“他告诉我们他就是图索一直要找的父亲。”

“什么？”厄休拉张大嘴，“你是说……你开玩笑吧？”

“我没有开玩笑！”莫德痛苦地说，“亚里中现在都快要让我疯了，他不知道会给这个家带来多大痛苦？”

莫德怒气冲冲地喝下所有的酒，她的眼睛里只有愤怒，她说：“厄休拉，也许尤里是最伤心的。”厄休拉停下来，震惊地看着她。

“我觉得也许你还没有从那次的伤痛中恢复过来，别担心，我们不会离开你的。”厄休拉走到莫德的面前，拉着她的手，“我向你保证，尤里和我，还有图索都会待在这个家里，我们哪儿也不去！”

“呵呵!”莫德笑笑,“我知道你们不会丢下我的!”

“图索和亚里中谈过了吗?”厄休拉向窗口眺望时问道,“他在哪里?”

“他在后花园。亚里中刚和他谈过就离开了。”莫德过了一会儿解释道,“我们不知道该如何向他解释发生的一切,他什么也没有对我们讲,他在那儿待了一个钟头。”

莫德直直地看着厄休拉的眼睛说:“也许他需要时间来适应,我想可能你和他谈谈会好些。”

“我会的!”厄休拉安慰地拍了拍莫德的胳膊,“照顾好自己,我爱你,祖母!”

“我也爱你,我的宝贝!”莫德轻轻地吻了厄休拉的前额,“晚安!”

“晚安!”

厄休拉一个人坐在餐厅,望着莫德远去的背影,她回忆起小时候第一次见到莫德的场景,一股心酸涌上心头。

她深深地吸了口气,站在大理石台阶上磨蹭了一会儿。她的手紧紧地插在裤兜里,过了好一会儿,她下了台阶。

图索就坐在台阶上,他侧过脸看着厄休拉。

“晚上好!”他说。

“晚上好!”厄休拉回答,接着是一阵沉默。

“我想你已经知道了,我的父亲终于出现了!”图索双手搭在膝上,他的嘴动了动,勉强转成一丝微笑,“哇呜!这比我想象的要容易!”

“我知道。你还……好吧?”她问道。

“我很好。实际上我知道自己是谁了。”图索绷紧全身,“真该死,每个礼拜我都会和吉木见面,我们是最好的朋友兼哥们儿,你知道……”

“哦!困难的处境!”厄休拉挥挥手道,“你知道,如果你愤怒,你就说‘嗨,我生气了!’如果你开心,你就说‘这是我的乐趣!’你来试一试,我知道你能做到。”

“嗯!”图索停了一会儿,“如果你害怕,不知道该说什么怎么办?”

“哇哦!”厄休拉扬了扬眉毛,微笑着继续说道,“你应该说‘欢迎来到这个星球’!”她抬头瞥了一眼图索,“我一直在这里等你!”

微笑在图索的脸上荡漾开了,他说:“哦,最好只有我们两个人知道!”

“那很好,现在换我做你的心理医生了,来吧!”厄休拉挑战地拍拍自己的肩膀说,“现在我可以借你一用!”

图索看着厄休拉的眼睛笑了。

“这样单薄的身体!”图索飞快地说,“跑得不是特别快,跳得也不高,你在开玩笑?”

“喂,用不着这么毒地数落我吧?”厄休拉反驳道。

她抬起一只手拍在了图索的脑袋上。

“好吧! 现在让我来给你做评价,简直就是一场灾难!”她激动地提高嗓门,“朋友不多,说明你人缘很差;没有梦想,说明你对未来没有任何打算;从不参加舞会,说明你缺乏交际手腕;从不约女生出去,说明你不正常;你现在的样子,就好像穿着睡衣去打仗一样!”

“不错!”图索来了兴致,“你看起来好毒啊!”

厄休拉咧嘴笑笑:“彼此彼此!”

他们一动不动地坐了一会儿,终于没有忍住笑出声。

“我还在担心,你当时用剑指着我,威胁我不要将心理室你对我讲的话说出去时,你会不会真的刺穿我的心脏!”图索一本正经地说。

“是吗?”厄休拉双手交叉抱在胸前,“我以为你超镇定的。”

“应该是害怕才对!”图索站起来,走上台阶,“我怕你错手杀了我!”

听到几声厄休拉爽朗的笑声后,图索停下来,他双手插兜转过身看着台阶上的厄休拉笑笑说:“我应该说‘动手吧!’”

厄休拉点点头:“这样才是男子汉!”

他们互相看着对方,厄休拉吐了吐舌头。

推开餐厅的门,图索说道:“我从未感觉像今晚一样幸福!”他小心地看了一眼厄休拉,清了清嗓子,“我的意思是,不是找到了父亲,而是我们是一家人。这感觉我从没有对任何人讲,你知道,我想对你说谢谢!”

“呵呵!”厄休拉不习惯图索摆出认真的表情,她忍不住笑了,“莫德还在为你担心,你看起来真像沃丁家的人,好吧!赫托图索,我们是一家人!”

“是的!”图索耸了耸肩,“不过,他有向我提过,要我搬去他们家住!”

“你答应了?”厄休拉和图索走进餐厅。

“还没有。有些突然,我还没有跟他们讲。”图索犹豫地说道,他不停地搓手。

“好像很复杂。”厄休拉承认道,“你会认真考虑?”

“当然,我被搞晕了。我记得妈妈去世时有多遗憾,现在我不知道我还能不能接受他?”图索的眉毛拧在一起,他紧绷着身体感叹道,“我真的知道自己是谁了吗?”

“我知道!”厄休拉微笑着给了图索一个大大的拥抱,在图索耳边小声说,“你是赫托图索,现在是,将来是,一直都是!”她咧嘴笑了笑,“除非你对自己的坚持产生了怀疑!”

图索和厄休拉一起上楼。

“我觉得好多了!”图索说,“谢谢!晚安!奎普厄休拉!”

厄休拉在房间门口停下来,对他笑了笑,说:“晚安!赫托图索!”

她笑着走进房间,图索待厄休拉关上房间门后才离开。

“晚安!”厄休拉掩饰住一点小小的失望,她没有想到亚里中居然就是图索要找的父亲。

厄休拉终于收到昆廷分配给每一位工作人员的照片——实习生和议员的合影。

她久久地望着照片里的自己和一帮共事的工作人员,使她不得不相信这个团队有多么成功。

现在要将原来蒙滋和仲法官改称蒙滋和仲议员,这都要归功于团队奋斗的结果。

她情不自禁地咯咯笑着，感觉就像她第一次在上中学时去填选民册一样激动，她是瞒着外祖父母和朋友一起偷偷去填的。

当她亲眼在电视上看见凌驾于法律之上的大人物的做法，她产生了怀疑，奎普朗达也不知该如何向他的外孙女解释，他的感情变得很复杂。甚至最终他厌倦了政治，专心做一名餐厅的高级厨师。

她将照片放进抽屉里，日后如果有机会她会拿给外祖父母看。

Chapter 18

奎普朗达不解释、不诉苦的品质,深深地影响着厄休拉。

她认真完成每一份报告,当总部办公室门口聚集越来越多丹的支持者抗议时,她吸取上次的教训改走后门。她强制自己要保持冷静,客观地将支持者和反对者的意见填写在报告中。

午餐后,厄休拉透过窗子看见示威者中有不少是反暴力的家庭主妇和年轻学生,他们往往故意和警察产生冲突。

蒙滋和仲连日来大多都在参加各种酒会,在厄休拉看来,也许他根本不知道办公室前聚集了众多示威者,要不然也不会正大光明地开车至办公室正门,还不等车停稳就被示威人群里三层外三层团团围住,被包裹得严严实实。

他们不停地摇晃汽车。

厄休拉震惊地捂住嘴巴:“天哪！你们快看！”

西蒙英格大叫着:“这群人疯了,快打电话叫警察！”

欧奎因紧张到拿电话的手在抖。

“住手！快住手！”西蒙英格在办公室里大叫道。

蒙滋和仲在车里被摇晃得头晕,他冒险打开车窗玻璃,呼吸外面的空气。

那些蓄长头发的男学生是摇晃得最厉害的人,他们的力气好似用不完。

他又急忙关上车窗,脸贴在车窗玻璃上。

因为声音嘈杂,听不清示威者到底在说些什么,他们费劲地乱喊着。

蒙滋和仲在车里坚持了十几分钟之后,终于看到了警察,他稍稍镇定了一些。

警察先用高音喇叭喊话维持秩序,然后驱逐围着汽车的示威者。

也许是放松的关系,蒙滋和仲在下车走第一步时差点跌倒,幸好有一旁的警察搀扶才没有发生意外。

示威者高呼丹的名字，要求当局释放丹，他们甚至冲撞警察，两边拥挤不堪，有如人浪一浪接着一浪。

蒙滋和仲安全抵达办公室，他们才放弃冲撞。

所有人都注视着蒙滋和仲，他略显尴尬地整理领带。

西蒙英格为了缓和气氛，第一个带头拍手鼓掌，脸上挂着官方式的微笑。

欧奎因、昆廷、厄休拉、塞米切纳也都面带微笑鼓掌，庆幸地说着寒暄式的问候。

这着实让蒙滋和仲有些不适应，他略带青涩的表情急匆匆走向里边的办公室，再也没有出来。

昆廷开玩笑地对厄休拉和塞米切纳笑笑说："我们非得亲自试试不可！"

他们欣然同意。

情感最终战胜了理智。

一周后，图索决定搬去和他的父亲住。

莫德和沃丁尤里备受打击。

他们无法忍受又失去一个儿子，他们没有和图索告别。

厄休拉站在门廊，她去拿图索的行李，眼泪扑簌扑簌掉了下来。

她多么希望图索只是去旅行，不久之后就会回家。她无法相信他会搬出去住，事情变得糟糕。

"照顾好自己！"厄休拉定定地看着台阶，头也不抬地说。

图索出现在她的身旁，手里拿着外套。

"厄休拉！"图索站到厄休拉的面前，"帮我照顾好他们，好吗？"

厄休拉抬起头正好撞上了图索的目光，她很快地转过眼神，假装观察地面。

“厄休拉……我非常抱歉，也许他们不会原谅我，可是我现在必须离开！”

“离开？”厄休拉沮丧地看着他，眼睛湿润，“他们会受不了的，他们爱你，你是知道的。我会想念你的。”

“我也是，祝我好运吧！我是和父亲一起住。”图索对厄休拉笑笑，“我在这个家很开心，我会想念低脂拉面。”

“哦！”厄休拉耸耸肩，“我会一直记得的。”

图索一把从她手中抢过行李，对她说：“还是我来吧！”

他们一起走到草坪的一头，看见一辆银灰色的旅行车就停在前边。

图索放下行李，尽量轻松地笑了笑。

“我以为我不会离开。现在看来我真的要走了，替我向他们道歉，小家伙，保重！”图索把手放在厄休拉头顶摇了摇，他咯咯地笑着。

厄休拉低头看着草坪。

“保重！”她毫不犹豫地给了图索一个温暖的拥抱。

当司机为图索打开车门的时候，他飞快地握住厄休拉的手说：“再见！”

“再见！”厄休拉小声回应道。

当旅行车从厄休拉眼前开过，她感到些许难过。

沃丁尤里站在客厅的角落，透过窗子看着图索上车，他意识到这个孩子一眨眼已长成大人，有了他自己的选择。

沃丁尤里打开图索的房门，久久地站在门口，他的眼前浮现出和图索激烈争吵的画面，甚至还有在他愤怒的状况下出手打了图索的情景。他走到他房间的床边，坐下来，深深地自责，他为什么不对图索宽容些呢？

他深深地叹了口气，双眼紧闭。他又睁开眼睛，看到图索桌子上的一个玩旧的棒球，他的嘴角略带着苦涩和怀疑而微微下垂。他知道他们两个都不善言辞，不知如何向对方表达自己的感情。

莫德站在门口观察了一会儿，走进去，她没有作声。

她感觉到了沃丁尤里的痛苦和孤独。

他们在图索房里坐了好久才回去休息，接下来他们试着让生活回到正常。

莫德摆放餐具时，总是忘记图索已经搬走的事实，每天早餐都会在图索固定的座椅前摆放整齐的餐具。

她反应过来时，又会及时收回餐具，怕沃丁尤里看见会更伤心。

厄休拉看着他们强装若无其事的样子更自责，她小时候的选择是否已伤透了他们的心。

她早早就去竞选总部做事，发现她根本受不了莫德和沃丁尤里痛苦的样子，这比他们埋怨她还要难受。她很难想象，图索离开沃丁家有多大的痛苦存在于莫德和沃丁尤里的内心，可又不能表现出来。

厄休拉觉得时间过得就好像慢动作，冗长而又毫无意义。

蒙滋和仲被吓到了，根本就不来办公室，他打电话的次数也越来越少。

厄休拉和同事们只能在大屏幕上看到他的身影。

“他在向精神医生寻求帮助。”昆廷看着大屏幕里的蒙滋和仲说，“我们应该也去。”他倒在椅子里，一只脚担在桌上，自嘲道，“但为时已晚，没人能救得了我们！”

办公室外边高举标语牌的示威者有增无减，他们高喊丹的名字时，厄休拉根本听不清昆廷在说什么，只能看到他的嘴在动。

一如往常，西蒙英格把自己关在办公室里好几天。

“他们什么时候才能停止这一切？”厄休拉望着窗外担心地问。

“直到丹被释放！”欧奎因瞪着窗外，“也许他们不知道有种约束叫法律！”

“普西石男这下有得乐了，也许他躲在哪里偷看也说不定！”昆廷指着大屏幕里出现的记者对他采访的画面，“我们也许要失业了！”

“别那么说，我刚在市区买了公寓，生活才刚刚开始。”塞米切纳惨兮兮地说,“我已经没有退路!”

“这些人应该被监禁,我们都会毁在他们手里的!”欧奎因说,“他们难道不工作吗?”他生气地看了眼示威者。

“他们正在工作!”昆廷扬了扬下巴,“就是盯着我们!”

“真该死!”塞米切纳咕哝着,她坐在椅子里抱着头,“肯定有人给他们发薪金!”

“当然没有蒙滋给你付的多,外边怪冷的!”欧奎因调侃道。

“切纳,你没有必要那么暴躁!”昆廷大声说,“感谢上帝,我的家人不在这儿!”

“是哦! 我父亲以为我坐在温暖的办公室里,有一张高级办公桌,椅子是特殊定制的,工作简单到只是随便写写。可现在……”塞米切纳抱怨道,“一不小心我们就会被他们吃了!”

厄休拉也有点懈气,她倒在椅子里,眼睛呆呆地望着屋顶。

“我恨这该死的,他们根本不知道什么。我们都是在瞎忙,最后都会被他们全盘毁掉,有时候我不知道我们真的赢了吗?”欧奎因怀疑地望着西蒙英格的办公室,“他真的会想出办法吗?”

“他们也会累的,我们可是在里边,有人想来点轻松的吗?”昆廷拍拍手道,“我喜欢卡朋特!”他一边扭动身体,一边播放着卡朋特的音乐,他随着音乐节奏随心所欲地舞动,“嘿嘿! 来吧! 我知道你喜欢!”昆廷绅士般地牵起厄休拉,教她跳舞。

其他人也都随着音乐舞动,外边的喊声愈大,里面的音乐声也就愈大。

“这是哪门子音乐?”塞米切纳脱掉了套头衫,“来点轻松的!”

“是冬季奥运会主题曲!”昆廷走到音响跟前,俯下身。

“太安静了!”塞米切纳和厄休拉撞在了一起,“宝贝,我来教你,首先你不要这么僵硬。”塞米切纳挽着厄休拉的胳膊,肩并肩地向一个方向移动,“很好,你可以做到,并没有那么复杂。”

“好吧! 这个呢?”昆廷重新放了一张 CD 进去,他大声问。

“找点节奏没有那么慢的。”塞米切纳教厄休拉跳四对方舞，她的热情和充满自信深深地感染着厄休拉。

有时会在放音乐间隙听到外边的喊声，办公室里的人依然保持积极向上的态度，这使他们对未来有了希望。

“这个呢？”昆廷摇了摇脑袋。

“好一点！”塞米切纳和欧奎因两人伴随着音乐的起伏，跳起了沙龙舞。

厄休拉兴奋地为精彩的配合拍手叫绝：“简直太棒了！”

“来吧！”昆廷在厄休拉面前俯身向前，伸出一只手，咧嘴笑笑，“我们能做到，来吧！ 小姐！”

厄休拉点点头：“谢谢！”她踮起脚尖随着音乐翩翩起舞。

西蒙英格一个人待在办公室里制定计划。

咖啡换掉了五杯，他咬着笔杆抬头休息时，看见外边的同事们正在自娱自乐，他不但没有发火训斥他们，反而表示了极大的支持，他望着他们快乐的表情也开怀一笑。

他和他们一样，这是一种令人高兴的痛苦。

西蒙英格重新振作，终于想到了一个点子。

厄休拉不仅学会了四对方舞，而且她的表情变得极佳。

下班回家时，昆廷挺了挺身子说：“厄休拉，毕业舞会上请邀请我做你的舞伴吧！”他笑笑，咧嘴高呼，“呜哇！”

厄休拉看了眼塞米切纳笑了：“我担心你的另一只脚会不会更痛。呵呵！”

昆廷清了清嗓子：“我们就跳约翰那种舞。”

Chapter 19

厄休拉度过了愉快的一天。回家的路上她接到了一通简埃迪的电话，约她在“狼女”餐厅见面。

她拍拍脑袋，振作精神，瞟了一眼手表。

哦，难怪图索看起来那么犹豫。

她匆忙穿过十几张餐桌，飞快地站到简埃迪身旁向他道歉。

“对不起，”厄休拉溜到他身旁说，“我迟到了，我请客。吃些什么？”

“十七号套餐。”简埃迪简单地说，“图索一会儿就到。”

“是吗？”厄休拉脱下外套放在一旁，她拿起菜单挡在她和简埃迪中间，向服务生抬手。

“你好！”服务生为厄休拉倒了一杯水。

“你好！我要一份十七号套餐、一份沙拉、一杯可乐。谢谢！”厄休拉将菜单还给服务生微笑着说。

“好的，小姐，请稍等！”

厄休拉从书包里掏出报告。

简埃迪听着 MP3 里的音乐，手指在桌上来回不停地弹着，顾不上说话。

“厄休拉！”简埃迪摘掉耳机，认真地看着她，“我想告诉你……”他望了一眼其他桌，“我知道，我有些直接……”

她放下手中的笔，微笑着咧嘴做了个鬼脸，她说：“什么？你有话要对我说？”

“是的！”简埃迪喝下一口水，清了清嗓子，“我是指毕业舞会的事情，我是说……”他上下打量着厄休拉，“我大概是说，到了关键的时刻，我还没有找到舞伴，我就会着急！”简埃迪注视着她的眼睛，向她靠近，“我想，请你做舞伴！”

“哇呜！”厄休拉瞪着他，“我备感荣幸，埃迪，太好了！”她合上报告，双手交叉放在上面，“可是我和图索决定一起参加舞会。”

“赫托图索，你是说我最好的朋友吗？”简埃迪瞪大眼睛，惊奇地问厄休拉。

“是的！”她看着正向他们走来的图索，招手道，“这边！”

图索微笑着点点头，简埃迪不敢相信地站直身体。

“嗨，伙计！”他和图索击掌打招呼。

“你好，厄休拉！”图索站到厄休拉身旁，他脱掉外套。

“伙计，你不再情绪低落了，我为你感到高兴。”简埃迪指着图索的穿着打扮，开心地指责道，“你的打扮有点过火！”

图索看了看身上的衬衫，只是笑。

简埃迪笑笑说：“嗨，厄休拉，记住我说的话，我是认真的。如果你愿意的话，它随时都有效。”

图索纳闷地看着两人，不知简埃迪所云。

简埃迪收拾他的东西。

“你要回去？”图索硬邦邦地问。

“我要回去看湖人队的比赛了，祝你们用餐愉快，厄休拉，记住了？”

图索扬了扬下巴笑笑。

“嗯！”厄休拉点点头。

简埃迪走了。

“我们吃什么？”图索从服务生手里要了份菜单。“埃迪替你点了。”厄休拉回应道。

“点什么了？”图索问完，抬起头看见厄休拉正用胜利的眼神看他，冷冷地说：“埃迪和我不同口味。他点了十七号套餐。”

“你说得真不错，我现在真的成了埃迪的笑柄。”图索急忙说道，“我在做什么？”

“可笑到最后才是真的笑。你应该回家看看莫德和尤里，你很久都没有见他们了。”厄休拉收拾餐桌上的东西装进书包，“你应该没有忘记回家的路吧?”

“你认为我是个大傻瓜,是吗?”图索有点生气地说。

“不,我从没有这样想过,我只是想……你真的是自己想这样做,还是你以为应该这样做?”厄休拉穿上外套,背上书包。

“你要走吗?”图索抬起头。

“我还有报告没有完成,餐费我已经付过了。祝你用餐愉快!”她从服务生刚端上桌的沙拉上捏了一小口放进嘴里,她乐不可支地冲图索摆手道,“我做了我那一半,现在轮到你了,亲爱的,回见!”

图索一个人看着面前的食物傻笑,他拿着叉子自问自答道:“我先吃哪一个呢? 沙司番茄面,接着是沙拉,最后是可乐。”

他开心地享用了一顿丰盛的大餐,开车回家的路上一直在想厄休拉的话,她很容易就能猜到他是怎么想的。

图索笑了。

他不得不承认这个选择和厄休拉小时候的选择一样备受煎熬,只有当事人才能体会。

厄休拉打开门,眼前一亮。

沃丁尤里正从楼上下来,朝她走来。

他打扮成西部牛仔的模样,穿着皮衣,花条纹衬衫,戴着一顶地道的西部牛仔帽,他看起来富有朝气。

厄休拉笑着摇头。

“你在做什么?”她走上前去,抢下沃丁尤里的牛仔帽,戴在头上,“怎么样?”

“我在为万圣节做准备。”沃丁尤里大声说。

“还有一个月才到啊! 现在是不是早了点?”厄休拉咧嘴笑笑。

“提前做准备,总是好的。”他随手将厄休拉头上的帽子摘下来,扣在了从身旁经过的莫德的头上,大笑道,“万圣节都得装扮!”

万圣节——感恩节。

只意味着一件事。

厄休拉计划过完感恩节后离开。

突然之间，她变得越来越紧张，不知该如何向莫德和沃丁尤里解释，这好像比她完成过的任务都要困难。

“厄休拉！”沃丁尤里在客厅叫道。

厄休拉停了一会儿，走了过去，她小心地看了眼沃丁尤里，坐在沙发上。

“我们有件事想和你谈。”沃丁尤里看了眼莫德，坐在厄休拉对面的沙发上。

“嗯！什么事？”她的心怦怦跳，身体前倾。

沃丁尤里眨眨眼睛道：“亚里中要办一个家庭聚会，这个周末他邀请我们全家参加。”他抬头看着厄休拉，眼里满是忧郁，“我和莫德商量了一下，我们决定去参加，希望你能和我们一同前往，你觉得怎么样？”

“当然，没问题！”厄休拉痛快地应道。

“好极了，我和莫德终于度过这段难熬的日子。因为你，厄休拉，谢谢你又回来了，我们俩非常幸福，在我们心目中你一直都是我们的孙女，我们没有忘记你。”沃丁尤里轻松地微笑着站起身，和莫德一同去了餐厅。

沃丁尤里拿着牛仔帽悠闲地走开。厄休拉盯着他的背影，不小心坐到了地板上。

厄休拉躲在门后，探出脑袋，观察示威人群有没有散去。

草坪上空了，大多数丹的支持者都已不见了踪影。

厄休拉背着书包走出办公室，无精打采地走着。

她遇到图索的目光，他微笑地看着她，示意她上车，他侧身打开车门。

“你在这里做什么？”

“上车吧！我请你吃大餐。”图索高兴地说。

“有什么好事吗？”她卸下书包，拎在手里，“今天是什么大日子？”

图索接过厄休拉的书包笑了:“给我吧！请上车!”

“这样做是不是有些太过火了,不是吗?”她系上安全带,微笑着看看图索。

“我知道,莫德他们出远门去了,可你总得吃晚餐吧?”图索半开玩笑地说,“搞政治的都很穷。”

“我们去哪儿?”厄休拉捋着她的头发,又微笑着冲图索叫苦道,“我还有很多工作没有完成,我的时间不多。”

图索扬了扬下巴,一脚油门踩下。

…………

车子平稳地停在一家高级餐厅门口,服务生为厄休拉打开车门。

“我还活着。”厄休拉尽量平静地说,“你看起来很有钱。”

图索将车钥匙交给服务生,他主动上前为她打开餐厅的玻璃门,微笑着说:“我也会做好我那一半工作,请吧！奎普小姐!”

图索认真的样子,厄休拉有些不习惯。

“这个……”她久久地看着图索,摇摇头,“不……不是这样的!”她不禁大笑起来。

“来吧！这里有很多人在看我们。”图索在厄休拉耳边低语,拉着她的手跟在服务生身后。走了没多远停下来,图索赶忙上前为她拉开椅子坐下。

她忍住没有笑出声。

“厄休拉,嗯?”图索想了一会儿,抬手拍了拍她的肩膀,“你想来点什么?”他慢慢走到她对面的位置上坐下。

她咯咯笑出声,赶忙用菜单挡在面前,不好意思地向图索摆手道:“抱歉……呵呵……我受不了了！太可笑了!”

图索拿掉挡在厄休拉面前的菜单。

她和他沉默不语。

图索盯着厄休拉发红的脸,她也定定地看着他。

“等等!”她抢下图索手中的菜单挡在面前,“等等,图索,我想告诉你一些事情。”

“什么?”图索急切地看着厄休拉,“你怎么了?”

“我看见范布勒了,他就在你的身后右侧方向。”厄休拉小声说,头低着。

“那又怎样?”图索回头看了一眼范布勒说。

“我们交换一下位置。”厄休拉立即说道,“这样会比较好。”

“那好吧!”图索让开一点看着她。

“见鬼!”她一边探身下去,一边用菜单挡在面前偷偷瞄了一眼范布勒,发现他正在和同桌的人交谈,并没有注意到他们的情况。

好不容易她和图索交换了座位。

“你想好要什么了吗?”图索冲厄休拉摆摆手。

“什么?”她坐起来,像被烫着一样,“哦!对,我想是的。”

图索对旁边的服务生微笑着点点头:“我要一份半熟的牛排和一份沙拉!你呢?”

“一份优酪乳,再来一份土豆沙司!”她微笑着点点头,“谢谢!”

服务生离开后,厄休拉趴在餐桌上,指着图索,不客气地小声说:“都是你,什么地方不好去,偏偏来这家!”

图索张大嘴:“怎么又是我?”

“都是你,你知道那小子有多难对付吗?现在只要看见他,我就浑身不舒服。他就像吸血鬼一样缠着你!”她拿起桌上的叉子指着图索,瞪着他道,“我不管,都是你的错!”

图索摆手承认道:“我的错,是我的错!”

“那好,你得帮我!”厄休拉放下叉子,不客气起来,“帮帮我吧!”

“帮你什么?”图索不解地靠近她。

“像从前一样做分析啊!”

“什么?”图索摇摇头,“我做不了,你就放过我这一次吧!”

“不可以,拜托,求求你了!”厄休拉做出一副可怜样,“帮帮我吧!要不然我现在就回去,嗯?”

图索明白他并非是厄休拉的对手，只得无奈地举双手。“好吧！我承认失败，你赢了！”他叹了口气道，“我感觉自己好失败啊！”

厄休拉得意扬扬地靠在椅背上说：“实习生可不是在浪费时间。”

她的身体深深地陷进椅子里，清了清嗓子，看着眼前的图索，发现他并不是什么优点也没有。他笑容和善，英俊聪明，态度严肃且认真。

厄休拉想得出了神，竟然在此刻注意到图索有这么多的优点。

“怎么啦？”图索好奇地问。

厄休拉收起笑容，尴尬地用手指理了理头发，说：“对不起，我想到……特别的事情。”

服务生端上他们点的餐，厄休拉来了兴趣，躲过刚才的尴尬。

服务生一走开，她就颓废地倒在椅子里。

“谢谢你请的食物！”她愉快地拿起叉子。

一个人的手放在她左边的肩上。

“哇！”她吓得紧闭双眼，缩着脑袋，屏住呼吸，想象着该如何应对范布勒。

“你好！厄休拉！”一个柔美的声音在厄休拉耳边回荡。

过了一会儿，厄休拉终于反应过来，睁开双眼，转过头看见劳拉朝她微笑。

她也虚弱地对她笑了笑，劳拉身旁站着亚吉本，他礼貌地和厄休拉打招呼。

“你好！好久不见！”亚吉本向图索走了过去，“图索，有时间回家一趟，父亲为你担心。”

“嗯？”厄休拉大脑一片空白，她傻傻地笑着，装作一副轻松的样子。

劳拉另一只手又放在厄休拉肩上微笑着说：“很高兴见到你，如果有时间我一定要找你好好聊聊关于滑板的事情，我总感觉找不到适合我的那一款。”

“没问题！”厄休拉木然地回应道，“随时给我打电话。”

劳拉感激地摆摆手。“谢谢,这下我就轻松了!”她挽起亚吉本的胳膊微笑着望了一眼图索和厄休拉,“祝你们用餐愉快!”

亚吉本没能得到图索的答复,只得耸耸肩笑笑。“再见! 厄休拉,我们下次见!”

不知何种缘故,图索看起来一副很困惑的样子。

厄休拉将注意力全部放在眼前的食物上,她笨拙地搅优酪乳,忍住笑。

“选择就意味着赞同!”她低声笑笑,得意地吃着土豆沙司。

厄休拉飞快地瞥了他一眼,手挡在嘴唇上。

图索前额上拧着一道深深的皱纹。

“我知道!”图索声音干涩,低下头切着盘子里的牛排。

厄休拉觉得满意,她忍住笑。

直至她和图索用餐结束,她弯腰小跑出了餐厅。

她得意地坐上图索的车,只是觉得可笑。

图索上了车,她随即转过脸凝视窗外。

到了家门口,厄休拉咯咯地笑着,插了好几次钥匙,才打开家门。

厄休拉再也不能装作若无其事的样子,抱着肚子坐在地板上大笑不止。

“哈哈……我……受不了了,太好笑了……赫托图索,呵呵!”

厄休拉指着图索坐在地板上傻笑。

“你觉得怎么样?”图索挠着厄休拉的头,“你说得对,我承认!”

他起身时随手将她的书包丢在一边去了餐厅,大声道:“我们现在就动手吧!”

“我没事,我只是……想喘口气再做。”厄休拉慢慢地从地板上爬起来,她轻轻地揉揉脸,倒了一杯水。

图索在客厅的沙发上随手丢着棒球:“他们什么时候回来?”

“周四下午!”厄休拉掏出一沓文件丢在沙发上,扬了扬眉毛,“全都在这儿了!”

图索感到眩晕,他掂量手里的文件。

"来吧！"厄休拉把脸上的头发撩到耳后，"我知道有些困难。"

图索一时无语。

厄休拉习惯了，她把文件放在地板上，靠在沙发上，认真地计算数据，和上月同期做比较。

西蒙英格一向严格要求，他视数据为根本。

她咬住笔杆趴在地板上看报表，工作了两个多钟头后，她抬头看见坐回到沙发上的图索笑了。

也许是他们两个人都累了，谁也没有说话，同时端起咖啡杯，直至做完所有的工作，厄休拉和图索已经没了力气，倒在沙发上睡着了。

第二天早上厄休拉一觉醒来。

"哇哦！"她大叫着就从沙发上滚到了地板上。

"我要迟到了！"她抓起一份文件就往书包里塞，不顾一切地趴在地板上看沙发下面有没有文件，"你来锁门！"她对图索喊道。

图索笑了，说："好的，我送你吧？"

厄休拉观察地板和沙发后，摆了摆手，说："不用了，我用跑的就可以。回见！"

她穿上外套就往门口奔。

"厄休拉！"图索神秘地对她咧嘴一笑，"这个周末你会和他们一起来吗？我是说家庭派对的事情。"他从沙发上站起来，担心地咬了咬嘴唇。

厄休拉穿上鞋子机械地笑了笑："当然！"

图索笑着点点头。

"有时我并不觉得自己像一个亲爱的。呵呵！"

图索明白厄休拉的意思，不置可否地笑着耸耸肩。

Chapter 20

自从塞米切纳辞去为蒙滋和仲写演讲稿的工作后,她又恢复到以前那个干练的独立女性,对生活依然抱有热情和希望。

她只专心为蒙滋和仲做发言人的工作。

即使面对新闻记者穷追不舍地提出挑战性的问题,她都应付自如,一句“下一个问题”通通解决。

塞米切纳在办公室的时候,当她和记者较劲的画面出现在大屏幕上的时候,她自己看了都会笑好一阵子。

办公室里的其他同事和她开起玩笑时,她都会指着对方,模仿官方的腔调说一句:“下一个问题”,引起办公室里一片哗然。

办公室里要数昆廷的模仿能力最强,也是最像塞米切纳声音的一个。

“你不觉得烦吗?”厄休拉咧嘴笑笑。

“我把它看成是一场战争,我有自信,我永远都是赢的那一方!非常刺激!”塞米切纳兴致勃勃地说,“有时候我真想给每一名记者一次提问的权利,告诉他们说,这个世界你需要靠它活下去!有时候,我又想,天哪!总有不说话就能表达意思的时候吧?”

厄休拉不知道该怎么回答,挥起手微笑着说:“下一个问题!”

两人彼此看了眼对方,相视一笑。

昆廷随她们一起笑了:“是哦!下一个问题!”

办公室里充满欢声笑语,塞米切纳不敢相信她的一句话有如此大的效应。

客厅里等待莫德和沃丁尤里的厄休拉,一个人站在窗户旁边,往楼梯瞧。

莫德正在精心装扮，沃丁尤里在走廊来回踱步，他在练习对亚里中找到孩子的祝贺辞，他们一直都不知道图索并没有放弃他们，他们还在深深地自责。

厄休拉安慰性地走上前，搀扶起莫德，说："我们会度过一个愉快的夜晚，我保证！"

"谢谢，宝贝！"莫德微笑着看着她，"你打算就这么穿吗？"

厄休拉穿着一件无领开衫搭配一条米色热裤，和一双沃丁尤里公司出产的白色运动鞋，充满活力。

"我喜欢舒服的感觉！"她耸耸肩，将头发用卡子固定在脑后，"怎么样？"

"你看上去美极了！"沃丁尤里牵着她的手吻了一下。

"哦！我是你忠实的顾客！"厄休拉在沃丁尤里面前展示她脚上的鞋子。

"看得出来！"他满脸放光，"我找到继承人了！莫德，你难道不兴奋吗？"

"我不希望厄休拉像你一样，她只要是我们的甜心，我就心满意足了。"莫德挺了挺身子，走在前头。

厄休拉吐着舌头，和沃丁尤里互相看了一眼跟了出去。

莫德的穿着总是无可挑剔，一条丝质黑色长裤，搭一件灰色细条纹短衫，使她看上去气质不凡。

厄休拉包裹在一件褐色风衣下，跳上沃丁尤里的车子。

路上莫德都在拿家里的事逗厄休拉开心，她有意向沃丁尤里表达对他的不满。直至下车，也不放过和厄休拉调侃一下他的开车技术。

厄休拉只是在一旁傻笑，莫德一个人走进亚里中的家。

她看着沃丁尤里耸耸肩。

"我们一起进去吧！"沃丁尤里主动伸出胳膊，她笑着挽起他的胳膊上了台阶。

服务生主动为厄休拉拿起风衣搭在胳膊上，微笑着离开。

莫德不见了踪影，厄休拉环视四周都没有找到她。沃丁尤里不以为然，独自一人站在摆满酒杯的桌子前。

厄休拉只得无奈地向大厅走,她双手交叉背在身后,看见女宾们都打扮时髦且性感,看上去有如油画中的女神一般。

“厄休拉!”一个熟悉的声音在厄休拉身后响起。

厄休拉转身看见劳拉面带微笑地迎向她。

“嗨,晚上好!”她的手里捧着一个酒杯,“你看起来真漂亮!”

厄休拉侧着脑袋说:“谢谢！你今晚也很漂亮!”

劳拉一件红色皮裙,白皙的皮肤,迷人的微笑。

她主动凑向厄休拉身旁,小声在她耳边耳语道:“我讨厌参加社交活动,我感觉我就像个动物。”

厄休拉咧嘴笑笑,小声补充道:“如果没有知识,那我们就和动物没有区别。”

两个人相视几秒钟后,一同笑了。

“我已经好久没有遇到趣味相投的人了。”劳拉一口喝光杯里余下的酒,扬了扬杯子,“你要来一杯吗?”

厄休拉摇摇头,但她又不想扫劳拉的兴致,她说:“很抱歉,我还没有到喝酒的年龄。”

“哦！抱歉,我都忘了。”劳拉不好意思地笑笑。

厄休拉为了轻松些,自嘲道:“败类!”

“是啊！我还记得第一次去酒吧,酒保问我多大,我说十七岁,他就在我的手背上印下败类的字样,害我好多天都要戴手套,因为它太难洗掉了。”劳拉兴奋地向厄休拉说道,“我妈妈还以为我皮肤过敏,要带我去看医生呢。”

“是啊！不堪的回忆!”厄休拉放松地笑笑。

“你还记得上次我们聊的吗?”劳拉将酒杯放在服务生的托盘里,换了一个话题说,“你能帮我介绍几款吗?”

“当然!”厄休拉和劳拉走到大厅的一角,停下来,“你知道 X2 这个牌子吗?”

“听说过,好像只有男生款?”

“他们上个月推出女生款了，就在他们的柜台后边，有四种颜色。”

劳拉顿时来了兴趣，她说：“我从没有玩过‘冰人’这个牌子之外的滑板，我还以为它们都一样。”

“不完全是这样，‘冰人’大都用合成象牙木，比较容易断，尤其是从滑竿上过，它还会有阻力，不过不容易察觉，你必须为它抛光和上蜡才行。”厄休拉异常开心地说。

“我以为它们都一样。”劳拉点点头，“我已经折断了五六块板，我的经济快承受不了了！”

“我也是，所以我换了X2这个牌子，它还不错，你可以试一试！”厄休拉飞快地说，“你是什么型号的？”

“B52。”劳拉笑笑摇晃着脑袋，“我讨厌穿高跟鞋！”她靠墙站着休息。

“女人们在折磨自己，我想不明白，糟糕透顶！”厄休拉对此抱有不满，她看着眼前穿着十几厘米高跟鞋的女生，为她们担心。

“是哦！你的建议对我非常有用。”劳拉感激道，“我的账目乱七八糟，要不了多久就会出现财政危机了。谢谢！”

“不客气！”厄休拉向她咧嘴笑笑说，“乐意效劳！”

“嗨！”图索经过大厅时看见厄休拉和劳拉，他的眼睛闪闪发光，“你们在这里。”

图索一身正装，白色的衬衣上系着蓝色领带，他看起来一点也不适应正式的装束。他解开衬衣上的一个扣子，稍显轻松地笑了笑。

“我要去再弄一杯喝的，两位‘败类’慢慢聊！”劳拉挺直身子，她优雅地走开时说道，“谢谢你，厄休拉！”

厄休拉揉着鼻子，观察周围过往的宾客。

“那么——”过了一会儿，图索找话说，“他们在哪里？”

“尤里去喝一杯了。莫德，我也不是很清楚。我在这里。”她向图索咧嘴一笑。

图索睁大眼睛，忍不住笑了。

晚上八时,宾客越来越多,大厅稍显拥挤。

厄休拉提议道:“去找他们吧?”

“好的!”图索温和地说,“埃迪也来了。”

他们走到楼梯旁,厄休拉感觉图索正疑惑地看着她。

“怎么了?”她转向他说。

“没什么!”图索扬了扬眉毛,脸上的表情像被蜜蜂蜇了一样。

“我知道你在想什么。”她双手交叉背在身后,扬起下巴认真地说,“但是你错了。”

“我错了?”

“是的。的确是你想错了。”

“为什么?”图索看起来想笑的样子。

“你在计划什么?”厄休拉提高声音,语气里充满怀疑。

“图索!”莫德站在他们面前,她的嘴动了动。

“嗨,你还……好吧?”图索抬头瞥了厄休拉一眼,紧张地微笑。

“我很好。”莫德停了一会儿,“实际上,我和尤里都希望你随时回家,哪怕只是路过也好。有机会我们一起吃顿晚餐。”

图索低头看了一会儿,他快要说不出话了。

“是的!”他终于说道,“是的,我很愿意!”

沃丁尤里和亚里中,手里拿着酒杯朝他们缓缓走来。

两个人谈笑风生。

“让我们归功于另一个人,如果没有她的善解人意,我亚里中不会找到我的儿子。”亚里中拿起酒杯敬莫德。

“里中,你恭维我。”莫德扬了扬手中的酒杯。

“你和我一样有信仰,信奉传统。如果没有你和尤里两位朋友,我无法成为现在的我,所以我应该向你们致谢,我的朋友!”亚里中感激地又一次端起酒杯。

莫德和沃丁尤里举杯喝了一口酒。

“里中,这是我们的孙女厄休拉。”沃丁尤里骄傲地向亚里中介绍道。

略带孩子气的厄休拉稍显羞涩。

“我认识,我们见过。”亚里中轻轻地牵起厄休拉的手吻了一下,他微笑着看着她,“请为我们朗诵吧!我会觉得蓬荜增辉!”

厄休拉抽回手,看着沃丁尤里紧张地搓手。

“我不想当着这么多人。”她惊恐道,“我做不了!”

“比这更大的场面你都见过。”沃丁尤里安慰她道。

“尤里,听我说,我根本没有准备。”她胆怯地低着头。

莫德扬了扬眉毛,冲沃丁尤里咧嘴笑笑,站在他身旁低语道:“你看起来就像个老狐狸。”

沃丁尤里专注地望着厄休拉,对莫德说:“我不想失去最后的希望。”

“太迟了!”莫德挑战地说,“她什么都看到了。”

亚里中牵着厄休拉的手,慢慢步入大厅中央。“来吧!”他看了一眼厄休拉,抬高声音对宾客们说道,“现在,沃丁尤里的孙女厄休拉将为我们朗诵。”

大厅里掌声响起。

厄休拉胆怯地看了一眼四周,她觉得是一场灾难。

过了五秒钟,她镇定自若地站直身体,眼睛一眨一眨。

“今夜,站在我身旁,为我赞美之人,他的权柄比迈锡尼之王还大!他骑着金矛骏马,受战火洗礼,比以前更强壮……”

厄休拉优雅的举止仿佛女神降临。

大厅里鸦雀无声,宾客们都在认真听她的朗诵。

图索站在大厅的入口,靠在廊柱上,若有所思地望着正在朗诵的厄休拉。

劳拉挽着亚吉本来到入口,和图索站成一排。

“嘿嘿!厄休拉!”劳拉小声说,“她在朗诵吗?”

“小声!”亚吉本提醒她注意。

图索的眼睛闪闪发光,脸上现出不可捉摸的表情。

厄休拉的声音荡漾在大厅无处不在。

“驰骋在特洛伊之爱,听我说勇敢无畏的男子汉,我为胜利高歌,为那悦己之人……”

厄休拉微笑着扬起手臂低头向所有宾客答谢,他们报以热烈的掌声回应。

她自信满满地走进宾客们当中,稍稍喘了口气。

“厄休拉!”劳拉兴奋地蹦到了她面前,使劲地摇晃她,“太棒了,朗诵得棒极了!”

劳拉回头看了一眼亚吉本,又对厄休拉说道:“你总能带给我们惊喜,无与伦比!”

“喂,劳拉,你为什么那么激动?”亚吉本双手交叉抱在胸前不解地问。

“没什么,高兴呗。厄休拉,我们去偷偷喝一杯吧?”劳拉看了看周围,还不等她反应,她拽着她向吧台奔,跟在她们身后的亚吉本只得咧嘴笑笑。

劳拉热情得让厄休拉有点不适应,她甚至要求调酒师为厄休拉调制一杯低度水果酒。“你在参加社交活动,厄休拉,拿起杯子。”劳拉说道。

厄休拉呆呆地望着面前的淡蓝色液体,皱了皱眉。

“它难道不可爱吗?”亚吉本走开时,开心地对厄休拉说,“她的热情是用不完的!”

“什么东西!”厄休拉清了清嗓子,“生活如此复杂,我已满意。只要知道,我还活着!”

她咧嘴笑笑捧起酒杯。

“你在这里!”图索吃惊地说,“你在喝酒?”

劳拉笑笑,端到图索面前一杯黄色的液体,模仿孩子的声音说:“谁是‘败类’?”

三个人相视一笑。

厄休拉的脸上充满快乐和幸福的表情。她说:“不要低估了我,我并不是一个保守的人。我认为人都是一样的,不管他们是白种人、黄种人还是黑种人,男人还是女人,年轻人还是……”

“干杯!”劳拉皱起眉头,缓缓地说道,“你这么一说,好像我们都是‘败类’。敬‘败类’!”

“敬‘败类’!”图索盯着厄休拉。

他们快乐地畅饮。

“我没有品出味道,你呢?”她愉快地对图索笑笑。

厄休拉说话的时候,劳拉又给自己要了一杯,她闭上眼睛细细地品尝酸梅子酒的味道。

“没感觉!”图索摇摇脑袋回答道,他又想到了些什么。

“他们在找你。”他飞快地说。

“我去看看。”厄休拉放下酒杯,兴高采烈地去找莫德和沃丁尤里。

劳拉睁开眼睛,申诺特拿着酒杯站在她和图索面前,自得其乐地晃动着他手中的空酒杯。

“请给我一杯龙舌兰酒,加冰的!”申诺特把空酒杯放在台子上,瞟了一眼图索。

劳拉根本不想理睬,坐到吧台前的椅子上,背对着他。

申诺特不以为然地开玩笑说:“图索,你的运气还真不差!难怪你不想继承沃丁家的产业?现在有比他更有钱的老爸,当然不会做小傻瓜了!”他表情复杂地看着图索。

劳拉抓紧手中的杯垫,强装笑脸转过身,对申诺特反驳道:“诺特,你什么时候起充当图索的保护人了?”

“我在为你和吉本担心,可怜的家伙!”申诺特生硬地说道。

“这好像超出了你的职权范围,我们和图索是一家人,你总是忘记这一点。哦,难怪你这么忧郁!”

图索向劳拉使了个眼色,示意不要和他说下去,只有申诺特不依不饶地说得起劲。

“图索,你遇到了一个强劲的对手奎普,她才是沃丁的亲孙女,你的希望要落空了，两边什么也没有捞到，那就太可惜了！一切都会成为幻影！”申诺特装出一副遗憾的表情，摆了摆手。

“你好！”厄休拉拿着两个空酒杯，轻快地走过来。

她对图索笑笑，在他的脸颊上亲吻，图索也对她笑了笑。

厄休拉放下空酒杯在吧台上。

“嗨，亲爱的，你在这里！”她毫不犹豫地贴向图索。

厄休拉抓紧图索的衣领，踮起脚尖，她的嘴唇温柔而又坚定地贴在他的唇上。

厄休拉当着申诺特的面吻图索。

图索自然地用胳膊紧紧地抱住她。

过了好长时间，两个人终于分开了。

厄休拉故意冲申诺特笑道：“嗨，申诺特！”

图索握住厄休拉的手。

她紧紧地拉着他，两个人彼此看了眼对方。

“最……好……去找……间屋子！”申诺特气得话都说不出来。

最后申诺特不得不带着恨意离开，他愤怒地看了一眼厄休拉。

厄休拉看着劳拉，她全然一副目瞪口呆的样子。

厄休拉遇到图索的目光。

他微笑着看着她，兴奋地说：“真好玩，我想我现在应该向女王低头了！”

厄休拉咧嘴笑笑。

劳拉拍了拍图索的肩膀。“祝贺你，你遇到了一个好姑娘！”她尽量平静地说，“你刚才看见他的表情了吗？简直就像是他自己老婆跟别人跑了一样难看，太有意思了，说不定他又在想什么鬼主意呢！”

劳拉控制不住笑了，她无法相信厄休拉轻轻松松地捉弄了申诺特，她越来越喜欢厄休拉。

“还要喝吗？”厄休拉好奇地问。

“当然！这次是为整到申诺特特意调制的极品，来吧！厄休拉！”劳拉半开玩笑地说，“他不要搞垮整个联盟就好。”

“好吧！”厄休拉看起来有点迷惑的样子。

“有趣的方式。”

“你终于打败他了！”图索微笑着看着厄休拉，“你帮了我一个大忙，敬女王！”

劳拉、厄休拉和图索三个人痛快地畅饮。

劳拉放下酒杯大笑。

厄休拉和图索压低声音咯咯地笑了起来。

劳拉有几次笑得差点背过气去。

“好了，我想你和图索已经证明我的观点了。”劳拉说。

“申诺特？”厄休拉看着手中的酒杯，随意地摇着。

劳拉摇了摇手中的酒杯，探身向前，说：“不，是你们！”

“嗯……”厄休拉清了清嗓子，“你想到了什么？”

图索和厄休拉交换眼神。

“你们看起来就像是完美的一对。”劳拉又看了眼厄休拉，“不是吗？”

“什么？”厄休拉平静地说，她的脸已经红了。

图索看起来很慌张。

“劳拉，我知道自己刚才的行为有些出格，它不能代表什么。”她伸手将额前的头发拨向脑后，斩钉截铁地回应。

她放下手中的酒杯道：“好了，你喝得太多了，我去找吉本。”

她咧嘴冲图索和劳拉笑笑，逃之夭夭。

“你是怎么了？”图索一脸怀疑地摇摇头，“你和吉本待得太久了！我和厄休拉？有意思！”

劳拉笑了，她说：“我没有喝多，听我说图索，你在逃避！”

“吉本去哪里了？”图索耸耸肩道，“也许你该停止喝下去。”

图索坐到劳拉身旁，陪她等亚吉本。

厄休拉走了没多久，就开始放松肩膀活动着，她探着脑袋寻找亚吉本的身影。

厄休拉实在不愿多想劳拉刚才是什么意思,她自嘲地摇摇脑袋,看见前方不远的地方亚吉本正在和别人交谈。

她试探性地走进亚吉本的视线,绷紧下巴,摆摆手道:“你好! 打扰了!”

“对不起,失陪了!”亚吉本抽身离开,面带微笑地走到厄休拉面前。

“对不起,打扰到你和你的朋友。”她认真地说。

“没关系,反正都是些无聊的人。你给了我离开他们的机会,我应该谢谢你才是。”亚吉本小声地说道,他微笑着扬了扬眉毛,“我一点也不喜欢,你玩得愉快吗?”

亚吉本礼貌地向过往的宾客频频点头打招呼。

“你知道,劳拉……”厄休拉低语道。

“她又在喝了?”亚吉本皱眉道,“我知道了。我去找她。”

“她在吧台。”她松了口气。

亚吉本点点头说:“谢谢!”

厄休拉看着一屋子的陌生人,她挠着头不知所措地靠在柱子上,发觉这里不仅气氛沉闷,空气也不好。

她的嘴里充满了气,又一下子吐了出来。她眼前一亮,向房子的尽头走去。

花的味道扑鼻而来。

映入眼帘的是亚里中家别致的小花园,孩子们在嬉闹追逐。

厄休拉走下台阶不由自主地坐下来,眯着眼睛畅快地呼吸着,她觉得小花园要比屋子里舒服多了,她托着下巴仰望星空,即使孩子们的吵闹声也无法打扰到她。

她不知为什么咯咯地笑了起来。

她的头发上、身上落满了红色的枫叶。

厄休拉吓了一跳,赶忙站起来,几双明亮的眼睛正瞪着她。

孩子们在恶作剧,故意撒了她一身的树叶。

她抖动着头发,孩子们也都睁大眼睛瞧着。

“你和我们一起玩吗?”一个小男孩瞪着厄休拉说,“求你了!”

厄休拉一动不动,她和小男孩对看了一眼,说:“现在轮到我作弄你们了!”

孩子们张开双臂逃走了,厄休拉毫不费力地追上他们,抱起草坪上一堆红枫叶。它们落得到处都是,在空中飘来飘去,散落在孩子们的身上和头发上。

厄休拉和孩子们玩起了树叶攻击战,几个孩子同时将收集到的红枫叶砸向厄休拉,弄得她全身都是,她毫不手软地捡起地上的枫叶丢给孩子们。

他们在尽情地玩耍。

劳拉与亚吉本和朋友交谈时,发现在花园里的厄休拉。

劳拉直挺挺地慢慢转过身,看见图索在和朋友聊天,上前用手指给他看。

她斜着脑袋向图索眨了眨眼睛:“图索,你还不把她抓回来?”

图索顺着劳拉的方向望:“厄休拉?”他看起来想笑的样子。

厄休拉被几个孩子抱住,她试图挣扎逃脱。

图索咧嘴笑笑,摇晃脑袋,摆手道:“说实话,我根本驾驭不了她。”

他呆呆地望着嬉闹中的厄休拉,看着她的狼狈样子。

“你没事吧?厄休拉?”沃丁尤里手拿平底锅,给了厄休拉一个煎蛋放在她的盘子里。

她在椅子上呆呆地坐了大约十分钟,托着下巴看着前方,头痛得厉害。

莫德手捧着咖啡坐下来,厄休拉把头埋在手里。

莫德故意咳了几下,她问:“你还好吗?昨晚你玩得很开心?”

厄休拉睁开双眼,一时什么都说不出来,头一阵一阵地痛。

“不好!”她抱着头,“我的头好痛!”

莫德小心地瞟了一眼沃丁尤里,凑到她身边小声问:“你喝了几杯?”

厄休拉低声回应道:“一杯。”她很快把脸转向其他方向。

“一杯?”莫德充满疑惑地反问。

“好吧!”她举起手不好意思地说,“是两杯!就两杯!”她深吸了一口气,“我感觉头好痛啊!”

莫德同情地拍了拍她的肩膀。

“我明白现在是你们的时代,但要记住,我唯一对你的要求就是照顾好自己。”

“我知道了。”

“早餐非常丰盛!”莫德挤出一丝微笑,“我喜欢!”

沃丁尤里奇怪地看着她,又给她加了一个煎蛋。

看着脸上什么表情也没有的厄休拉,他对莫德使了个眼色,无奈莫德装作不理会,沃丁尤里只得咧嘴笑笑。

餐厅里传来沉重的脚步声,厄休拉随手将报告丢在一边,闻到了一股甜点散发出的香甜味。

莫德在制定感恩节的食谱,她已经选好了搭配主食的红酒。

厄休拉悄然而至,怕打扰到她的计划。

“宝贝!”莫德乏力地说,“你喜欢烤牛腰肉,还是熏腌虾?我是不是漏掉了什么?”

“什么都好!”厄休拉随手拿了一块甜点送进嘴里,她来不及嚼碎食物,就兴奋地抱住莫德,大赞道,“棒极了,你的手艺还是这么好,它叫什么?”

“我还没想好,暂时叫‘阿梅代’,你觉得怎么样?”

“不错,我喜欢,不要让尤里发现了,他会全部吃光的。”厄休拉又给嘴里放了一块“阿梅代”。

“是哦!我准备的感恩节大餐里还有羊乳酪,你喜欢产自北方的还是南方的?”莫德在纸上写着,又问厄休拉,“你的范布勒又打电话了?”

厄休拉叹了口气道:“他和我没有任何关系,我会找他说清楚的——选北方的好了!”

“图索要我转告你,他七时来接你!”莫德盯着她,“厄休拉,你们在计划什么?”

“嗯……没有!”她飞快地说,“不,我有一些私人的事去处理!”她直直地看着莫德,脸上挂着微笑,“我怎么了?”

“我只想告诉你,现在六时四十分了!”莫德指着厄休拉身后的表说道。

“天哪!”厄休拉看起来像被击中了一般,“糟糕,我的头发还没有弄……”

她逃回房间后,抱着头在房间里走来走去,惊慌地咬着嘴唇,好不容易在衣橱的最下边一层找到了一件收褶大 A 字裙。她来不及考虑它是否合适,用尽快的速度换上蓝色收褶大 A 字裙,站在镜子前。

“还好,并没有糟糕到哪里去!”她放下头发,随意地拨弄了几下,听见房子外边的汽车喇叭声。

“我会尽早回家的。”厄休拉大叫道,“再见!”

“我知道今天是什么日子。”莫德站在楼梯口等待厄休拉的出现,她开心地笑着,“毕业舞会!”

“那又怎样?”厄休拉扶着椅背换了一双鞋子,穿着只有几厘米的高跟鞋走了几步,她露出痛苦的表情说,“我不知道女人们为什么要这么折磨自己。太可怕了!”

“今晚你非常迷人,宝贝,听我说,正确的选择往往不多。”莫德探身向前自然地拥抱她,“一旦做出选择,就意味着赞同。”

“可我根本就不想选择,我放弃了。”厄休拉抬起头,困惑地说道,“也许你是对的,确实是这样。”

她亲吻莫德的脸颊:“拜!”

Chapter 21

厄休拉紧绷着身体出门。

很长一段时间,图索和厄休拉谁也没有说话。

厄休拉专心地看着前方,图索抄近路去舞会。

“那么,我们真的要假装是情人……”图索终于开口说道,他犹豫地看了一眼厄休拉。

路过一家电器行,厄休拉捋了下头发,说道:“该死的,反正我在感恩节之后就离开约纳坦。一个范布勒,再加上一个埃迪,我的头好痛!”

“你后悔了?”

“也许吧!”

“你喝了吗?”

“不。”厄休拉笑笑,“我还没喝呢!别担心,我了解,疯狂是有界限的。呵呵!”

他们到了毕业舞会大厅,一位半裸着的妙龄女郎从厄休拉和图索面前经过。

“我现在才明白,难怪你会觉得惊慌!”厄休拉咧嘴笑笑,看着图索,“哇!希望我的毕业舞会不会是这个样子!嘿嘿!”

音乐声回荡在整个大厅,无处不在。图索走在前边。

“对不起,请让一下!”

大厅里气氛异常热烈,没几天快活的年轻人每个人手里都捧着酒杯,他们见到人就大吼大叫,摇晃身体,随心所欲地摇摆。

“我们好像来晚了!”厄休拉拽了拽图索的衣角,探身向前大声在他耳边喊。

“差不多吧!你想喝点什么?”图索低着脑袋大叫道,“我去找些喝的。”

厄休拉看了看周围男生和女生手里的红色液体,咧嘴睁大眼睛道:“和他们一样。谢谢！”

她一个人走到一处没人的地方双手插在兜里，单脚随着音乐起舞，她面前形形色色的年轻人充满活力。其中一个长发及肩的女生浓妆艳抹，她挽着一个看起来要比她小好几岁的男生。她一点也不介意周围人的目光，一副自得其乐的样子。

“你要的喝的来了。”图索端了一杯苹果酒送至厄休拉面前，扬了扬眉毛，“你看见埃迪了吗？”

厄休拉迫不及待地喝了一小口，说：“没有！”

音乐声戛然而止，上一届的舞会皇后和皇帝宣布毕业舞会正式开始，音乐换了一种轻快的流行乐。

“来吧！我们去跳舞！”图索抓住厄休拉的手，“厄休拉，拜托了！”

她放下手里的酒杯，说：“既然你这样说，那么好吧！”

厄休拉并不习惯这种场面，随着很多人在她面前起舞，她来了兴趣。

周围窃窃私语声不绝于耳，图索拉着厄休拉的手走到舞会中央。

“哦！”厄休拉没有吱声，她抬起头，“我们这样做，是为了让别人忌妒吗？”

“也许吧！”图索微微地耸了耸肩，他先抬起右手，厄休拉优雅地搭上。

图索的左手放在厄休拉的腰间。

“你什么时候练习的舞步？”图索抬起头，“不错嘛！”

“我也这么认为。它和击剑的步伐很像，我希望把每一件事都做到尽善尽美。”厄休拉愉快地说道，“舞会刚开始是散步的意思，散步不能一个人对吗？”

“哦！……厄休拉……太不可思议了！”图索小声地在她耳边说，“今晚你挺招人喜欢。”

“哦！谢谢！”厄休拉吐了吐舌头，“原来你是这样称赞别人的哦？天哪！好吧！我很乐意听到你的夸奖！刻薄先生！”

“你知道，我不善言辞，这已经是我说过最动听的话了。”图索小声说。

“哦,是吗？你管‘招人喜欢’叫动听,也许真的没有比它更合适你的词了,它们早在你出生前就消失了。呵呵,你觉得‘犀利’这个词怎么样?”

“不错!”

“哦！我不知道你是如何混入法律界的,但至少有一点我可以肯定,那就是你对……”厄休拉猛地沉下脸,她若有所思地看着图索,张了好几次嘴,什么都没有说。

“厄休拉!”图索坚定地看着她,“你要说什么？继续!”

“我看见埃迪了。”厄休拉担心地说。

“他在做什么?”

“不知道,他一个人在找什么似的。”她透过图索的脑袋看见站在一角的简埃迪时隐时现。

她尽量自然地和图索交谈,像往常一样。

虽然这种场景让厄休拉不自在,但她希望她的努力会发生意想不到的变化,把自己从这些麻烦中解脱出来。

曲罢,厄休拉转身看见简埃迪正颇有兴致地迎面走来。她咬了下嘴唇侧着脑袋对图索咬着牙低语道:“女王说我要是男人我就是国王。”

“啊!”图索理解地点点头,“可国王也有休息的时候,祝你好运!”

“你在讽刺我!”厄休拉迅速说,“这是讽刺的语气!”

图索微笑着递给她一个“埃迪来了”的眼神。

“嗨!”厄休拉调整微笑,简埃迪手里端着一杯苹果酒。

“你好！抱歉我来晚了,嗨!”简埃迪晃了晃手中的酒杯,显得有些紧张。

“还不算晚,第一支曲子刚结束!”厄休拉双手放在身后交叉起来。

“还不错!”简埃迪扬了扬手中的酒杯,他看了一眼图索。

“哦！谢谢!”厄休拉接过酒杯笑了,“看来我得喝一杯了!”她一饮而尽,开心地扬了扬手中的酒杯,“可以邀你跳一支吗?”

厄休拉弯下身,简埃迪伸出手。

“不胜荣幸!”

“谢谢！”

她将空酒杯交到图索手里，脸上露出“他还不错”的表情。

“你不用这样做的。”简埃迪感激地说，“我知道，你完全是为了我。”

厄休拉摇摇头，脸红了。她说：“请别这样，你只要不恨我，我就心满意足了，是我应该说‘谢谢你’才对！”

柔和的乐声由远及近缓缓飘来，手里拿着空酒杯的图索微微地耸了耸肩，他自言自语道：“一个人真的不能去散步。”他一只手插在兜里。

厄休拉和简埃迪翩翩起舞。

“我为什么要恨你呢？厄休拉，也许我不是你喜欢的类型。”简埃迪微微一笑，“我真的很差劲吗？”

“哦！不！”厄休拉极力否认道，“相反，你很风趣，只是我还没有做好准备，你知道，就好像……好像斯嘉丽最终没能和白瑞德在一起一样……嗯，怎么说？”

“困惑？”简埃迪看着厄休拉，随口说了句，“哦！你应该也很困惑吧？”

“是的！”厄休拉点点头，“严肃的话题，哇啊！祝贺你，毕业生！”

“谢谢！你还想喝点什么吗？图索去哪里了？”

“一个人躲在哪里偷喝去了。”厄休拉做了一个鬼脸，“他好像看见我们了。”

图索手捧三个酒杯走来，正赶上音乐停止，拥挤的人群将图索包围住。他艰难地前行，用身体护着酒杯，他手足无措地看着厄休拉和简埃迪，匆忙地穿过人群。

“辛苦了！图索！”简埃迪接过图索手里的酒杯，安慰地拍了拍他的肩膀。

“谢谢！”厄休拉咧嘴笑笑。

此时，简埃迪发现站在图索身后的申凯佩，简埃迪说：“嗯，有人正在找你，图索！”

简埃迪捧起酒杯晃了晃。

“你们想支开我。”图索看看厄休拉，又看看简埃迪。

“不!”简埃迪刚说完，看着厄休拉笑了。

厄休拉扬了扬手中的酒杯，随意地和简埃迪靠在一起，两个人同时脱口而出:“困惑!”

“笑吧！我不介意。”图索故作随意地耸耸肩，把手里的酒杯交给厄休拉，转身迎向申凯佩。

“厄休拉，继续喝吗?”简埃迪说完，重重地叹了口气，“图索不在，我们应该玩得尽兴!”

“好吧！味道不错，我好久没有这样喝过了。”她欢快地说，“谢谢，再给我一杯相同的。”

简埃迪边往前走边回头望着她笑。

大理石地面咯嗒作响，厄休拉随着乐声哼唱，脚尖踩着鼓点。

“来吧！给你的。”简埃迪从她身后递上一杯苹果酒。

“谢谢!”她感谢地点点头。

厄休拉和简埃迪身后乱哄哄的。

她看到图索的身影。

“已经是第几杯了?”她热切地看着简埃迪，“我都不记得了!”

“我也是!”简埃迪抬起头说，“太棒了!”

厄休拉凑向简埃迪耳边咯咯地笑个不停，一只手搭在他的肩上，她不以为然地冲简埃迪咧嘴笑笑。“图索，我和埃迪只喝了几杯。”她下意识地转过脑袋嫣然一笑。

“图索不在，他去和朋友打招呼了。”妮基一脸的阳光灿烂，她微笑地注视着厄休拉。

有几秒钟，厄休拉动弹不得。

妮基一袭性感的低胸晚礼服站在她的面前，举手投足间散发着女性的魅力。

“哦!”厄休拉咽了口唾沫，不好意思地咧嘴笑笑，“对不起!”

"你好！我是妮基。"妮基主动上前向厄休拉自我介绍道，"我是来……"

简埃迪惊讶地皱了皱眉，他望了一眼周围。

妮基靠向她，双手捧起她的脸，不等她反应，深深地吻了厄休拉数秒钟……

"交朋友不就是为这个吗？"妮基挤了挤眉毛，站直身体，咯咯地笑。

简埃迪张大嘴，说不出一句话，周围乱哄哄的人群，一下子变得安静。

厄休拉慢慢地抬起头睁大眼睛，她深吸一口气，又闭上眼睛，手里的玻璃杯快要被她捏碎。她看着周围人窃窃私语地对她指指点点，她方才有了反应。

"你知道自己在做什么吗？"厄休拉尽量平静地说，把手里的酒杯递给简埃迪。

"知道！"妮基对她笑笑，"当然！"

厄休拉慢慢地握紧拳头，环视了一下四周，说："你刚才的行为让我忍无可忍了！"

她一记右勾拳打在妮基的下颚上，她应声倒地，嘴角上血流不止。

妮基一点也没有生气的意思，她很快就从地板上站了起来。

"好吧！让我们现在就解决所有问题。"厄休拉活动手腕，向后退了两步。

妮基脱掉高跟鞋，也做着打架的准备。

厄休拉脱掉鞋子。

简埃迪奋力上前劝阻厄休拉。

"厄休拉，算了吧！"他慌乱地阻止道。

"什么？算了！哪有那么容易，我受到了侵犯。"厄休拉一把推开挡在面前的简埃迪，狠狠地瞪着妮基。

"来吧！"妮基向厄休拉摆摆手，故意笑着挑逗她说，"亲爱的！"

厄休拉听她挑衅地说话，更是愤怒地握紧双拳。

一旁的简埃迪不知如何是好，他仰天深深地叹了口气，提醒厄休拉道：

“厄休拉,她是跆拳道黑带,你要小心!”

厄休拉活动脚踝,四周嘀咕的声音越来越多。

图索和申凯佩有说有笑地交谈,看见前边一伙人围观。

“他们在干什么?”申凯佩看着图索。

“不知道。”图索微笑着和申凯佩一起挤进人群。

厄休拉和妮基都在瞪大眼睛互相仇视着对方。

“厄休拉!”图索从妮基身后走向厄休拉惊讶道,“你在做什么?”

厄休拉一声不吭。

图索回头看了一眼妮基:“你们要打?”

厄休拉深深地呼吸着,看到妮基向前跨了一步,她不甘示弱地冲上前。

图索本能地从厄休拉身后一把抱住她在怀里,说:“发生什么事了,厄休拉?”

厄休拉用尽全力地挣扎道:“我只是……嗯……放开我,图索!”

“谁能告诉我,究竟发生了什么?”图索一边抱紧厄休拉,一边看着简埃迪。

简埃迪绷紧下巴,耸耸肩,不知该如何向图索解释。

“厄休拉!”图索大声叫道。

“好吧!”厄休拉瞪着妮基,“她……”

她本能地站直身体,瞟了眼图索,清了清嗓子。

“她亲了我!”厄休拉的脸涨得通红。

图索惊讶地瞪着她,他不敢相信地看着简埃迪,他激动得猛点头。图索回过头看着妮基,她却一点也不在乎的样子。

“我们走,厄休拉!”图索使劲地抱着厄休拉,把她往后拽。

厄休拉气得快要跳起来,她说:“我必须现在就把这件事了结!”

“走吧!我们现在就回去,厄休拉!”图索向简埃迪使了个眼色。

简埃迪上前提起厄休拉的鞋子,说:“大家散了吧!”他瞪着妮基,叫她离开。

厄休拉不依不饶地在图索怀里挣扎，在她看来冒犯是不允许的。

“你放开我，图索！”厄休拉被图索拽出舞会现场，简埃迪跟在他们身后。

“好了，厄休拉！”图索出了大厅，放开厄休拉。

“我快要发疯了，图索，你不应该拦着我。”她气喘吁吁地把双手叉在腰上，气愤地瞪着图索。

“厄休拉，也许你不应该那么认真。”图索看着简埃迪忍住没有笑。

“认真，你说认真？而我管这叫事实，她找错人了。”厄休拉脸上激动地微微发红。

图索忍不住咯咯地笑。

“笑吧！笑吧！反正我现在成了最大的笑料！”她一只手捂住脸，仰天长叹，“上帝啊！疯狂的那个人不是我。”

她看了眼图索和简埃迪，两个人抱在一起咯咯地笑。

厄休拉无奈地摇摇头，叹了口气，接着说道：“至少我不愿意什么都不做，虽然我只喝了两杯苹果酒，可我感觉好像已经醉了。”

“嗯！”图索点点头，他脸上的表情让厄休拉捉摸不透，“可能你感觉很好。”

“是啊！”厄休拉如释重负地说道，“也许，是这样……”

她撞上了图索的目光，闭上嘴。

“我受不了了，也许我应该再喝几杯，伙计们！”简埃迪趴在图索的背上，笑个不停。

不一会儿，他就笑着回到舞会。

图索故意清了清嗓子：“嗨！你还能配合我吗？”

厄休拉从容地微笑着，背挺得笔直，她说：“说说看！”

“要不要和我去兜兜风？”图索兴奋地摇摇手中的车钥匙。

“我不想出风头。”厄休拉犹豫地回答。

“哦，厄休拉，别担心！”图索的眼睛闪闪发亮，“你会适应的。”

图索不好意思地侧着脑袋咯咯地笑着。

厄休拉没好气地瞪着他，自个儿慢慢地向前挪着小步，遇到有人经过，她会把脸转过去，生气地咬着嘴唇，狠狠地踢一脚石子。“该死的！”她一脸愤怒地上了图索的车。

“啊，车开得不错，图索！”厄休拉搓着手，望向街道。

图索咧嘴咯咯笑个不停，她转头望向他。

“是啊！尤里一百年都不会让我开车，如果要想他答应让我开车，我得首先把我身上的零件卸下来给他。”

“要让妮基看到，肯定会扑上来的。”厄休拉靠在椅背上生气地大声说。

“是啊！”图索咧嘴点点头，“可是，厄休拉！我是说……”

“什么？”厄休拉捋捋头发，把脸转向图索，“怎么？还能有比刚才发生的事情难开口的吗？”

“不，我是说，也许妮基的行为太过火了！可是……”

“也许？不，是疯狂！我成了舞会上的笑柄。你要是想问我的感觉，哦，那简直是不可思议，直到现在妮基的口红印还在我的唇上，上帝啊！”厄休拉用纸巾一遍又一遍擦拭嘴唇。

“她真可怕！”

“是可怕得厉害！”厄休拉随声附和道。

“厄休拉，事情并不是只有一面性，非对即错，不是吗？”图索瞅了一眼厄休拉。

“你想说什么？”

“我想说的是，你不是一直怀疑自己是同性恋吗？我想你已经知道答案了，要不你怎么会有那么大的反应？”

厄休拉想了一会儿，说：“是哦！可是用这样极端的方式好过分，受不了……超刺激！等等，妮基是同性恋吗？”

“她不是，我想她只是和你开玩笑。”

“不，我知道。”厄休拉睁大眼睛，盯着前方。

“你知道？”

“是的,可你是男人,你不懂。”

图索瞅了一眼厄休拉,好奇地问:“哇呜！你说我不懂什么?”

厄休拉一本正经地侧身坐着,她清了清嗓子:“男人之间的竞赛非常带劲,是力量的对比。”

“是啊!”

“女人之间的竞赛呢？是艺术,妮基就是一个艺术家。她知道自己想要什么,她的目的达到了——我被激怒了。我成了他们的笑话。”厄休拉深深地叹了口气,她靠回到椅背上。

图索思考厄休拉说的话,他皱着眉头用另一种眼神看着她,好不容易挤出一丝微笑。他说:“你一直都在研究?”

厄休拉摇摇头道:“我是从一本《倾听我心》的书中看到的。有意思,我想妮基也有看吧？更有意思的是作者是真正的同性恋。”

“哇呜！太可怕了!”图索一副茫然不解的样子。

沃丁家门前一片寂静。

厄休拉转过头说:“好了,我到家了,今晚可真够疯狂的!”

图索看着她,她的脸微红。

厄休拉打开车门道:“晚安!”

“厄休拉,等等!”图索随即走下车,追上她,他抬手指着沃丁家的房子,“要是莫德还没睡的话,她会发现你喝多了。我送你从后门回房间。”

她停下来,转过身对图索咧嘴笑笑,说:“尤里的车不在,他们还没回来!”

厄休拉和图索四目相对。

图索拨了拨她的鬓发道:“好,拜拜!”

Chapter 22

竞选总部办公室的门砰的一声开了，在里边办公的工作人员吓了一跳。

“啊！”欧奎因的目光轻蔑地在厄休拉身上扫了一遍，“哇！”

厄休拉走到办公桌前坐下，她环视四周，发现所有人都在偷瞄她。

她每天做着相同的工作，一直心神不宁。

昆廷又一次打开办公室的门，迎来的是一片寂静。

塞米切纳看着手中的报纸，她和厄休拉相互看了一眼。

“厄休拉！”塞米切纳警惕地说，“你还好吗？”

“是的！”厄休拉终于说道，“还行！”

塞米切纳慢慢地转过椅子，她手里的报纸落到了厄休拉的桌子上，她说：“我想你应该知道的。”

“什么？”厄休拉直挺挺地坐着，拿起报纸，“有什么有趣的新闻？”

她看着报纸上刊出西蒙英格的采访报道。她以为就和一般的采访是一样的，也就没有在意。

塞米切纳尴尬地点点头，示意她继续读下去。

“嗯！”厄休拉靠在椅背上读报纸，她的一只手攥得紧紧的，用心看着每一个字。

塞米切纳的呼吸声被厄休拉听见。

“他在讲什么？”厄休拉刚问完，她就明白了，“不！”

“是的！”塞米切纳耸耸肩，“他给了你一个星期的假期，作为对你困扰的补救。”

“哇！”厄休拉双手摊开倒在椅子里。

报纸上登出的采访内容相关问题西蒙英格都以官方式的回答作为答复。

当记者对丹的事情展开细细询问，问他究竟有没有可能会对丹伸出援救之手时，西蒙英格的回答是否定的。

记者问蒙滋和仲团队对丹究竟有没有同情，他告诉记者是团队核心成员的一席话，让他感触良多。记者追问西蒙英格这位核心成员的名字，他没有作声。数小时后，他对西蒙英格的回答做了全面解析，甚至对比照片，用排除法就得出了一个答案——奎普厄休拉。

虽然报纸上并没有注明厄休拉的名字，但给办公室打电话的民众要求西蒙英格口中提到的那位成员站出来面对选民的质询。

“我……我做错了！”厄休拉努力地吸了口气，“我现在都记不起来我究竟说了些什么？”

“别担心，你只要什么都不做就行了。”塞米切纳重重地倒在椅子里，拿过报纸。

厄休拉手里的报纸滑落到地板上，她的眉头紧锁，目光呆滞。

她深知媒体的厉害，人们并不会关心厄休拉究竟为什么这么说，但结果会带来负面效果。

“我其实并不是略显稚嫩，而事实就是我是个傻瓜，彻头彻尾！”厄休拉生气地说。

“媒体其实也并非出于对丹的关心，他们只想要一个结果，他们沉迷于爆料，这种风气还将延续至下个世纪！”

塞米切纳对厄休拉的影响越来越大，早先厄休拉对权力与道德的组合怀有质疑是有道理的。

蒙滋和仲进行内部检讨，计划将全部内容告知媒体。

几天后，他又暂缓决定。

原因是媒体的判断力极差，尤其是在公正性方面，他们会随大多数一面倒，不仅解决不了这件事，而且会和结果起冲突。

厄休拉连日来都待在家里，未出过门。

办公室的气氛沉闷，所有人将矛头指向西蒙英格，对他又不知抱怨些什么。

厄休拉躺在床上，地板上到处丢的是当天的报纸，出来指责蒙滋和仲团队成员的人越来越多。

莫德小心地推开厄休拉的房门，看了她一眼，又轻轻地关上门。

厄休拉还未熟悉她在蒙滋和仲团队的角色，当她想表达立场及建议时，却发现自己敲错了门。当她专注于现实生活时，却发现她毫无防护力。当她想要做正确的事情时，却发现正确的选择往往不多，因此更深地陷于痛苦和挫折当中。

距离感恩节越来越近了。

莫德和沃丁尤里去了教堂。

在家门口遇上了图索，他们异常兴奋。

他们一直都在盼望和图索像以前一样生活，他们对这种情况又没有太多的经验。

图索坐在客厅，随手捡起一本杂志翻。

莫德忙于准备感恩节大餐，沃丁尤里坐在沙发上，他调整坐姿。

“呵呵！”他心不在焉地说，“今天打算做什么？”

“我想安静地待在家里。”图索浏览杂志时说道，“厄休拉，还好吗？”

他看到一篇《蒙滋和仲团队》的文章，了解到了厄休拉所遭遇的问题。

“她还好。”沃丁尤里不习惯和图索讲话，他径直走向餐厅，随口说道，“我去帮帮莫德。”

门铃响了，伴随着嘀嗒声，厄休拉从楼梯上跑下楼。

“我来开门。”她轻快地打开门。

“哦，我的上帝啊！”她愣住了，目不转睛地看着眼前的范布勒，张了几次嘴。

“嗨，送你的。”范布勒的手从身后拿出来。

一束白色的玫瑰花被送到厄休拉的面前。

“哇！谢谢！”厄休拉接过花，开门让范布勒进来。

趁厄休拉放花的工夫，范布勒飞快地扫视整间屋子，他站直身体，深吸了一口气，眼睛在屋子里扫来扫去。

落地灯……褐色的马海毛沙发，白色的椅子……客厅里的图索穿着牛仔裤和T恤衫……墙上的照片，灿烂的笑容。

图索假装不经意地调整坐姿，看了一眼范布勒。

“嗨！你好！”范布勒说了句，“感恩节愉快！”

厄休拉走到范布勒面前。

“我们散散步好吗？”厄休拉眨了眨眼睛，指着屋外说，“天气还不错！”

“是啊！好的！”范布勒笑着主动打开门。

厄休拉放下手机和钥匙在桌上，和范布勒一起出门。

“我们要去哪儿？”他们沿着草坪往前走时，范布勒问。

“去公园，那里比较安静。我有事情要告诉你。”她靠近范布勒小声说，“也许并不是些美好的事情。”

“哦！好吧！”范布勒扑哧一声笑了。

图索走到落地窗前，注视着他们两人，看见厄休拉上了范布勒的车。他久久伫立着，双手交叉抱在胸前。

厄休拉和范布勒在劳伦街下车。

晴朗的天空下他们慢慢沿着小路散步，耳边只有脚踩在枫叶上嘎吱嘎吱的声音和微风吹过树梢的声音。

厄休拉的鼻子冻得通红。

“我要告诉你的是，我知道你有打电话给我……”她不好意思地抬起头，“我不知道该怎么跟你说。”

“所以你一直在躲着我。”范布勒温柔地说，“我知道，这是一种优雅拒绝别人的最好方式。”

“我觉得你在生我的气。”厄休拉揉着头，绷紧下巴。

“不！”他摇头打断她，“你做得很好！”

厄休拉不相信地看着他:“范布勒先生,我没有你看到的优秀,你一定也看报纸了,那些都是真的,是我说的。”

“我知道,也了解你还在学习规矩。我深信他们永远不会改变你,我的看法没有改变,我想永远不会变。希望在你毕业时,我们律师事务所是你的第一选择。”范布勒定睛地看着她。

“我怎么感觉你甚至比我还要了解我自己呢?”厄休拉禁不住扑哧一声笑了。

“我也做过实习生,有两年的经验。在粗暴的政治世界里,我不得不改变,因此我也更能体会深陷痛苦与挫折当中是一种什么感觉。”范布勒坚定地说,“给我打电话。”

“我马上就要离开了。”

“离开这里?”

“是的,我告诉过你,这就是那些并不美好的事情。”

“哦!”范布勒点点头。

“抱歉!”厄休拉捋了一下头发,“我要去准备论文了。”

“走之前,给我打电话。”他露出微笑说,“你应该有一顿吃晚餐的时间吧?”

“哦! 当然!”她轻笑着伸出手。

范布勒扬了扬下巴伸出手。

他们微笑着看着彼此。

“谢谢!”厄休拉认真地点点头。

“厄休拉,记住别让他们改变你,祝你好运!”范布勒嘎吱嘎吱地踩着枫叶。

“我送你回去吧!”范布勒看着厄休拉。

她无声地摇了摇头,说:“我走回去,谢谢!”

路的另一边有人在疯狂地喊着。

厄休拉和范布勒听不清他们在喊什么。

有的举着自制的牌子，有的在大喊，有的勾肩搭背地跟在后边，一共五六个人，还有女生的声音夹杂其中。

“再见了，厄休拉！保重！”范布勒微笑着和厄休拉握手。

“再见！”

范布勒的银色小汽车停在路边，他打开车门。

厄休拉向另一个方向走。

“厄休拉！”范布勒在她身后大叫道。

“什么？”厄休拉转身，双手背在身后。

“我希望你能来我们公司，好好考虑一下。”范布勒指着她兴奋地说道。

“我会的。”她耸了耸肩。

范布勒微笑着坐进车子。

厄休拉一个人走在小路上。

她背过身去，抬起头用力呼吸着，照在身上的阳光暖洋洋的。

厄休拉一边走，一边想范布勒的话。她还在学习规矩，还没搞清楚它的含义。

她加快步伐，迈着坚定的步子，想要赶回家中，同莫德、沃丁尤里和图索一起过感恩节。

莫德端着咖啡杯走到客厅，她四下里看了一圈：“厄休拉呢？”

“她刚才出去了。”图索转过身。

“出去多久了？”莫德走向窗户，“她的手机和钥匙都还在。”她喝了一口咖啡，探身观察屋外的天气。

沃丁尤里有点饿了，嘀咕道：“我们什么时候开始感恩节大餐呢？厄休拉，跑到哪里去了？”

莫德微微耸了耸肩，露出一副等待的表情。

Chapter 23

厄休拉走在回家的路上，思考未来的事情……感到怅然若失。

公园的长椅上落满了红色枫叶。

一路上她都在想到底要和莫德和沃丁尤里说什么——解释她要回萨克里城。

“喂！”一个声音大叫道。

她停下来，眼前站着五个年轻人，他们手里举着牌子扛在肩上。

两个染着红头发的女生，她们口中嚼着口香糖，一副不屑一顾的架势。

“你是奎普厄休拉？”一个低沉的男声指着厄休拉问。

“我是。”厄休拉简单地回答道。

对面的年轻人互相看了一眼，一个系着红头巾的年轻人站到她面前。

他笨手笨脚地将扛在肩上的牌子扔到了一边：“你在谋杀！”

“我……我吗？”厄休拉意识到他们是来找碴的。

“你怎么可以对他……”

“嗯？”厄休拉搞不清楚他们是认真的还是想怎么样。

“抱歉！”她礼貌地点点头抽身离开，她绷紧身体从这帮人身旁擦肩而过，快步走着。

“奎普，站住！”一个声音不依不饶地叫住厄休拉，他们从她身后追上，站在她的面前。

“对不起，我还有事。”厄休拉笑着环视四周，刚迈步子，就被他们挡在面前。

“等一下，你为什么要那么说？”系着红头巾的年轻人看着她，“丹没有错，错的是那些毒贩。”

“抱歉！对此我无可奉告！”她的声音变得沙哑起来，“对不起，请让一让！”

站在她右前方的一个女生穿着白色外衣、灰色裙子,她瞪大眼睛。

他们都在盯着厄休拉看,好像在看珍稀动物一样。

"我们会让你知道的!"女生咬着嘴唇狠狠地说。

"知道什么?"厄休拉生气道,"我要走了!"

他们坚持站在厄休拉的面前,阻拦她的去路。

穿着白色外衣的女生好像被厄休拉激怒了,她握紧拳头,呼吸急促地看着厄休拉。

她一个巴掌打在厄休拉的脸上,嘴里骂骂咧咧地说着:"你们这些该死的,丹没有错!"

"啊!"厄休拉震惊地叫道,"你为什么打我?"

愤怒的年轻人已经顾不了那么多了,他们把手里的牌子全都丢到了一边。

另一个女生揪住厄休拉的头发乱扯一通:"我们支持丹是无罪的!"

系着红头巾的年轻人一拳打在厄休拉的下颚上,她倒地没有起来。

他们一个个全都打红了眼。

厄休拉本能地抱住头,蜷缩着身体,大声呼叫:"救命!"

她倒在草坪上,声音微弱地呼救:"救……救救我!"

她艰难地呼吸着,双手紧紧地抱住头。她的眼睛也疼了起来。

两个年轻女生不是揪头发就是用脚去踹厄休拉的身体。

"自私的东西,丹根本就没有错,错的全是你们这些老奸巨猾的人,我真想碾碎你们的头……"她们用力地踢厄休拉的后背,嘴里没有停下叫骂。

倒地的厄休拉抱头痛苦地呻吟,她感到她只是一个愚蠢的受尽羞辱的笑柄。

她艰难地咽了口唾沫,忍痛呼吸,强迫自己深呼吸直到冷静下来。

他们即使打到厄休拉开不了口,他们还不满足。

系着红头巾的年轻人捡起丢在一边的牌子,就朝厄休拉的身上砸下去,他说:"毒贩和你们一样都该死!"

躺在地上的厄休拉无法相信,丹的事情有人会对她下狠手。

她想呼救,只有在他们停下来的空当高喊:“救命!”

她从他们腿与腿的缝隙中看到了警察,她一下子来了勇气,大声向远处的警察呼救:“救救我!在这里!”

年轻人回头看了一眼,原来真的是警察来了,他们四散逃跑。

厄休拉抱头痛苦地挣扎着,直至警察赶了过来。

“救救我!”

警察向总部报告了发生的情况……

中午十二时四十分,警察局打电话到沃丁家,告诉他们厄休拉的事情。

接电话的是莫德,她震惊了好长时间都无法理清是怎么一回事。

她放下电话,告诉沃丁尤里她听到的可怕的消息:“厄休拉躺在医院,好像非常严重。”

沃丁尤里问莫德确定警察局有没有弄错。

图索吓得脸色惨白,他自责地把头撞向墙壁。因为他是看着厄休拉和范布勒一起出去,什么也没有做,他想当时应该做些什么的。

当他们赶到医院时,厄休拉正在急救室里抢救。

即使是身处医院的走廊,沃丁尤里还是无法理解发生在厄休拉身上的事。

他迷惑不解地看看莫德,看看图索,又看看莫德,最后他把目光慢慢地转到图索身上。

莫德还抱有一丝希望,盼望警察是打错电话,找错人了。

她看到医院的证明的确是厄休拉时,她打电话给奎普朗达。她边讲电话边流眼泪,电话那边的诺玛只是啜泣,他们无法接受这件事。

奎普朗达和诺玛出现在医院的走廊已是六个小时之后,厄休拉依然还在急救室没有出来。

他和诺玛都没有说话。

在此期间,奎普朗达和沃丁尤里对看了一眼,又看向别处。

他看着紧闭的急救室的门,不敢相信眼前的事实。

一切都变了,厄休拉抛开他们,做自己喜欢的事情之后就已经改变了,所有的一切都和以前不同了。

"厄休拉!"奎普朗达盯着沃丁尤里,声音颤抖道,"我早就预感到她回到这里会有不好的事发生。"

"你告诉我,厄休拉她究竟发生了什么事?"他一把抓起沃丁尤里的衣领。

奎普朗达觉得自己要说难听话了。

"我知道……"沃丁尤里开口道,"我想说的是……厄休拉,她一直都希望我们放下仇视。"他清了清嗓子,"她总是很自责。我们已经很久……没有面对一直都存在的问题。"

他停下来,艰难地呼吸着,莫德和诺玛一句话都不敢说。

他们在急救室门口焦急地等待。

厄休拉的祖父母和外祖父母全都茫然地看着急救室的自动门。

诺玛整晚都未能成眠,哭着和莫德讲话。

她不敢想象厄休拉如果发生什么事情,她该如何继续生活下去。

晚上十时,厄休拉转到了观察病房,奎普朗达、诺玛、沃丁尤里、莫德和图索只能隔着玻璃探望。

厄休拉的嘴里插着管子,身上到处都有伤,甚至脸肿到了快要破相。

诺玛抽泣着,她擦了擦眼睛说:"厄休拉,宝贝!她会好起来吗?"

她紧紧抓住莫德的手,她们拥抱在一起。

图索站在她们的身后,眼睛里泛着泪光。

"我看到报纸上的报道了。"奎普朗达的声音哽咽,他胡乱抹了把眼泪,"上帝啊!她被出卖了!"

"犹大!"沃丁尤里绝望地说,"他们找一个孩子做替罪羊,真可怜!"

"可怜的是我们的厄休拉!"奎普朗达激动地说道。

翌日清晨,塞米切纳不等西蒙英格坐下,生气地拿起报纸冲到他的办公室,随手将报纸丢在他的办公桌上。

“你的一句话快要害死那可怜的姑娘了,她还躺在医院里,丹的支持者还会继续伤害她的。你知道,她那天来你办公室讲那番话,完全是为了选举,你却出卖了她,接下来又会是我们中的谁呢?”她愤怒地说,“她有什么错?不,她什么错也没有,错的是我们。”

“我……我知道。”西蒙英格想了一会儿说,“厄休拉弄成今天这个样子,全是我的错,你生气也是应该的,她怎么样了?”

“我还不清楚,她是个好姑娘。”

“我并不想伤害她,记者穷追不舍地问个不停,我想没有说出她的名字就不会有问题。丹的事情糟糕透了!”西蒙英格坐到椅子上,他看了眼报纸,“厄休拉和我们不一样。”

奎普朗达和沃丁尤里互相看了一眼对方,沃丁尤里伸出手推开西蒙英格的办公室门。

他们一起走了进去。

“你们是谁?”西蒙英格从椅子上站了起来。

塞米切纳看着两人并排站在西蒙英格对面。

“我是沃丁尤里,厄休拉的祖父!”

他们在西蒙英格对面的椅子上坐下。

“我是奎普朗达,厄休拉的外祖父!”

“有什么事情吗?”西蒙英格一脸期待地问道。

沃丁尤里和奎普朗达互相看了一眼。

塞米切纳看见沃丁尤里无声地张嘴说着什么,看见她看着他,他立即停了下来,清了清嗓子。

“你知道,厄休拉一向喜欢直言,她是和平主义者,喜欢按规矩办事,她一向不喜欢解释，也不诉苦，这些优良品质都是我教给她的。”奎普朗达坚定地继续说道，“厄休拉二十岁了，我只要做两件事——教她为自己打算和保护她……我做对了一件。”他的声音哽咽，“你应该为这件事负责，我想你知道我的意思。”

沃丁尤里轻轻地拍了拍他的胳膊。

奎普朗达用手指着报纸。

西蒙英格看了一眼塞米切纳，说：“我明白了！”他深深地吸了口气，把双手插在兜里。

躺在病床上的厄休拉并未清醒。

沃丁尤里和奎普朗达虽然一起找了西蒙英格，但他们的分歧依然存在，仇视对方的心理并没有减少。

Chapter 24

奎普朗达坚持替厄休拉转院，回到萨克里城。

站在厄休拉病床前的沃丁尤里定睛地望着她，他的喉咙发紧，脑子混乱，身体发抖。

直至奎普朗达为厄休拉办理好了转院手续，厄休拉都没有醒过来。

“再见了！厄休拉！”莫德用颤抖的声音说，“照顾好自己，我的小甜心！”她探身吻厄休拉的脸颊。

沃丁尤里安慰地拍了拍莫德的肩膀，说：“她不会忘记我们的！我们随时给她去电话，厄休拉，保重！”

诺玛无奈地摇摇头说：“厄休拉和我们生活在一起。她始终没有忘记你们，只是她不善于表达。”

诺玛和莫德拥抱在一起，两个人的眼睛湿润，彼此微笑着望着对方。

过了一会儿，图索觉得有人站在身后。

“你不去和厄休拉告别吗？”莫德小声问。

“什么？”图索转过头，“我不知道该对她说什么。”

“就说你想到的，我知道她不会介意的，图索。”

图索从玻璃门走进去，轻轻地喘着气说：“我直到现在才知道，你一直都是对的，无论我怎么使出全力跑都逃不掉，我在这里。”他伸手捋了下厄休拉的头发，“欢迎来到沃丁家！”

他呆呆地望着厄休拉，眉毛紧锁，表情严肃。“厄休拉……我想我是一个不大愿意与人交流思想的人，保重！”他说。他的眼睛里充满泪水。

医生的建议对奎普朗达没有任何作用，对于他的坚持，医生只能摇摇头。

医生提醒奎普朗达注意，诺玛含泪和莫德拥抱。

沃丁尤里没有亲耳听到厄休拉向他告别，她还没有清醒，只是半睁着眼睛望着他，他就已经备感欣慰。

厄休拉被奎普朗达带回了萨克里城。

看不见厄休拉的时候，莫德的感觉糟糕透了，没有她的生活，她失去了中心。

奎普朗达和诺玛试着让生活回到正常；厄休拉断掉的肋骨在慢慢愈合。

每天早晨奎普朗达都会在厄休拉的病床前读当天的报纸，试着和她讨论未来的计划。

厄休拉感觉浑身疼痛，经常想一些问题——我为什么弄成今天这个样子？

她的疑问渐渐多起来。

诺玛始终对厄休拉报以关怀的微笑，她总是对厄休拉说一些鼓励的话，为她读朋友写的祝福卡，她希望厄休拉度过的每一天都是充实自信的。

厄休拉保持缄默，正如她在实习期间，绝不多嘴多舌，在最好的朋友前来探望她时，她也是一副看起来很高兴的样子，内心却充满矛盾。

“你还好吗？朋友！”

“正如你看到的，我很好！”

“你看起来好多了！”

“谢谢你们来看我，躺在病床上的感觉似乎是有理由得到解脱！”

朋友们沉默不语，他们只是看着厄休拉，希望她和展现给他们的一样平静。

厄休拉在医院时就几番想找精神医生谈一谈，寻求帮助。她总是缺乏勇气，有好几次敲门进去，她都只是深深地做了个呼吸转身回到病房。

她睁大眼睛躺在床上，看着天花板，一看就是十几分钟，她自知怀疑不是她在未来生活中可选的态度。

实习工作让厄休拉很好地了解内部运作究竟是怎么一回事，而躺在床上的她就是生活的受教育者。

尽管她一向表现积极，然而她对自己有可能受到的伤害毫无准备。

奎普朗达建议厄休拉有选择地规划未来，上法学院有可能是她最好的选择。

九个月后。

诺玛在厄休拉的毕业典礼结束时，手捧《有选择的生活》来到她面前。

“宝贝，祝贺你！”她给了厄休拉一个大大的拥抱，亲吻她的面颊。

“谢谢！”厄休拉随手拨了拨头发，低着头。

当她将目光和诺玛的目光撞在一起时，诺玛清楚地看到她眼睛的无助。

她无所适从地将视线转投别处，哽咽地说：“当我挠着头，站在这里，考虑选择走哪条路时，生活却一路呼啸而过，呜！”

“无论身处何种环境，都要真诚，保持一颗简单的心，事情总会朝好的方向发展。”

厄休拉伫立凝视，泪如泉涌。

“大家能不能……姑娘们来张合照？马上就好！”奎普朗达一边指挥厄休拉和她的朋友站位，一边手拿照相机大声说道，“姑娘们！”

“好！”厄休拉的胳膊搭在安奈林和夏芝奈的肩上，脸上露出难得的笑容。

“厄休拉，甜心！”

“好了，这边看，姑娘们！”夏芝奈的父亲手持照相机和奎普朗达撞在了一起。

“说‘茄子！’”奎普朗达忍住没有笑。

“茄子！”

“好极了，非常漂亮，我为你们感到骄傲！”

奎普朗达将手中的相机递给诺玛。

“让我看看……”他看着厄休拉手中的毕业证书笑了。

“噢……宝贝！”他将厄休拉揽入怀中，亲吻她的额头，抑制不住内心的激动。

“恭喜你们了，姑娘们！”

Chapter 25

七个月后。

沃丁家正在经历着一段痛苦难熬的日子。

莫德自从厄休拉离开后,她的生活有了潜移默化的变化。她控制情绪地生活,这是她所不擅长的。

图索搬回沃丁家,莫德靠着他和尤里的协助,度过她失落的生活。

每天早晚,莫德坐在餐厅的椅子里。

这原本是厄休拉的位置,莫德在此等回家的沃丁尤里和图索。她尤为喜欢早晨洒进餐厅的阳光。

沃丁尤里很难改掉为厄休拉准备早餐和报纸的体育版,他有时也会对这一习惯笑笑。

莫德甚为喜欢厄休拉在她的房间经过的长长走廊标注的“厄休拉地盘”,她在四周的墙壁上挂了相框,其中有一幅按有她蓝色手印的纸。莫德每每经过时视线都会被那双可爱的手印吸引,她会不由自主地伸手去和厄休拉从奎普家带来的儿时手印复制品相比较,那是厄休拉十一岁时印下的。

这样的情景重复过多次,莫德仍不免激动的心情,她深深地吸了口气,整理思绪,希望厄休拉拥有和她一样坚强乐观的心。

莫德双手捧起咖啡杯,看着从客厅走来的图索,她仿佛看到的是厄休拉,她的脸上挂着招牌式的微笑。她心满意足地站了起来,倒了杯咖啡,一个人去了后花园。

晚上十一时,厄休拉坐在客厅的地板上。

“体育新闻,厄休拉!”奎普朗达大声叫醒快要睡着的厄休拉,他坐在沙发上,眼睛睁大看电视。

厄休拉轻轻地拍拍脑袋,坐直身体,困意仍旧。她用力地瞪大眼睛,靠着垫子,摇晃着脑袋。

“西雅图水手队应该卖掉西尔,买一个好投手才是嘛!”

“也许他们觉得他还可以再打几年……”厄休拉打了个哈欠,侧身靠在垫子上,眼睛半睁着。

诺玛瞧着,说:“宝贝,不休息吗?”

“现在?怎么能不看完呢?厄休拉!”奎普朗达从喉咙里笑了一下,干巴巴地说,“是我们喜欢的节目。”

“她还是一个孩子。”诺玛深深地望着他。

“可是厄休拉,她一直都是看完才去休息的,这是家族传统。”奎普朗达坚持他的观点。

“家族传统也有休息的时间,不是吗?”诺玛从奎普朗达手中拿过遥控器,关掉电视。

奎普朗达和诺玛争执不下。

“你在挑战我的耐心。”

“哦!你休想把管理公司的那套方法用在家里,它在这里是被禁止使用的。”诺玛双手交叉做出禁止的手势。

奎普朗达转向她,好半天都没有说出一句话。

厄休拉叹了口气,站起来说:“我回房间了。”

奎普朗达和诺玛互相看了一眼,望着她渐远的背影,两个人站在了一起。

厄休拉拿起桌上的信,有一封来自约纳坦的来信,是寄给厄休拉本人的。

写信的正是塞米切纳本人。

我真是感到这种拜占庭式政治绝顶迷人。

我始终感到特别有趣的是权力和道德的组合。

——塞米切纳

厄休拉微笑着把信珍藏起来。

接下来两个星期,她多次和苏菲教授联系讨论未来工作计划的可能性,她想吸取多方建议后再做规划。

苏菲来自南方保守派家庭,她和厄休拉都喜欢毫不掩饰地表达自己的观点,而绝非猜测。

她给予厄休拉最大的帮助,她也欣赏厄休拉的热情。

尽管厄休拉有时会做噩梦,但有一次回忆起她躺在医院的情景,她仍保有乐观以及对他人的关怀之心。

她手里的书掉在地板上,被诺玛撞见帮她捡起来。

"厄休拉!"诺玛微微一笑,她把手里的书搁到厄休拉抱着的一大堆作业上,"刚才有你的电话,是尤里打来的。"

厄休拉踮起脚尖把抱着的作业和书放在桌子上,向后仰头说:"你们聊得愉快吗?"

"嗯! 还好!"诺玛走到桌子旁坐下说,"我想他是想和你说话。"

"怎么?"厄休拉绷紧下巴,"发生什么了?"

诺玛摆了摆手说:"不,厄休拉,不要紧张,他说想和你谈一谈莫德的情况?"

厄休拉毫无反应地看着桌子上的书,眼睛好半天才眨一下。

"厄休拉?"

"什么?"厄休拉猛地抬起头。

"你在听我说吗?"

"是的! 莫德她还好吗?"

"我不知道,也许你应该和尤里通一次电话,你觉得怎么样?"

"嗯……我会的!"

"放松,厄休拉,会好起来的!"诺玛为厄休拉做深呼吸的手势。

自从上次厄休拉受伤后,她就很容易紧张和焦虑。

她深深地吸了一口气。

放下电话，厄休拉收拾行李，她呼吸急促地弯腰捡地板上的鞋子。

恰巧被奎普朗达撞见。

“厄休拉，你在做什么?”他指着厄休拉的行李大声问。

“我在收拾东西，就和你看到的一样。”她扬了扬下巴。

“我知道，你是要去什么地方，还是去旅行?”奎普朗达生气地问，“你应该说些什么吧?”

“是的!”厄休拉收拾好一包行李，放在门口，她双手叉在腰间，“莫德病了，我要去看她。”

“我说过，你再也不被允许私自去他们家，教训已经够深刻了。厄休拉，你哪里也不许去。”

奎普朗达从厄休拉右侧抓住她的胳膊。

“为什么？莫德有什么错？她是我的祖母，她病了，我要去看她!”她眼泪汪汪地说，“为什么你们之间的问题总是把我夹在中间，我不想这样。”

她拎着行李下楼梯，奎普朗达追在身后，他大声阻止道：“厄休拉，别走，你是我们的外孙。”

“可我也是他们的孙女。”厄休拉放下行李站在楼梯口，抑制不住眼泪向外涌，“我爱你们，我也爱他们。你们爱我，他们也爱我。我该怎么办?”

奎普朗达走下最后一级台阶，不知说什么，只是和厄休拉相互看着对方。

过了一会儿，他看着诺玛大声叫道：“你为什么什么也不说?”

诺玛看着厄休拉的表情，她重重地叹了口气。

厄休拉提起行李从诺玛面前经过，诺玛伸手交给她车钥匙，说：“路上小心!”

她们会心地一笑，厄休拉提着行李走出屋子。

奎普朗达气得面色铁青，站在窗口向外望时，他狠狠地瞪了一眼诺玛。“希望你明白自己在做什么？我们已经失去了一个女儿，你还想让外孙女也离我们而去？我们比她需要我们更需要她！”他气得重重地关上门。

Chapter 26

当厄休拉站在沃丁家的餐厅，从窗口向外眺望时，她看到莫德一个人坐在摇椅里摆弄手中的花。她看上去安静慈祥，仿佛时间静止一般，在她的眼里只有手中的花。

“我喜欢蓝色的花盆。”厄休拉咯咯地笑着，看见莫德回头望。她上前双手扶在椅背上，跪在草坪上，仰头端详着莫德。

“欢迎回家，宝贝！”莫德克制激动的心情，眼泪在眼眶里打转，她对厄休拉开玩笑地说这是喜极而泣。

厄休拉和她一同笑了。

两个人久久地注视着对方，莫德担心厄休拉又会悄无声息地溜掉。她们在后花园里待了很久，聊了很久。

沃丁尤里从书房出来，无意间看见她们在一起的画面，他感动到绷紧下巴。一个人站在餐厅，感觉整个世界就在他的眼前，他还有什么可要求的呢？

“你还好吗？”厄休拉依偎在莫德的膝上，她们一起望着莫德手里的花。

厄休拉在阳光下眯着眼睛，望着四周，全都是些陌生的脸孔。

她从滑板上跳了下来，将它锁在停车坪上的一个空位，双手插兜走了。

“好久不见，真开心你回来了！”吴允英奇怪地看了厄休拉一眼，“这一次你准备装扮谁？”

“我！”她摘下棒球帽，“好久不见！”

站在她面前的是沃丁尤里公司的秘书，专门负责沃丁尤里办公室的工作。这个气色很好的高大女人，有着温柔、耐心的笑容。她每天从清早忙到太阳落山，总是把工作放在第一位。

“天哪！你结婚了?”厄休拉吃惊地说,她和吴允英握手时看到了她手上的戒指。

吴允英不好意思地点点头。

“祝贺你!”厄休拉主动说,“有很多绅士要伤心了!”

吴允英微笑道:“谢谢!”

这位聪明善良的女人觉得有些尴尬,她把脸转了过去。

厄休拉坐到一把扶手椅上咯咯地笑。

“吴小姐,你知道是谁占了我的停车位?”图索的声音由远及近,他走进办公室,放下公事包,脱去上装,脑袋偏向一侧,郁闷地想问题。

吴允英挪开位置,她看了眼身后的厄休拉忍不住笑了。

厄休拉默默地走近图索,她爽朗的笑声吸引他抬起头,视线从文件夹上移到面前咯咯笑着的厄休拉,他一时说不出话。

她和吴允英互相看了一眼,她扬了扬下巴说:“我想是我的滑板占了你的停车位,老板大人!”

厄休拉咧嘴笑个不停,她自然地张开双臂拥抱图索,说:“你好!”

图索先是愣了一下,不一会儿他也笑了。他平时话不多,可看见厄休拉一点脾气也没有。

“欢迎回家!”图索愉快地说。

厄休拉站直了,用清晰且甜美的声音道:“我是在培养接班人!”她故意模仿沃丁尤里的声音把图索和吴允英一起逗笑了。

她继续用低沉的声音模仿:“很多人都把他们的继承人带到这里,看看他们有没有勇气,资质如何,能否掌管整个公司?”

厄休拉学着沃丁尤里的样子,双手交叉抱在胸前,绷紧下巴,看着图索摇摇头,她故意轻轻地叹了口气,用肩膀顶了一下他的身体说:“想不到你居然答应了!”

“我的计划里原本没有这一项。”图索移开了一个空位,他把脸朝向别处。

“是吗?”厄休拉捅了捅图索,咧嘴笑了。

他们在桌子和吴允英之间不断地相互挡道。

你撞我,我碰你,又为互相捉弄咯咯笑个没完。

厄休拉和图索从公司大楼出来。“你和吉本怎么样?”她热切地看着图索,“劳拉还好吗?”

“她还好,至于我和吉本嘛,还是老样子。”图索耸耸肩道,“不好也不坏!上车吧!我们一起回家!”

“一起?”厄休拉惊奇道,“你搬回家住了?”

“是啊!”他一边掏车钥匙,一边说,“差不多有一年了。”

“哇呜!”他们拐弯的时候,厄休拉开心道,“我知道,尤里多么为你自豪啊!”

她一眼就看见了她的滑板,蹲下身拾起,抱在怀里。

“呵呵!”她上了图索的车,“我为你感到骄傲!”

她在车里盯着图索。

“看来只有我没有做到了,当有机会改变时,发现自己没有勇气面对。原来我一直引以为傲的东西早就消失了。谢谢你,无论是为了他们,还是为了我自己。”厄休拉认真地注视着图索,她的眼睛模糊。

“我从没想过你会这么认真地对我说这种话,我受宠若惊,走吧!回家去喽!”图索扬了扬下巴,转动方向盘。

莫德在餐桌的中央摆放郁金香,这是她最喜欢的布置餐桌的方式,以确保家人晚餐享用之时相处愉快。

厄休拉坐在莫德身旁,她的对面就是图索,她发现图索的变化是她不曾想到的,他轻松地和沃丁尤里谈论公司的事情,而不必像从前那样战战兢兢注视沃丁尤里的表情变化决定要不要说话。

他和沃丁尤里平等地交流。

厄休拉看了一眼莫德,似乎在对她说发生的这一切太不可思议了。

她向莫德探过身去,小声询问道:“真不敢相信,他会和尤里交谈。是你施了什么魔法吗？告诉我。”

“也许吧！”莫德递给厄休拉一杯酒，“喝吧！宝贝，男人之间的谈话我毫无兴趣，对你倒是例外，应该是在你离开后的第二天图索就搬回家住了，他什么也没有对我们说。来吧！宝贝，祝你愉快！”

“干杯！”厄休拉喝了一口杯中的酒，她咧嘴笑笑，“祝你健康！”

莫德的视线始终没有离开过厄休拉，好像担心她一眨眼的工夫厄休拉就消失了似的，她睁大眼睛看着她，“你回来真好！”

当她不得不转过脑袋看别处之时，厄休拉无意中从她包的头巾下注意到化疗对莫德身体的影响。

厄休拉的嗓子哽咽，她想大哭一场。她想跑回房间，坐在床上，用手捂住脸大哭一场。

莫德很开心地喝了好几杯。她端酒杯的同时，对厄休拉报以温暖的微笑。

现在，她正盯着厄休拉发呆，好像沃丁尤里和图索根本就不存在似的。

“嗨，莫德！”沃丁尤里说了一句，“你这样看着厄休拉，会吓跑她的。”

“我不知道我喝了几杯。”莫德尴尬地耸耸肩，对沃丁尤里说，“我以为你什么都不怕。”

沃丁尤里不置可否地笑了笑。

这时门口出现简埃迪的身影。

“哦！天哪！”图索摇了摇脑袋，做出一副悲惨样。

“他怎么会来？”厄休拉微笑着抬起头望着图索，咧嘴笑笑问道。

图索耸耸肩说：“不是我！请不要用这种眼神看着我！”

“我以为我们才是一家人！”厄休拉靠在椅背上，双手交叉抱在胸前，她眼角的余光看见图索的眼睛亮了。

“你好！厄休拉，好久不见！”简埃迪脸上带着愉快的微笑，在她身旁的空位坐下，“应该有很长时间了吧？”

厄休拉调整坐姿，尽量不看简埃迪。

“是很长时间!”

图索用一种奇怪的语气说道:“的确是这样!”他朝厄休拉笑了笑,“你不这么认为吗?”

她不相信地看着图索,慢慢地抬起头,使劲地眨眨眼。

“厄休拉!”莫德愉快地打断她尴尬的处境,帮了她一个大忙,“有你的电话!”

厄休拉咧嘴笑笑,扬了扬眉,她把盘子里的乳蛋饼拨给图索,她对图索说:“吃吧,还有一些番茄,你比我更需要它,呵呵!”

她愉快地起身去接电话,回身双手指向图索做了个鬼脸,说:“听到撒旦亲自敲门的感觉如何?”

图索和简埃迪互相看着对方好一会儿,禁不住笑出声。

坐在餐桌另一头的沃丁尤里意识到家里很长时间没有笑声了,他被吸引又不想被他们发现,他轻轻地探身看了一眼回到餐桌前的莫德,得意地笑了笑。

莫德巧妙地耸耸肩以示回答沃丁尤里心中所想,他们互相点点头。

图索看着盘子里的乳蛋饼若有所思地拿着叉子来回翻动它……

“你好!我是厄休拉!”

“我想选你做我的合伙人!”

厄休拉张大嘴巴。

“哦,不!塞米切纳,你怎么知道我的电话?”

“我记得,我离开蒙滋团队了!有一段时间了!”

“哦!我很遗憾!”

“你想听听我的建议吗?”塞米切纳在电话那头骄傲地补充道,“我开了一间公司,和昆廷一起。我们是白手起家,还需要一个合伙人。我向昆廷推荐了你,你觉得怎么样?”

厄休拉脑袋靠在墙上，不可思议地大声反问道："我？是我吗？……可我毫无经验，我自知能力有限，你肯定要这样做吗？"

"是的，我肯定。我想我没选错人，你是我要找的最合适的人选。我给你时间好好考虑一下，就像你为蒙滋所做的一样就好。厄休拉，我始终站在你这边，记住，想好了给我打电话，我和昆廷希望你能加入我们。"

放下电话的一刻，厄休拉不知所措地站在原地，靠墙咬着嘴唇深深地吸了一口气。

她至今都无法对在蒙滋和仲团队的遭遇释怀。她深深地怀疑对待所有遇到的问题是否应该坚信所信奉的真理。她始终无法减轻那件事给她带来的悲愤，她望着在餐桌前互相凝视对方的沃丁尤里和莫德。厄休拉意识到她最希望及渴求的勇气还在，唯有它还伴她一起生活。

Chapter 27

如果厄休拉在实习期间是受教育的话,那么未来便是一种展示。

虽然她略显稚嫩,但依然对待他人饱含仁爱之心。

当她坐在莫德身边时,她便有了答案——接受挑战。即使她毫无准备,但莫德的微笑足以使厄休拉勇往直前。

她和莫德还有沃丁尤里开怀畅谈对未来生活的希望。

莫德欣赏厄休拉日趋成熟的自主性,偶尔也有些小麻烦。

莫德打开她的房门,看到桌上满是账单,厄休拉的财务状况混乱不堪。她拿起一份账单仔细地瞧,上面清楚地写明:“调查进展中所耗费用明细单”。

莫德看完之后又原样放了回去,这样的账单还不少,她心里产生了疑问:“厄休拉在调查什么?”

在莫德看来,她想问清楚厄休拉究竟是怎么一回事,但她却下不了决心。

沃丁尤里由于要陪莫德去医院做化疗,他不知该怎么关心公司的事情。

厄休拉从客厅的窗户望见向门口走来的简埃迪,她立刻把脸转了过去,叫住要去开门的图索。

“喂,等一等!”厄休拉大步上前站在图索面前,用手挡在额前,向前探出身子小声对他说,“帮帮我好吗?拜托!”

图索装作不以为然的样子,双手交叉抱在胸前说:“我为什么要这么做?有什么好处?”

他对厄休拉笑了笑,问她:“嗯?”

“没有!”厄休拉摇摇头,看着图索。

“既然你这样说,那我只好去开门了,不能让客人等着急了,不是吗?”他双手插兜慢慢地向门口走。

“图索!”厄休拉叫住他。

“嗯,好吧! 你说什么就是什么,我什么都可以答应,除了……”厄休拉绝望地抬头看着他。

他的脸上露出理解的表情。“我知道该对他说什么。”他挖苦地笑出声,“相信我!”

图索装出一副惊讶的表情,说:“哦! 埃迪,怎么是你?”

厄休拉站在图索身后,她侧着脑袋。

简埃迪招手向厄休拉打招呼:“你好! 厄休拉!”

“你好! 埃迪!”她勉强说道,对简埃迪笑了笑。

“厄休拉,我想……”简埃迪站到厄休拉面前,慢慢地说。

她向图索使了个眼色,清了清嗓子。

图索忍住笑,上前阻止简埃迪继续说下去:“抱歉埃迪,我们现在正要出门。”

简埃迪停下,低头看着脚下的地板,他指着厄休拉和图索。“你们一起?”他尽量装作随意地问,“现在这个时间可能会堵车。实际上,你们也许需要一个司机,这样保险一些……”

“我们订的桌子是晚上七时的!”图索奇怪地看了厄休拉一眼,“关于公司的事情。”

简埃迪无奈地看了一眼厄休拉,灵机一动说:“是哪家餐厅,或许我们同路,快走吧!”

厄休拉看着转身向黄色小汽车走去的简埃迪松了口气,她咬着牙对图索说:“你的演技真烂!”

“我知道!”图索掏出车钥匙,不置可否地耸耸肩。

厄休拉在亚特兰大街的十字路口回头望了一眼跟在她和图索车后的简埃迪的黄色小汽车,当她和图索相互看着彼此时忍不住扑哧一声笑了。

厄休拉不敢相信地问:“他不会真打算看着我们进去才离开吧?”

图索不知该如何回答厄休拉,他也只能硬着头皮死撑到底了。

当厄休拉和图索一同出现在一家高级餐厅的门口时，简埃迪放弃了。

厄休拉放松道："总算结束了，回家见！"她双手插兜愉快地和图索笑笑，"感谢上帝！"

走了没几步，她就被图索拽住胳膊。

"你准备好装扮成谁？"图索拉住厄休拉打量她的全身，"一起进去吧？"

"我？"厄休拉被图索拽进了高级餐厅。

"我还有其他的事情没有做完。"她的手被图索强行挽在他的胳膊上，"我们有足够的时间吃晚餐。"他轻轻地拍了拍厄休拉的手。

餐厅里的客人们身着考究的服装，他们打扮得很时髦。

唯有厄休拉身着红色套头衫、灰色滑板裤，显得和餐厅的气氛格格不入，她身旁的图索打扮得体。

她一脸害羞地撇过脸对图索生气地说："你是故意这样做的吗？"

"当然不，是你求我的，记得吗？"他微笑着看着厄休拉。

"你在耍我！希望你清楚自己在做什么？"

"别担心，亲爱的！"图索主动上前为厄休拉拉开一把椅子。

厄休拉慢慢地抬头，发现有一种掉进陷阱的感觉。

原来是家庭聚餐，厄休拉看见亚里中和他的夫人，亚吉木和劳拉。

她递给图索一个眼神，意为："到底怎么回事？他们在这儿做什么？"

图索面无表情地坐下。

他没有告诉厄休拉是家庭日。

亚里中和亚吉木不遗余力地谈论公司的事情，席间对厄休拉甚为和蔼可亲。

厄休拉报以微笑。

"好久不见，厄休拉！"劳拉坐在亚吉木的旁边。

厄休拉在亚吉木的左手边坐着，她望了一眼图索，轻轻地吐了吐舌头，把脸转向劳拉。

“图索告诉我，你回萨克里城去了，我才发现我不仅失去了一位朋友，而且是一位智友，我很难过。”劳拉向厄休拉抱怨道。

厄休拉睁大眼睛说：“哦！抱歉，谢谢你，我没有想到事情会是这样。”她把手放在胸前，探身向前微笑地看着劳拉。

“很高兴我们又见面了！不过这一次我不能和你一起玩滑板了，很遗憾！”劳拉无可奈何地向耳后捋了下头发。

“为什么？”厄休拉好奇地问。

劳拉不慌不忙地坐直身体，用手指了指隆起的腹部，冲厄休拉咧嘴笑笑。

“哦！天哪！”她立刻明白道，“哇！祝贺你们！”

劳拉开心地笑了。

亚吉本不好意思地挠着后脑勺说：“谢谢！”他靠近厄休拉低语道，“是我把她的滑板偷偷地藏了起来。”

厄休拉扬了扬眉毛，和亚吉本彼此注视着对方，笑了起来。

他们引得图索和劳拉甚为好奇，他们不知道亚吉本究竟对厄休拉说了什么，才使她开怀一笑。

服务生端上主餐时，亚吉本小声问厄休拉关于一些她私人的问题。

“我想在我看过的病人中曾经出现过你的名字，可我不记得见过你啊？”

厄休拉将身体探向亚吉本说道：“我想我遇见了一位医生，他帮我治疗了。”

她偷瞄了一眼正在交谈着的图索。

“我以为我已经是一位优秀的医生，没想到还有比我医术高超的，他是谁？”亚吉本睁大眼睛看着厄休拉。

她礼貌地摇摇头，没忘吃盘子里的食物。

“这是私人问题，我拒绝回答。”

“哦！真遗憾，希望你下次直接找我就好，我可不想没了生意。”

两个人窃窃私语，交谈甚欢，一旁的劳拉更是感到好奇，她故意清了清嗓子，对图索大声道："吉本喜欢以南方式的热情吸引漂亮女生的注意！"

图索咧嘴笑笑，他看了一眼厄休拉。

亚吉本赶忙解释道："哦！谢谢你的赞美，我们只是医生和病人之间的交流。"

"厄休拉，你相信他是位好医生吗？"劳拉凑上前问。

"是的。可我已经找到一位医生了，我不能同时有两位医生，对吗？"

厄休拉和劳拉会心一笑。

亚里中的晚餐会谈不像厄休拉他们那样有声有色，坐在一旁的亚吉本的母亲显得郁郁寡欢。

一餐下来，厄休拉和亚吉本的母亲只是简单地寒暄了几句。"你的祖父母还好吗？""很好，谢谢。""你外祖父母也还好吧？"像这样的客套，厄休拉再熟悉不过了。

她好奇的是整个晚上图索和亚吉本的母亲谁也没有正眼看着对方说过一句话，他们都在有意逃避图索是亚里中的孩子这个事实，谁都好像没有要接受对方一样。

劳拉的热情使整个晚餐气氛增色不少，但也无法博得亚吉本母亲一笑。在她的脸上，周围的人只能看到严肃。

劳拉感到稍有不适，她依然和厄休拉交流她们各自玩滑板的经验，甚至向厄休拉提议在她的宝宝降生后，相约一起玩她们共同的爱好——滑板冒险。

亚吉本主动提出充当导游，带领她们游览约纳坦大峡谷。

图索送厄休拉回家，厄休拉摇晃地走在草坪上。

"我不愿意什么都不做，你知道，虽然我只喝了水，可我感觉好像已经醉了。"她摸着额头开心地一笑。

图索跟在她的身后说："也许你感觉很好。"

厄休拉停下来，冲图索摆手道："晚安！"

她摇摇头从兜里掏出钥匙。

“厄休拉，等等！”图索追了上去，“要是莫德还没睡的话，她会发现你喝多了，我从后门送你回房间。”

厄休拉呆呆地注视着图索。

“怎么了?”图索问。

“她还没回来。”厄休拉认真地回答道。

“再见！”图索道，“我还要回公司。”

厄休拉微微点头说：“再见！”

她回头看了一眼离去的图索，她皱皱眉头拿钥匙开门。

翌日清晨，厄休拉随意扎着马尾辫走向餐厅，脸上挂着招牌式的微笑。

莫德在摇椅上坐了一会儿，略显疲惫。

厄休拉关切地依偎在她的身旁。

莫德微微地抬起一只手，指了指厄休拉的头发轻声地问：“可以吗?”

她立刻反应道：“你是说我的头发吗?”

莫德微笑着点点头。

“哦！当然！”

厄休拉即刻背过身坐在莫德脚边，她一把拽下发带交到莫德手里，她满眼的泪水在眼眶里晶莹地闪动着。

这是莫德最希望做好的一件事，也终于有了机会。

她双手颤抖着抚摸着厄休拉一头的鬈发，她捋着头发向后脑勺顺去。

她们谁也没有说话。

莫德抑制不住激动的心情热泪盈眶，她一直盼望着在平静的早晨有为孙女梳头发的机会。

她略带沙哑的声音说：“你和你母亲一样漂亮，虽然我们见面的机会不多,你的确长得像她。”

莫德感慨的心情厄休拉明白,她无法说出口,泪水在她脸上任意流淌,她一时难以平复心情。

沃丁尤里递给厄休拉一份报纸,当她泪流满面地抬起头看着他时,他们只有默默无语。他只是微微点点头。

他们不说话,只是流着眼泪。

Chapter 28

厄休拉答应了塞米切纳入伙，她不知道这样的选择是否正确。

“欢迎回来！”塞米切纳约她在和昆廷开的公司见面，给了她一个温暖的拥抱，“我等你很久了！没想到你用这么长的时间思考人生，很高兴你加入我们！”

塞米切纳迫不及待地为厄休拉介绍她的小公司。

一家律师事务所租用了写字楼的一间一百五十平方米的办公室，精巧而又实用，在塞米切纳的有效规划下，没有一点浪费的地方。

塞米切纳对未来充满抱负与希望，她为厄休拉介绍公司的情况时滔滔不绝，厄休拉根本就插不上一个字。

厄休拉等塞米切纳介绍完以后她才开口。

塞米切纳的精力远胜厄休拉以前所了解的她。她在政坛力拼多年，为人乐观，说话机智，有时给人如沐春风的亲切感，她有着做好一件事的决心。她好像在厄休拉分别的这段日子里变了一个人，长发剪至肩部，扎在脑后。她用那双睿智的大眼睛平静地看着厄休拉，找出厄休拉站在她一边的理由。她的情感也随之丰富，使厄休拉好奇她怎么会有这么大的变化？

在塞米切纳二十分钟的介绍后就给了厄休拉一份为她当助理的工作，厄休拉张大嘴巴不敢相信地说：“你说的是真的吗？”

“是的，我肯定，加油吧！厄休拉，我一直都是你的朋友，请别忘记！”

“好的，成交！”

许久未见的昆廷还是喜欢用胳膊夹住厄休拉的脖子逗她，挠着她的头发说：“好久不见！厄休拉！”

“好久不见！放开我……我快呼吸不上来了……我……”

直至厄休拉的脸涨得通红，昆廷才松开胳膊。

“你同我们一起工作，我不想让切纳失去了她的盟友。”

三个人彼此看了一会儿，笑了。

昆廷依旧喜欢私藏食物，他总在抽屉里藏有各式小甜点，趁塞米切纳不注意往嘴里偷送一小口，他乐于此道。

向莫德道了晚安之后，厄休拉来到餐厅倒水时，看见倒在一堆文件下面的图索趴在桌上睡着了。

她从冰箱取出一瓶水，不小心撞到了椅子后背，闹出声音吵到了图索。

“对不起，吵醒你了！”厄休拉举手道，她小心地拉开一把椅子坐下来。

图索揉着眼睛从餐桌上爬了起来。

“嘿！几时了？”他用低沉嘶哑的声音说，“我睡了很长时间？”

“十一时！”厄休拉喝了一口水差点呛到，她咳了几声，她用同样沙哑的声音说，“抱歉！”

“我知道你是故意的。”图索开玩笑地说道。

“不！”她不好意思地对图索笑笑，手在餐桌上来回搓，她想了好一会儿才试探性地开口道，“图索，我可以问你一个问题吗？”

“你问吧！”图索点点头，看着厄休拉。

“你为什么回来？我是说……”她咬着下嘴唇抬起头看着图索问。

“我也说不清楚，以前我总是和尤里吵，我以为我不会回来了。也许没人和我吵，我就回来了，就这么简单。在那个家里……”图索转动手中的笔，冲着厄休拉笑，“我发现根本就没有我的位置，当然吉本他们都对我很好，可我觉得根本不可能一样了，我就回来了。”

“带着你的烂个性。”厄休拉咧嘴笑笑。

“对，带着我的烂个性。”图索重复道，“我喜欢我这样的个性。”

她笑着摇摇头说：“知道吗？在我们那里。人们管这叫孤芳自赏。”

“哦！是吗？我喜欢这个词。”图索赞赏地点点头。

“好吧！有什么我可以效劳的？”厄休拉从椅子上站起来。

“嗯！有的。”图索飞快地说道，“这是申诺特的报表，我怀疑他一直偷偷缩减原材料,你来看看吧!"

她接过申诺特的报表,认真地分析。

两个人忙至深夜才去休息。

厄休拉严肃地说:"也许他在做一些事情,可从报表上看不出来任何问题,你打算怎么做?"

"低脂拉面?"图索起身笑笑。

"什么?"厄休拉不相信听到的,她追问道,"你是认真的吗?"

"当然!我饿了。你要吗?"图索摸着肚子做出痛苦的表情。

"好吧,我也要。"她坐在椅子里,深深地叹了口气。

"别担心!我会找到证据的。"图索面无笑容地说了一句。他的语气让厄休拉觉得他会认真对待这个问题,而并非只是说说罢了。

在为塞米切纳工作期间,厄休拉充分体会到给予他人哪怕是小小的帮助,也会对他们产生深远影响。帮助无法抚养子女的母亲争取更长的探视孩子的时间的机会,塞米切纳甚至只收取很少的费用来帮她们打赢官司。

坐在控方席上的厄休拉,看着塞米切纳执着地努力争取作为母亲的权利,她感慨道:"我要做一件好事,一件非常好的事情……"

庭审结束后,她抱着厚厚的一沓文件和塞米切纳走出法庭,她们彼此看了一眼对方,因为在她们前面站着的是一位满怀感激的孩子母亲,她喜极而泣地看着塞米切纳和厄休拉。

虽然听不清她的声音,但她的口型是在说:"谢谢!"

厄休拉冲她挥挥手,说:"你真的帮到她了!"

"不,是我们共同努力的结果!"塞米切纳甜甜地补充道。

奎普厄休拉到约纳坦一个月后的星期日下午,她和图索一起随劳拉和亚吉本去了他们位于郊区的牧场。

厄休拉对牧场的生活充满兴趣。

在亚吉本的帮助下厄休拉学着喂马,她大部分时间都在抚摸马的身体,以便和它们快些熟识。

劳拉独自一个人待在牧场简易搭建的房子里,她坐在摇椅里沐浴阳光,旁边的桌子上放着她最喜爱的草莓布丁。

厄休拉和亚吉本边聊天边喂马。

她喂马的动作看上去要稚气得多,一旁的亚吉本动作灵活机敏、干净利落。她看在眼里,心里很是羡慕。

“你是从哪里学到的?”厄休拉同亚吉本从马厩里出来走在路上问,“难以置信,心理医生还会这些?”

亚吉本笑着回应:“我也不知道。我和劳拉一起存钱买下了这个牧场,我以为这里的工作和我们在约纳坦时的一样。结果我错了,我花了很长时间才学会照顾小马驹。给快要做父亲的我积累了经验,那可是一辈子最大的乐事!”

厄休拉点点头说:“你会是一个好父亲!”

“谢谢!”亚吉本挽起胳膊,“不知道劳拉有没有为我们劳作了整个下午的人煮晚餐,她最好不是睡了整个下午就好了。”

厄休拉咧嘴笑笑,微微耸耸肩。

当他们走到牧场旁边的斜坡时,看见图索和几个男孩在玩飞盘,亚吉本大声叫他一起回去。

“晚餐吃什么?”亚吉本推门时兴奋地问,一股蜡烛的香味布满整间屋子。三个人坐到餐桌前,看见劳拉双手放在椅背上,傻傻地站在地板上发呆,她的呼吸声越来越大,表情凝重。

“你怎么了?劳拉!”亚吉本走过去,关心地问道,他把劳拉扶着坐下来。

劳拉哭了,她说:“我不知道,我什么也不知道。”

亚吉本不知如何安慰痛苦的劳拉,只得把她抱在怀里勉强安慰道:“没关系,我们在这里。”

厄休拉主动上前咧嘴笑笑,说:“劳拉,你不想和吉本出去走走吗？牧场的空气很好。今晚就尝尝我的厨艺吧!”

亚吉本冲厄休拉笑笑,挽起劳拉的胳膊,说:“是啊！今晚天气不错。”

劳拉在亚吉本的搀扶下慢慢地向门口走。

“喂!”厄休拉用大拇指捅了一下图索的肋骨,“你和我一起煮东西。”

“好啊!”图索愁眉道,“怀孕的人都这样吗?”

厄休拉把手在面前懒洋洋地挥着,说:“不知道！也许我们都还没准备好。”

“准备好什么?”图索从厄休拉手里接过盘子,里面有玉米粒。

厄休拉放下手中的工作,清了清嗓子,双手交叉抱在胸前,靠在身后的墙上,她对图索那副对劳拉作为母亲的满不在乎感到很有兴趣。

“我的意思是,劳拉在身体上可能已经做好了小宝宝降生的准备,但她的心里还没有做好准备想要成为一位好母亲,她感到困惑。这是自然现象。我知道劳拉会成为一个好母亲的。”厄休拉为她朋友的幸福感到高兴。

“你是怎么知道的?”图索站在厄休拉的面前。

“诺玛告诉我的,她也是这样做的。她是一个完美的母亲,同时也是外祖母。”

“你很幸福?”图索盯着厄休拉的眼睛问道。

“是啊!”厄休拉毫不犹豫地点点头,转过身洗土豆,“我感到很幸福!”她转向图索做鬼脸,“你应该快些,不然我们的晚餐就只能吃土豆了。”

图索轻轻地撞了一下厄休拉的身体。

餐桌摆好后,劳拉和亚吉本散步回来。

厄休拉看到劳拉脸上好久不见的光彩。

体重稍稍增加的劳拉即使坐下和站起这样简单的动作对她来说也很费劲,好一会儿才能坐下去或站起来。

晚餐的气氛还算愉快,劳拉用餐时放松了紧张的神经。

“祝你好胃口!”厄休拉喜欢看到劳拉的明朗。

望着满天繁星,厄休拉双手插兜在门廊来回踱步,直到她看见图索也在门廊上来回走,她微笑着对他说:“晚安!”

夜半时分响起敲门声是天底下最讨厌的事。

就在厄休拉做美梦之际,她房间的门被敲得咚咚响。

她半梦半醒地睁开眼睛,看见一脸焦急的亚吉本。她吓了一跳,本能地用毯子裹紧全身,缩成一团,脸色惨白地问:“发生什么事了?”

亚吉本揪住自己的头发说:“我想劳拉快要生了,好像羊水破裂了!”

厄休拉急忙坐起来,抱住脑袋问:“你肯定她快要生了?”

“是的!我该怎么办?”亚吉本挠着头,显得焦虑不安。

厄休拉跳下床,她的手放在额头上思考着该怎么办。

“好吧!这样,你去发动车子,我去看看劳拉怎么样了?我们必须送她去医院!”厄休拉拽住亚吉本的胳膊,“等等,告诉我劳拉的医生的电话号码,走吧!”她急忙换上衬衫奔向劳拉的房间。

打开门的一刹那,厄休拉怀疑她是否走错了房间。眼前的劳拉正在房间里悠闲地散步,很难看出她是一个快要生小宝宝的母亲。

亚吉本唤醒图索,让他帮厄休拉的忙。

图索却只是站在门口发呆,他还是第一次看到。

厄休拉大声唤醒图索:“喂!图索,你过来帮劳拉坐下。”

图索先是一愣,他微抖的手赶紧上前搀扶住劳拉,说:“哦!是这样吗?”

“你做得很好。”厄休拉和图索一起扶着劳拉坐在床上,他们等待亚吉本发动车子的消息。

房间里清晰地听到劳拉喘粗气的声音。

厄休拉着急地来回不停地搓手,图索时不时地看表。

一会儿劳拉的呼吸声渐弱,她呆呆地望着门口。

厄休拉随着她的方向望,亚吉本傻傻地站在门口,额上豆大的汗珠往下滴。

“好了，我们走吧！”厄休拉搀扶劳拉起来，却被亚吉本泼了冷水。

“车子发动不起来，我不知道为什么？好像是出了故障。”

“什么？”厄休拉、劳拉和图索一同问道，他们失望地看着亚吉本。

“我去看看是怎么回事。”图索冲出房间。

亚吉本跟了出去。

厄休拉走到劳拉面前说：“别担心，我们都在这里。”她深深地呼了口气，拿起电话打给劳拉的医生。

劳拉紧张地问：“你做什么？”

“打电话给你的医生，看他是否能来这里为你接生。”

“我害怕。”劳拉抓紧厄休拉的手，没有松开的意思。

“我就在这里，哪儿也不去。”

“你好！医生！我是厄休拉，劳拉的羊水破了，你能来这里为她接生吗？”厄休拉冲劳拉微笑着看了她一眼。

“我不能，我正在亚特兰大开会，我看还是将劳拉送去我们医院，我为她联系好了另一位医生。记住，不要让她过于激动，她的心脏会承受不了的，调节呼吸频率。”

厄休拉跪在地板上，双手扶在劳拉的胳膊上，为她做呼吸减缓的示范。

“劳拉，跟我一起做，一、二、三，慢慢地做呼吸……好的，就这样，坚持住，你可以的。”

劳拉的呼吸频率慢慢有了规律。

图索和亚吉本一起回到房间。

“怎么样？可以走了吗？”厄休拉迫不及待地收拾劳拉的东西问。

图索无奈地摇摇头说：“车子的引擎坏了！”

厄休拉的失望不能在劳拉面前表现出来，看着一脸沮丧的亚吉本，她更是不好去责备他。她无奈地叹了口气，不知道保持“君子”风度的她能坚持多久。

过了几分钟，厄休拉从劳拉的胳膊上扯下一块袖口扎在头发上，她对他们认真地说："好吧！听我说。既然这样，我们也没有别的方法了，我来帮劳拉接生，请你们相信我。我需要你们的支持。这对我很重要。"

房间里死一般寂静。

"你？"亚吉本看了一眼劳拉，他睁大眼睛，想不出拒绝厄休拉的理由。

"是的！就是我，我曾在医学院上过一个学期。相信我吧！没多少时间了！劳拉，你信任我吗？"厄休拉认真地盯着劳拉，期待地看着。

亚吉本皱着眉头，劳拉还是一如既往的果断，她使劲地点头道："厄休拉，我信任你！我们开始吧！"

厄休拉的冷静令图索怀疑他是否了解她。

她挽起白衬衫的袖口，胸有成竹般地做接生的准备。

她对亚吉本说："请准备干净的热水，还有剪刀，要消过毒的，毛巾越多越好。"

亚吉本顾不了想太多关于厄休拉能否成功。他看到劳拉痛苦地呻吟，令他心急如焚。

厄休拉走到傻傻发呆的图索身旁，拍拍他的后脑勺。

"什么？"图索大叫着。

"请你离开屋子，有事我会叫你的。"她将图索推出房间，关上门。

看着有些担心的劳拉，厄休拉主动上前安慰道："我们一起努力吧！请相信我！我不会让你和宝宝有事的。要不了多久，我会教他玩滑板的，我保证！"

劳拉开心道："最好离马路远点。"

厄休拉微笑着点点头说："是啊，我想他应该会很结实。"

她摸着劳拉的肚皮咧嘴笑笑。

"医生，我首先该做什么？"厄休拉打开免提键，两只手放在劳拉的膝上，她在按照医生的指示去做。

"我看到了，在解剖课上……"

厄休拉故意开玩笑说给劳拉听，效果比预期好得多，劳拉越来越相信她。

“我想问你一个问题,厄休拉!”医生在电话另一头问。

“当然！请问吧,医生!”厄休拉抬手示意劳拉慢慢地呼吸。

“你上了多久的医学院?”

“差不多一个学期吧!”

“哦,那可比接生一个孩子的时间要长得多。”

“哦!”厄休拉冲劳拉笑笑。

四十分钟后,厄休拉冲着电话大叫道:“我看到她了,看到了,是个小姑娘,哇,她实在太漂亮了！我该怎么办,医生?”

“我想你知道怎么做,剪断脐带,听听孩子的哭声,你会听到世界上最美妙动听的声音。祝贺你,厄休拉,你成功了!”

松了一口气的劳拉和厄休拉眼眶里泪水涟涟,她们彼此长时间地注视着对方,说:“不,医生,是我们成功了,谢谢！太不可思议了!”

“不客气!”

厄休拉深深地吸了口气,仰天长叹道:“谢谢！上帝!”

她把剪刀递给劳拉,她激动地流着眼泪说:“我想应该由你来剪断它。祝贺你,劳拉,你做母亲了!”

劳拉激动得热泪盈眶,她用颤抖的手接过剪刀,嘴里小声地念叨着:“谢谢!”

厄休拉用一块干净的大毛巾包裹着这个可爱的小姑娘。

小姑娘紧闭双眼,厄休拉将她紧紧地贴在胸前。

孩子的啼哭声强劲有力。

劳拉忍不住激动地从厄休拉手里接过刚出生的婴儿。

大约就在同时,房间外边的亚吉本和图索跑了进来,或许是听到孩子的啼哭声,亚吉本脸上的表情难以捉摸。他看着孩子,不敢相信地问厄休拉:“是他吗?”

他激动地掩面抽泣着。

厄休拉微笑着点点头说:“是的,是一位漂亮的小公主,和劳拉一样漂亮。”

亚吉本乐昏了头,他开心地抱起厄休拉转了一个圈,合不拢嘴。

“哇呜,我太开心了,谢谢你!”他激动地在厄休拉脸颊上亲吻道。

他蹦蹦跳跳地来到劳拉身边,轻声问道:“我能抱抱她吗?”

劳拉满心欢喜地应允。

亚吉本把孩子抱在怀中,以父女相依的姿态在房间里闲逛。

厄休拉满意地走到图索面前,开心地张开双臂和他拥抱在一起,说:“我们成功了!她实在是太可爱了!”

“我为你感到骄傲!厄休拉!”

拂晓之前,亚吉本都在抱着孩子摇来晃去,拿她四处炫耀,他欣喜若狂,似乎全天下只有他当过爸爸。

厄休拉找到相机。

“微笑!”

亚吉本笑得夸张,躺在床上恢复中的劳拉都看不下去了,她说:“她不只是你一个人的,亚吉本先生!”

在听到批评后,亚吉本只好乖乖地将孩子还给劳拉,说道:“小心孩子!”

劳拉双手接过孩子,厄休拉为她们母女拍了第一张相片,劳拉感动地亲吻孩子的额头。

她把孩子想要交到厄休拉手里。

厄休拉犹豫了一下问:“可以吗?”

劳拉点点头说:“当然,我和吉本想让你做孩子的教母。你觉得怎么样?”

“哦!我受宠若惊!”厄休拉的心情难以描述,她抱紧孩子,“谢谢你们给我这个机会。”

亚吉本为厄休拉和孩子合影,按下快门键。

早晨的第一缕阳光洒满整个房子。

厄休拉对着孩子唱歌，孩子的出生比预产期早了两周。

她这辈子最奇妙也是最害怕的经验，全都经历了。

图索从亚吉本手中接过相机。

厄休拉微笑着冲孩子做鬼脸，孩子也只是紧闭双眼，她乐此不疲。

“什么？”图索被厄休拉的行为逗乐。

“不要让她溜掉，你会后悔的。”劳拉语重心长地对图索说。

太阳升上约纳坦山之际，厄休拉第一次清楚地看到了牧场的全貌。

图索站在厄休拉身旁，他们彼此看了眼对方，什么也没说，一同眺望远方。

Chapter 29

星期一,厄休拉和图索搭乘出租车回到约纳坦城,而劳拉因为要恢复身体,和亚吉本留在了牧场之家。

厄休拉知道,劳拉正在享受当母亲的快乐。

回到家中,她等不及与莫德拥抱在一起,感叹道:"那个孩子实在是太可爱了,你知道,我现在非常开心。有一种说不出的感觉。"

她们微笑地看着对方,莫德轻轻地捋了下厄休拉掉在额前的一撮头发,说:"宝贝,我为你骄傲!"

她紧紧地拥入莫德的怀中。

"谢谢!如果没有你的勇气,我可能做不到。莫德,你创造了一个美妙的家庭,我们彼此相爱,就已经足够了,谢谢!为一切!"

当然,莫德正在学习如何做好一个祖母,她的心情难以描述。

一整天都未曾见到厄休拉,莫德无论如何是受不了的,她在房子里到处寻找厄休拉的身影。

技术社会里自力更生,厄休拉对此深信不疑。

塞米切纳将厄休拉带进真正的职场生活,她慢慢喜欢上了这份具有挑战性和自主性的工作。

当那些生活在社会边缘的人向他们求助时,那些所谓的"优先权"一点作用也没有,而是直指内心的沟通。向他们求助的人大多对法律知之甚微,他们在谈论私人问题时也都非常具体。

一周后,莫德的癌症复发。

厄休拉不知道她病得到底有多严重,因为莫德的精神依然振作,外表看来仍旧不错,她总能面带微笑地迎接新一天的到来。

“再见！莫德！晚餐见！”厄休拉亲吻莫德的脸颊后开始新一天的工作，她把这看成是生活的一部分。

几个钟头后，厄休拉的手机响了，是沃丁尤里从医院打给她的，希望她尽快赶到医院。放下电话的瞬间，她感到要失去整个世界了……她已无力开车去医院。

她打车到医院时，看见一脸憔悴的沃丁尤里紧张地坐在急救室门廊的椅子上。

他看见厄休拉，一句话也没有说。

厄休拉走过去坐在他的身旁，转头看着沃丁尤里的脸，他好像被痛苦击中。

沃丁尤里和莫德共同经历了丧子之痛，相互扶持走过了那段艰难痛苦的岁月。

莫德虽感情内向，但她从不失善待他人的温和态度，沃丁尤里相信他会和这个女人一同走完美好的人生。

沃丁尤里脸上现出了一丝笑容，他想了一会儿，说：“我和莫德坚信上帝能听到我们的声音，我想告诉他……”他几度哽咽发不出声音，停顿了一会儿，他接着道，“我想让莫德待在我们的身边，可他为什么好像没有听见我的声音？我们的痛苦还不够吗？”

厄休拉拭去脸上的泪水，和沃丁尤里紧紧地拥抱在一起，她不断地抽泣着。

“莫德很坚强，她会挺过去的。”她安慰地拍了拍沃丁尤里的背，在胸前画着十字，祈祷着。

她和沃丁尤里挨着坐在一起，直至两个钟头后，医生告诉他们允许去探视，他们一起走进莫德的病房。

跟在沃丁尤里身后的厄休拉，从未想到过她会与祖母在这样的情况下见面，她随手将额前的头发捋向脑后，试验性地笑了几次。好在沃丁尤里走进病房依然保有平日里在家的心胸宽大、幽默、爱玩闹，没有做作的笑容。

厄休拉松了一口气，她努力配合沃丁尤里特意为莫德讲的每一个笑话，伴随着他们夸张的笑声。

当沃丁尤里为公司的事去忙，病房里只有厄休拉和莫德的时候，房间里静得吓人。

“你还好吗？宝贝！”莫德轻轻地问。

厄休拉赶忙扶她坐起来。“我很好！”她尽量平静地说，不敢去看莫德的眼睛，头一直低下去。

莫德深深地叹了口气道：“我想你一定吓坏了，对不起，厄休拉！”

她再也忍不住痛哭，泪水不停地向眼眶外涌，她想要克制，可怎么也停不下来。“抱歉，我想……我也不知道，该怎么办？我不想……”

厄休拉扑进莫德的怀抱里，放声大哭起来，她再也不想压抑痛苦了。

好长时间，莫德捋着厄休拉的头发，仔细地瞧着她精致的脸。她微笑着对厄休拉眨眼睛，说道：“厄休拉，我们的确很像，都那么固执，也都很脆弱。你知道，在这个世界上我最不愿看到的是你的痛苦，记住有选择地生活下去。宝贝，我可能看不到你做新娘的那一天了。你要记住，我爱你，永远！”

莫德双手捧着厄休拉的脸，她开心地笑了，她说：“厄休拉，不要再调查了，真相不重要，我希望你永远都不要受到伤害，宝贝！”

厄休拉愣了一会儿，她皱着眉头望着莫德说：“原来你什么都知道，为什么？”

“因为你！真相不重要，你才是我和尤里的全部！我们爱你！”莫德颤抖地说，“我不希望你痛苦。悲伤已经足够，你是个好姑娘，你知道我的意思，嗯？”

她呆呆地抬头看着莫德，脑子里乱作一团，她一时说不出话。

“好的。”她最后回答道，看着一脸幸福的莫德，厄休拉知道她的回答意味着什么。

在莫德住院的日子里，图索探望过莫德几次。

和他的冷漠相比，厄休拉更无法忍受他总是惜字如金的问候方式。她在图索第五次来医院时再也忍不下去了。

图索走出莫德的病房,厄休拉微笑着对莫德点点头说:“我出去走走,一会儿就回来。”

她跟着图索走出病房,抬头看着图索的背影,她深呼了一口气。“图索,等等我。”她追了上去,和图索并排走着。

“你回公司?”

“嗯。”图索点点头。

“我想和你聊聊。”厄休拉转头看着图索。

“现在吗?”图索停下来,他和厄休拉面对面地站在走廊。

“是的。”厄休拉语气肯定地回答道。

看到认真的厄休拉,图索挤出一丝微笑说:“说什么?”

“你的感情。”厄休拉用手指着图索的心脏,她严肃地看着他。

“我的感情?”图索不相信地重复着,他双手插兜疑惑地看着她,“怎么?”

“是的。你没听错。我们现在说的就是你的感情问题。”厄休拉向空中挥手道。

“有什么问题吗?我是说我的感情问题。”图索看起来一头雾水的样子。“可是你说……”

“我是说为什么你可以去公司帮尤里的忙,却不肯从心里接受他们呢?”厄休拉听见自己激动地大声喊道,“你总是一副拒他们于千里之外的表情,他们究竟做错了什么,让你躲着他们,无论如何,他们都是你的养父母。他们给予你他们全部的爱,可你为什么就不能把你的爱分些给他们呢?嗯?”

图索沉默了一会儿。

“我……我……”他抬起头,张了几次嘴,又闭上,就这样反反复复好几次,一句话也没有说完整。

“图索,你究竟在想什么?”厄休拉睁大眼睛,尽量控制情绪道,“我不知道你究竟是怎么想的。我要说的是,睁开眼睛看看吧!到底是谁在生气?你为什么总摆出一副不满的样子?他们什么错也没有。是你自己在和自己过不去。莫德病了,你听见了吗?她病得非常严重。”厄休拉抓住图索的肩膀,抽泣着,“她是你的母亲,无论你承不承认,她都是。你现在走进去大声对她说你的不满,但请你不要做使自己后悔的事情,因为机会不总是有,赫托图索,好好想想吧!”厄休拉站直身体,看见图索一点反应也没有,她失望地走开。

过了一会儿,图索抬起头,擦了擦眼泪,眼睛里全是厄休拉失望的背影。他摇摇头,听到的只有自己不规律的喘气声。

此后的几天,厄休拉和图索见了面,谁也没有主动开口讲过话。即使在家里撞见,她也会装作没有看见他,绕道走。

厄休拉全天候在医院陪护莫德。

诺玛得知莫德病重的消息后赶往医院探望,她还带上了厄休拉小时候的照片拿给她看,并且详细讲解拍摄每一张照片的开心经历,让不怎么搞笑的厄休拉羞得无处躲藏,她觉得诺玛在拿她的照片逗莫德开心。

厄休拉看到莫德总是很感兴趣的样子,在听到诺玛生动的介绍后,她觉得既好笑又好气,可又没有办法阻止诺玛,她只好听之任之了。

尤其是诺玛讲到厄休拉一次毕业舞会上的照片时,莫德听得很认真。

那是厄休拉上小学时,她被舞伴轻轻地吻了一下。厄休拉很生气地打了她的舞伴,指责他的行为超越了分界线。此后她再也没有和她的舞伴说过话。

照片记录下了厄休拉被她的舞伴亲吻的情景。

“你说什么?”莫德一只手搭在诺玛的肩上问。

“分界线。”诺玛大声地重复道。

乐坏了的莫德,她一边大笑着,一边指着厄休拉问:“我没有想到她还有可爱的一面。”

厄休拉的脸一下子红了,她拿诺玛一点办法也没有,只好硬着头皮走出病房。

关上房门的一刻，她像一个输了比赛就是不愿承认失败的孩子似的，自言自语地说道：“我什么时候成了她们的开心果？”

她靠在门上，满心欢喜地看着天花板久久不愿离开，侧耳倾听祖母与外祖母久违的笑声。

公司的一楼大厅里，厄休拉手持文件见到了申诺特。他还是老样子，一副自命不凡、自视清高的样子。

她本想躲过他的，可还是被他发现拦了下来。

她寒暄了几句，进了电梯。

申诺特跟她进了电梯。

电梯里的厄休拉站在前排，正当申诺特准备要说些什么的时候，电梯门开了。

申诺特礼貌地低下头说：“女士优先，请！”

她皱了皱眉，战战兢兢地迈了一大步，走出电梯。

厄休拉加快步伐，转了一个弯，便看到了图索的办公室。

“厄休拉！”她听到有人叫她的名字，她咬着嘴唇，紧闭双眼，深深地换了口气。

厄休拉明白是申诺特在叫她。她缓缓转过身，脸上现出官方式的友好笑容，轻轻地答应道：“什么？”

申诺特不着急地走上前，故意清了清嗓子：“厄休拉，你的祖父好像放弃了公司，对此你怎么看？”

“我没有任何看法，对不起！”她挤出一丝微笑转身。

申诺特坚持把这个话题说下去，他站到厄休拉的面前说：“那么你对沃丁尤里将自己所持有股份的三分之一交给赫托图索有什么意见？”

厄休拉吃惊道：“意见？抱歉！这是私人问题，无可奉告。我还有事，失陪了。”

她转身摇了摇头。

申诺特着急了，大步追上去，用力抓住厄休拉的手腕，贴在她的耳边小声道：“你不觉得你的祖父没有把他的股份留给你，反而给了甚至都不愿承认他的养子，这样做正常吗？你难道不觉得好奇？”

厄休拉用力想要甩开申诺特的手，反而被他抓得更紧。

“你放开我！申诺特先生，我们之间没有什么好谈的。请你放开我！”她狠狠地瞪着他，不客气地指责道，“你这是在做什么？我要叫警卫了。”

“你们不是情人吗？”申诺特的脸贴近厄休拉，她甚至都能感觉得到他重重的呼吸声，“怎么？沃丁尤里不是你的祖父吗？他把公司交给图索，而你却什么好处也没有捞到，想想吧，厄休拉，到底是谁被愚弄了？”

“这关你什么事？”她斩钉截铁地说，“我们有没有在一起，不麻烦你费心。”

她使出全身力气想甩掉申诺特的手，可就是甩不开。

一瞬间，厄休拉发现她处在愤怒的边缘，要是此刻全都发泄出来，那对申诺特和她来说，谁都不好看，她只好强行走开。她对申诺特喊道：“这件事和你没有任何关系，放开我！”

就在厄休拉和申诺特纠缠在一起，经过走廊的公司员工也都在议论他们的时候，图索办公室的门打开了。

“申诺特？”图索惊讶地看向申诺特和厄休拉，眼睛一直盯着申诺特抓住厄休拉的手，他觉得很不舒服。

申诺特紧张地将厄休拉的手腕抓得更用力。

厄休拉觉得疼痛难忍，她叫出了声：“哇！”

图索站直身子，对申诺特说：“请把你的手从她身上拿开，申诺特先生。”

“哦！我和厄休拉正在谈一些事情。”申诺特尴尬地回答，他抬头看了一眼图索，才慢慢地松开手。

图索装作自然地走近厄休拉，一只手搭在她的肩上说："请你以后不要碰厄休拉，她是我的女友。请记住！"

说完两人一起走进图索的办公室，用力关上门。

申诺特知道办公室的每个人都在听他们说话。

虽然他们都在假装做别的事情，但当申诺特转身离开时，所有人都在小声议论。

当图索办公室的门被关上，厄休拉主动和图索保持距离，她将手里的文件放到办公桌上。

"是尤里叫我拿给你的文件。没什么事我先回去了。"厄休拉转了转眼珠说道，"请你也记住，我不是任何人的，我是奎普厄休拉。"

图索转身看着厄休拉的背影。

"厄休拉，你还好吗？"

"是的，我很好。"厄休拉背对着图索，"我想应该是好极了。也许现在是我最好的时刻了。你满意了？"

厄休拉转过身，对图索微微耸耸肩说："我从没有感觉这么好过。"

他和她彼此看着对方，不一会儿她就将目光移到了别处。

"你在生我的气。我知道，厄休拉，我想说的是……"他对她眨了眨眼睛，"你生我的气是应该的，我不知道……"

"不，我没有生你的气，我只是在生我自己的气，你有你为人的原则，我为什么要生你的气？"厄休拉坚定地说。

"也许我还没有准备好。"图索认真地看着厄休拉，"我需要时间。"

"不，你一直都在做准备。我知道，你早就准备好了。为什么你总是不明白呢？"她激动得眼圈红了，抽泣道，"我知道莫德快要离开我们了，而我却什么也不能为她做，她本应该继续幸福地生活下去。"

厄休拉掩饰不住激动的情绪，眼泪顺着脸颊肆意往下流，她双手抱着脑袋，泣不成声。她说："我知道自己错过了很多东西，可我不想继续让它错过……"

图索走过去，本能地将厄休拉揽入怀中，一边抚着她的头发，一边自责道：“我很抱歉让你失望了，不应该是这样的，我只是有些害怕。”

他们没再说话，只是流着眼泪。

Chapter 30

莫德坚持回家疗养，她告诉医生即使是死，她也希望是在自己的家里，绝非医院。

厄休拉又一次看到了她的固执，最终医生还是答应了莫德。

家里还是做好救助莫德的一切准备——呼吸机和其他用得上的急救设备。

厄休拉辞去了工作，全身心投入到照顾莫德的生活中。

她在莫德面前带有朝气地勇往直前，她希望莫德坚持下去，不断地鼓励莫德要充满希望。

直到月末，莫德还保有幸福生活下去的微笑。

“你需要什么吗？我现在要去超市。”厄休拉整理上衣时冲莫德咧嘴笑笑。

莫德坐在床上，面色憔悴地呼了口气，用微弱的声音说：“我想不出来我需要什么。你开车去吗？”

厄休拉微笑着点点头说：“这样会比较快回来，我会想你的。”

她俯下身亲吻莫德的脸颊，莫德身上的香水味和厄休拉回到约纳坦见到她时一样。

“我爱你，宝贝！”莫德有气无力地慢慢抬起一只手。

厄休拉赶忙上前扶住她，说：“我也爱你！等我回来，我们一起看录影带，你觉得怎么样？”

“好主意！宝贝！”莫德的嘴角微微翘起，她眨了眨眼睛。

翌日清晨。

厄休拉和往常一样,想和莫德打过招呼后开始一天的工作。

她轻轻地敲门走了进去。

她轻松地哼着平日里莫德最喜欢的歌曲,双手交叉放在身后,脸上挂着她招牌式的孩子般的微笑,走到莫德的床边,探身向前,轻声地送上了早晨的问候:“早上好!”

可是莫德没有任何反应。

她睁大眼睛看着莫德一动不动地躺在床上。

厄休拉感觉到房间里只能听得到自己的呼吸声,她试着去摸莫德的手,莫德的手冰凉。

她一下子就明白了,瘫坐在地板上,不敢相信地掩住嘴,怕她的哭声会惊醒仿佛在熟睡中的莫德。

她痛苦地捂住嘴,没有出声,她的身体蜷缩成一团,不断地用脑袋砸向膝盖,始终不肯相信莫德已经去了天堂。

十几分钟后,沃丁尤里走进房间。他看见厄休拉不断地摇着头,泪流满面,就已经知道了。他似乎早就做好了准备,安静地走到厄休拉身旁,坐下来,抱紧她,拍着她的肩膀安慰道:“宝贝,我们都会好起来的。”

厄休拉深深地陷入他的怀中。

她整日没有精神,哭着跟家人和朋友讲电话。她怀疑莫德去了远方,不久之后就会回来。

莫德的追思弥撒在她生前最喜欢的沃克天主教堂举行。

沃丁尤里看起来要比厄休拉坚强得多,他始终保有风度。

弥撒之后,厄休拉伫立在莫德的墓前,久久地凝视墓碑上的文字:梦想让我们忍受生活。

许久,厄休拉都说不出话,像被麻痹了一般,不愿相信。

牧师在做最后的祷告:“我们为失去这位贤妻良母以及我们的好友而悲伤,同时我们无法承受这样的悲伤,古往今来多少悲欢离合,谁曾见这样的哀怨心酸!唯一令我们欣慰的是,她走进了一个更美好的世界,比在这里和我们一起更安宁!”

厄休拉饱含泪水和沃丁尤里站在一起,她几度哽咽,努力使自己看起来坚强,她不停地搓手。

沃丁尤里拍了拍她的肩,一如往常地严肃,他亲吻她的额头并对她说道:“你还好吗?坚强,宝贝!”

她浅浅地笑笑说:“我没事。”

她抬起一条腿,脱去脚上的鞋子。“我快受不了了,只想马上脱下这双高跟鞋,帮我拿着。”她接着脱掉了另一只,“我想跑回家。”

她冲沃丁尤里笑笑,转身朝家跑。

即使是在温度适宜的季节,厄休拉赤脚跑步回家,着实叫参加葬礼的人吓了一跳。

图索绷紧身体,和经过身旁的沃丁尤里交换眼神。他问:“我去帮帮厄休拉?”

沃丁尤里一把抓住他的胳膊,说:“不,你什么也不能为她做,她会好起来的。我们回家吧!”

图索静静地望着跑远的厄休拉,沃丁尤里提着厄休拉的鞋子上了车。

Chapter 31

一个星期后，厄休拉、沃丁尤里和图索，都在尽力尝试让生活回到正常，可实际情况并不如他们所愿。

厄休拉为沃丁尤里和图索做好早餐，一个人来到后花园，弯下身闻莫德生前种下的花，她仔细地端详着它们的模样。

莫德生前就写好了遗嘱，她为厄休拉做好了未来的计划，将她名下的一幢房子留给她，希望她有选择地生活。

当律师将房子钥匙交到厄休拉手里时，她觉得她的心被撕裂成几瓣，这些事情叫她更为伤心。

十天过去，厄休拉终于走出大门。这是一个温暖舒适的早晨，她的心里充满了对生活的期待，她希望恢复到原来的生活中，她的手机响了，是塞米切纳打的电话，提醒她工作不要迟到。

厄休拉仰头吸了口气，向主路走去。她回头向沃丁尤里挥挥手道："再见！等我回来一起做晚餐。"

"祝你好运！"沃丁尤里对厄休拉微微一笑。

厄休拉必须尽快工作。

塞米切纳一个人已经忙不过来了，她有时会为找不到东西乱吼乱叫，有时还会喝一口威士忌。

昆廷逗得厄休拉笑个不停，他善解人意的举动令他在任何地方都能交到朋友。

和他们一起共度的时光，厄休拉得到了松弛身心的机会。

"厄休拉，有你的包裹。"沃丁尤里看见厄休拉回到家，对她摇了摇手。

"我知道了。"厄休拉看见桌子上写有她名字的盒子。她用力晃了几下，她把它拿进房间。

在走廊她撞见了图索，他们还是没有说话，厄休拉甚至连头都没有抬一下，径直朝房间走去。

整晚都一个人独自待着。

说服自己容忍图索的行为，厄休拉发现她根本做不到，也找不到任何原谅他的借口和理由。

沃丁尤里每天都去教堂，他将公司的事情全交给了图索。

厄休拉看着房子周围的草坪，她看到后花园无人打理。

“叮……”电话铃声惊醒厄休拉，她跑去客厅听电话。

“你好！我是厄休拉！请问有什么需要我帮助的吗？”她温和地拿起电话讲。

“你好！厄休拉，我是吉本，图索在家吗？”

“对不起，他不在，他没有回家。”厄休拉下意识地看了一眼手表。

“我打不通他的手机，去公司也找不到他，你知道他去哪里了？”

“不，我不知道。”

“好吧！我还是去找找他吧！如果他回去，请你转告他，给我回电话好吗？”

“好的，我也去找找看。”

“谢谢！”

“不客气！”厄休拉放下电话，拿起外套，出了家门。

她第一个想到的就是给简埃迪打电话，可他也不知道图索去了什么地方。

厄休拉驱车前往亚特兰大街。

她频繁地和亚吉本通电话，问图索是否找到。

沿途她不断地向街道两边望，希望有收获。

不知什么原因她想弄明白图索为什么要一个人躲起来。她的车缓慢地向前移动，生怕会漏掉什么似的。

车子行驶到五十二大街上，这条街上的酒吧和餐厅要比其他街道上的多得多。马路上来来往往的车多了起来，喝醉酒的人到处都是，他们在这里找到了“梦幻岛”。

厄休拉关上车窗，上了锁。

一个壮汉扑到了她的车窗前，好在他的朋友及时将他拖走。

厄休拉脸色煞白，双手紧紧地握住方向盘，目视前方。

突然，她在一个拐弯处停了下来，因为正前方刚穿过一辆快速行驶的车子。她趴在方向盘上，让自己平静下来。

她睁大眼睛向窗外看。

车子停在路口，图索和几个年轻人纠缠在一起，他们将他摁倒在地，嘴里还在叫骂。

厄休拉只能看到他们张大嘴，听不清他们说话的声音。

她将车子开到距离图索很近的地方停下来。

她下车时差点崴了脚，赶紧走到后备厢前，打开车后盖。

“你看什么？”喝得醉醺醺的年轻人冲着图索大嚷道，“这里已经没有你的位置了。小子，不要让我们动手哦！”

图索站起来，什么也没有说。

“我说你听清楚了没有？有眼力见儿吗？滚吧！”他们不依不饶地找碴威胁道。

“要是不呢？”图索双手插兜瞪着他们。

“是你自找的，兄弟们一起上！”其中一个大叫道，其他人把图索摁在他们中间。

图索一副坦然面对的样子。

厄休拉扛着猎枪走了过去。

“你们在做什么？”她瞄准刚才下令的年轻人，走近他们大声问。

图索转身看见厄休拉拿枪瞄准的架势吓了一跳。

“厄休拉！”他轻声说了句，“你怎么来了？”

“你又是谁？小姐，请你离开，免得伤了你。”一个穿耳洞的男生指着厄休拉说。

厄休拉上好枪膛，对他们说："请你们离开才是，免得伤到了你们中的谁。"她无畏地耸耸肩，认真地看了一眼图索。

眼前的几个年轻人并不在意厄休拉说的话。他们彼此看了眼对方，忍不住笑了，说："太好了，这样更好玩！"

她和图索彼此看了一眼对方。

"你快离开，我一个人能应付。"图索凑近她，回头望了一眼。

"是吗？一个对付七个！我不相信！"她摇摇头道，"用我的方式更快。"

她扬了扬下巴，指着停在旁边的红色保时捷大声问："那是谁的车子？"

"我的。"一个声音大声回答。

厄休拉认出他就是推倒图索的那个家伙。

"车子很漂亮。"她微笑着赞扬道。

"谢谢！"那个家伙骄傲地看着他的车子。

"不过，很可惜，它需要一个备胎。"不等说完，她瞄准红色保时捷的车前轮就是一枪，吓坏了在场的所有人。

尤其是车子的主人叫苦道："我的保时捷！你知道自己在做什么吗？"

"知道！图索，我们走吧！"厄休拉用猎枪扫视一圈，威吓他们不敢靠近，她等图索发动车子，跳上车，大声叫着，"快开车，我们走……走……"

这帮人谁也不敢上前一步，只有车子的主人叫苦连天道："我的宝贝！"

其他人也只能眼睁睁地看着厄休拉和图索驾车消失在黑夜中。

"该死的，她是谁？"车主看着车子消失在街角后一字一顿地问，他转过来看着其他人，"她是谁？"

没有人作声。

厄休拉下车后把猎枪放回原处，合上后备厢盖。

"厄休拉！"图索摸着口袋，"我们谈谈好吗？"

厄休拉沉默了一会儿说："晚安！"

图索失望地跟在她身后，强迫自己不要说话，可还是忍不住跑上前说了声："谢谢。"

厄休拉看着图索上楼梯，她忘了告诉他要给亚吉本去电话。

厄休拉在床上翻来覆去，就是无法入睡，她换着睡姿，整晚都未曾合眼。她不知道为什么会是这个样子？

她在房间里来来回回踱步，不但没有减轻压力，反而使她越来越紧张。她的脑袋深深地埋在双膝里，依然不见好转，她彻底失望了。

她像梦游一样地站了起来，仰面朝天深深地呼吸，坐到桌子前。

桌上还有她未拆封的包裹，她随手拿起割纸刀。

一卷录影带，上面只写着："真爱满满"。

厄休拉皱了皱眉，奇怪地问："这是什么？"

她下楼，把录影带放进录影机里。

画面里出现了莫德，厄休拉呆住了。

她停止思考，录影带里的莫德好像有未卜先知的特异功能，她早就知道了会有今天这样的局面。她依然用乐观的态度指引厄休拉未来生活的计划。看着录影带里的莫德，厄休拉忍不住潸然泪下，她伫立凝视，听着莫德的声音：

"但愿它能带给你栩栩如生的回忆。无论身处何种环境，都要真诚，保持一颗简单的心，事情总会朝好的方向……"

厄休拉泪如泉涌。

Chapter 32

早晨,图索一觉醒来。

阳光在眼前晃来晃去,一股诱人的咖啡香味充满整间屋子。

“早上好!”沃丁尤里的声音从餐厅远远传来。

“早上好!”图索慢步向餐桌转移,坐在他的位置上,“为什么是你在做早餐?”

“不奇怪!”沃丁尤里扬了扬眉毛,“厄休拉说她去找吉本了。我做得也不差。”

“是啊!”图索喝了一口咖啡,“那么,她是一大早就出去了?”

“是哦!谁把她叫醒的呢?这孩子像是很着急的样子。”沃丁尤里愉快地笑笑,“你还要鸡蛋饼吗?我做得太多了!”

“好的,谢谢!”图索把盘子递过去,若有所思地咬了一口问道,“她去找吉本做什么?我得走了。”

“你还没有吃完呢?”沃丁尤里假装生气,“我做得真的很难吃吗?”

图索站起身说:“我找到答案了。”他神秘地朝沃丁尤里咧嘴一笑,“今晚,我会准时回来吃晚餐,爸爸!”

“哇呜!”沃丁尤里兴奋得一时说不出话。

“晚上见!”他兴致勃勃地最后说道。

图索觉得似乎一夜之间,他全都明白了,原来他记得厄休拉说过的每一句话。

他穿着正装,迫不及待地发动引擎。

厄休拉坐在亚吉本心理工作室的门口,托着下巴,环视着周围过往的人们,她紧张地调整坐姿。

她的左边坐着一个小男孩,他全身缩成一团倒在椅子里,赤着双脚,穿一件蓝色的衬衫,他将半张脸掩在双膝下。他棕色的小眼睛不断地闪烁着光泽，他和其他在门口等着的人一样，显得焦虑不安。

厄休拉在亚吉本心理工作室门外坐了半个钟头，她一直心神不宁。

她以前一直觉得做个平凡的姑娘很快乐很幸福，就像周围满是爱那样快乐。现在，赫托图索出现了，他摇醒了厄休拉，满是爱的空气散得无影无踪，什么也没有。

电梯门开了，厄休拉吓了一跳。

图索出现在她面前，他直挺挺地走向她，她的心就像中了箭一样，一只手攥得紧紧的。

图索靠近厄休拉，他沉默地看了她一会儿，双膝跪在地板上。

厄休拉睁大眼睛看着他，她的嘴动了动，一点声音也没有。

图索双手捧着厄休拉的脸，她泪光闪闪，哽咽着对图索说："为什么我感觉在你面前我总是一丝不挂？你总能看清我在想什么。"

"我也是。"图索皱了皱眉头，他微笑地点点头，"我不知道怎么了，也许我们都需要爱。"他抬起头坚定地看着厄休拉，抬手将她的头发拨向耳后。

"真的是这样吗？"厄休拉疑惑地望着他，"我被搞晕了。"

"是的，我们都太需要爱了。"图索温柔地重复了一遍，"厄休拉，我爱你！"

图索认真地说着每一个字，厄休拉微笑着投入图索的怀中，眼泪从脸颊滑落。

她再也控制不住了，她的生活有了变化。

图索探身向前吻向厄休拉，他们幸福地望着对方。

她明白了生活的意义，渐渐开朗起来。

她意识到她总是能通过图索让她把心里的话倒出来，缓解她紧张的神经，同时让她头脑清醒。

图索牵着厄休拉的手站起来，他们咯咯地笑着。

"我们回家吧？"图索扬了扬下巴。

厄休拉的心里亮起了一盏灯。

图索抱着厄休拉的肩,愉快地站在电梯口。亚吉本从办公室走了出来,他看着熟悉的背影,想了一会儿,叫了声:“厄休拉!”

图索和厄休拉一同转过身。

“厄休拉！有事吗?”亚吉本走上前咧嘴笑笑。即使做了父亲,他仍然看起来像个孩子。

“我想我不需要了。”厄休拉诡秘地看了眼图索,对亚吉本说。

“为什么?”亚吉本走到她面前,他双手交叉抱在胸前,小声道,“来医院治疗的人很多,我可以为你提供特殊服务。”

“不知道。”厄休拉勉强道,“我想我好了。”

“什么?”亚吉本迫切地看着她,“为什么?”

“因为我有了一位私人心理医生,一直都有。”

图索让开一点看着厄休拉。

“是吗？他是谁?”亚吉本认真地问,“有人在抢我的生意,厄休拉,怎么连你也这样待我。”

她轻轻地笑笑。

图索用一只手抚着厄休拉的肩膀:“你应该花些时间在你的生意上。”

“什么?”亚吉本反应道,“这个……”他久久地看着厄休拉摇摇头,“你还是不肯讲出他的名字?”

“哇呜!”厄休拉禁不住大笑着。

“不要讲!”图索在厄休拉耳边耳语,把她拉到怀里,“我们走吧!”

电梯里的图索冲着在外边傻傻发呆的亚吉本挥挥手。

电梯门合上了,厄休拉和图索沉默不语。

图索盯着厄休拉发红的脸,她也定睛地看着他。

他俯下身吻住厄休拉。

Chapter 33

厄休拉容光焕发地生活和工作着。她不得不承认她恋爱了,这也是她迄今为止最确定的一件事情。

“你不觉得应该说些什么吗?”塞米切纳喝了一口咖啡,走到办公桌前坐下,“厄休拉,嗯?”

“说什么?”她耸了耸肩,“我手里的工作还没有完成。”

“请继续!”塞米切纳看了一眼昆廷,和他交换眼神,又喝了一口咖啡,坐在椅子上。

厄休拉坐在昆廷身后的椅子上,在笔记本上记东西。她抬起头认真地说道:“拜托!我很忙,你能给些提示吗?”

“哦!是这样,我们发现最近你有点变化,确切地说变化还不小,你认为呢?”

厄休拉深吸了一口气,后悔开始了这个话题。她皱眉道:“我不觉得。”

“午餐时间到了,吃什么好呢?”昆廷兴奋道,“烤鸡腿、奶油蛋糕、牛排,还是要鱼排?”

“我是认真的,厄休拉!”塞米切纳把头发拢到脑后,摆出一副公事公办的样子,“婚姻意味着你原来是你父亲的财产,现在却变成是你丈夫的了。记住我说的,对你有用。”她打开门回头看了眼厄休拉,关上门。

“什么?”厄休拉尴尬地说,“这也太快了吧?”

她坐下来,一些可怕的问题在她脑子里旋转。

她搓着手,试着镇静下来。即使她清楚地知道时间,她还是看了下表。

厄休拉犹豫午餐吃什么,花了很长时间拿不定主意。

写字楼外,图索耐心地等厄休拉。

她匆忙穿过马路,脸上带着迷人的微笑。

图索想开口,却笑了。

他主动上前为厄休拉打开车门,说:“请吧!女士!”

“谢谢!先生!”厄休拉愉快地四处看了一眼,“我们这是要去什么地方?”

图索上车,系好安全带,说:“是的,但有一个小小的要求。”

厄休拉扬了扬下巴,她禁不住笑出声。

图索看着厄休拉,她只好无奈地摆摆手,答应道:“好吧!什么要求我都答应,除了不要让我在所有人面前承认我喜欢黑眼豆豆乐队,其他的我都答应你。”

“原来你喜欢黑眼豆豆,有意思!”他咯咯地笑。

“嗨!别那么激动!”厄休拉平静地说,“有那么好笑吗?”

图索看着她坚定地说:“我遇到的女生大部分都很虚伪,我喜欢你的严肃。”

“哦!”厄休拉小声地笑着,“谢谢!”

“我知道自己有些傻,有那么好笑吗?”图索把手放在厄休拉的手臂上。

她笑得喘气,说:“好吧!我不笑了,是什么要求呢?”

“喂!”图索从口袋里抽出一条丝巾,“我想带你去一个地方。不过你得把眼睛蒙上。”

“你是认真的?”她不确定地问。

图索绷紧下巴点点头。

他伸出手,厄休拉犹豫了一会儿,拿着他手上的丝巾,把它蒙在眼睛上。

她开玩笑地对图索说:“祝你好运,不要撞在树上就好。”

图索咧嘴笑笑,发动车子。

厄休拉耳边只有微风拂过车窗玻璃的嗡嗡声,还有图索在不停地说着公司里的趣事,逗得她开心地笑。

偶尔她清晰地听见车子与路面摩擦时的咯吱声。图索说到一些有趣的地方时自个儿也会笑出声,她的嘴总也没有合上的时候。

“厄休拉,我们到了。”他慢慢地转过头看着厄休拉。

“我可以摘下它了？”厄休拉微笑着问。

“不，还不行！”图索取下车钥匙，按了按厄休拉的胳膊。

“为什么？”她皱着眉头，把脸转向图索。

“来吧！一会儿你就明白了。我扶你下车。不准偷看！”图索在下车时微笑着提醒她。他跑下车，打开车门，双手扶在她的胳膊上，轻轻地扶她下车。

她越来越感到好奇了，张了几次嘴，都在傻笑。

图索的一只手挽在她胳膊上，他们慢慢向前移动。

“你在陷害我？”厄休拉开玩笑地问图索。

“我知道你的剑法一流，来吧！小心台阶！”图索站在她的对面，拉着她的双手，担心地说道，“我们到了，还不能摘下，一会儿就好。”

厄休拉感觉变安静了，她以为是一间高级餐厅，或是什么特别的地方。她听不到图索的声音，静得有些吓人。

“图索，好了吗？我不想玩了。”她伸手，一点点移动。

安静了一会儿，图索赶忙上前抓住她的手，抱住她的双肩说：“可以摘下了。”

“我怕黑。”她摘下丝巾，当她还想说下去的时候，她惊呆了。

原来她和图索站在一幢房子里，里边空空如也，什么也没有。

屋内采光极好，大大的落地窗格外吸引厄休拉的视线，她惊讶地看着图索，而他关切地注视着她。

“我想你喜欢充足的阳光，你觉得怎么样？”图索环视四周，屏住呼吸注视着厄休拉。

“什么？”她不敢相信地摇摇头，“你吓到我了。”

“对不起，我只是来过一次，就决定要买下它，我想你一定也会喜欢这幢房子。”

“是哦！非常精致，很浪漫。图索，你哪儿来的那么多钱？”厄休拉指着房子，看了一眼图索。

“你说上帝为什么要发明贷款？”他调皮地说道。

“哦！你不认为快了点吗?”厄休拉用力地咽了口唾沫,“我是说,我们当然会买房子,但好像……”

“你不喜欢这幢房子?”图索点点头打断她,“它是我们未来生活的一部分。”

“不,我不是不喜欢,只是……”厄休拉捋了捋头发向耳后,“我觉得有些快,我不知道我有没有准备好,再说我还没有向尤里说我们的关系,一切都失去了控制,我能不能做好?”她觉得喉咙发紧,脑袋停止运作,呼吸紧张。

“你做得很好！厄休拉!”图索温柔地说,“我想告诉你,和你在一起,让我觉得充满自信,这一切都太不可思议了!”

厄休拉扭着鼻子笑了一下。

“我还喜欢你笑的时候扭鼻子的动作,你总是纠正我愚蠢的说话方式……你让我看到了真正的自己……你使我变成一个更加优秀的人——做我自己!”他深深地吸了口气,“我知道这个……一点也不重要……而你才是最重要的,但是……呵呵……我找不到其他更合适的词汇。”图索定定地看着厄休拉,他的眼睛比以前更明亮。

现在,厄休拉控制不住眼泪夺眶而出,她说:“你说的话都很美。”

她擦了擦眼睛,想控制住眼泪。她对图索说:“我爱你!”

“我也爱你！厄休拉!”图索的眼睛湿润,他握住厄休拉的手。

“呵呵!”他温柔地托起厄休拉的下巴直到她能看到他的眼睛,“爸爸一定也会很开心的。”

他的嘴唇温柔而又坚定地贴在厄休拉的唇上。

赫托图索和厄休拉站在一幢白色木质结构的房子里。

房子建在约纳坦河边上,周围没有其他建筑。房子简单却又精致。上层是一间小阁楼,楼梯也都是木质材料。有时会听见嘎吱的声音,有时会闻到胡桃木散发出的淡淡木香味。

虽然她不是行家,但有着自己独特的鉴赏力。

他们在回家的路上,厄休拉与图索商量房子里未来的摆设问题,他们共同做着两人一起生活的计划。

他们在车里热烈地讨论着：

“象牙色的餐巾和杯子。”

“大电视，每周必看的橄榄球赛。”

“银色的蜡台。”

“马海毛的沙发。”

直到进屋，他们都还在讨论未来家具的摆设。

当厄休拉看见沃丁尤里还在餐厅看报纸，她想到应该把这件事亲自告诉他才行，她看了一眼图索问：“他会为我们感到高兴吗？”

“当然，我们是一家人嘛！”图索对厄休拉笑笑。

“是吗？我怎么听着这么别扭呢？”

图索咧嘴笑笑挠了挠她的头发，她不甘示弱地捅了捅他的背。

两个人像孩子似的玩闹在了一起。

“怎么！”沃丁尤里想对他们笑笑，“又来了！”他把目光放回到报纸上。

厄休拉的新生活在她熟悉的环境下进行，她正在学习作为孙女和女友的规矩，还没搞清楚他们之间的关联以及它们的意义，生活就已经开始了。

“厄休拉，你的电话！”沃丁尤里朝楼梯口大声喊。

厄休拉挠着头发，穿着睡衣跑下楼梯，把头发甩到耳后，拿起电话，微笑地向坐在餐厅的沃丁尤里点了下头，“谢谢！尤里！”她拿起电话，“你好！我是厄休拉！”

图索穿着整洁地走下楼梯，他笑着咬着嘴唇轻轻地走到厄休拉的身后，先是拍了拍她的肩膀，后又吻上她的脸颊。

他从身后递到她面前一份书架的广告单，说：“你认为哪一款适合我们的房子？”他的头靠在厄休拉的肩上，好像撒娇的孩子。

“对不起，请稍等！”厄休拉扣下电话在肩上，“什么？”她心不在焉地问了一句。

她从图索手中拿过广告单，认真地看着。

“父亲希望我去他的公司工作，可我希望一直都和你在一起，我们应该尽快布置好房子。你觉得呢？”图索挠了挠厄休拉的头发，他期待地看着她。

“对不起，你说什么？”她放下手中的广告单，眨眼道，“我没有听清，嗯？”

“我应该昨天就告诉你，父亲希望我去帮他，而我希望我们能在一起。你和我，还有爸爸！”图索严肃地说，“我知道，应该和你商量的，可他催我催得很急。晚上，我们一起吃饭。”

厄休拉感到震惊，表面装作若无其事的样子问道：“尤里也去吗？”

“是啊，劳拉和吉本，他们也去。我去接你？”图索抓住厄休拉的胳膊，把她拉到面前。

“哦！不用，我想在那之前，我还有一个约会。”她骄傲地抬起头，“告诉我时间，我准时出席。”

“约会？”图索牢牢地盯住她，“我以为只有我是你生命中的奇迹。”

“实话告诉你吧……我是和另一个人一起来的。”厄休拉礼貌又带一点遗憾地说。

“真的吗？”

“是的，所以……”她微微耸了耸肩，等着图索走开。

“他是谁？”图索问。

“嗯！这是私人问题，我不回答。”她愉快地向图索指了指电话。

图索站直身体。“你还欠我一个解释。”他咧嘴笑着朝餐厅走去，用手指着厄休拉，小声提醒她道，“记住，晚上七时！”

“好的！”她点头应允，拿起电话，“对不起，久等了，你刚才说什么？我没有听清楚……”

Chapter 34

厄休拉的财务状况越来越糟糕,她担心会失去信心,她的薪水多半花在调查上,她不知道还有没有能力应付。她意识到,经营自己的生活远比她想象的要复杂得多。

厄休拉应早晨给她打电话的人之邀与之会面。

咖啡厅有些偏僻,但却很雅致。

早在几个月前,他们之间便有了联系。他们通过数次电话,见面还是头一次。

厄休拉请私家侦探专门负责调查她父母的死因。为此她不仅在情感上备受煎熬,也在经济上付出了巨大的代价。

推开玻璃门,厄休拉等了一会儿。

一个穿着衬衣的高个男生从角落的小方桌前站了起来,向她挥手。

厄休拉昂首挺胸地往穿衬衣的男生方向走去。

“嗨!”她愉快地和他打招呼,他站得笔直,直到她坐下,他才坐下去。

“你好!我是厄休拉。谢谢你抽时间见我。”厄休拉主动伸手。

“你好!我们终于见面了,我是帕克。见到你很高兴。”他也伸出手。

厄休拉想到父母的遭遇,他们因为一起交通事故离奇死亡。警察的调查结论也只是简单的交通意外,并没有详细地解释是什么原因造成的,她自然觉得好奇。

她从小失去父母,幸好外祖父母他们的爱填补了她情感的缺憾。因此,她格外珍惜,也想弄明白事情的真相。

厄休拉被这件事情困扰着,希望了解到真相使内心得到真正的平静。

谁曾想到帕克所调查到的真实情况,令她十分错愕。

帕克拿出当年汽车被送去调查的详单和检验结果,是人为故意损害刹车失灵,车子有被人做过手脚的痕迹。

厄休拉不敢相信地细读文件上的每一个字……

文件的最后一行清楚地写着车主赫托蒂缇。

厄休拉指着上面的最后一行问:“这是怎么回事?为什么车子是赫托蒂缇的呢?”

帕克探身向前移。“哦!我查过了,警察局当时的笔录是沃丁夫妇当日有急事要出门,与赫托蒂缇是好朋友,因此他们借了她的车子出门,她正好也在沃丁公司工作。几个月后,她也遇到了交通意外,猜猜我还调查到了什么?”他取出另一份文件说道,“也许你用得着它。”他干涩的声音在厄休拉耳边响起。

厄休拉从没想到她的父母和图索的母亲会是朋友,她惊讶道:“我需要时间接受它,真奇怪!”

“是啊!”帕克的表情变了,他盯着厄休拉说道,“原因就在你手里的照片上。”

她的心猛地一沉,打开文件看着照片。

帕克在一旁附上了他的解释。“这两个人看起来关系不一般,那个女人就是赫托蒂缇,男人是……”

“亚里中!”厄休拉脱口而出。

“你认识他?”帕克瞪着她,“他在本城很有名。”

“当然认识!”她久久地看着照片上的两个人,脑子里嗡嗡作响,“你找到了!”

“猜猜我还找到了什么?”他盯着照片看了一会儿说,“亚里中的妻子当年也请侦探调查过她丈夫。”

“你是说……她见过照片……”厄休拉迷惑地看着他,“哇呜!”

“当然,她当年找的侦探现在和我在同一家公司,无意中看到我桌上的照片就和我谈起当年的往事。照片还是他拍到的,我想事情再清楚不过了。如果还需要证据,我会继续查下去的,有了结果给你打电话。”帕克一边收拾桌上的文件,一边说道,“我查到亚里中的妻子鲁斯当年去过同一家车行修理车子，同一处地方，原因不明。我还有事情，下次再谈。”

“好的，谢谢！”厄休拉的心里一阵刺痛，她努力用微笑面对帕克，她指了指照片问，“我可以留着它们吗？”

帕克站起来说：“当然，保持联络！”

“再见！”她最后勉强说道。

她的心七上八下，好长时间，她一个人坐在角落。

为了缓解巨大的震惊，厄休拉不得不搓手，抬起头望着外边，她无法看清任何东西。

突然，她对外边的事物冷笑一声道：“该死的！我以为自己找到了答案，结果像个疯子似的乱蹦乱跳，该死的一切！”

结果和厄休拉想要的结果完全不一样。

她坐着的样子就像角斗士一样，充满了矛盾。

厄休拉觉得莫德是对的，她的手指在桌上画来画去。

莫德曾对她说这件事很复杂很矛盾，她说的是实话：“这不是你轻松承受的事情。”

厄休拉静静地靠在椅背上，脑袋里正把所有事情都串起来，想清楚。

她向服务生要了一杯咖啡……接着是第二杯……第七杯……

厄休拉也不记得喝了几杯咖啡。

到了傍晚，她在角落坐着。

亚里中在家举办的晚宴只差厄休拉一个人还没有到，劳拉留意图索席间不断地看表，显得相当紧张。

餐桌上的烤牛腰肉和熏腌虾也不能带给图索任何的食欲，他的视线一直没有离开过大门。

“图索，来点羊乳酪吗？”亚吉本轻轻地碰了碰他的胳膊，逗趣地对他说。

图索没有反应，只是侧着脑袋盯着门口。

“敞开门，敞开怀，给我来一杯，我不会胡来。”亚吉本倒了一杯红酒，他瞟了一眼图索，问劳拉，“你说他在思念谁?”

“小萨拉的教母?”劳拉扬了扬下巴，手从亚吉本身前穿过，拍了拍图索。

“什么?”图索像是被惊到，反应有些大，吓到了劳拉和亚吉本。

“图索，别担心，也许厄休拉塞车，会晚来!”劳拉点点头说。

“哦!”图索的脸有点阴郁。

亚吉本和劳拉互相看着彼此。

当亚吉本说话的时候，图索的脑子里全是厄休拉的影子，他觉得他的脸红了，尴尬地清了清嗓子。

忽然，厄休拉静静地走了过来，她表情严肃地走到图索身边的空位前停下。

图索激动地主动起身为她拉开椅子。

“谢谢!”她内疚地转了转眼珠，她坐下时脸上只有严肃。

“厄休拉，你知道你错过了什么?”劳拉咬着勺子甜甜地说着，偷瞄了一眼认真切牛腰肉的图索小声地笑着。

“不知道!”她勉强笑了笑。

“也许你应该尝试一下羊乳酪，我想你应该试一试，这对你的健康有好处。”亚吉本笑笑说道。

“谢谢!”她往后缩了缩，“你们从我进来一直都在笑，哪里有问题?”她试探性地问。

亚吉本和劳拉相互看了一眼，同时摇摇头道：“不，不是你的问题，你今晚非常漂亮！我和吉本在说某人。”

“某人?”厄休拉看着劳拉的眼睛，“真搞不懂你们，我饿了!”她从劳拉手里接过蔬菜沙拉，不解地笑笑摇着头，“你们俩究竟怎么了?”

劳拉和亚吉本不说话，只是互相咧嘴笑。

图索放下手中的叉子，看着厄休拉，被她感动了。

“厄休拉，你的约会怎么样?”图索问了一句。

厄休拉咽下一口蔬菜,盯着前方看了一会儿,说:“我不知道该怎么回答你。我想我只能说生活如此复杂,我已满意。只要知道我还活着,仅此而已!”

她侧过脸认真地看着图索。

她张了张嘴,想对图索说点什么,话到嘴边说不出口。

“鲁斯呢?”她移开目光说,“我没有看到她。”

“她去接电话了。”图索猛地吐了口气,“我想今晚就告诉父亲我的决定。”

“你真的想好了?”厄休拉担心地看着图索,她有一种想要说出一切的冲动。

“你怎么了,厄休拉?”图索怀疑地看着她,“你还好吗?”

“我很好。”厄休拉试探地对图索笑了笑,“今晚会非常有意思。你应该知道事情的真相。”

她端起酒杯,一饮而尽。

“真相?什么真相?厄休拉!”图索不相信地重复道,“你今晚看起来和平日里不大一样,你怎么了?”

厄休拉放下酒杯,微微地耸了耸肩,她探身向前,用一只手支着脑袋。“我觉得像失去了整个世界!”她的声音颤抖。“图索,我实在无法理解所发生的一切!”她迷惑不解地看看图索,看着亚里中,又看了看鲁斯,最后她把目光慢慢地转到图索身上,“是这样!”她茫然地说,“我们应该离开这里。”她的语气中带有让图索觉得他们可能真的需要离开的哀伤。

“我们晚餐结束后就离开。”图索飞快地说。

厄休拉皱着眉,觉得自己要哭了,她说:“我是说离开约纳坦,真正地离开。”

“哦!”图索清了清嗓子,“我们才刚刚开始,你怎么会突然有了这个想法呢?”

厄休拉眨着眼睛,使眼泪不那么容易掉下来,她咬了下嘴唇说:“如果我们想要开始我们自己的生活,就必须面对未来的事情。"

"怎么回事?"他担心地看着厄休拉,他把手放在她的手上,"你说什么?我怎么一点也听不懂呢?"

厄休拉拿过酒瓶,愁眉苦脸地倒了一杯。

"我从没觉得这东西这么好喝。"她喝了一口红酒,"她来了。"

她抬起头注视着鲁斯和亚吉本在说话,他们站在门口显眼的位置上。

"谁?"图索从厄休拉手中拿过酒杯,"你在说什么?"

她从脸上挤出笑容,睁大眼睛看着图索说:"很快就会解决的。"

图索大惊失色地看着她。

她好像忘了在现实生活中还有图索这个人,满脑子只有鲁斯的那张脸。

鲁斯一边微笑,一边把厄休拉和图索的生活推向深渊。

厄休拉从椅子上站起来,她坚定地看着鲁斯,冲图索笑笑,向鲁斯的方向走去。

图索不知所措地看了眼周围,拿起酒杯,一饮而尽。

他放下酒杯,茫然地看着厄休拉的背影。

"嗨!鲁斯!"厄休拉绷紧身体,她看了眼亚里中,微笑着点点头。

"厄休拉!"鲁斯转向她,"我一直没有注意到你。抱歉,我是说你为劳拉所做的,谢谢!"

"哦!碰巧我遇到了那种情况。"厄休拉不相信地看着她,"我可以问你一些事情吗?"

"我失陪了。"亚里中微笑着走开。

"你想问什么?"鲁斯看着她的手指甲。

"你……我想知道的是,你认识赫托蒂缇吗?"厄休拉抬起头坚定地看着鲁斯,"认识吗?"

"哦!不!"鲁斯沉下脸,"从没听说过这个名字。"

"没听说过?"厄休拉反唇道,"我可不这么认为,你应该对她熟得很,她可是图索的母亲啊!你应该知道的。"

“我说过，不认识，也没听过这个名字！”鲁斯坚定地说，“这个问题越界了，最好到此为止，厄休拉，你喝多了。”

“越界？”厄休拉恼怒地盯着她，“我想你做的事情远比越界严重得多，不是吗？你心里清楚。我了解，女人应该为自己的权利斗争，但不是用付出生命的代价，你为什么要这么做？”

“我不知道，你在胡说些什么？”鲁斯避开她的眼睛，“你应该坐回到你的位置上，等你冷静下来，我们再谈。”

“怎么，鲁斯，害怕了吗？”厄休拉扬了扬下巴，激烈地说，“当然，你会害怕，你杀了我父母，还有图索的母亲。你一定会害怕，好吧！我给你看些东西。”她转向鲁斯，从上衣口袋里掏出照片，愤怒地把它们拿到鲁斯面前，“你曾经见到过这些照片，他们看起来很亲密，不是吗？你的秘密，所有人都知道。”

“这不算是秘密。”鲁斯抿嘴摇摇头。

“哦！是吗？那你丈夫知道你二十年前就曾经调查过他吗？”厄休拉反问道。

鲁斯坚定地说：“这个家里本来秘密就很多。”

亚里中微笑着手捧酒杯走过来。

“你们在聊什么？”他转过头，期待地看着厄休拉和鲁斯。

“我想我们说完了。”鲁斯摇头。

“完了？”厄休拉愤愤地说道，“你以为一句轻松地完了，就让我什么都不知道了吗？你将全部的责任都推得一干二净，却把我们的生活弄得一团糟，不是吗？莫德说仇恨不应该成为我们生活的一部分，可你亲手毁的不只是你一个人的生活，你该问问自己，你究竟做了什么？你该问问你丈夫，还有你自己……你做得太多了。我会继续调查下去的，真相究竟是什么？”她饱含热泪地说，“请找个好律师吧！”

“厄休拉？”亚里中的眉毛拧成一团，他瞪着她，“也许你喝多了，你看起来有些激动。”

“不,我没喝多。”她微笑地耸了耸肩。

鲁斯气得直喘气,厄休拉从亚里中的手中夺过酒杯。

“你犯了错误,却让我的父母受到牵连,为什么?她早就知道会是这样的结果。我无法相信所有的一切,你的妻子有份参与。她都是为了你。事情原本不应该是这样的,她……”厄休拉盯着手里的酒杯说,“鲁斯……”

“厄休拉,你应该停止了。”亚里中抬手叫亚吉本过来,他恼怒地对她说,“我听不下去了。”

“你需要喝一杯。”厄休拉抬起头,摇了摇手中的空酒杯,她冲亚里中笑笑。

当亚吉本走过来,亚里中迫不及待地想要厄休拉安静下来,他紧紧地拽住亚吉本的胳膊,低声却很强硬地在他耳边耳语道:“你尽快想办法让厄休拉安静下来,这样大家都会好看些。”

亚吉本咬了咬嘴唇,向大厅跑。

图索和沃丁尤里彼此看了眼对方,他们一起走过去。

亚吉本急忙跑回来,他迟疑地看着劳拉。

“你发什么呆?”亚里中狠狠地训斥着亚吉本。

“哦!”劳拉叹道,“吉本,是谁生病了?”

亚吉本掏出针剂和针筒,他深深地换了口气。

厄休拉被亚里中拽住胳膊,她使出全身的力气挣扎。

“你做什么?”图索抓住亚吉本的手,“你要对她做什么?”

“这是镇静剂,她需要安静。”亚吉本终于开口道。

图索不敢相信,他最好的朋友为了让厄休拉安静下来,想了这么一个办法。

亚吉本专心地为厄休拉注射了一针镇静剂,鲁斯则在一旁研究她的指甲。

“吉本?”劳拉盯着亚吉本,“你知道自己在做什么?”

“知道。”亚吉本尴尬地说,“是爸爸叫我做的。”

“可他不是心理医生。你才是。”劳拉用手指着亚吉本，毫不客气地当众指责道，“我希望你清楚自己在做什么。”

厄休拉呆呆地望着远处，脸上依旧是痛苦的表情。

“厄休拉，没事了。”图索探身抱住厄休拉，他觉得眼泪就要流下，他眨了眨眼睛，紧紧地抱住她。

厄休拉乖乖地闭上眼睛，闪回之前的画面。

图索抱起她，朝门口走。

“她是个疯子。”鲁斯小声地对亚里中说完，将厄休拉拿给她看的照片撕得粉碎，丢进垃圾桶，愤愤地回房间。

“今晚真有意思！”劳拉看着手中的酒，她的开心消失了。

“厄休拉，她怎么了？”亚吉本悲惨地喝了一口酒，“我是心理医生？”

“毕业证书上是这么写的。”劳拉鼓起腮帮子。

回到家中，图索把厄休拉抱进她的房间。

安置好后，他一个人瘫坐在椅子里，感到震惊，以致他整晚都无法理清自己做了些什么。

图索只记得厄休拉很紧张，他不敢相信她的痛苦已经到了很深的程度。

平日里一向严肃的厄休拉，是决不会放纵自己的。

图索不放心，打开厄休拉的房门，坐在她的身旁。

然而，他发现他想对厄休拉了解得更多，就越发觉得他对厄休拉知之甚少。

在他面前厄休拉看起来很高兴，很可能她总是以微笑示人，痛苦的心却在挣扎着。

Chapter 35

第二天早上醒来时，厄休拉的头痛得要命。

“早上好！”图索向在做早餐的沃丁尤里打招呼，他放下文件夹，看见坐在后花园里呼吸新鲜空气的厄休拉，“她怎么样了？”图索扣完最后一个扣子，对沃丁尤里说，“来一杯咖啡。”

“厄休拉？她看起来好多了。”沃丁尤里递上一杯咖啡，安慰他说，“她正经历痛苦的时期。我想她能应对，就像她小时候一样坚强。”

“我去看看她。”图索拿起文件夹，推开通往后花园的门。

他清了清嗓子，走过去。

早晨的阳光温暖而又舒适。

厄休拉静静地坐着，一动不动地盯着那些花。虽然它们什么反应也没有，却代表了一切。

“早晨的阳光真好！”图索挠了挠头，他的目光停留在厄休拉身上。

“早上好！”厄休拉用手挡在额前，抬头笑眯眯地看了看图索，故作严肃地绷着脸说道，“我不会和其他人约会了。”

“太好了！”图索扬起下巴，“看来我还有机会。”他蹲下，把手放在厄休拉的手上，“今天待在家里吗？”

“是啊！我看起来就好像是一个晚上喝多了而早上还没清醒过来的酒鬼。”她把手从图索的手里抽出来，仰起头，捋着头发。

“晚上见！”图索微笑着吻她的额头朝房子走过去。

“我要走了。”图索进餐厅时说道，他看见沃丁尤里在讲电话。

“你找厄休拉……”沃丁尤里犹豫地说着，“她在……”他望着后花园，吸了一口气。

“我来吧。”图索放下文件夹，从沃丁尤里手里拿过电话，“我来讲。”

沃丁尤里放心地把电话交到图索手里就去忙了。

"你好！我是赫托图索，厄休拉现在不方便接电话。你有什么需要我转告她的吗?"图索抬起下巴，看向后花园。

"你好，我是帕克。好吧，请你转告她，我找到了。随时拿给她。"

"好的!"图索试探性地问，"你可以说得清楚点吗?"

"我已经找到证据，她会有兴趣的。叫她随时给我打电话，还是算了……转告她，就约在上次的咖啡厅，我等她。"

"我会转告她的。"图索转了转眼珠。

"谢谢!"

"不客气!"他放下电话，想了许久。

"找我的吗?"厄休拉的声音从图索头顶传来，他抬起头，看见她正在上楼。

"是啊，他没说是谁，我想应该不重要。"图索坚定地说道，"最近这样的电话很多。"

"也许!"厄休拉耸了耸肩，"我要回房间了。"

"厄休拉!"图索站在楼梯上大声问道，"你觉得哪里的咖啡最好喝?"

"嗯?"厄休拉停下来回答道，"我也不知道，都差不多吧！咖啡不都是一个味道？非要我说，就是水牛城吧。因为我去过的咖啡厅不是很多，那里虽有些偏僻，咖啡的味道还不错，我昨天才去过一次。怎么？你有兴趣?"

"你的建议对我非常重要，谢谢!"图索微笑着点点头。

"不客气!"

图索推开门，昂着头，满心乐观地上了车。

一个明亮清爽的早晨，让图索觉得一切都会好起来的，他的心情不由得好些了。

沃丁尤里和厄休拉一起去了购物中心。他忘了他还有一个公司，他却对她说："也许你需要换个位置?"

厄休拉咯咯笑着，去买她中意的东西。

沃丁尤里却自得其乐地跟在她身后说："等等我，我跑不动了。厄休拉，我们歇一歇。"

她逗他玩，不仅没有放慢速度，反而更快地向前跑着，跳着。

图索终于打听到了水牛城咖啡厅的具体位置。他未向厄休拉透露一字，他想知道，她究竟在做什么样的调查。

推开玻璃门，图索来回看了看咖啡厅，是哪一个呢？

在角落里，他看见一个高个男生一个人坐着，他正向门口瞧，图索尽量用轻松随意的姿态走了过去。

他紧握拳头，眼睛里闪过一丝慌张的眼神。

帕克抬头看见图索正看着他。

"帕克吗？"

"我是，请问你是？"

"我是赫托图索。"图索轻松地笑了笑，"我们通过电话。"

"厄休拉，她怎么没来？"帕克温和地问。

"厄休拉，她有些事情。"图索小心地说，"我来了。"

"她叫你来的？"帕克问。

"是的。"图索对他轻松地笑了笑，"只是帮她来拿……"

"我想必须和她本人谈才行。"帕克礼貌地向图索点点头。

图索微笑着从上衣内侧取出一张支票，推到帕克面前，他对帕克轻松地耸了耸肩道："这是厄休拉给你的。"

帕克拿起支票靠回到椅背上，微笑着点点头说："好吧。"

图索得意地对他笑笑，帕克将一个大纸袋推到他面前。"厄休拉要的东西全都在这里。有问题随时给我打电话，她知道怎么联系我。"帕克站起身。

"什么？"图索疑惑地瞪着他，"是什么东西？"

"厄休拉要的。"帕克不紧不慢地拿起外套。

图索双手捧着大纸袋，没过一会儿，他就有了决定：打开纸袋，一探究竟,他必须尽快找到使厄休拉痛苦的原因。

自从厄休拉质问鲁斯后到现在,鲁斯满腹狐疑。

她首先给沃丁尤里打电话,询问厄休拉的近况。她是知道的,厄休拉绝非空穴来风指责她杀害了她的父母和图索的母亲。厄休拉一定知道了些什么,但她又不敢肯定。鲁斯假称她会亲自登门看望厄休拉,沃丁尤里答应了。

当天下着蒙蒙细雨,鲁斯站在沃丁家门口,准备敲门,沃丁尤里却从里边急匆匆地走出来,他抱歉地摇着头说:“对不起,我现在要出去。抱歉,无法招待你。”

“我想是我的错。”鲁斯摆摆手道,“我应该在你方便的时间探望,我很关心厄休拉的身体状况,她还好吗?”

“哦!当然,谢谢!”沃丁尤里微笑着点点头。

“我可以去看看她吗?”鲁斯用那种央求的眼光看了沃丁尤里一眼,向门口走。

沃丁尤里知道虽不是最好的选择,但他实在没有拒绝鲁斯的理由。

“好的,我要失陪了,你请便!”沃丁尤里打开大门,他停了一下。

“我会照顾好厄休拉的。”当鲁斯经过沃丁尤里身边时说,“请你放心!”

沃丁尤里礼貌地向鲁斯道了声:“谢谢!”

鲁斯关上门的一刹那,眼睛里闪过不安,她朝楼上望,脚步安静。

她四下探寻,厄休拉不在客厅,餐厅里也没有她的身影。鲁斯原地观察了一会儿,没有发现厄休拉的身影。

她抬起胳膊,搭在楼梯扶手上,转了转眼珠,猜到厄休拉应该还在房间里。

她想到了一个主意,朝餐厅走去。

图索在水牛城咖啡厅一个人坐着,他被眼前的照片和文件震住了。他慌乱地挠着头,不知该怎么办才好,他觉得快要喘不上气,动也动不了。

他绝望地抬起一只手,轻轻地咬了一下。原来这是真的,他拿起桌上的照片,手抖个不停。

他愤怒地看着照片,血一直冲到耳根,他甚至回忆起他母亲死时的画面。他的眼泪和愤怒一起涌上心头。

他的眼泪打在照片上,照片上有图索的母亲和亚里中在一起时的亲密合影。

文件包括亚里中曾在二十几年前为赫托蒂缇在市区买过一套公寓,还有一部分股份转在了赫托蒂缇的名下。鲁斯当年请过私家侦探调查。文件里有电话录音,记录着鲁斯曾找人对赫托蒂缇的车子动过手脚,就在他们约谈的地点。

这些证据叫图索更为伤心,原来厄休拉一直受这样的痛苦折磨。

他希望这一切不是真的,但它的确真实地发生过。

晚上十时差五分的时候,除了鲁斯和厄休拉在房子里,其他的人都还没有回来。

鲁斯小心地打开厄休拉的房门,手里拿着一杯水,走进去,探头探脑地把水放在桌子上。

厄休拉侧身背过鲁斯躺在床上,她以为是沃丁尤里。

“谢谢!”

她动了一下身体,继续躺着。

鲁斯紧张地向门口走,她不安地皱了皱眉,走出厄休拉的房间关上房门后,她才敢长舒一口气。

在亚里中家的那次晚宴上和鲁斯冲突之后,厄休拉一直都没有恢复过来,心里一直觉得很难受。她知道,没有人相信她,即使沃丁尤里和图索站在她这边，但他们也都只是安慰她。

无法入睡的厄休拉想去后花园走走，想让自己清醒过来。她喝光了杯子里的水，拿着杯子下楼。

她并未发现有不对劲的地方，空荡荡的房子里静得出奇，她已经习惯了，她来到水池边耐心地洗杯子。

“你确定要这么做吗？”

鲁斯站在厄休拉身后，发出吓人的声音，她微笑着坐在餐桌前，坐在了以前莫德的位置上。

厄休拉先是一愣，她紧紧地拿着手中的杯子，慢慢地转过身，她扬了扬下巴说：“我确定！”

鲁斯尖刻地瞅着她。

“你在冒险，厄休拉！那是很久以前的事情了。”

“如果找出真相是在冒险的话，它值得我去冒险，不是吗？”厄休拉镇静地说道，她觉得眼前的东西在晃。

“你知道你的处境尴尬，没有人会相信你，他们会认为你精神紧张，所以才产生了那些奇怪的想法，你应该去看精神医生。”鲁斯看着她的指甲说道。

“怎么？听到撒旦亲自敲门的感觉如何？”厄休拉将毛巾甩到了水池上，她觉得晃得更厉害了。

“你感觉怎么样？”鲁斯看着她问。

“是你，你给我的水。”她走到餐桌前，扶着椅背问，“你杀的人还不够多吗？连我也要杀？”

“我不想中断你高尚的工作，我只是在水里放了些帮你镇静下来的东西！”鲁斯从椅子上站起来，“我想知道，你究竟有什么证据指责我杀了你的父母？”

“你非常清楚自己都做了什么！你怎么来问我？你应该问你自己！”厄休拉听见自己镇静地回答。

她伸长脖子，想让自己清醒着，她不想和鲁斯耗下去。

她站直身体，摇摇脑袋，指着鲁斯说："我感觉像喝多了，我拿给你一些东西，你一定会有兴趣的。"

"是什么？"鲁斯小声问。

"我去拿。"厄休拉直挺挺地慢慢转过身，踉踉跄跄地向楼梯走。

她摇摇脑袋，转过脸偷瞄鲁斯所在的位置，她抓住楼梯扶手，镇静地吸了口气。

她看见车钥匙就在桌上随意地乱丢着。

当厄休拉看着鲁斯转过身去的时候，她边上楼梯边系上睡衣带。她一个大转身，从台阶跃至地板上，抓起桌上的车钥匙就往车库跑。

她不断地大声提醒自己说："我可以的，我可以的！"

她紧张地打开车门，回望鲁斯是否跟了出来。

厄休拉没有想到的是鲁斯不知什么时候出来的，扒在她的车窗前，一边拍着车窗玻璃，一边大声嚷着："厄休拉，我会抓到你的。"

厄休拉很害怕，她还是鼓足勇气，冲着车窗外的鲁斯大声回应道："我不怕你。"

她掉转方向，用力踩下油门，义无反顾地驶向二号公路。

鲁斯无奈地上车，追在厄休拉车后。

厄休拉不时地向后望，看鲁斯是否有跟上来。

车子的速度越来越快，厄休拉想到应该给图索打电话。她掏出手机，左右看了一下，拨通图索的电话。

图索沉浸在无限的悲愤中，他取出手机。

"你好！"

"图索！"厄休拉在后视镜里看见鲁斯的车子。

"厄休拉？"图索绷紧身体。

"图索，你听清楚了，鲁斯来家里了，我逃了出来，她就跟在我的后边。"厄休拉上了快行线。

图索迅速收拾起桌上的文件装进纸袋里，一边与厄休拉通话，一边向停车场跑。“厄休拉，听我说，保持镇静，你在什么地方？”他说。

厄休拉向车窗外望，没有发现标志地点的牌子，她对图索说：“我不知道，鲁斯就在我的后边，她快要追上我了！”

“厄休拉，别担心，我马上就去你那里，我们在亚特兰大街会合。听我说厄休拉，我找到了鲁斯杀害我母亲还有你父母的证据，你一定会甩掉她的，相信自己！”图索发动车子。

厄休拉看见鲁斯的车子已经追到了她的左边，她不得不加大油门。“鲁斯追上来了，我该怎么办？”厄休拉对图索叫道。

她的语音未落，车子就被鲁斯在行驶当中狠狠地撞了一下。如果马力再大些的话就会被她撞出快行线。

“哇！她在撞我的车子！”

图索看了眼前方说：“厄休拉，保持镇静，我马上报警，坚持住，你可以的！”

厄休拉抓紧方向盘。

她挂断电话，图索马上打了报警电话。

接下来，图索打电话给亚里中，盼他能阻止鲁斯的疯狂行为。

鲁斯狠狠地瞪着车里的厄休拉，她丝毫没有放过厄休拉的意思，不断地用力去撞她的车。

图索不放心，又给厄休拉打了电话。

“我已经报警了，他们马上会到。厄休拉，不要去想任何事情，你注意看着前方，她不在你的左边吗？”

厄休拉看了一眼左边答道：“是的，她还在，她已经疯了，全然不顾生死了。我有些害怕，她追得太紧了！”

“厄休拉，我快到了，坚持住！”

“我前边有……”厄休拉看见前边有桥墩，她看向左边，发现鲁斯的车子不见了。

她又看了眼右边，鲁斯的车子不在。

她担心地回头去瞧,看见刺眼的车灯,她眯了一下眼睛。

当厄休拉回头看着前方的一瞬间,她的车子距离桥墩已经很近很近……

图索和厄休拉失去了联络,他听到手机里只是忙音。

厄休拉的手机甩了出去,她一动不动地倒在车里,车窗玻璃碎了掉在路上。

她的头部往外渗血,胳膊压在身下。

鲁斯关掉车灯,她从厄休拉的车子旁边经过,浅浅的一丝笑意划过嘴角,她扬长而去。

图索焦急地一路追寻厄休拉的踪迹。

经过厄休拉车子的人们都停下车。

他们震惊不已,有的父母掩住孩子的眼睛不忍心叫他们目睹眼前的惨状,有的人和身边的亲人拥抱在一起祈祷车里的人还活着,有的人哭着和朋友讲电话,告诉他们发生的不幸。

数分钟后,救护车赶到事发地点。

交通警察费了好大力气才打开厄休拉的车门。

厄休拉被抬上担架时,医护人员和她讲话。

她一动不动,脸上有多处擦伤,被抬进救护车里时,尚未清醒。

诺玛和沃丁尤里哭着讲话,当她放下电话,诺玛还抱有幻想,盼望这起意外事件是误会,搞错了。

奎普朗达和诺玛勇敢地接受,一同前往约纳坦。

沃丁尤里自责得像疯了,他觉得像在做梦,弄不清发生了什么事。

图索得知厄休拉被送进了医院,他一个人坐在车里发呆。

厄休拉被疑问缠着不放,图索知道一切后,脑袋撞向方向盘,眼泪也无法解释他为什么会这样伤心难过。

他不顾一切地将车驶向亚里中的家。他甚至将车子停在了亚里中一直都很在意的草坪上,他拭去脸上的泪水,怒发冲冠地跳下车,没有关车门,他的呼吸声越来越重。

“咚！咚！”

他大力砸向亚里中家的大门，不耐烦地一次比一次更大力地砸门。

门开了，他看见是亚吉本开的门，一把将他推到了一边。

“亚里中在哪里？”他愤怒地看着亚吉本。

“图索，你怎么了？”亚吉本惊讶地看着图索。

图索径直向客厅走去，他的眼睛就像着了火一样。

劳拉抱着孩子迎向他，问：“图索，你怎么来了？”

图索气喘吁吁地停下脚步，他若有所思地抬起手，抚着孩子的背，认真地说道：“劳拉，我是认真的，带着孩子离开这个家，越快越好。悲剧已经够多了，我不希望看到你和孩子受伤，带上吉本，尽快离开！”

“为什么？”劳拉对图索轻松一笑问，“你怎么了？出什么事了吗？”

“嗯！我想以后你会明白的。听我说，带上吉本走！”图索头也不回地朝客厅走去，步子坚定有力。

劳拉和亚吉本彼此看了一眼。

图索在餐厅里见到了亚里中，他不假思索地开口就问：“鲁斯在哪里？”

“怎么了？”亚里中转向他，自卫地说。

“我知道是她。”图索走上前，“她要接受审判。”

“啊！”亚里中的目光轻蔑地在图索身上扫了一眼，“我知道，你们关系一直不好。”

“和它没关系，厄休拉现在正躺在医院，生死未卜，知道这是谁干的吗？”图索大声冲着亚里中说，“是你的妻子，她做了很多你不知道的事情，而这一切都是你造成的。”

亚里中愣住，手里抓着餐巾。

“她是逃不掉的。她杀了我母亲和厄休拉的父母。”图索高声叫道，“怎么？你是第一次听到有人这样说？你和她共同生活了几十年，难道还不了解她吗？”

“嗯!”亚里中勉强地说道,“我很遗憾……非常……遗憾!”

“遗憾?不,我觉得你不认为我们的痛苦少。因为你,我失去了我生命中最重要的两个女人,痛苦已经足够多了。再见了,父亲,我再也不想见到你。”

“为什么?”亚里中问。

“我们最有可能见面的地方就是法庭上。因为我会是控方律师,好自为之!”图索温和地说完,回头看了一眼劳拉和亚吉本,转身离开。

图索害怕地盯着医院的天花板,垂下两只手,落到膝头,眼睛被泪水模糊。

他将脑袋深深地埋在膝里,看着地板,乞求上帝,帮帮厄休拉。

他忍受厄休拉躺在医院里比他忍受以往遭受过的一切还需要更大的勇气。

三〇九号房间的门开了,图索绷紧神经跳了起来。

从里面走出来诺玛、奎普朗达和沃丁尤里,他走过去。

“她还好吗?”图索担心地问。

诺玛和图索站在一起。“医生说她有脑震荡,两根肋骨骨折,肩上有严重的擦伤。”诺玛停下来,她看了一眼奎普朗达,眼里闪过一阵幽光,“但……”

“但是没事?”图索脱口而出。

“她缝了十几针。对,她会没事的。”诺玛想了一会儿,“她在等你,进去吧!”

他们等了几秒钟,走廊里呈现出一种尴尬的宁静。

“谢谢!”图索从诺玛身边擦肩走进三〇九号房间。

奎普朗达和沃丁尤里谁也没有开口说话。

两个人默默地来到电梯口,诺玛跟在他们身后,她看他们倒有点像是一对老朋友。

图索整理衬衫时清了清嗓子,眼前的厄休拉脖子被固定着,脸上有多处擦伤，左胳膊骨折，胸部缠着绷带。

即使受伤躺在病床上，她依旧保有她招牌式的微笑："嗨！"她伸了伸手指。

"你怎么能忍受得了？很多地方都痛吧？"图索滑稽地扬起眉毛。

厄休拉咯咯地笑了起来。

"我还好，你看起来还不错。"

"谢谢！"图索犹豫了一下，"我刚约会回来。"

"玩得开心吗？"厄休拉努力微笑着。

"还好！"图索看着厄休拉，走过去坐下，"和一个漂亮姑娘。"

"真是奇怪！"厄休拉想了一会儿，"我刚才躺在这里，我在想怎么弄成了这个样子？我指的不是现在这样，我是说怎么到了这种地步。跟我期望的一点也不一样，甚至跟我想象的死法都不一样，让我无法接受。"她的眼泪涌了出来，她尽力调整呼吸。

图索抓起厄休拉的手，他认真地看着她，好像第一次看见厄休拉一样。"我知道，我全都了解，就和你第一次冲进办公室对我讲了许多奇妙的话，我都记得。想到我期待的模样……那女孩似乎是你。"

"似乎？"厄休拉的嗓音嘶哑，"你在说什么？"

"就是你！"图索做出一副恍然大悟的样子，"似乎就是你。"

突然，厄休拉睁大眼睛看着图索。图索也同样瞪大眼睛盯着厄休拉，他们从未仔细注意过对方。

好一会儿，他们冲对方笑了，厄休拉的笑影响了脸颊上的伤口。

从走廊里经过三〇九房间的人们，都能听到从里边传出的爽朗笑声。

厄休拉看上去轻松多了，容光焕发的神态、闪闪发光的眼睛以及一颗坚强的心。

Chapter 36

一如往日,她觉得这就是她久违的平静的感受。

她对每个人如从前颔首微笑,诺玛给了她无微不至的爱。

五月余下的日子,厄休拉待在医院,积极地配合医生,她想要尽快康复。

图索悄悄地走进她的病房。

“厄休拉,我想给你看样东西。”他热切地坐在厄休拉的床前,异常开心地睁大眼睛。

“什么?”她不解地问。

“你会为我感到高兴。”图索用一种神秘的语调说,“看吧。”

“是什么?”厄休拉坐起来,期待地看着图索递给她一张纸,她认真地看着……

她吃惊地看了图索一眼说:“哇! 祝贺你!”

厄休拉手上拿着的是图索的律师证书,她开心地笑着说:“我为你骄傲!”

图索看起来有点不自在,他挠着头发乐呵呵地说:“我有了一个案子。”

“哦! 还不错!”厄休拉点点头,“祝贺你!”

房间门关上,厄休拉一阵放松。她在胸前画着十字,盼望着早日出院,她太想家的感觉了。

厄休拉感到高兴的是,诺玛一直陪伴在她的身边。

图索并未告知她,他在打什么官司。

自从他拿到律师证后,整个人就像变了一个人似的,精力充沛,对任何事情都抱有认真的态度,他总是一语道破事物的本质。他转眼变成了勇敢而开朗的人,他特立独行的作风是不会接受“不”的回答的。

时值盛夏,阳光灼人,热浪起伏于约纳坦山之间。

厄休拉出院的日子到了。

她被图索载到了他们的新家。

当厄休拉还在犹豫时,图索给了她更大的惊喜。

图索走在前边,为厄休拉敞开大门,她愣住了,房子里有了家具和装修过的痕迹,她再仔细一瞧,地板铺成了浅色。

厄休拉从图索肩头望去,看到一个马海毛沙发在客厅。

哦,上帝啊!厄休拉的左胳膊还缠着绷带,她感觉没了方向,抬头看着图索。

他对厄休拉扬了扬眉毛,她被吓到了,张了好几次嘴,却什么也说不出。

"厄休拉,进来吧!这是我们的新家。"图索兴奋地牵着厄休拉进了屋子。

他和她站在房子的一角。

图索瞥了厄休拉一眼,转了转眼珠,向她咧嘴一笑,她不知所措地看向另一边。

"你喜欢吗?"图索双手交叉抱在胸前,眼睛闪闪发光,"是诺玛选的地毯,她说你会喜欢黄色的。感觉怎么样?"

"嗯!"厄休拉想要说服自己,微笑地点点头,"我感到很幸福。"

诺玛、奎普朗达和沃丁尤里一起来到厄休拉和图索的新家。大家一边聊着,一边坐在餐厅喝着咖啡,他们一起为厄休拉和图索的新家制订计划。

图索被一通电话打扰到,他去书房接电话。

"对不起!我出去一下。"他小声对厄休拉说,指着手机,走进书房。

"那么……"过了一会儿,奎普朗达找话说,"你们对未来有了计划?"

"我想是的。"厄休拉不敢肯定地看了一眼诺玛。

沃丁尤里却换了一个轻松的话题,看起来奎普朗达没什么兴趣。

诺玛勉强对厄休拉笑笑,沃丁尤里来了兴趣,他对图索正在接的官司比任何人都要上心。

图索从书房出来,沃丁尤里感兴趣地迎了上去。

“图索,我想和你谈谈。”沃丁尤里将图索重新推进书房,后面的奎普朗达好奇地跟了进去。

诺玛放下手中的咖啡杯说:“我的意见是……痛苦和悲伤不会因为给鲁斯判几年刑就会使我们忘记,我失去你妈妈的时候,就已经将罪责一起深埋,我希望看到你幸福。”

厄休拉惊慌地看着诺玛,她全明白了。她觉得有点受伤,从椅子上站了起来。

诺玛对餐巾和椅背的相配程度有了兴趣,她对厄休拉说:“厄休拉,你觉得象牙白的餐巾和蓝色的椅背搭配怎么样?”

厄休拉没有回答,她站在餐厅的尽头,望着书房。

图索手扶书房的门,在关门的时候,他微笑地冲厄休拉做着嘴型:“我也很幸福。”

她回头望了一眼在为选什么颜色的餐巾和椅背的颜色搭在一起相配而犯难的诺玛。

“厄休拉,你觉得乳白色怎么样?”诺玛沿着餐桌收拾咖啡杯。

厄休拉迟疑地站着,一动不动……

书房的门又一次打开,图索兴冲冲地走了出来,厄休拉在那里站了很久。

图索温柔地牵起她的手说:“厄休拉,我一定会赢的!”

“我知道,尤里为你感到自豪!”厄休拉平静地吐了口气。

“哦! 是啊!”图索对她咧嘴一笑,“我现在感觉从没这么幸福过!”

“图索!”厄休拉清了清嗓子,“这一切都很特别,就像在做梦,我想我无法继续下去了……”

“什么?”图索转了转眼珠,“你说什么?”

“我是说我不能和你在一起了。”她解释道。

“怎么回事?”图索拿起她的手放在胸前。

“当我第一次遇到你时,我对学习、对未来都太关注,很紧张,因为我很害怕。是你让我解脱,这是别人对我做过的最好的事情,可我还是我。”厄休拉的眼泪掉了下来,“我想要做的还没有实现,那也是我生活的一部分,我以为我忘记了,我没有。”

“那我们呢?”图索刚问完,就明白了,“不!”

“你属于这里,我不是……”厄休拉哽咽地说道。

“就是说我们再也不能见面了?”图索满脸无辜地问。

“我不知道。”

“我不能让你留下,是吗?”图索看着厄休拉伤心地又问,“我不能让你留下……”

“我不知道。”厄休拉踮起脚尖亲吻图索的脸颊,她轻轻地道了声“再见”。

厄休拉头也不回地毅然离开。

图索伤心地落下眼泪……

Chapter 37

七个月后，安哥拉，洛比托。

厄休拉在做一件好事，一件非常好的事。

她获得申请援助非洲儿童项目计划的请求。她在教非洲的孩子们游泳，对此，她很看重。

孩子们调皮地在她身边嬉戏，她很难在水里抓住任何一个孩子，他们已经游得很熟练。

厄休拉惊喜地看着他们……

离洛比托河很近的地方，诺玛和奎普朗达开了一家很小的餐馆，诺玛做主厨。

奎普朗达和沃丁尤里正在收拾客人们走后留下的空盘子和食物残渣。

奎普朗达看见一位客人走后留下的盘子里还有很多食物没有被吃掉，他再也忍不住了，抱怨道："为什么我一个大厨，要在这里做端盘子的工作？"

"因为诺玛才是老板。"沃丁尤里凑上前解释，"这里老板说了算。"

奎普朗达觉得很没面子，越想越生气，一时气不过就和沃丁尤里大声理论，动手拍拍对方，还不服气地大声指责。

"你为什么总要和我过不去？"

他们推搡起来，他们并不是在打闹。

两个人纠缠在一起，谁也没有用力，只是抱在一起，倒在沙滩上……

诺玛忍不住笑笑，对身旁站着看热闹的妇人说："我给你钱，把他们两个一起带回家！"

妇人什么也没说，只是浅浅地一笑，看着他们两个继续下去……

洛比托的天气晴朗，阳光灿烂。

站在岸边的厄休拉闻到的也只有晒熟的沙子味，她的手放在额前，遮住阳光，眼睛眯起来，时刻注意水里游泳的孩子们。

几个女孩在厄休拉抬头之际，一起跃入水中，溅起水花。

她大声提醒道："别游远了！孩子们，小心！"

她一屁股坐在沙滩上，一阵巨热，她又不得不站了起来，张大嘴，忍住没有抱怨。身旁的几个更小的孩子嘲笑厄休拉，她只好冲他们做了个鬼脸，孩子们笑得更开心。

"你的善良和美貌一样，无与伦比！"一个熟悉的声音从厄休拉耳后飘过。

厄休拉转身，安静地望着。

图索，他穿着一件白色棉质衬衫和一条滑板短裤，还有沙滩鞋，他看起来精神多了。

他微笑着双手插在兜里，扬了扬下巴说道："我的生活需要你，厄休拉！我竞选公职了，我知道，你的梦想还在继续。我想和你在一起，嫁给我好吗？如果那意味着我要等你完成梦想，成为优秀的人，那么，做你想做的事情，我会等下去。"

厄休拉屏住呼吸，定睛地看着他，她的眼睛比以前更明亮了。厄休拉说："我不知道该说什么。"

"我知道。"图索点点头，"我还需要一个发言人，你是最适合的人选。"

一股暖流涌上厄休拉的心头，她喉咙发紧，问："为什么？"

"因为我需要。"图索温柔地说，"我一直都知道。"

此刻，他们彼此注视着对方，不言不语。

厄休拉和图索会心一笑……

致　谢

打算写《真爱满满》的时候，我总是感觉很矛盾，但在创作这部小说的过程中，得到了周围很多朋友的帮助和关爱。这部小说累积了许多还不清的人情债才得以完成。感谢陕西文学基金会和王芳闻老师的支持和帮助，让这本小说得以与读者见面。感谢我的老师红柯，不断地给予我鼓励和专业的指点。感谢王润军、孔欢和赵涛的辛苦，因为我有手写的习惯，打字的部分就拜托他们来完成，谢谢三位年轻人的奉献精神，没有你们，我的小说或许还是一堆手稿而已。感谢孔润年教授和张伟峰教授的关心和支持。感谢父母，没有你们的爱，我不会写下心中的故事。